梅开二度

天河山　著

知识产权出版社
全国百佳图书出版单位

图书在版编目（CIP）数据

梅开二度/天河山著. —北京：知识产权出版社，2019.10

ISBN 978 - 7 - 5130 - 6499 - 6

Ⅰ.①梅… Ⅱ.①天… Ⅲ.①长篇小说—中国—当代 Ⅳ.①I247.5

中国版本图书馆 CIP 数据核字（2019）第 214266 号

本书以爱情、友情为主线，讲述了主人公从知青下乡到婚恋到成长为作家的过程。小说成功地刻画了曾光、舒香、宋丹心等人物，时间跨度长，人物形象丰满，故事曲折动人，有较强的可读性。

责任编辑：石红华　　　　　　　　　　责任印制：孙婷婷

封面设计：臧　磊

梅开二度

天河山　著

出版发行：知识产权出版社有限责任公司	网　址：http：//www.ipph.cn	
社　址：北京市海淀区气象路 50 号院	邮　编：100081	
责编电话：010 - 82000860 转 8130	责编邮箱：shihonghua@ sina.com	
发行电话：010 - 82000860 转 8101/8102	发行传真：010 - 82000893/82005070/82000270	
印　刷：北京建宏印刷有限公司	经　销：各大网上书店、新华书店及相关专业书店	
开　本：787mm×1092mm　1/16	印　张：24.5	
版　次：2019 年 10 月第 1 版	印　次：2019 年 10 月第 1 次印刷	
字　数：290 千字	定　价：88.00 元	

ISBN 978-7-5130-6499-6

题 记

一代人有一代人的命运，

一代人有一代人的梦想，

一代人有一代人的生活。

CONTENTS

目 录

第三部　友爱亲朋

第一部　青春岁月

第 *1* 章　命运安排

　　在 20 世纪六七十年代中华民族的历史上，曾经有过一场轰轰烈烈的运动，这就是知识青年上山下乡运动。这场运动的倡导者是毛泽东主席，涉及全国两千多万从城市走向农村的知识青年，我就是其中的一员。这场史无前例的知识青年上山下乡运动，改变了我们这一代人的命运。这是我们一生中最难忘的事情，也是我们一生中一段最难忘的岁月。对于风华正茂的年轻人来说，当时也是最纯真、最浪漫的激情岁月，同时也是人生最美好的年华。所以我们灿烂的青春时光，是在农村度过的。那段岁月留给我们的有欢乐也有痛苦，有幸福也有忧愁。到农村去接受贫下中农的再教育，我们曾经历过这场运动的人，虽然吃了不少苦，受了不少累，但是那段艰苦的生活也是我们一生中最宝贵的财富，同时也是中华民族历史上一段特殊的岁月！

　　1972 年春天，我随父母支援三线建设从东北的大城市来到长江流域秦岭山脉鄂西北山区一座小城。当时国家需要在汉水流域建设一座大型的军工企业，军工企业建在大山沟里面。当时的汉水小城还称不上是一座城市，只能说是一个没有人烟的荒山野岭，是野兽经常出没的地方。我们刚

到汉水小城安家落户的时候，连一个住的地方都没有，只能花钱蜗居在老百姓的家里，而且当地老百姓的生活条件也不好，房屋没有砖瓦的，全是黄泥巴土房或木板草棚，好像现在非洲土著人居住的房屋一样。我们的父辈就是要在这样的穷山沟里面建设一座大型军工厂。

我在汉水小城读了两年书，也就是中学的两年，中学毕业之后，就上山下乡了。我们也像其他大城市的知识青年一样，要到农村去，要到山村去，要到农村最艰苦的地方去。我们只能被动地接受国家对我们命运的安排，到农村去接受贫下中农的再教育。这就是我们这一代青年人的命运，服从国家大局的需要，到农村广阔的天地去经风雨见世面。我们青年时代的人生就这样起步了。

不过让我感到欣慰的是，我能跟随舒香和宋丹心这两个美丽的姑娘在一起，同去一个地方，同去一个小山村。这真是令我感到万分庆幸的事。

舒香和宋丹心是我中学时代的同班同学，我们一起读过两年书。她们也是随父母一起从北方过来的。

我们三个家庭，都租住在当地的老百姓家里，相距不远，天天上学同路，放学结伴而行。由于我们三户人家住得比较近，所以我们三个人的关系也就自然比较好。而且舒香和宋丹心，还是我们班女同学当中长得最漂亮的，或者说是最可爱的。

我们上山下乡能在一起，也是命运的安排吧！为了上山下乡，我们要提前做好准备工作，譬如我，要准备一些生活方面的必需品，要做一个大木箱子。

为了做箱子，我就从山上找了木头，自己动手制作。我这个人从小就喜欢做玩具，喜欢用木头做刀枪之类的小东西。虽然之前我从来没有做过木匠活，但是我最大的特点就是喜欢学习制作新东西。

大热的天，我在老乡家院子里开始做木箱子了，我的好同学舒香正好也从她家里过来了。

我认为非常有必要向大家介绍一下这位美丽可爱的好姑娘。她十三岁左右，就随同父母从东北过来，到了汉水小城。她是家庭的长女，中学毕业的时候，她只有十六岁，也就是说她比我小一岁。我们一起上中学读书的时候，她每天经过我家居住的老乡家的门前，这是她的必经之路，她每天上学都要叫上我一起结伴同行，所以我们两个人一起上学一起放学的时候比较多，因此我们两个人之间的关系，或者说是同学之间的感情，自然比其他同学好。

实事求是地说，舒香人长得很甜美，她笑起来的时候，脸上有一对迷人的小酒窝。她有一双漂亮的大眼睛，看起来非常明亮。她说话的声音也非常好听，柔声细语的，听起来十分悦耳。我上中学的时候就非常喜欢她。

她来到我面前，见我忙得满头大汗，她就张嘴问我：

"曾光，你这是干什么呀？干劲十足的。"

"你没有看见我在做木箱子吗？"我回答她。

"你自己做木箱子呀？你可真能干！"

"不干又怎么办？要上山下乡啦，总要做好准备吧？"

"曾光，你还真行，真像个小木匠。"

"你就不要取笑我啦，做木箱子有什么难的？锯一锯，刨一刨，用胶粘一粘，再用钉子钉一钉，木箱子就成啦。"

"听你说的好像玩儿一样。"

"这就是玩儿，不过练的是手艺。"

"曾光，你可真聪明，什么都会干。"

"多谢夸奖。不会干可以学嘛。"我问她，"你这是准备到哪儿去呀？"

"刚吃过了饭，出来走一走。"她回答。

"走哪儿去呀？刚吃过了饭应该坐下来休息。"

"那好吧，就听你的。"

她在我面前的小木椅上坐下来。我也累得满身大汗，需要坐下来休息，就坐在干木工活的长条木板凳上。

她一边用眼睛看着我，一边笑着问我：

"曾光，你要做几个木箱子呀？"

"做一个大木箱子就够了。"我回答。

"做一个木箱子太少了吧？"她说。

"做一个大木箱子，我就足够用了。"

"曾光，你现在不看书了？"

"看的，我有时间还看书。"

"你经常看书，是不是有什么梦想啊？"

"当然了，人人心中都有自己的梦想。"

我一辈子只读了七年书，一辈子也没有学到多少知识和文化，我是没有事儿跟她瞎吹牛，读者不要当真了。

她又继续对我说："曾光，你也给我做一个大木箱子可以吗？"

"你要木箱子干什么？"我好奇地问她。

"实话告诉你吧，我也要上山下乡了，我也要到农村去接受贫下中农的再教育了。"她唉声叹气地说。

听到她说出这样不高兴的话，我深感意外，因为她可以读高中的，可以多学知识的。

我问她："舒香同学，你为什么不读高中呢？"

"高中我读不成了。"

"为什么？"

"因为家庭问题"，她伤感地说，"因为我弟弟，父母不同意我读高中了。"

我问她："到底是怎么回事儿？"

她告诉我："我弟弟要读高中，我父母希望我弟弟读了高中之后能留下来，留在家里，不下乡，以后顶替父亲进厂当工人。我当姐姐的只有让步于弟弟，听命于父母的安排，到农村去接受贫下中农的再教育了。"

我认为她的父母对她不公平，这是明显的重男轻女。但是她的家庭里，父母决定一切，也没有什么公平不公平的，她当大姐的，只能让步，牺牲自己的前途。

她读不成高中了，难过得伤心落泪，我听了心中则有几分意外的惊喜。

我问她："你下乡的事情定下来了？"

"定下来了。"她说，"前两天，我特意去找了下乡带队的负责人，我请求他把我跟你分配到一起，安排到一个知青点，安排到一个知青户里，目的是希望以后你能关照我。"

"关照你当然没有问题。"我说。

"你也为我做一个大木箱子好吗？"她祈求地说。

"当然可以，没有问题，这完全不是问题。"

我听她说要求跟我分配到一个知青点，跟我安排到一个知青户里，我心里面感到特别的高兴，什么条件都可以答应她。

"你欢迎我加入你们的队伍吗？"她又问我。

"欢迎，欢迎，当然欢迎啦。"我十分真诚地说，"不过舒香，你是不该上山下乡的，你学习好，又想学习，你应该继续读高中的。"

"算了吧，上学，读书，对我来说已经成为过去时了，不提这档子事儿了。"

三天之后，我就给老同学、好朋友舒香，做好了一个大木箱子，非常

高兴地送到她家里去，向她交差。

可是让我万想不到的是，在半路上，我又遇到了我的好同学好朋友宋丹心。

下面请读者也允许我向大家介绍一下宋丹心的基本情况吧。她也是我中学时期的同学，同窗好友，而且也是一个十分漂亮的小姑娘，不过与舒香的美比起来不同之处在于：舒香的美是内质和外质合二为一的，宋丹心的美主要在外质方面；她气质高雅，风采迷人；她的皮肤不是很白，但是很光滑，富有弹性；她的眼睛不是很大，但是很迷人；她的五官看起来很有特点。

她家住的也是当地老乡的房子，我们三家住的距离都不远，相距不过百十米左右吧。所以我们过去同样是一起上学，一起读书，一起放学，一起回家。而且宋丹心同学还特别活泼可爱。

她是家庭的小女儿，由于被父母娇宠惯了，所以她有一点任性，有一点小脾气。她爱吃，爱说，爱笑，爱玩，性格活泼，就是上学的时候学习成绩不大好，可能是学习不用心吧。其实她还是很聪明的姑娘。

舒香和宋丹心两个人，在我的心目中都是非常漂亮可爱的小女神。她们的年龄都是十六岁，两个人一般大，两个小姐妹之间的关系也特别好，特别亲密。虽然我们三个人的家庭都是从东北到长江流域来的，但是来自三个不同的地方：我来自沈阳，舒香来自长春，宋丹心来自哈尔滨。不过这并不影响我们三个人之间友好的感情。如今，她也跟我和舒香一样要上山下乡当知青了。

所以，看到我为舒香做了一个大木箱子，她也开口说话了：

"曾光，你能不能也为我做一个大木箱子呀？"

"当然可以，没有问题。"她向我提出要求来，我不可能不给她面子。

宋丹心也被分配到我们的知青点了。她和舒香上学时就是十分要好的小姐妹，她也十分欣赏我为舒香做的大木箱子，不客气地向我提出了同样的请求，我能说些什么呢？我只有答应下来。我不可能为舒香做了，不为她做，我们在一起读书的时候，关系相处得也非常好，所以我也要满足宋丹心提出的要求。

我问她："你不着急吧？"

"不着急"，她说，"你慢慢做吧，只要能在我们下乡之前把木箱子做出来就可以了。"

"好的，我保证下乡之前把木箱子交给你。"

"谢谢。还是老同学够朋友。"

她高兴地与我拍手击掌，表示感谢。

过了几天，我同样也为宋丹心做了一个一模一样的大木箱子，并且同样送到她家里去。我把大木箱子给她送过去，也就是百步之劳。

由于我给舒香和宋丹心两个人一人做了一个大木箱子，她们两个人都非常感动，同时也觉得非常满意，为此两位女同学特地一人为我买了半斤大白兔奶糖送给我，向我表示感谢。大白兔奶糖可以说是二十世纪七十年代中国人最好吃的糖果了。

一个月之后，我们就下乡了。

第 2 章　走进山村

　　我们到农村去的时候，欢送的场面还是非常热闹的。人们敲锣打鼓、欢天喜地地欢送我们去接受贫下中农的再教育。我们当时居住的所谓城市，只不过是一座不到十万人口的小城镇，而且大家都是从四面八方、五湖四海汇聚到一起来的。

　　我们是本地第一批下乡的知识青年，跟全国其他大城市知识青年下乡的时间还不一样。我们第一批知青下乡的时间是二十世纪七十年代中期。当时我们的心情是很奇妙的，既高兴、激动、兴奋，又伤心难过。在大家的目送下，我们坐着披红挂彩的汽车走了。

　　汽车拉着我们在灰土飞扬的公路上，跑了有一个多小时，总算到地方了。我们下了汽车，一个个灰头土脸，又背着东西走了两个多小时，才到了我们上山下乡的地点：凤凰山，这就是我们知青要安家落户的地方。

　　大家都觉得累了，马上到老乡家里去寻找我们的落脚点。

　　我们下乡的地方是个贫困的小山村。不过说实话，这里倒是一个像森林公园一样的好地方。这里山清水秀，满山遍野的树木林海。当地的老百姓都住在半山岭上。一条大河从山脚下流过，看起来景色很美，就是有些荒凉。

　　到了中午吃饭的时间，我们知识青年被分配到各个知青点去了。我们的小集体是以户为单位，也叫知青点，一个户分几个人，男女组合成为一个大家庭，多一点的知青点人数有八九个人，少一点的知青点人数有五六个人。

　　我们所有的知识青年，都是由当地的生产大队领导按照名单分配下去的。

　　我所在的知青点共有九个人，也就是以后要长期生活在一起的九名家庭成员，分别是女知青舒香、宋丹心、郭小红、万福丽、陆春芳，男知青李国成、王中英、武力，还有我曾光。

　　我们九个知识青年，分别来自不同的家庭，没有任何血缘关系，在上山下乡的运动中走到了一起，组成了一个大家庭。这是古今中外历史上前所未有的，而且以后也不可能有这样奇怪的家庭组合了。这是毛泽东时代的产物，或者说是"无产阶级文化大革命"时代的产物。

　　我们九个人以后怎样在一起生活？怎样在一起相处？这是一个困难而有趣的问题。九个人，九种个性，脾气大不相同，兴趣、爱好也大不一样。

　　舒香我在前面已经说过了，年方十六岁，来自长春，父亲就是普普通通的工人，母亲是家庭妇女。她是家里的大女儿，下面还有一个弟弟，一个妹妹，家庭条件还是比较困难的，她父亲一个人挣钱，要养活家庭五口人，生活的压力是比较大的。

　　其次是宋丹心，年方十六岁，来自哈尔滨，父母是中学教师，家里孩子比较少，她上面有一个哥哥，听说已经当兵了，她是家庭的小女儿，全家四口人，三个人挣钱，所以宋丹心的家庭条件是非常好的。

　　接下来是郭小红，年方十六岁，来自上海，她的家里有四个孩子，父

亲是一个科长，母亲是正式工人，她也是家里的大姑娘，下面有一个弟弟，有两个妹妹，父母挣钱要养活四个孩子，家庭条件过得去。

万福丽呢，来自河南，年方十八岁，父亲是普通工人，母亲是农村妇女，她是家里的大姑娘，下面还有两个弟弟、两个妹妹，她父亲一个人挣钱，要养活全家七口人，家庭条件比较困难，生活负担比较沉重。

最后介绍的姑娘是陆春芳，她来自北京，年方十七岁，她是家庭最小的孩子，上面有三个已经参加工作的哥哥，她自称来自革命干部家庭，父母都是从北京下派到山里来的处级干部，家庭条件比较优越。

姑娘们的家庭情况介绍完了，轮到介绍我们男知青的家庭情况了。

首先介绍李国成吧，他是从黑龙江军垦农场过来的青年，年龄十八岁，高中毕业，父母是普通工人，他是家里的大儿子，下面有三个弟弟、三个妹妹，父母挣钱养活七个孩子，家庭条件比较困难。

王中英呢，是从江苏南京过来的青年，年龄十九岁，他是随哥哥一起到山里来的，高中毕业想到山里来找工作，结果赶上上山下乡，就跟着我们一起下来了。他是我们知青点年龄最大的。

武力是山东人，他跟我同龄，也是初中毕业，年龄十七岁，父母是普通工人，他是家里的老大，下面有三个妹妹、一个弟弟。父母挣钱养活五个孩子，家庭条件还算说得过去。

最后是我的家庭，中学毕业十七岁，我的父亲是工程师，母亲是大集体工人，我下面有一个弟弟、一个妹妹，全家五口人，父母挣钱养活三个孩子。

其实在那个年代，大家的生活条件相差不多，也就是说，那时候人们既富不到哪里去，也穷不到哪里去。

至于我们九个人的性格特点，我对他们了解得不够多，所以只能从表面上看人。舒香在我们知青户的女同胞中，应该算是最聪明的姑娘。我已经在前面描写过，她长得漂亮、成熟，性格稳重，有理想，有追求，什么事都有自己的计划和梦想。

宋丹心呢，长得眉清目秀，体态婀娜，看起来像大家闺秀，气质迷人，还有一点妖娆。她说话做事我行我素，从不考虑别人的感受，以自我为中心，敢爱敢恨。

郭小红呢，属于那种健康、结实、白白胖胖的姑娘，眼睛挺大，眉毛有一点粗，身材挺高，不算苗条。她说话办事都有自己的原则，既不张扬，也不过度。

万福丽属于那种小巧玲珑、精干瘦弱的姑娘，她长得小鼻子小眼，看起来就像从小生活在农村的姑娘，皮肤有点黑，嘴巴有点大，眼睛虽然不难看，可是眉毛光秃秃的。她说话办事总是思前想后，顾虑重重，没有自己的主见，只注重别人的看法。

陆春芳是那种高端大气的北方姑娘，体态丰满，身材高大，底盘厚重，白白胖胖，尤其是一对丰满的乳房特别吸引男青年的眼球。她说话坦率、诚实，但比较高傲，这是干部家庭子女的特征。

李国成是地道的北方人的性格，说话咋咋呼呼、胡吹八吹的，他长得也像北方的爷们，浓眉大眼高大健壮，身体结实得像牛一样，只是皮肤太黑了。

王中英长得非常具有南方人的特征，细细的，高高的，身材像面条一样，由于人太瘦了，好像没有重心一样。他说话办事也像南方人一样心细，从不说大话，也不吹牛，有一点儿胆小怕事儿。

武力呢，说起来是山东人，可是他长得可不像山东大汉，有一点像武松的哥哥武大郎，或者说，像日本最低级别的相扑运动员一样。他说话办事从没有自己的主见，都是听从别人的，好像自己没有头脑。不过他什么事儿也不往心里去，性格很好，喜欢开玩笑。

至于我呢，我就不用向大家详细介绍了，读者看了我的书之后，自然会了解我的，我只想告诉尊敬的读者，我身高一米八左右，体重有六十多公斤，我虽然是在东北出生的，也是随父母从东北到南方来的，但我却是地地道道的南方人。

好了，我们知青点的九位家庭成员，我全部向大家介绍完了，下面就开始讲我们知青大家庭的生活故事了。

我们九个人也是够倒霉的了，按照大众的说法是命不好，我们同一批下乡的知青总人数不到一千人，分配到我们公社的知青还不到五百人，分配到凤凰山大队的知青不到一百人，而我们九个人却分配到了路程最遥远、最偏僻的大山沟里面——凤凰山生产队。

生产队的黄队长带着我们九个知青到了我们安家落户的地方：黄队长的家。

黄队长是个高大结实的中年人，可能有五十岁左右吧。我们跟着黄队长来到他家的堂屋，总算找到地方坐下来休息。

黄队长热情地为我们泡茶倒水，然后充满激情地对我们说："知青孩子们，我欢迎你们，欢迎你们从城里来到我们凤凰山安家落户。我代表生产队的社员们，向你们大家表示热烈的欢迎！"

黄队长带头鼓掌，我们九个知青也跟着鼓起掌来。黄队长是个充满热情的人，也是一个很健谈的汉子。他大个子，光头，身体好，看起来不像当地的农民那样面黄肌瘦。他说话的声音很大，非常洪亮。

我问他："黄队长，这就是我们的知青点？我们九个人以后生活居住的地方？"

"是的，知青孩子们，"黄队长说，"以后你们就要在我家里住下来，参加生产队的劳动，跟我们农民一起生活了。这是我家的堂屋，也是以后你们吃饭、开会的地方。我们山里的农民，生活条件不大好，比不得你们城里人生活居住的条件。所以知青孩子们，以后你们就要自己克服困难了。我们农民的条件实在有限，我们生产队只能为你们提供这样的条件，我家这堂屋，也是我们生产队最好的房屋啦。"

我环视着黄队长家的堂屋，感觉还不错，看起来比我们进山时居住的老乡家条件要好一点。

黄队长所讲的堂屋，也就是我们城里人家所讲的客厅。这间堂屋就是一间木板房，有二十多平米，面积不小。堂屋里只有一张刷了黑油漆的小木桌子，和几个比较陈旧的小木椅子，其他什么东西也没有了，显得空空荡荡的。房间只有门，没有窗户。门倒是不少，有正大门，有左侧门，有右侧门，还有后门，四通八达。这间堂屋可以说是黄家的活动中心，外围房屋则是由泥土房包围起来的。黄队长把家里最好的房屋让给我们居住，可见他对我们的到来是非常重视的，同时也表明了他对知识青年的关心与爱护。

可是我们住在哪儿呀？于是我又问黄队长："黄大叔，我们住在哪儿呀？我们九个知青，男女不会就住在这间堂屋里吧？"

大家都笑了起来。

"知青孩子们，这间堂屋不是你们居住的地方。"黄队长笑着说，"你们睡觉的地方有东、西两间偏房，东面的房子大一点儿，安排五个女知青居住，西面的房子稍微小一点儿，就安排你们四个男知青居住。你们烧火做饭在后面的小屋里。这是我们生产队能为你们知青孩子们提供的最好的条件了！"

黄队长打开了东、西两侧的屋门，房屋里面黑洞洞的，什么也看不见。不过屋里有灯，黄队长为我们打开了灯，我们看见房屋里面摆着了几张光秃秃的床板，其他什么东西也没有，竹子和藤条编扎的床板好像在等着主人的到来。房间算是收拾好了的，清扫得很干净，地面就是平整的泥

土地，长年累月被人踩实了，看起来黑得发亮，倒是不脏。不过看到这样的居住条件，我们的心里还是冰凉冰凉的。

宋丹心吐着舌头说："我的妈呀，这条件还是最好的？"

黄队长用眼睛瞟了她一下。

舒香马上用手指头碰了碰好朋友，小声地说：

"丹心，说话要注意一点儿，主人家听了要不高兴的。"

"对不起，我说走嘴了。"宋丹心马上向黄队长道歉。

舒香又问黄队长："黄大叔，我们女知青就住这一间屋子吧？"

"是啊，姑娘们，你们女孩子就住这间屋子，"黄队长指着房间说，"男孩子就住对面屋子。有这间堂屋，大家相聚起来方便，喝茶、吃饭、开会、商量事情也方便。"

黄队长说的是实话，我们知青马上向他表示感谢："谢谢黄队长，谢谢黄大叔！"

"不谢，不谢。"黄队长又接着说，"知青孩子们，以后咱们就是一家人了，大家有什么事儿，有什么困难，可以来找我，只要我黄树桩能办到的事情，我一定为你们办。"

黄队长好像还是见过世面的人，他说话、办事儿有条不紊。我们知青看过了要安家的房子，觉得生活的条件有一点儿差。房子里面空空如也，为我们知青准备的床板是用土坯砖支撑的，人睡到床上面去，床还晃动，不稳当，发出咯吱咯吱的声响。女知青们的房间大一点，睡五个人还不算挤；我们男知青的房间比较小，放四张床，屋子里就没有活动的余地了，连我们随身带的箱子都放不下。

屋子里既没有自来水，也没有其他生活设施，吃水、用水，都要自己拿着水桶到井台上去挑水、打水。上厕所也同样是在外面。反正生活上的一切条件都不如意，很不方便。没有办法，既然是上山下乡到农村来接受贫下中农再教育，我们就必须要克服生活上的一切困难。

我们下乡的时间是九月出头，南方的天气还是比较热的。我见大家都热得直汗流，就问黄大叔挑水的水桶在哪里。

黄大叔说："水桶在伙房里。我们生产队为你们知青专门准备了两个新水桶。"

黄大叔说得很得意。我顺着黄队长手指的方向到伙房去拿水桶。两只木水桶确实是生产队为我们知青准备的最好的东西，确实是全新没有用过的。我拿了两个水桶出来的时候，黄大叔已经走了。

我的知青同伴们有的坐在小椅子上喝水说话，有的站着喝水聊天。不过大家初到农村来的好奇情绪已经没有了，剩下来的就是满腹牢骚。大家唉声叹气，下乡到这样的穷地方来，算倒八辈子霉了。当地老乡家住的房子、他们穿的衣服，看起来就像城市的叫花子一样可怜。我叫三个男知青跟我一起去井台上打水，李国成、王中英、武力三个人，你看看我，我看看你，没有一个想动地方的，好像没有听见我说话一样。

我又对他们说了一遍："哥们，走，谁跟我打水去？"

李国成对王中英说话了："中英，你跟曾光打水去。"

"我不去，"王中英说，"打水的事儿还是叫武力去吧，我是没有体力打水了。"

"凭什么叫我去打水呀？"武力叫起来，"到这样的破地方来，我是什么心情也没有了。"

李国成说话不讲分寸，什么话都敢乱说："我们到这样苦的地方来，哪儿是接受贫下中农再教育来了？这分明是劳改来了！"

大家累了半天，来到这样穷的大山沟里面，确实没有什么好心情，我只能劝大家说话要注意影响，不要太随意了。我叫大家自己找地方，选床铺，赶紧安顿下来。其他人开始忙着搬运自己的东西，我拎着水桶出去到

外面找水井打水去了。

打水回来，男男女女都在睡觉的屋子里忙着铺床呢。我不着急，我先拿了洗脸盆和洗脸毛巾，先洗了头，洗了脸，感觉舒服多了。我坐下来喝水，等他们大家忙活完了，我才去铺床。

晚上，大家吃了晚饭没有事情干，就坐在堂屋里聊天。

黄队长又来看我们了。我们请黄大叔坐在椅子上，我给他泡了一碗好茶，想请他给我们讲一讲农民和生产队的基本情况。

我问黄队长："黄大叔，您家里几口人呢？"

"我们家里有五口人，"黄队长说，"我和我老伴，还有三个孩子。"

"黄大叔，您的孩子都大了吧？"舒香问老人家。

"我的孩子都大了，"黄队长得意地说，"他们都不在身边了。"

"黄大叔，您的孩子都不在家，都出去工作了？"宋丹心问黄队长。

"是啊，"黄队长说，"老大前两年大学毕业了，在外面参加工作了。老二呢，去年也从省里的卫生学校毕业了，分配到我们公社的卫生院上班了。老三是个姑娘，在县城一中读高中呢，一个星期回家一回。"

"黄大叔，"郭小红插嘴说，"照您的说法，您的家庭生活也不算困难呢。"

"是啊，孩子们，我的家庭生活在我们大队，或者在我们生产队来说，也算是数一数二的，因为我的两个儿子争气呀。但是过去不行，前几年我们家的生活还是比较苦的，穷得连肚子都吃不饱。现在好转啦，我们家不用为吃饭穿衣发愁了。我的两个儿子在外面工作挣钱，一年多少能孝敬父母几个，补贴家用。一个小女儿上高中，明年可能上大学，我们老两口养一个孩子，负担不重。所以我和老伴现在什么都不愁了。"

"黄大叔"，万福丽开口问，"那你们农民劳动一天能挣多少钱呢？"

"能挣多少钱？孩子们，说到钱就不值一提了。我说实话吧，我原来当过兵，在外面也算见过世面吧，我回来当了二十多年的生产队长，我现在劳动一天，能挣十二个工分，合算下来，一天也就挣两毛多钱。"

"挣多少钱，大叔？"陆春芳不敢相信黄队长说的话，我们所有的人也不敢相信他说的话，"劳动一天挣两毛多钱？"

"是啊，孩子们，为生产队出工，我劳动一天也就挣两毛多钱，一个月出满勤，照三十天计算，也就挣六七块钱；如果生了病，缺了勤，还挣不到六七块钱。"

"黄大叔，你们一个月才挣六七块钱，实在太少了吧？"我觉得不可思议。

"孩子，一个月能挣到六块钱，我们就很高兴了。"

老队长对我们说的生产队农民的生活情况，更让我们感到惊讶。老队长说，本地农民老乡一年到头吃不饱肚子，穿不暖衣服，这是实实在在的情形。一般农民的家庭平时吃的都是稀的，很少吃干的，因为他们粮食不够吃，衣服穿的也很少，他们没有钱买衣服，他们穿的衣服都是他们自己织的土布缝制的，日子过得挺苦的。一般的农民家庭，逢年过节自己家杀一头猪，用盐腌起来，挂在外面风干，从年头吃到年尾。黄队长讲的事情，让我们听了心里很不好受。姑娘们听得眼圈都红了，舒香和宋丹心还流眼泪了。黄大叔说得太实在，他说，他和老伴一年的劳动所得还挣不到一百块钱。一般普通农民的家庭收入也超不过一百块钱，能超过一百块钱的家庭很少很少。

听了黄队长讲的当地农民家庭故事，我们都不知道以后的日子该怎么过。我们以后要在这里长期地生活，很可能是一年两年，也可能是三年五年，或者说时间更长。我们不知道以后要在这样贫困的小山村里生活多久。因为聊得时间晚了，黄队长走后，我们很快地上床睡觉了。

19

第 3 章　山村生活

山里的夜晚静悄悄的。

可是我躺在床上睡不着，我想着我们以后的生活怎么过。以后的日子怎么过呢？这真是一个有点儿头疼的问题。上面带队的领导安排我当凤凰山知青点的负责人，所以我不能不动脑子想办法。

凤凰山的农民少，方圆二十公里也就住着两百多户人家，人口不到八百人，而且还住得相当分散。到凤凰山来安家落户的知识青年也就我们九个人。

我们小城市的知青上山下乡，与大城市的知青上山下乡是完全不一样的。全国各地的情况都有所不同。

比如北方的生产建设兵团，知青下去后都是大兵团作战，他们以军队建制为单位，人多，大家好混日子，没有饭吃，总会有人操心，总会有人想办法的。而我们南方的知青下乡，则是以小户家庭为单位，以知青点为单元，每一个知青点相距也比较远，相互帮助是指望不上的，没有饭吃只能自己想办法。

山里的夜晚，有时风大，有时静得有点吓人，可以听到山上野兽的嚎叫声，不过到底是什么野兽，我也说不清楚，我分辨不出野兽的声音。半夜的时候，女知青房间里传出嘤嘤的哭泣声。

我们下乡的头一天夜晚，我几乎一夜没有合眼。第二天上午，我起床的时候其他男生还睡着，我这才想起来没有安排人做早饭。这只能怪我。

舒香也起来了。她看见我到伙房要为大家烧火做饭，就主动来帮我一起做。我想早上大家还是喝稀饭吧，舒香就开始洗锅、淘米。我在灶台下面烧火，为她打下手。用木柴和树枝烧火做饭，我是头一次，我这个伙夫，把炉膛里塞满了木柴和树枝，点火之后光冒烟，不着火，把整个伙房弄得乌烟瘴气，呛得人睁不开眼睛，喘不过气来。

"你这是烧的什么火呀？"舒香把米下到锅里之后跑到我面前来问我。

"我也不知道是什么原因，就是光冒烟不着火。"

"你让开。"舒香叫我到一边去，"烧木柴火要空心，进了风，火才能够燃起来。"

舒香蹲在灶膛前，用手撤出一部分木柴来，她整了还不到两分钟，火就燃起来了。

"还是你聪明。"我服了。

"笨蛋，以后跟我学着点儿。"她得意地教训我。

稀饭做熟了，其他人还没起床。看来多数人都是懒散的动物，只有我和舒香属于比较勤快的另类。我只有不客气地敲打男、女房间的房门，叫他们起床：

"起床啦，起床啦，天亮啦，兄弟姐妹们，大家该起床啦！"我又喊了一遍，男女知青的房间里还是没有动静，我不得不再叫一遍，"喂，起床啦，起床啦，天大亮啦，该起床了兄弟姐妹们，大家该起床啦！"

叫完了人，我就开始刷牙、漱口、洗脸。

舒香也开始刷牙、漱口、洗脸。

可是我叫了半天人，男同胞没有一个起来的，女同胞们也没有一个出来的。他们还赖床呢，我又叫了他们一遍。

舒香看着我笑了："算了，曾光，不要叫了，再让他们睡一会儿吧。"

"现在已经几点钟了？快十点钟了，他们还不起床？马上快到中午了。"

"大家第一天到农村来，晚上没有睡好，起不来也算正常，可以理解。"

"我要把他们叫起来。起床啦，该起床啦，天已经大亮啦!"我又接着敲了两边男女知青的房门。

"曾光，不要叫啦，再让他们多睡一会儿吧。"

我说："在家可以睡懒觉，咱们下乡到农村来了，睡懒觉的习惯就应该改一改。农民老乡们天不亮就出去干活了。"

"是呀，"舒香说，"农民老乡们是起得早，我也听见黄大叔清晨就叫农民们出工上山干活去了。我们的人刚来还不习惯早起，慢慢适应吧。"

我觉得舒香说的也有道理，我应该尊重她的意见，因为她也是我们知青点的小头目，女知青的负责人，上面的领导任命她当我的帮手，她说话我也应该听的。

"好吧，叫他们睡吧。"我对舒香说，"咱们出去散散步吧，舒香，我们出去走一走，转一圈，看一看农村的景色，回来他们就该起床了。"

"好吧，我愿意陪你出去看一看山村的景色，呼吸一下凤凰山清新的空气。"

我和舒香一起信步走着，欣赏着凤凰山。凤凰山的山水真美呀，一草一木都给人一种纯净的清香味儿。美中不足的就是当地老百姓的生活太穷了，农民们日子过得太苦了。我们看到农民的房子、生活环境后，真的是万分感慨呀。凤凰山所有的农民家庭的住宅都是泥土的、木板的，而且还不是新的，都是住了多少年的。就是大队部大队领导办公的地方，也是泥土房，不过是近几年才盖起来的，看起来要比农民的住宅新一些、结实一些。

我和舒香觉得最美丽、最好玩的地方，还是凤凰山脚下的汉水河流域的长江支流。我认为，站在汉水河边看凤凰山，真的有一种风景如画的感觉：满目青山翠树，树木连接天边，河水就像躺在凤凰山脚下的一条蛇一样缓缓地向前游动，慢慢地奔向万里奔腾的长江，最后奔向大海。

我和舒香两个人一边走，一边看，一边谈论着下一步的工作安排。

我和舒香一致认为，第一个要解决的问题，就是安排好大家轮流做饭的问题。一日三餐，这是必须要安排好的大事。

我和舒香出去走了大约有一个多小时，也可以说是散步锻炼身体了。我们俩回到知青点，其他人也都起床了。我和舒香走进堂屋，看到他们一个个端着饭碗，有说有笑地喝着稀饭。我和舒香辛苦了半天，还没有吃一口呢，他们倒不客气，七个人把一锅稀饭全吃光了。可能我和舒香为大家做的稀饭太少了，他们以为我和舒香已经吃过了，所以也就没有想到要为我和舒香留一口。吃就吃了吧。我和舒香也没有什么好说的，只有等到中午再吃饭了。我趁着他们吃饭的时候，跟大家说了一下以后轮流做饭的事大家马上就七嘴八舌地开始发表自己的看法了。

宋丹心首先开口说："我不会做饭。"

"不会做饭可以学呀。"我说。

"我人笨，学不会。"她说。

"丹心，做饭有什么难学的？"舒香对她说，"做几天就学会了。"

宋丹心看着我和舒香的脸色，不说话了。

"做饭还真是个大问题。"李国成说话了。

"要学做饭了，这还是个技术活吧？"王中英发表言论。

"曾光，我看做饭应该是女同胞的事儿吧。"武力张嘴就来，也不怕得罪女同胞们。

"谁说做饭就应该是我们女同胞的事儿呀?"舒香马上就发表反对意见。

"舒香，你别生气，我只是提议，这仅仅是我个人的提议。"

"你的提议，就为自己考虑，你怎么不提议男同胞们做饭呢?"

"从古到今，男子汉、大丈夫，哪有做饭的? 做饭就应该是女孩子的事儿。"

宋丹心不客气地冲他来了一句:"放屁!"

女同胞们听了宋丹心的粗话都笑起来了。

舒香马上用手指捅了一下宋丹心，说:"丹心，说什么呢? 大家开会，说话还是要文明一点儿的。"

"本来就是嘛，我说的不对嘛?"宋丹心说，"凭什么做饭就该是我们女孩子的事儿呀? 凭什么呢? 就凭你们男的身强力大欺负人呀!"

"我不过就是提议嘛……"武力又低声说了一遍自己的观点。

"你提议，你就提出欺负我们女孩子的建议呀?"陆春芳也质问武力。

"得，我还是不说话了。"武力怕引起所有女同胞的不满情绪，晃了晃脑袋，溜边了。

"我觉得吧，"李国成说，"武力同志提出的建议还是一条很好的建议。"

"我也同意。"王中英也赞成武力的说法。

"你们凭什么呢?"宋丹心继续发表反对言论，"你们说出道理来? 我们女孩子又不该你们的，又不欠你们的，凭什么你们男人不做饭呢?"

"我觉得吧，女同胞心灵手巧，会做饭，"李国成不紧不慢地说，"天生就是家庭妇女。"

"谁是家庭妇女？谁是家庭妇女？"陆春芳马上攻击李国成，"我们是未婚的知识青年好吧？你妹妹才是家庭妇女呢！"

李国成不满地说："我妹妹招你惹你了？"

陆春芳说："谁让你说我们是家庭妇女？"

"知识青年，未婚，也是女人。"王中英慢悠悠、笑嘻嘻地说，"从古到今，女人就是贤妻良母，这是历史传下来的传统美德。"

"我们是未结婚的大姑娘，不是贤妻良母，你搞清楚了，王中英！"郭小红也站在女同胞的立场上说话了。

万福丽也接着发表了自己的看法："贤妻良母，传统美德，以后让给你们男人啦。"

武力又挤到姑娘的面前，说："我觉得吧，女同胞做饭香，做饭好吃，我们男人天生就不会做饭，也学不会做饭。"

舒香也学着武力说话的口气，不紧不慢地说："我觉得吧，做饭男女都一样，应该轮流学做饭。"

李国成说："我们男人天生就不是做饭的材料。"

王中英接着说："我们男人笨手笨脚的，做饭肯定不好吃。"

武力大言不惭地说："我在家里从来也没有做过饭。"

宋丹心马上反击，说："你们在家里从来没有做过饭，但是你们现在到农村来了，就要学会做饭。你们没有听毛主席他老人家说过吗？新社会，新国家，男女平等，男女都一样，女人会做的事情，男人也要会做。"

"对，丹心，"郭小红马上叫好，"你说得太棒啦！"

"对，丹心，你说的话我赞成！"万福丽也马上表态。

"对，丹心，你说得太对啦！"陆春芳也拍手叫好。

三个男同胞还不服气，还想与女同胞们斗争，分出个胜负来。

"对什么对呀？"李国成说，"你们不要跟着瞎起哄！"

"谁瞎起哄啦?"郭小红质问他。

"我觉得李国成说的还是有道理的。"王中英坚持说。

"有什么道理呀?"万福丽问他,"你们男人为什么就不能做饭呢?"

"我们男人做不好饭。"武力说。

"这不是理由!"陆春芳马上攻击他。

男女双方各执一词,各说各的理儿,争执激烈。大家谁都不想做饭,最后只有我说公道话了:

"我看这样吧,有关做饭的事儿,大家举手表决好不好?"

我的话立刻得到了女同胞们的赞同。

舒香首先表明了态度:"我同意举手表决。"

"我也同意。"宋丹心接着说。

"我也同意。"郭小红表示支持。

"我举双手赞成!"万福丽马上回应。

"我同意!"陆春芳高调地叫起来。

"我反对!"李国成发表意见。

"什么理由?"我问他。

"举手表决明显不公平嘛。"王中英说。

"举手表决有什么不公平的?"我问。

"这还要说吗?"武力马上发表意见,"女同胞人多,我们爷们人少,再加上还有一个叛徒……"

"妈的,谁是叛徒?"我拧着武力的耳朵问他。

"曾光,手下留情,就当我什么话也没有说,放屁好啦!"

女知青们听了武力的话,哈哈大笑起来。男同胞们看着我,明显地表露出不满。但是我也没有办法,我只能站在公正的立场上说话。

舒香随后又说:"有关做饭的事儿,还是请曾光同志定夺吧。"

"对，听曾光的。"宋丹心斜着眼睛看着我。

"对，听曾光的，你说话吧。"郭小红也斜着眼睛盯着我。

"还是大家表态吧，我不能一个人说了算。"

"曾光同志，我们就听你的。"万福丽说。

"我相信，我们知青点的领导同志说话还是有水平的，最公正的，最合理的。"陆春芳马上给我戴高帽，唱赞歌。

"得罪人的事儿都落到了我一个人的头上？我不干。"

"那当然了，你是我们的领导嘛。"舒香也会拿我开玩笑了。

"对，我们大家尊重你的意见。"宋丹心也会拿我开涮。

"曾光，你凭良心说，"郭小红将我的军，"马上表态！"

"以后做饭的事儿你是怎样打算的？"万福丽也逼我表态。

"对，说一说你的计划和安排吧。"陆春芳也叫我表态。

"我还没有计划。"

舒香马上就对我不满了："滑头一个。"

"这是什么领导啊？"宋丹心也向我开火。

"说了等于没说。"郭小红也向我开炮。

"这样的领导没有原则！"万福丽如是说。

"曾光，你要为我们女同胞主持公道，"陆春芳说，"你不能和稀泥呀！"

"尊敬的女同胞们"，李国成看见我有点招架不住了，马上说话了，"还是我的意见对，以后做饭的事儿就交给你们女同胞了，我们男同胞出去挣钱，挣工分，好不好？"

"你说的没有道理。"舒香马上反驳他。

"谁说没有道理呀？"王中英说，"我看挺有道理的。"

"有什么道理呀？"宋丹心说，"我们女同胞在家做饭，以后的工分谁

挣啊？"

武力头脑非常简单地说："这好办，以后我们挣了工分，分给你们女同胞，双方不就扯平了吗？"

"喂，猪头，"郭小红说，"你会不会算账啊？我们女同胞是五个人，你们男同胞是四个人，多出一个人来，谁给工分呀？"

"找猪头，"武力用手指着我说，"他是头，他是当家人，找他要工分。"

"妈的，谁是猪头？"我用手拍了拍武力发亮的脑门。

"曾光，找你要工分你干吗？"舒香问我。

"凭什么呢？这样好像对我不公平吧？"

"是不公平。"宋丹心为我伸张正义。

"哟，宋丹心同志，才来两天半，你就为曾光同志打抱不平啦？"

"这样溜须拍马，巴结领导，影响可不好吧？"李国成故意挖苦她。

"我愿意！"宋丹心一副天不怕地不怕的样子。

"哎呀，大小当个领导就不一样啊，"王中英阴阳怪气地说，"就有人溜须拍马，真有人上杆子巴结呀。"

"屁话，没有人巴结，谁还愿意当领导？"我拍着胸膛说。

"我就巴结领导了，又怎么样吧？"宋丹心也不怕他们的讽刺挖苦。

"哎呀，我看出来了，"王中英说，"两人之间的关系进展神速，不一般啦。"

"去，坏蛋，不要胡说八道，无中生有……"

"宋丹心同志，"武力添油加醋地说，"这是胡说八道、无中生有吗？你这当众溜须拍马、巴结领导，大家是有目共睹呀……"

三个男同胞集中火力向宋丹心一个人开火，攻得她有点招架不住了，脸也红了，说话也没有条理了，语无伦次了。

"坏蛋，好男不跟女斗……"

李国成笑着问她："脸红什么呀？"

"精神焕发！"王中英大声说。

"怎么又黄啦？"武力也火上浇油。

"防冷涂的蜡！"李国成叫道。

三个人嘻嘻哈哈，怪喊怪叫，逗得宋丹心面红耳赤，一副无地自容的样子。看着她可怜的样子，我马上出面为她解围。

我对三个坏蛋说："好啦，好啦，大家不要开玩笑了，还是说正经事儿吧。"

但是在做饭的问题上，男同胞们还是想耍赖。

李国成还是说："曾光，做饭我是真不行，我情愿干点脏活、累活、重活。"

"国成，做饭有那么难吗？"我对他说，"不就是洗好米，烧开水，把米往锅里一倒，大火烧开，小火焖吗？"

我吹牛的时候，舒香的眼睛睨视着我，偷着乐。

"你说的再容易，我也学不会做饭，这个人天生就是笨蛋。"

"我也是的，"王中英也说，"我在家里从来也没有做过饭。"

"那你们就跟我学，我就喜欢笨蛋。"

我拍了李国成和王中英的脑袋，大家笑了。

武力说："好，曾光，我们三个人就跟着你拜师学艺啦。"

"你们三个人不要乱起哄，我说的是正经事儿。"

"我们拜师学艺也不是说着玩的。"李国成说。

"我们也是认真的。"王中英说。

"领导说话我们敢当儿戏吗？"武力也跟着应和。

三个男同胞好像是串通好的，说话的步调都是一致的，就是想耍赖，不想做饭。

舒香严肃认真地对他们说：

"做饭的事儿，以后大家天天要做的，天天要吃的，应该定下规矩来，没有规矩是不成方圆的。大家都应该学会做饭，以后轮着做，这是必须的。"

"你说得对，舒香。"我非常赞成她的观点，"你有什么好想法？"

"我的想法是这样的，以后我们大家要在这里长期生活居住了，而且不是一天、两天，也不是三个月、五个月，可能是一年、两年，或者是三年、五年，我们大家以后是要朝夕相处的。我们九个人就是一个大家庭的兄弟姐妹，以后大家要互相关心，互相爱护，互相帮助。做饭，说起来是一件小事儿，但是安排不好，也是容易产生矛盾的，是要影响团结的。大家不要小看了这样一件小事情。"

"我说舒香同志，"李国成说，"您能不能长话短说，说得简单一点儿，做饭到底怎么安排吧？"

"曾光同志在前面已经说过了，他的建议是大家轮换着做饭，我表示同意；女同胞们做一个星期，男同胞们做一个星期。做饭、买菜，就安排一个人，其他人要正常出工，大家还要挣明年的工分口粮的。"

"哎呀我的妈呀，"武力又冒冷腔，"叫我一个人做饭，可是要我的命啊！"

"做饭要什么命啊？做饭有什么可怕的？要不你跟我学。"舒香对他友好地说。

"谢谢，"武力高兴得手舞足蹈了，"我正巴不得跟你学艺呢！"

"武力，你可找了一个好师傅，看把你美的。"王中英也对舒香表达此意了，"舒香，我也跟你学做饭吧？"

"行，我不反对。"

"舒香，我也跟你学艺呗？"李国成也想拜她为师。

三个坏蛋分明是乱起哄，我叫大家严肃一点儿，不要继续开玩笑了。

我认真地说："舒香，你说，做饭从女同胞们开始，还是从男同胞们开始？"

"如果大家同意我的意见，"舒香说，"就从我们女同胞开始吧。"

舒香本来是希望女同胞们能带个头，把做饭的事安排下来，定下来，可是宋丹心又不干了，又找事儿了：

"不行，我反对！做饭凭什么要从我们女同胞开始呀？"

"丹心，我们女知青带个头嘛。"舒香希望她能配合。

李国成这时又开冷枪了："女同胞在家就是围着锅台转的，带个头也是理所当然的。"

"胡说，我就不会做饭。"宋丹心自己承认了。

"丹心，不会做饭可以学的呀。"舒香还是想说服她。

"我最讨厌做饭了，火烧火燎的。"

我对宋丹心有点意见了，我觉得她有点太不讲道理了。

我就问了她一句："宋丹心，大家都不学做饭，以后大家吃什么，喝什么，喝西北风啊？"

宋丹心听我说话不好听了，她转过脸去不理我了。

舒香马上圆场，说："大家自己说，还有谁不会做饭的？不会做饭的大家都要学习的。"

"舒香，接着你的想法说。"我想继续听听她的高见。

"好吧。我是这样想的，"她又对大家说，"会做饭的带着不会做饭的，师傅带学徒，先学习两个月；两个人为一组，两个月下来，不会做饭的也应该学会做饭了。后面大家再独立作业，大家看这样好不好？"

"好，这个办法好。"我同意她的计划，"还是你聪明。"

"那就两个人一组，先运行两个月？怎么样？"

"这个办法可行。问题是谁跟谁一组呢？"

"自由组合。"

"自由组合也要有方法。"我的脑子也开窍了，"我看这样吧，男女组合，两个人一对，大家说怎么样？"

大家都表示赞成，马上叫好。男同胞也不反对学做饭了。

李国成怪话出来了："好哇，我赞成男女组合，我也愿意学做饭了！"

"找对象合适，"王中英叫道，"谈恋爱正好！"

"两个人一对，太美啦！"武力也非常赞同地说，"我也学做饭了，谁愿意当我师傅？"

宋丹心听了三个男同胞的俏皮话，马上就对我开火了：

"曾光同志，你安排对象呢？还男女组合，两个人一对。你什么意思呀？"

"我可不是安排对象的意思，"我马上发表声明，"我的意思是男女组合，干活有动力，干活不累，没有别的意思。"

"聪明！"李国成向我竖起了大拇指，"曾光，你真是聪明，这个建议太好啦！"

王中英也有俏皮话说了："曾光，你这个主意太妙啦！"

武力也发表热情洋溢的论调了："曾光，你这个点子想绝啦！"

"去去去，什么乱七八糟的！"

我叫三个男同胞赶快闭嘴，心思不要想邪了，我怕引起女同胞们对我的不满和群体攻击，可是男同胞们还越说越来情绪了。

李国成好像等着急了，对我说："曾光，找对象马上开始吧！"

舒香马上就嘲笑他："李国成，说到找对象，你来精气神啦？"

"那是呀，这样的安排太合情合理了，我一百个赞成！"

王中英也会拍马屁:"这样安排妙不可言!"

武力自我陶醉地说:"这样的安排太美啦!"

舒香不客气地讽刺他们:"我说尊敬的兄弟们,你们不要癞蛤蟆想吃天鹅肉啦。"

"舒香同志,"李国成正儿八经地说,"男女之间找对象不是很正常吗?"

"男大当婚,女大当嫁,这是天经地义呀。"王中英接着说。

"我们也该找对象了。"武力说出了内心的想法。

女同胞们明显不给男同胞们面子了,或者说看不上男同胞吧。

舒香又说话了:"我说男同胞们,你们的想法不要太多啦。"

宋丹心说话就有点难听了:"思想不健康。"

郭小红说话更难听了:"想法有问题。"

万福丽说话就上纲上线了:"灵魂不干净。"

陆春芳最后就骂人啦:"缺德!"

三个男同胞根本就不理会女同胞们的冷嘲热讽,还是想说什么就说什么。

"尊敬的女同胞们,"李国成十分坦率地说,"找对象有什么缺德的?难道你们一辈子不嫁人吗?"

"不嫁人,那就出家当尼姑吧!"王中英接着说。

"可不要都出家了,"武力实实在在地说,"要给我留一个,我还想找媳妇呀!"

众人在堂屋里嘻嘻哈哈、哄堂大笑,什么正事儿也不扯了,就乱开玩笑了。

我只有把握大方向,拍着桌子重新把话题拉回来:"好了好了,各位兄弟们,各位姐妹们,不要开玩笑了,不要瞎胡闹了,不要胡乱扯了,还是说正事儿吧。我们要把做饭的组合敲定下来，原则是自愿组合，两个人一组。大家听好啦，自己找对象……"

"曾光，"舒香发表自己的想法了，"那我们两个人就组合带头先行吧？"

"我没有意见，我跟谁组合都可以接受。"

宋丹心用眼睛瞟了舒香一眼，怪声怪调地说：

"舒香，你可真聪明啊，先下手为强啊？"

李国成主动地讨好宋丹心："宋丹心，我们两个人组合吧？"

"不要，我们两个人都不会做饭，搞不成。"

"搞不成拉倒，你还挺牛的，我找别人组合。"

"你找吧。"我请他找人选。

李国成又主动找郭小红："郭小红，咱们两个人组合吧？"

"好，"郭小红说，"但是有一条，脏活、重活、累活，你全包了？"

"成，没有问题，"李国成拍着胸说，"脏活、重活、累活，都是我的，你放心吧，我不会欺负女同胞的！"

"这还像一个男人说的话。"

"我是百分之百的男人！"

"万福丽，"王中英主动地对她说，"我们两个人成双结对吧？"

"去，听你说话怎么这么刺耳呀！什么叫成双结对呀？"

"我这话说得有问题吗？"王中英问她。

"当然有问题了，"万福丽说，"应该说，我们两个人组合做饭。"

"我说的不也是这个意思吗？"

"你是用词不当。"

"你就说实话，你同意不同意吧？"

"就是你啦。"

"我找谁呢?"武力用眼睛扫描舒香、宋丹心、陆春芳,"我就找陆春芳吧,如何?"

"谢谢你,武力,谢谢你如此看得起我。"陆春芳说。

"我的眼力不错,咱们俩组合正合适,这是天仙配!"

"去,胡说八道!"

东北大姑娘也知道脸红了,用手掐武力的胳膊,武力也故意尖声怪叫。

"宋丹心,你怎么办?"我用眼睛盯着问她。

宋丹心脸不红不白地说:"正好多出来我一个,我就不用学做饭了。"

"宋丹心,不行的,你不学做饭肯定是不行的。"我坦率地对她说,"我们每一个人都要学会做饭的,你不学会做饭,大家做饭给你吃,时间长了其他人要有意见的。"

"那我就跟你学做饭好啦。"

她来到我身边,故意用手臂挽着我的臂膀,也不怕别人说闲话。

"跟我学也行,不过我是个二半吊子,我们两个人一起跟着舒香学吧?"

"也好,那我就跟你们俩个人一起学,我们三个人组合。"

"不行,不行,这样不行的,我反对,"李国成站出来表示,"这样对大家不公平,这不是明显地欺负人吗?"

"这有什么不公平的?"宋丹心问他,"这怎么叫欺负人啦?"

"你们三个人组合,我们大家是两个人组合,这公平吗?"王中英也持反对意见。

"你们多一个人就不一样,"武力也站出来说话,"多一个人就多一分力量。"

"那你们说怎么办,你们有什么好主意?"宋丹心故意为难他们。

我觉得这还真是一个问题。

舒香马上说话了："我看这样吧，我退出来，我一个人一组，你们两个人一组，这样就分成了五个小组。我做每一个星期的礼拜天，你们大家可以休息一天。这样你们四个小组，一个小组做六天饭，四六二十四天，剩下来的时间我来做，这样大家就公平了吧？"

舒香不怕吃亏的精神感动了大家，谁也没有什么好说的了，大家都服她了，轮流做饭的事情就这样敲定下来了。

后面接下来就是安排落实的问题了。

我们开始下乡的时候，已经是"无产阶级文化大革命"运动的后期，再加上大家都是来自五湖四海，过去谁也不了解谁，彼此之间也没有什么"阶级仇，民族恨"的矛盾，而且也没有经历过"无产阶级文化大革命"的洗礼，所以我们之间相处还是比较友好的。

那时我们都很年轻，所以大家的情绪还是比较乐观的，因为都还是刚走出学校大门不久的学生，头脑比较简单，思想也比较单纯，身上还具有革命青年朝气蓬勃的特点和热情活泼的天性。我们既没有吃过什么苦，也没有受过什么罪，所以也体会不到知识青年上山下乡的苦与难。只是后来时间长了，大家经过了生活的磨难，才体味到知识青年上山下乡的生活过得很不容易。

第 *4* 章　安家落户

我们下乡到农村安家落户，一切都需要从头开始，大事小事儿都要自己想办法解决，这对我们知青来说，既是锻炼也是考验。

做饭，表面上看起来是一件小事，其实做饭的背后还有大事。我们知青最初自己烧饭吃的时候，还没有觉得烧柴是一个大问题。山里的树木多得很，满山遍野都是树木丛林，有松树，有柏树，有沙树，有窜天猴树，到处都有枝繁叶茂的杂树木林。农民们烧火做饭用的木柴、树枝，要自己上山砍伐。

我们开始在黄队长家落脚，自己烧火做饭吃，没有木柴用，只能借用黄队长家的木柴烧火、做饭。说起来是借用，实际上就是拿人家的木柴用。但是拿房东黄大叔家的木柴烧火、做饭，短时间还可以，十天半个月是没有问题的，但是时间长了也不行，黄队长和黄大妈虽然不说我们知青什么，但是人家的木柴也是辛辛苦苦从山上打回来的，所以借用时间长了，我们自己也觉得不好意思，不能老拿黄家的木柴当自己的用。

于是，我就要组织九名家庭成员到山上去砍柴。没有砍柴的工具，我们只有找老乡借，于是我便找到黄队长借用砍柴的工具：砍柴刀和扎钎。

砍柴刀可能大家都知道，所谓的扎钎就是一种挑柴的工具，有点像扁担，挑柴专用的，但是又与扁担不一样。扁担是扁平的，有一米多长两米左右，十公分宽，扁担是两头细，中间宽，挑在肩上省力，两头也是平的。但是当地老乡所用的扎钎，则是一种专用的打柴工具，像扁担一样长，但是两头是有铁头的，是带扎枪的，好像过去古人打仗使用的武器一样，可以扎进木柴捆里挑起来，担上肩，挑着走的。我找黄队长想多借一些上山砍柴的工具，黄队长就拿出了家里用的两套砍柴的工具：砍柴刀和扎钎。但是我们有九个人，两套工具明显不够用的。

"不够用好办，"黄队长说，"我再给你们找人去借两套工具来，工具是没有问题的。"

"黄大叔，我们上山砍柴要到哪儿去砍呢？"

"到野猪岭，山上的杂木丛林随便砍。"

"路程有多远呢？"

"走路可能要一个多小时吧。"

走路要一个多小时也不算近了。

我又问黄队长："黄大叔，我们砍山上的树木要花钱吗？"

"不要花钱，随便砍。但是要记住一条，不要砍松树，不要砍柏木，不要砍成材的树，砍松树、柏树、成材的树木可是要罚款的。"

"黄大叔，我们九个人上山砍柴，去一趟需要多长时间呢？"

"哎呀，这我可说不上了，空手走路来回需要三个小时，砍了柴要从山上挑下来，时间可能需要更长一点儿，如果再加上砍柴的时间，你们知青上山砍柴也要慢一点儿，我想大概至少需要一整天的时间吧。"

"需要一整天的时间？"

"对，需要一整天的时间，你们还不见得能回来。清晨早一点出去，晚上天黑之后你们能赶回来也就不错了。"

"大叔，我们上山砍柴要注意什么事儿呢？"

"一方面要注意走山路摔跤，因为山路是上上下下、曲曲弯弯的，不是平平展展的，挑着东西走路是有危险的。除此之外，你们上山砍柴还要注意山里有野兽。"

"注意什么，大叔？注意山里的野兽？"

"对呀，要注意野兽，我们这里山大，什么野兽都有，有野猪，有野狼，还有野鸡、野兔之类的小动物。"

"大叔，您说的是真的吗？"

"当然是真的，大叔我还能骗你吗？我们这里前几年还有土豹子呢，不过现在土豹子倒是不多见了，但是野猪、野狼还是常见的。我们这里野猪特别多。"

"大叔，野猪咬人吗？"

"当然咬人了。野猪一般情况下不咬人，怕人，但是如果野猪急了也会咬人的。所以你们上山砍柴还是要多加小心的。我建议你们女孩子最好不要上山去砍柴，万一出了事儿不好办。"

黄队长为我们提供了家里的两套砍柴的工具，同时又为我们找老乡借了两套工具，加起来就有四把砍柴刀，四根扎钎，四套砍柴的工具够用了。

但是上山砍柴还是有一点可怕的，万一碰到野兽怎么办？我想还是听从黄队长的建议，不安排女同胞们上山砍柴了。

但是，我自作主张的决定，却引起了男同胞们对我的不满。

"上山砍柴、做饭，这是涉及我们每一个人的事，既然大家轮流做饭，上山砍柴也就应该人人有份，女同胞们为什么不能上山砍柴呢？"李国成当众发表自己的观点，涉及自己的事，他也不怕得罪女同胞了。

"山上有野兽，"我实话实说，"上山砍柴是一件有危险、挺可怕的

事儿。"

"有什么可怕的？不就是有野兽吗？"武力也当众发表自己的观点，"我们借上老乡的猎枪，上山砍柴带上，既可以打猎，又可以砍柴，一举两得。女同胞们去了还可以给我们当帮手呢。我觉得这是一件挺好的事儿，如果运气好了，能打到野兽，回来还可以改善大家的生活，这不是两全其美的事儿吗？"

"可是山上有野猪，有狼，那是伤人的动物，说起来还是怪可怕的。"

"山上有野猪，有狼，女同胞们就可以不去上山砍柴，那我们以后负责上山砍柴，是不是可以不用做饭了？"王中英说的话，等于又扯出问题来了。

说白了，男同胞们对前面定下来的大家轮流做饭的制度还是心里不舒服，因此耿耿于怀，不像个男人。

其实我也可以理解，所有的人心里都怕吃亏。我相信读者们也能理解，因为人的本性都是自私的。我在前面已经说过，我们九个知青分别来自全国各地，东西南北中都有，大家过去素不相识，认识的时间也不算太长，所以有私心也是正常的。我们九个人当中，我原来就了解好朋友舒香和宋丹心，还有几位女同胞，我对大家已经说过，她们是我的同学。其他人我虽说认识，但是缺乏深度的了解，知道是同一批来的知青，如此罢了。问题又出现了，怎么解决矛盾，增进彼此之间的感情与理解呢？

我要征求女同胞们的意见，要争取她们的支持与理解。可是她们听说上山砍柴有狼，有野猪，有野兽，吓得都不敢说话了。

"我的妈呀，"女同胞们说，"上山砍柴有狼，有野猪，我们可是不敢去了。"

女孩子们胆子小，这是实情，也情有可原，她们怕野兽，也是可以理解的。但是烧火做饭的木柴还是要上山去砍的，大家的饭还是要做的，饭还是要吃的。我们知青也不可能长期找黄队长和老乡们借柴烧吧？我说实话，从我的本意来讲，我是不同意女同胞们上山砍柴的，但是我又不能为她们顽固地坚持我的想法，因为男同胞们对我表示不满，已经说明大家还缺乏理解，彼此之间还没有建立起真正友好的感情。

关键的时候，还是舒香勇敢地站出来支持我，说公道话：

"这样吧，大家以后轮流做饭的事儿和上山砍柴的事儿，我们男女重新进行分工，以后我们女同胞就负责轮流做饭，你们男同胞以后就长期负责为大家上山砍柴。大家说，这样分工好不好？是不是合理？"

男同胞没有意见了，女同胞们心里又不舒服了。一个大家庭，又是没有血缘关系的兄弟姐妹，有些事情实在是难以平衡的。男同胞心里舒服了，女同胞心里又不平衡了。

宋丹心还是敢说敢言，不怕得罪人：

"做饭的事，是要一天三顿饭天天做的，上山砍柴也就是十天半个月砍一回，一个月上山砍两次柴也就足够了。叫我们女同胞天天做饭这好像对我们也不公平吧？"

有宋丹心带头说话，郭小红、万福丽、陆春芳三个姑娘也接着话茬说下去：是的，这样对我们女同胞不公平。

最后，只有我出面主持公道了，我对大家说：

"这样吧，以后上山砍柴就是我们爷们的事儿。有关做饭的事儿呢，女同胞们五个人，做五天，一人轮一天，也就是说：从星期一到星期五由你们做。剩下来的两天时间，也就是星期六和星期天，由我们四个爷们轮流做饭，这样安排是不是公平合理呢？"

我说的解决问题的办法，大家可以接受，都表示同意，最后全体通过，问题算是解决了。

我们要上山砍柴，黄大叔觉得我们人生地不熟的，也不认识路，应该带着我们去认识一下砍柴的地方，我们当然表示万分感激。

黄大叔叫我们不要忘记了带上中午吃的干粮，水可以不用带，山上的水沟里有水，我们就一起跟着黄大叔到野猪岭去砍柴了。

野猪岭是一个人烟稀少的地方，好像没有什么人家居住，就是杂木丛林地带，所以才会有野兽经常出没。

我在前面已经说过，黄大叔年轻的时候当过兵，回家以后喜欢打猎，所以他带上了自己心爱的猎枪。

老人家对我们说，这是他大儿子花钱给他买来的双管猎枪，买了还不到两年，好用极了。他的双管猎枪看起来还像新的一样，说明老人家是特别精心爱惜的，保养得很好。

老人家说这支双管猎枪是他们家里最值钱的东西。他每一次上山打柴，都要带上猎枪，一边砍柴，一边打猎。打到大的猎物，他就不要柴了，直接拿着猎物回家。而且听老人家对我们讲，他的枪法很好，他每一次上山到野猪岭打猎物，从来没有空手回过家。他说野猪岭的野猪多极了，漫山遍野地跑，祸害老百姓的庄稼，红薯、苞谷，等等。

我们跟着黄大叔到了野猪岭，他告诉我们砍柴的地方，然后他就一个人背枪走了，显然他是一个人背枪打猎去了。

我们四个男知青，第一次上山砍柴，望着漫山遍野的杂木丛林，不知道该如何下手，也不知道该砍什么。我们拿着砍柴刀和扎钎，走了一个多小时山路，已经累得够呛，全身上下的衣服都湿透了，坐下来休息了一下，就开始砍柴了。反正大家也不知道什么树枝好烧，我们就乱砍吧。

我和李国成、王中英、武力三个人，砍了一个上午，树枝柴禾是砍了不少，可是没有带绳子来，不知道该怎样捆绑。

中午坐下来吃饭的时候，我们听到了远处传来两声枪响，这显然是黄大叔的双管猎枪开火了。大约过了有一个小时左右吧，老人家满头大汗地回来了。他不是空手回来的，他是挑着猎物回来的。老人家真是打猎的神枪手，他打到了两只小野兔，他肩扛着猎枪，挑着两只小兔子，得意洋洋地回来了。

老人家来到我们面前，坐下来休息："知青孩子们，你们的柴禾砍完了吗？"

我看到黄大叔打到的两只野兔子，觉得他太神了。

"大叔，您真的打到了猎物？"

"这算什么猎物？两只小兔子。"

"大叔，您也算不白来呀。"

"可惜没有看见野猪。"黄大叔感到挺遗憾的。

我们看到黄大叔打到的两只野兔子惊奇极了，午饭也不吃了，就傻乎乎地围着黄大叔放在地上的野兔子，翻来覆去地看。

黄大叔对我们说："孩子们，这野猪岭，野兔子、野猪多得很。今天运气不好，没有碰到大家伙。"

"黄大叔，这野猪岭的野猪能有多少？"李国成问老人家。

"哎呀，这我可就说不清楚了，反正我们这里的野猪已经成灾了，年年祸害我们的庄稼地，野猪什么东西都吃，我们种什么，野猪吃什么。今天我是陪你们来砍柴的，所以我就没有打算打野猪。"

我把一饭盒白米饭炒鸡蛋递给了黄大叔。

"大叔，您吃饭吧。"

"这是给我吃的？"

"是的，大叔。"

我们没有条件请他老人家吃好东西，只有请他老人家吃这样的家常便饭。

我们知青带来的午饭是舒香大早上起来为我们做的，每人一盒。我特意为黄大叔多带了一盒，因为老人家主动为我们知青上山砍柴带路，所以我不能叫老人家饿肚子。而且说实话，黄大叔平时在家里也是难得吃上大米饭炒鸡蛋的，因为黄大叔家并不富裕，黄大叔的家庭条件虽然比起当地的农民家庭生活过得好一点，可是他们家一年到头从土地上收获的粮食还是不够吃的。山里人的人均土地少，都是山坡地。我问过黄大叔，他们生产队的农民平均耕地还不足两分地，少得可怜，所以他们的粮食家家都不够吃。我留心观察过他们的一日三餐，黄大叔家的生活条件在全大队来说，也算数一数二的，可是黄大叔和黄大妈的日常生活也是过得挺难的，老两口早晨吃的是稀的，什么面糊加红薯，或者面糊加红薯叶子，晚上吃的也是稀的，只有中午一顿饭是大米饭，这是我们亲眼所见的。其他农民的家庭生活也就可想而知了。我见过一些穷苦的农民家庭，家里的孩子都不穿衣服。我们知青下乡的时候已经是九月了，山里的气候已经有一点凉了，那些可怜的孩子还是光着屁股，这是真的。

我们知青刚开始下乡，生活上还是有保障的，因为我们有国家的粮食补贴，还有生活费的补贴，所以我们最初在农村生活不觉得有多苦。但山里农民的生活是真够苦、真够难的。

黄大叔自己也带饭来了，不过他带的不是大米饭炒鸡蛋，而是两个大青萝卜。黄大叔用山沟里的流水把大青萝卜洗干净了，就想当饭吃。

"孩子们，我还是吃这个吧。"黄大叔说。

我把老人家的大青萝卜拿过来，放进他的背包里："大叔，这里有您的饭吃，我们带来了，您要不吃我们就不高兴了。"

黄大叔看见我们是非常真诚地请他吃饭，老人家也就不客气了。

"好，吃。"老人家接过饭盒就吃起来。

我请教老人家："黄大叔，我们的柴禾是打好了，问题是用什么东西捆绑拿回去呢？"

"用藤条，孩子们，你们没有看见到处都是藤条吗？用藤条把柴禾捆起来，捆成两捆，一定要捆结实了，然后用扎钎一边扎一捆，上肩一挑就挑回去了。"

我们和黄大叔一起吃完了午饭，我们就去砍藤条，捆绑柴禾。黄大叔呢，就去砍他的柴禾。老人家的动作是真快呀，到底是老农民，砍柴的高手，经验丰富，我们知青真是比不了，我们四个人砍了两个多小时，黄大叔不用一袋烟的工夫就砍齐了，并且绑好了。

我们照着黄大叔告诉我们的捆绑方法，累得满头大汗，总算把木柴捆好了。

可是黄大叔看了我们捆的柴禾之后，说："孩子们，你们捆得太多了。路远无轻担，你们贪多了挑不回去的。"

我们年轻人，自然逞强好胜，捆好了就不想再动了。我们心里想，咬牙也要坚持挑回去。我们是第一次上山砍柴，什么也不懂，也不听黄大叔的话，每个人都捆了两大捆柴，黄大叔看着我们笑，也不好多说什么。

他老人家又为我们知青每个人做了一个搭肩锤，就是用一根木棍，有一米五左右长吧，竖起来差不多与我们的肩膀一样高。

我问老人家："这是干什么用的，黄大叔？"

黄大叔告诉我们说："这是休息和换肩用的工具，累了可以停下来站着休息，走路可以担在肩上为另一个肩膀减轻压力。"

黄大叔为我们做了示范，我们明白搭肩锤的用途了。

我们挑着柴禾跟在黄大叔的身后兴高采烈地往回走。开始大家还有说有笑，高兴了还引吭高歌，可是走了没有多久，大家就累得不行了，腰也弯了，肩也塌了，浑身累得酸疼，不要说唱歌了，连说话的力气都没有了。我们知青实在挑不动了，只有为木柴松绑，边走边扔。等到我们把木柴挑回家，天也黑了，木柴也扔得差不多了。我们知青最初捆绑的木柴，每个人可能有两百多斤重，最后挑回家的木柴，每个人也就剩下七八十斤了。我们四个人挑回家的木柴，也就跟黄大叔一个人挑回家的木柴差不了多少。我们打心眼里佩服黄大叔的挑柴功夫，人家一个人挑了三百多斤重的柴禾回家了，我们四个知青挑回家的柴禾还不如老人家一个人的柴禾多。

姜还是老的辣，不服不行，我们四个男知青，还顶不上黄大叔一个人能干，并且人家还背着猎枪、挂着子弹袋、挑着两只野兔子呢。

我们呢，到家一个个累得屁滚尿流，倒在床上就不想动了。不过说一千道一万，我们还算是对得起知青大家庭，对得起女同胞们，不管多少，还是把木柴挑回家了。

女同胞们又为我们端洗脸水，又为我们端饭端菜，慰劳我们辛苦了。

其实上山打柴的事儿，对我们知青来说，确实是一件挺辛苦的事儿，而且也有一定的危险性，特别是下雨、下雪的时候，路滑，走在山间的羊肠小道上，稍不小心就有可能摔下山去，伤了身体。不过后来我们上山砍柴的功夫还是锤炼出来了，当然这是后话了。

不过凭良心说，我们下乡了几年，从来也没有让女同胞们上山打过柴，这是真的。因为，我们后来也体验到了，上山砍柴确实不是女同胞们该干的事情。

有一次，我们四个人上山砍柴，真碰到了野猪，成群结队，有十几头。多亏我们手中拿着像武器一样的扎钎，才没有受到野猪的伤害。

除此之外，有些意外的事情也是想不到的。

有一年冬天，春节过后，我们上山去砍柴，在回来的路上，看到一个当地的老百姓在山上上坟，为祖先烧纸。结果一阵大风吹来，冬天的草木干枯，上坟烧纸的老乡把山上的野草点着了，接着山上就变成了一片火海。老乡吓得逃跑了。我们四个男知青眼看着大火燃烧起来，不救火就要烧起来了。大山里面，救火车根本开不进来，火势蔓延开来，就要烧毁大片的山林和树木。火情就是命令，没有时间多想，我们四个人马上放下肩膀上的担子，折断松树枝，分头投入到灭火的战斗中，因为我们手头上没有其他的灭火工具，只能用松树枝敲打。可是我们救火的人员太少了，只有四个人，火势蔓延开来，扑打不过来。我们东奔西跑，手中挥舞着松树枝，英勇奋战了两个多小时，最后火被扑灭了，我们四个人也累得瘫倒在地上。

有的人衣服烧了，有的人头发烧了，不过谢天谢地，我们的人没有受到太大的伤害，也算万幸了。不过我们每个人的脸上身上，都是黑灰烟土，看起来像黑鬼一样，一个个样子非常狼狈。这时候天要黑了，山下救火的人跑上山来了。

我们看到大队书记带队，有上百号人跟着，他们拿着水桶、木盆等工具，跑到山上来救火。黄队长也来了，我们知青户的女同胞们也跟着跑来了。

他们看到失火的现场，又看到我们四个救火的知青坐在地下十分狼狈的样子，他们自然要询问我们是怎么回事儿，我们就把失火的原因和救火的过程讲了。

火场大概烧了有将近五六十亩的面积吧，这是当时大队会计估算的。不过大火总算扑灭了，我们四个人也算没有白辛苦。

大队书记最后叫大家再认真检查一遍火场，确定没有隐火点了，所有的人才从山上撤下来。我们的木柴有人帮我们挑，我们的东西也有人帮我们拿着，什么事也不需要我们操心，因为我们是救火的功臣。

这是我们知青上山下乡接受贫下中农的再教育所做的最难忘的一件好事儿，也是唯一的一次好事儿。

我们应该受到表彰的，可是令人意想不到的是，我们知青不仅没有得

到表扬，反而还惹了一身骚。事后不久，就有流言蜚语出来了，说我们四个人有可能是在山上抽烟，不小心引起了火灾，我们是有嘴也说不清了。但是事情过去了好长时间，上面也没有人下来调查，也没有人来找我们的麻烦，此事也就不了了之了。我们问心无愧地做了好事，结果得到的回报却是流言蜚语的攻击和当地农民的误解，这是我们四个人无论如何也想不通的。不过当时还年轻嘛，事过即忘，也就不再多想了。

第 5 章　半夜惊魂

　　我们上山下乡的头一年，大家的生活还是比较好过的，因为我们不愁吃不愁喝，什么也不用多想，只想快乐，只想高兴，大家在一起同吃，同住，同劳动。

　　有些事情事后回想起来还是非常可笑的。

　　我记得有一天晚上，深更半夜的时候，女知青的房间里面突然传出了惊恐的尖叫声。女孩子胆子小，碰到一点事情就大惊小怪的。

　　我听到宋丹心惊恐地大叫："妈呀，快开灯！舒香，快开灯！我的妈呀，快开！"

　　我大吃一惊，不知道发生了什么事。

　　随后，我听见舒香问："丹心，你怎么啦？丹心，你怎么啦？你叫什么？"

　　"妈呀，快开灯！舒香，快开灯啊！"宋丹心继续大叫。

　　"开了，开了！你怎么了，丹心，你怎么了？"

　　女知青的房间里好像出现了混乱的现象，宋丹心吓得哭起来。

　　"我的妈呀，吓死我了，我的妈呀！"

"你怎么了，丹心，你到底怎么了，做噩梦了?"

"不是的，舒香，不是做噩梦了，是老鼠，是大老鼠!"

"是老鼠? 你不要怕，丹心，老鼠没有什么好怕的。"

"妈呀，该死的大老鼠爬到我脸上来啦，这样的房屋我可是不睡了!"

"丹心，你要干什么去?"

"太可怕啦，该死的大老鼠成灾了，我可不敢睡了!"

宋丹心吓得连喊带叫，把房间里的女同胞们都闹腾起来不敢睡了。

我也睡不着了。

"丹心，你深更半夜的吓死我们了!"这是郭小红的声音。

"大老鼠，大老鼠太可怕啦!"宋丹心还叫呢。

"老鼠，我的妈呀，我还以为是贼来了。"万福丽不满地说。

"大老鼠多可怕呀? 在我身上跑来跑去的!"

"宋丹心，大老鼠有多可怕呀?"陆春芳看起来不怕老鼠。

"我最怕老鼠，我从小就怕。"

"怕老鼠怎么办? 怕老鼠就不睡觉了?"舒香又说话了。

郭小红进一步对宋丹心表示不满:"宋丹心，你怪喊怪叫的，吓得我们也不敢睡了。"

"真的，大老鼠在我脸上跑来跑去的，太可怕了!"

"宋丹心，你不要说话了"，万福丽又说，"你越说大家越怕。"

"我不睡了，我是不睡了。大老鼠太可怕了，我是不敢睡了，实在太可怕了!"

"宋丹心，你不睡了怎么办? 怕老鼠大家就不睡觉了?"陆春芳又说话了。

"要睡你们睡吧，我是不睡啦，吓死我了，我的妈呀，吓得我魂儿都没了!"

"丹心，你真不睡了？"舒香问。

"我是不敢睡了，这是什么房子呀？老鼠闹翻天了！"

"曾光，你出来一下！曾光，你出来一下！"

我听见舒香在叫我。由于我们男知青和女知青的房间隔房不隔音，只是木板相隔，声音是隔不开的，所以我听到了舒香叫我的声音。我们男知青房间里的所有人也全都听到了。

"曾光，你能不能出来一下？"舒香又叫了我一遍。

没有办法，起来吧，想装睡也不成了。我只有起来，穿上衣服，出了房间。我看到女知青们都从睡觉的房间跑到堂屋里来了。

"怎么了，女同胞们，深更半夜的叫什么？这样大惊小怪的？"我走到她们身边，问宋丹心，她还惊魂未定呢。

"老鼠，该死的大老鼠咬我……"

"大老鼠咬你了？"我看着她吓得还浑身发抖，样子也怪可怜的，"丹心，你可不要吓唬我们，老鼠咬你哪儿了？"

"老鼠倒是没咬着我，但是从我脸上爬过去啦。简直太可怕了……"

"老鼠没咬到你就不要紧，"我叫她在小椅子上坐下来，安慰她，"你不要紧张。"

这时李国成也从房间里出来了，不满地说："怎么啦，宋丹心，到底发生什么事儿了？好像碰到鬼了，大喊大叫的？"

"什么碰到鬼啦，是大老鼠咬我！"

"大老鼠咬你？"李国成用眼睛盯着宋丹心的脸蛋，说，"我当什么事儿呢，老鼠咬你，说明你长得美，说明你长得漂亮，说明你长得好看。"

"去你的，少胡说八道！我长得美，长得漂亮，大老鼠就要欺负我呀？"

"可能是吧？要不大老鼠怎么咬你不咬我呢？"

李国成故意刺激她，宋丹心气得用手打了他一巴掌。

"你混蛋，该死的李国成，人家都要吓死了，你还满嘴胡说八道的！"

"我不是胡说八道，我说的肯定是有道理的，你看我们男女知青这么多人，老鼠怎么就咬你，不咬别人呢？"

宋丹心气得瞪着他。李国成笑眯眯地望着她。我叫大家不要开玩笑了。

"算了，别闹了，"我对大家说，"还是说正经的吧。"

舒香问我："曾光，我们的房间里到处是老鼠，闹得人实在睡不着，你说怎么办？"

"怎么办？我们的房间里也到处是老鼠，你说能怎么办？小老鼠有什么可怕的？"

宋丹心还是心惊胆战地对我说："曾光，不是小老鼠，是大老鼠！"

"大老鼠有多大呀？"我问她。

"大得像猫一样！"宋丹心用手比画着，大得好像猪了。

"大得像猫一样？"我觉得她有点过分夸张了，"那不成精啦？"

我说的话，把大家都说笑了，可是宋丹心一点也没有笑。

我们的男同胞王中英和武力也从房间里走出来了。大家在堂屋穿着背心、短裤，都不睡觉了，众人在一起说老鼠，你说可笑不可笑？

"老鼠是太大了，实在太可怕了。"宋丹心好像还心有余悸呢。

"老鼠大怎么办？我们住的房间有老鼠这是事实，难道大家都不睡觉了？"

"你们敢睡你们睡吧，我是怕老鼠咬我，我不睡了。"宋丹心不高兴地看着我。

"怕老鼠，你就用毛被把脸蒙起来。"我告诉她。

宋丹心用哀求的眼神看着我说："曾光，我求你为我们想一想办法吧，好吗?"

"对老鼠有什么办法?"我问她,"打又打不着,抓又抓不到,你说有什么好办法?"

"睡觉,不要闹了,对老鼠没有什么好办法!"王中英直言不讳地说。

"你睡得着,我睡不着,死老鼠要吃我!"宋丹心明显不满地看了他一眼。

"什么,老鼠要吃你?这不成了特大新闻了?"王中英还不知趣地说。

"宋丹心,不会吧?"武力开口说,"死老鼠要吃人,那不变成老虎了?"

"我不跟你们说了,我求曾光为我们女知青想办法,你们该睡就睡去吧!"

宋丹心明显不高兴了,气得掉眼泪。可是老鼠夜里闹腾,我也实在想不出什么好办法。

舒香开口说话了:"曾光,你们男知青进屋帮我们打一打老鼠吧?好吗?"

"进屋打老鼠有用吗?"我奇怪她怎么会冒出这样的想法?

"管它有用没有用,打一打,老鼠可能会老实一会儿吧?"

"那就进屋打老鼠吧。"

我没有办法,只有同意舒香的提议,同意去女知青的房间里打老鼠。可是我们的男同胞们都表示反对。

李国成说:"曾光,你有神经病吧?深更半夜打老鼠?"

"人家有要求嘛,不打怎么办?"我说。

"老鼠夜里比人还精呢,"王中英说,"打得着吗?"

"打不着老鼠,能把老鼠吓跑也行啊。"我说。

"深更半夜打老鼠,"武力说,"这不是开国际玩笑吗?"

"不要说废话了，要打就打吧。"我明确下令。

"那我们拿什么东西打老鼠呢?"

李国成有点故意给我出难题，说白了就是不想打老鼠。

我回答说："拿木棍打，拿树棍打。"

"拿木棍打老鼠，那不是闹着玩吗?"王中英说，"能打到老鼠吗?"

"打不着老鼠，能把老鼠吓跑就算完成任务。"我强调。

"那就打吧，"武力说，"我们听你的。"

我们四个男同胞进伙房一人找了一根木棍出来，到姑娘们的房间里去打老鼠。老鼠在房屋顶上，距离地面有六七尺高，在房梁顶上到处乱跑，我们打老鼠不过也就是想为女同胞们做做样子。我们四个男同胞在女知青的房屋里连喊带叫，还用棍子打老鼠，我们叫喊的目的不是吓跑老鼠，我们用棍子乱敲乱打的目的，是叫外面堂屋里的女同胞们听的。

可是功夫不负有心人，王中英还真不白忙活，他用棍子乱敲乱打，还真的打死了一只小老鼠。他十分得意地说："嘿，嘿，嘿，哥儿们，快来看，我还真打中了一只老鼠!"

我们开始不相信，以为他瞎吹牛，大家深表怀疑。

我问他："真的? 王中英，你打中啦?"

"当然是真的，你来看呢，一棍子就打中要害了!"

他指给我们看他打到的老鼠，就在他的脚下，四条腿还乱蹬呢，说明老鼠还没有完全死。

"好，中英，你有功，挺神的!"李国成对他竖起了大拇指。

"那当然，这是真功夫!"他更加得意地牛起来了。

"这家伙，可有牛吹!"武力不服气。

"老鼠叫我打中了，这是吹牛吗? 这叫水平!"

王中英拿起地上老鼠的尾巴，把要死的老鼠拎起来就出去了。我和李国成、武力也不想打老鼠了，马上也跟了出去。

到了堂屋里，王中英拎着手中的老鼠叫姑娘们看，姑娘们一个个吓得往后躲。宋丹心更是吓得尖声怪叫：

"妈呀，死老鼠快扔出去！"

"宋丹心，你不要怕，老鼠才这么大一点儿，体重还不到一公斤，你的体重最少也有一百斤吧？你还怕它什么呀？"

"妈呀，不要往我面前拿，你坏死啦！"

宋丹心吓得浑身发抖。其实王中英是故意要吓唬宋丹心的。我叫王中英马上把死老鼠扔出去，王中英就拎着要死的小老鼠走出去了。

我对女同胞们说："打老鼠就这样了，没打着的也吓跑了，你们可以安心睡觉了，今天晚上不要闹腾了，再闹腾下去大家都不用睡了。"

女同胞们也同意了我的说法。

舒香对宋丹心说："走吧，丹心，进屋睡觉吧？"

宋丹心的眼泪不由自主地往下掉："这是什么破地方啊？劳动一天还挣不到两毛钱，住的房子满屋是大老鼠，以后大家还怎么过呀？"

郭小红也跟着哭起来，说："是呀，以后的日子还长着呢。"

万福丽也跟着姐妹们流眼泪了："来日方长，苦日子还在后面呢。"

女同胞们只有舒香和陆春芳还算坚强，两个人没有哭，也没有掉眼泪。

舒香说："丹心，你不要想太多了。姐妹们，回屋睡觉吧。既来之，则安之，当地的农民能过，我们也一样能过。"

"当地的农民能过，我们可不一定能过！舒香，我们是外来的知青，与本地的农民是不一样的，是不能比的。他们是土生土长的，已经适应了这里的生活环境。而我们是外来的，生活的环境又是这样的苦，我们以后很难适应的！"宋丹心说的是实话。

"苦也就苦几年，过几年我们是有机会回家的。"我对她们说。

"谁知道我们在这里要待上几年呢。"宋丹心还是心里不大舒服。

"管它待几年，睡觉吧。"我对大家说，"都回屋睡觉吧。"

"我还是不敢睡。"宋丹心用眼睛看着我，她的话明显是说给我听的。

"你们可以放心地睡，明天白天我找老乡要一只猫来，保佑你们平安，什么事儿也不会有了。"

"你说的是明天，今天夜晚我肯定是不敢睡觉的。"

"不敢睡觉怎么办？大家不可能不睡觉吧？"

"我怕老鼠咬我。"宋丹心还是不想睡觉。

"不会的，丹心，"我对她如此怕老鼠深表同情，"老鼠叫我们吓跑了，今天晚上肯定不会再来了。"

"谁知道呢，等我们关了灯，上了床，闭上了眼睛，要睡觉了，该死的老鼠又要跑回来了。"

"丹心，那你说怎么办？"我征求她的意见，"你有什么好办法？"

宋丹心翻了翻眼皮，对我说：

"我有一个好办法，就怕你们男同胞不愿意帮我们。"

"有什么好办法你说，只要我们能办到的。"我以为她想出了什么锦囊妙计。

她轻声细语地说："你们男孩子胆儿大，能不能安排一个人，睡在这间堂屋里保护我们？只要你们在堂屋里睡一个人，轮流当我们女孩子的守护神，我们在屋里睡觉，心里也就踏实了。"

她想了半天就想出了这么一条馊主意，我真不知道对她说什么好了。

李国成马上就说："宋丹心，你说什么？我没有听懂，你再说一遍？"

宋丹心又一字一句地说一遍：

"我说你们男同胞在堂屋里睡一个人，我们就不怕了。"

其他女知青马上就笑起来。

"你们笑什么，有什么好笑的？"宋丹心对女同胞们瞟了一眼。

我算是服她了，她脑子转了半天也真是想得出来，而且能说得出口。

武力马上说话了："我的妈呀，宋丹心，你这是什么鬼主意呀？"

李国成也接着说："宋丹心，你可真是想得出来，不让我们睡觉了？"

宋丹心还十分认真地说："我求求你们啦，哥哥们，帮助帮助可怜的小妹妹们吧，要不然我们可是不敢睡觉的，睡着了心里也不得安宁。"

武力马上用眼睛看着我："曾光，现在该你说话了，你是户长，这个问题你来定吧。"

我问宋丹心："你叫我们睡一个人在堂屋里怎么睡呀？"

她脸不红不白地说："你们从屋里拿出一张床板来，放在地下，不就可以睡人了吗？我求求你们今天在堂屋里睡一个人吧，明天白天找老乡要两只猫来，我们就不用你们守护了。"

李国成看了看我，摇着头说："曾光，这个问题你看着办吧。"

他说完就转身回屋了，武力随后也不声不响地回屋了。他们明显不愿意干这种当差的事儿。只有我认倒霉了，谁叫我是知青点的负责人呢？当"领导"的就要吃苦在前，享受在后。我只有答应了宋丹心的要求："那好吧，今天夜晚我就在堂屋守护你们，睡一晚上，当一回护花使者。明天我找黄队长、找老乡，要一只猫来，你们安心地睡觉吧。"

女同胞们听了我的话，非常高兴。

"谢谢你，曾光，你真是个好人，谢谢大好人！"宋丹心用双手合掌向我致谢。

舒香也笑着对我说："谢谢你，曾光，非常感谢。"

"行啦，不要客气啦，大家该睡觉了，再有四五个小时天就亮了。"

这时王中英从外面回来了。我正好叫他帮我一起抬床板出来，摆在堂屋的中心位置。

女同胞们还没有回屋睡觉，她们看着我，偷着抿嘴笑呢。

"你们笑什么?"我问她们。

"对不起，曾光，让你受委屈了。"宋丹心对我说，不知她是向我表示感谢呢，还是向我道歉。

"没事儿"，我坐在床板上说，"现在你们可以回屋安心地睡觉了吧?"

舒香还是忍不住想笑："丹心，你的要求有点过了，你怎么想得出来这样的妙计呀，叫男同胞当我们的守护神?"

"我还不是为了大家着想吗? 要不我们女孩子敢睡觉吗?"

"可是你的请求苦了曾光啦。"

"苦就让他苦一晚上吧，谁让他是我们的户头，又是我们的老同学呢? 老同学不照顾我们，谁还能照顾我们?"

"你说得也对。"舒香说。

我对女同胞们说："你们可以回去安心睡觉了，有老鼠闹腾也不必怕啦?"

宋丹心说："不要提老鼠，提老鼠我还是怕。"

"怕也要回屋睡觉，"郭小红说，"我们大家总不能睁着眼睛坐一晚上吧?"

"对，回屋睡觉，"万福丽说，"有户头在这里守夜，我们在屋里睡觉心里也就踏实了。"

"走吧，我都要困死了。"东北姑娘陆春芳先进屋了。

女同胞们最后向我挥了挥手，表示明天见，就全部回屋去了。

我干什么呢，我只能坐在床板上，享受着从大门吹进来的小风，九月的凉风席卷全身，我的感觉还是挺舒服的。我一个人睡在二十多平方米的堂屋里，感觉还是挺美的，就是蚊子太多了，我坐下来还不到五分钟，身上就咬了两个包。我马上回屋拿出一把扇子来，驱赶蚊虫的叮咬。

这时宋丹心又从屋里出来了。

"曾光……"她走到我面前。

"你怎么又出来了，还不睡觉？"

"不好意思，我听你在外面打蚊子，给你送蚊香来了。"

她把一盘蚊香点燃了，放在我的床边。

"谢谢。你快安心回屋睡觉吧。"

她进屋了，我也可以不用挥舞扇子驱赶蚊子了，她的蚊香还真管用。

我可以静下心来，坐在床板上看我的书了。因为经过前面的一番折腾，我的睡眠神经乱了，兴奋得睡不着觉了，我只能看书，等看迷糊了再关灯睡觉。这时舒香又从屋里出来了，她的手里拿着一只手电筒。

"你又出来干什么，舒香？"

"我要出去上厕所。"

"外面挺黑的，你要小心一点儿。"

"我知道。"

她走到我身边，在我手心上悄悄放了一个苹果，就出去了。我看着又红又大的苹果，口水马上就要流出来了，而且我也确实感到肚子有一点饿了，因为时间已经是下半夜了。舒香回来之后什么话也没有说，仅是对我笑了笑，她笑得美极了，然后就进屋了。

大家都睡了。我看着书，吃着舒香送给我的又香又甜的苹果，心里感觉特别的美。我想着舒香对我的微笑，对我的心意，心里也觉得特别的甜美，越发难以入眠了。难道这是爱情吗？这也许就是人们常说的情窦初开的早恋吧？其实我已经十七岁了，舒香也已经十六岁了，我们青春热烈的心，彼此燃烧着。我们相爱正常吗？天快亮了，我也睡着了。

第 6 章 山村妹子

第二天早晨，宋丹心起来做早饭，把我惊醒了。

"真不好意思，曾光，"她抱歉地对我说，"叫你睡在这里实在太委屈你了。"

"没什么，"我马上起来不睡了，自嘲地说，"我在堂屋里睡得也挺好的。当你们的护花使者，当你们的守护神，这也是我的光荣。"

宋丹心难为情地笑了。

她对我说："你白天找老乡要一只猫来，晚上就不让你当护花使者和守护神了。"

她进伙房做早饭去了。

我就出去到老乡家要小猫。

早晨山里的空气真是特别的好，张开大嘴深呼吸，自我感觉五脏六腑都是舒服的。

老乡们大早上就起来出工干活去了。我听见黄队长在外面高声大叫："出工啦，上山种红薯啦！出工啦，上山种红薯啦！"

我找了几家老乡要猫也没有找到人，只有老乡家的大狗跑出来咬我。

不过最后我的运气还算不错，我看到有一家老乡的大白猫跑进了一个农家小院里，我就跟着那只猫走进了这家的小院子。

这时有一个小姑娘从屋子里出来了，这个姑娘看起来有十四五岁的样子，长得挺可爱的，穿着一身破衣服，背着一个破旧的黄书包，她好像是要出去上学的样子。她看见我一个陌生人走进了她家的院子，就问我："大哥，你找谁呀？早上跑进我们家的院子里来干什么？"

"小妹妹，"我非常有礼貌地对她说，"我看见有一只大白猫跑进了你家的院子，你家有小猫吗？"

她用惊奇的眼光看着我，接着又问我："大哥，你是从哪儿来的客人？我以前从来也没有见过你。"

"我是刚下乡来不久的知识青年。"我告诉她。

"噢，你是知识青年？我听爸妈说起过。你要猫干什么？"

"我想要两只小猫，养起来，叫它们抓老鼠。"

"噢，要猫抓老鼠，那你跟我来吧。"

这个小姑娘一点也不怕我这个从外面来的陌生人，她把我带进她家的一间小屋里，小屋里又脏又乱，又黑又暗，她指给我看一个角落，有一只老猫，还有几只小猫。

"这是我家养的猫，"小姑娘对我说，"这些小猫是刚出生不到一个月的孩子，你要小猫你就抓吧。"

"我可以抓两只小猫吗？"

她想了一下，回答说："好吧，你可以抓两只小猫。"

我看到一只老猫，身边有四只小猫，老猫显然是小猫的妈咪。那些猫看见有人来到面前，自然用惊恐的眼光盯着我，可能知道我是来干坏事儿的。我没有想到小姑娘这样好说话，我提出要两只小猫她居然同意了。我也没有多想，就上前去抓两只漂亮的白色小猫。可是我刚动手，老猫就突然向我扑上来，抓了我一爪子，抓得又凶又狠，把我的右手背都抓破出血了。老猫为了保护自己的孩子，两只眼睛都是红红的，并且连吼带叫，向我示威。我一看这只老猫还挺厉害的，赤手空拳还斗不过它，我就把外衣脱下来，抡起衣服把老猫打跑了。可是我向老猫进攻的同时，也把其他四只小猫吓跑了。我一只猫也没有抓到，两手空空，而且手还受了伤。小姑娘在旁边观看我与猫的战斗，忍不住咯咯地笑起来了。

"大哥，小猫、老猫都跑了，就不好抓了。"小姑娘对我说。

我无可奈何了，只有对姑娘说："小妹妹，算了。你是要上学吧？"

"是的，大哥，我要去上学。"她说。

"你上几年级了？"

"中学二年级。"

"哦，你们学校离得远吗？"

"不远，就在河对岸，要过独木桥。"

我们两个人从她家里的小屋里走出来。她要去上学，显然是希望我能马上离开她的家，我不能影响人家小姑娘去上学吧。

我又问她："姑娘，你的家里还有人吗？"

"我爸爸妈妈上工干活去了，"她说，"我要去上学了，家里就剩下小弟弟和小妹妹了，他们还在睡觉呢。"

老猫跑了，同时把小猫也带跑了，看来我抓小猫是没有戏了。我还是走吧，想还是到其他老乡家里去看一看吧，我就对小姑娘说："谢谢你，小妹妹，那你就去上学吧，晚上等你爸爸妈妈回来之后，我再到你家抓小猫好不好？"

"好吧，大哥，"她说，"晚上你如果愿意，你就来抓两只小猫吧。"

于是，我便与小姑娘告别了。她去上学，我再到其他老乡家里去找猫。我还陪着她走了一段路，看到了一个过河的独木桥。她指着河对岸的山上对我说："大哥，那里就是我们的凤凰山学校。"

我顺着她手指的方向，看到了河对岸的半山坡上有一所学校，但是学校看起来不大，也就是一排小泥土房。

"你们这样的地方还有中学？"我奇怪地问她。

"我们凤凰山就有这一所学校，小学与中学是混合在一起的。"

"那你们的学校有多少老师？有多少学生呢？"

"我们的学校只有五名老师，从小学到中学有两百多名学生呢。"

"姑娘，你叫什么名字？"

"我叫黄春花。"她说，"大哥，我要走了，上课的时间快到了。再见。"

她向我挥了挥手，然后向河对岸的学校走去。我看着她过独木桥的时候，心里真的有点为她的安全担忧。大家想一想吧，她要过的独木桥有将近五十米长，仅不到一米宽，桥面就是由木板连接起来架在河水上面的，连扶手也没有。几个桥桩支撑在独木桥下面的河水里，人走在桥上面，桥身还不稳，看起来晃晃悠悠的，桥下面就是流动的通向长江的汉水河。而且独木桥本身已经使用过多年了，桥桩及桥面上的木板有的已经朽了、坏了，也没有人修理。凤凰山的孩子们就走这样的独木桥去上学。大人们过河也同样是走这样不安全的独木桥通道，我觉得有点可怕，可是当地的农民已经走习惯了，他们过独木桥就像走平地一样自如，满不在乎。

我在小姑娘家没有抓到猫，到其他老乡家里没有见到猫，我失望地回到了我们知青的驻地。

我走进堂屋，宋丹心看见我的手流血了，惊讶地问我："曾光，你的手怎么啦？"

"被猫抓伤了。"我告诉她。

"我的妈呀，还流血了？"

"是的。"

"叫我看一看。"

"不要紧的。"

"我马上拿药布来给你包扎一下。"

"你有东西吗?"

"我有。"

她马上进屋去拿出了药布和酒精来,为我进行消毒处理,药品是她从家里带来的。

我白天干活还想着抓猫的事情,我可不想晚上继续睡在堂屋里为姑娘们守夜,当护花使者了。

晚上,我们刚刚吃过了晚饭,才放下饭碗,农家的小姑娘黄春花就从外面走进来了。她手里还拎着一个布袋子,布袋子里面还有小动物在叫。她是来送猫的。小姑娘怯生生看着我们的家庭成员,用眼睛找人,最后她的眼睛看到了我,就走到我面前来,说:"大哥,你要的小猫,我给你抓来了。"

"哎呀,太感谢了,姑娘,快来坐,快请坐。"我马上招呼送猫来的小客人。

大家都用惊奇的眼光望着她。

我向大家介绍说:"这位姑娘叫黄春花,是一名中学生。"

舒香马上也像我一样站起来,为客人让座位:"快请坐吧,小妹妹。"

"大哥,你要的两只小白猫,我给你们抓来了。"

姑娘交给我一个布袋子,里面两只小白猫吓得不停地叫。

"太感谢啦,小妹妹,你吃饭了吗?"我问她。

"我吃过了。"小姑娘腼腆地回答。

"你喝水吧?"

"我不喝。"

我问在场的女同胞们："大家谁有水果请拿出来！"

女同胞们都有从家里带来的水果，她们都从屋里拿出来，请小姑娘吃水果。还是舒香细心，为小姑娘洗了水果，又用开水过了一下，才递给她。

"吃吧，小妹妹。"舒香把苹果放到了山村小妹妹的手中。

大家看着黄春花，觉得她长得挺秀气的，长得挺甜的，就是衣服穿得太差了，像大城市的叫花子一样，虽然她穿的衣服不脏，但是看起来确实太破了。

小姑娘在我们大家目光的注视下，感觉很不自在。

"大哥，我走了，再见。"她转身要走，我挽留她。

"小妹妹，你不要急着走，"我对她说，"你先坐下来，吃了水果再走。"

"我不吃水果。"她说，"我还要回家复习功课呢。"

大家彼此太陌生了，所以她还是有一点儿胆子小。不过她给我们知青送猫来，还是感动了我们大家。

舒香对她说："小妹妹，你先不要走，等一下。"

"大姐有事儿吗？"小姑娘问她。

"有一点儿小事儿，你坐一下。"

舒香转身回屋了。她要干什么？我不知道。过了一会儿，她从屋里出来，拿了一件自己的衣服，送到了小姑娘的面前。

"小妹妹，这是我的衣服，送给你穿。"

"大姐，我不要，"黄春花惊讶地说，"谢谢大姐，我不要。"

"拿着吧，小妹妹，这是我穿过的衣服，不要嫌旧。"

"等一下，"宋丹心说，"我也有旧衣服。"

宋丹心也回屋给小姑娘拿出了一件旧衣服送给她。小姑娘看着舒香和宋丹心大姐很感动，她向舒香和宋丹心两位大姐深深地鞠了一躬，说："谢谢大姐！"

"不用谢，小妹妹，"舒香说，"你吃水果吧。"

"小妹妹，谢谢你送猫来。"宋丹心说。

舒香和宋丹心把衣服交到黄春花手里，小姑娘接着衣服，看到意外得来的东西，不知如何是好。这时郭小红、万福丽、陆春芳她们也把衣服拿出来了。

"这是我的。"郭小红送给她的是穿过半年的旧衣服。

"这是我的。"万福丽送给她的是一条穿过的旧裤子。

"这是我的。"陆春芳送给她的是一件穿过两年的旧大衣。

黄春花太受感动了，连声对大姐姐们说："谢谢大姐，谢谢大姐，谢谢尊敬的大姐姐！"

大家把送给她的旧衣服都放在了她的双手上，小姑娘也不知道该把东西往哪儿放好了。她双手捧着衣服，有点呆了，既不知道坐，也不知道吃水果了。

我把小姑娘交给我的布袋子，转手交给了宋丹心，对她说："丹心，以后两只小猫就交给你养了，拿到屋里去，把猫放出来，把布袋子还给小姑娘，把门关好，不要叫小猫跑出来。"

"好，以后小猫就归我养了。"

宋丹心很高兴地把小猫拿回房间，从布袋子里放出来，然后把布袋子拿出来。我把布袋子还给了黄春花，并且对小姑娘说："小妹妹，把大姐们送给你的衣服装在布袋子里吧。"

"谢谢大哥！"

舒香帮助她把衣服装进她的布袋里，让她吃水果，她说什么也不吃。

"谢谢大姐，谢谢大哥，你们真是好人，将来必有好报的。"

她又向我们大家鞠了躬，水果也没有拿就走了。

我们呢，也没有强留她。她后来成为我们知青的好朋友，特别是成为了舒香最要好的朋友。

第 *7* 章　山村之苦

　　下乡的头一年，我们九个人的生活过得还是非常快乐的。大家都是年轻人，在一起过得无忧无愁，成天一起嘻嘻哈哈地开玩笑，讲故事，穷开心，好日子过得也很快。可是第二年就不行了，后来的岁月，日子过得越来越苦，越来越难。

　　我们第一年在生产队出工干活三个月，到年底结算的时候，我才挣了十五六块钱，还不到二十块钱。我们的工分核算下来，一天才合两毛二分钱。我还是知青点出工最多、干活最多、拿钱最多的人。其他人就更不用说了。挣得最少的是宋丹心，年底才拿了八块钱，一个月挣了两块多钱。你说我们后面的日子怎么过吧？我们在农村不但觉得生活上过得苦，干活也觉得累。秋天和冬天还好过一些，可是到了夏天，特别是双抢的季节，我们都累得受不了，所有的人都叫苦连天，男同胞们都累得喊爹叫娘，女同胞们更是累得哭天抹泪。我们这些在城市里长大的孩子，过去没有吃过多少苦，也没有受过多少累，虽然那时候的城里人生活也并不富裕，但是城里人的吃喝还是有保证的。但是我们后来到了农村才亲身感受到了，农村人和城市人的生活水平差别太大了，完全不一样。

农忙时节，农民们大早上三四点钟就爬起来上工了，上山收割麦子，前后十天半个月的时间，要把麦子收割完成，从山上挑下来，拿到生产队的打谷场上，脱粒，在阳光下晒干，收藏，与老天爷抢时间赛跑，那真叫累死人。凤凰山当地的农民，山地多，平地少，主要以种麦子为主。麦子收割完了，把粮食收进仓了，接下来就是下水田插秧，生产队的水田虽然不算多，但是也要忙活几天的。所以农村双抢季节忙起来，我们累得身上好像脱了一层皮一样。风吹日晒还好说，大家都可以忍受，就是下水田插秧，水田里的蚂蟥叮咬，女孩子们就受不了啦，蚂蟥吸在姑娘们细嫩的小腿上、大腿上，吸血，用手抓也抓不掉，扑拉也扑拉不掉，只有用手拍打才能打掉，姑娘们因此吓得连哭带叫。女同胞们在水田里干了一天插秧的活就不想干了。

晚上回到知青点吃饭的时候，大家在堂屋里就开始诉苦。

"我不干啦，我的妈呀，"宋丹心特别委屈地哭起来，"我要累死啦，我受不了啦，我要回家，这样的双抢真是要人的命啊！"

我怕宋丹心煽风点火，蛊惑人心，其他人也跟着起连锁反应，知青们都不干啦，就要麻烦了。黄队长对我讲过，农忙时节，知青不能请假，因为农民们一年忙到头，就指望收获粮食过日子，没有粮食的收成，农民们下一年就没有好日子过。所以农忙时节，没有特殊的情况不能请假。但是宋丹心带头闹事儿，其他姑娘们也就跟着来情绪了，都不想干了，都要回家。她们这是在给我出难题。她们集体向我请假，要求我去找黄队长为她们请假。这怎么可能呢？黄队长已经对我说得很明白了。他是军队培养出来的人，办事认真，而且在大事上也非常讲原则。姑娘们闹情绪，我就不好办了。

不过舒香从来也没有说过泄气的话。

我问舒香："你看怎么办呢？舒香，你说句话。"

舒香反过来问我："农忙双抢时节你感觉累不累?"

我老实说:"累,我也感觉累。"

宋丹心继续说:"我是不干了,我干不动了,我要回家!"

"黄队长早就说过,"我向她申明,"农忙季节,没有大病不能请假。"

"我不管,我要回家休息,我已经累得要死了!"

"宋丹心,说话要实事求是,"我耐心地劝她,"死了还能说话吗?"

"我要休息,我要回家,反正我不干啦!"

她哭天抹泪死活叫着不干了,闹着要回家。其他姑娘们也跟着她哭起来,跟着她一起叫,一起闹,都想回家。只有舒香一个人没有哭,没有闹,没有说不干了想回家的话。

我们的男同胞都低着头吃饭,不说话,也不表态。只有我说话,劝她们咬牙坚持,可是姑娘们又不爱听我说。

但我还是要说:"农忙时节,请假回家不好吧? 大家想一想,农民们一年忙到头为了什么? 不就是为了收获粮食吗? 所以双抢的时候请假回家肯定是不行的。"

"我管不了那么多了,我已经尽力了,已经累得半死不活了!"宋丹心反复说。

"农忙双抢真的是太累了。"郭小红也说。

"大早上三四点钟就爬起来出工,中午吃了饭就接着干,晚上还要干到半夜十一二点才能回来睡觉,实在太辛苦了。"万福丽也表示,"我也是受不了了。"

"我们知青哪儿吃得了这样的苦?"陆春芳本来很能吃苦的胖姑娘也叫上了,"我们实在受不了这样的累呀!"

"谁愿意干谁干,我是不干啦,工分我不要了!"宋丹心哭得像泪人儿一样。

"宋丹心，"我还是耐心细致地劝导她，"这不是挣工分的事情，农民们的双抢季节，收麦子、插秧，是要辛苦几天时间的，你这个时候请假回家，影响肯定是不好的。"

"我不管影响好不好了，我是受不了了，我就是要回家！"

"可是你有什么理由请假呢？"我想叫她说出一个理由来。

"谁说我没有理由请假？"她说，"我来好事儿了。"

"你说什么？"我听不懂她说的理由，"什么你来好事儿了？"

姑娘们暗自抿嘴偷着笑。男同胞也低头不语偷着乐，只有我不懂宋丹心说的话是什么意思。舒香红着脸，有点不好意思地小声说：

"来好事儿了，就是女孩子来月经了。"

舒香向我解释明白了。我觉得这样的理由真是有点滑稽可笑，同时我也觉得这样的理由向生产队的黄队长请假也说不出口。

我继续耐心地对宋丹心说："丹心，你能不能再坚持一下？吃苦受罪也就是几天的时间，挺过去就好了。"

"我坚持不了，我一天也坚持不下去了！"宋丹心非常坦率地说，"你们谁能干谁干去吧，我是坚决不干了！"

我劝宋丹心坚持克服困难，一点作用也没有，她还跟我不讲道理了："我不干了，就是不干了！"

舒香也劝她："丹心，再坚持几天时间吧，农忙双抢的时间，农民们都忙得脚打后脑勺，这个时候请假肯定不好，影响不好。"

"我也知道农忙的时间请假不好，可是我真的是干不了啦！"她一把鼻涕一把泪地说，"下水田插秧，那该死的大蚂蟥、小蚂蟥，叮在我的两条腿上，咬得我就像针扎一样地难受，吸走了我身上多少的血呀？我都快要吓死了！"

"是呀"，郭小红也说，"水田里的蚂蟥是太可怕了！"

71

"你看我的腿叫蚂蟥咬的，都发炎溃烂了。"万福丽卷起连泥带水的裤腿叫大家看。

"我也是的，"陆春芳说，"蚂蟥为什么就欺负我们女孩子呢?"

"蚂蟥什么人都欺负，不光是欺负你们姑娘，同样也咬我们男同胞。"我卷起裤腿，叫她们看我腿上叫蚂蟥咬过的地方。

"那不一样，蚂蟥咬你们男同胞的时候少，叮我们女孩子的时间多。"舒香说，"姑娘们皮肤白，肉皮薄，两腿都是爬满的，咬得人又疼、又痒、又难以忍受。"

她们说的确实是实话，女孩子细皮嫩肉比我们男人更招蚂蟥，这也是实际情况。

我说："你们说的情况也是属实的，这样吧，我可以找黄队长商量一下，给你们换点别的工作，不干下水田插秧的活了可以吧?"

"不去水田插秧我也不干了!"宋丹心说，"我的体力已经支撑不了了，顶不住了。一个人的能力有大小。我的能量已经发挥尽了，体内再也没有能量可以发挥了!"

舒香一边拿着手帕为宋丹心擦眼泪，一边劝她："丹心，不要哭了。你想一想，我们下乡两年来，农民们一年忙到头多不容易呀? 他们辛辛苦苦地干活，披星戴月地劳动，不就是为了粮食的收成吗? 既然生产队农忙季节不让随便请假，你这个时候不听话，影响特别不好，要影响以后回城的，你明白这个道理吗?"

"道理我也明白。"宋丹心说，"可是，舒香，我们来到了这样的穷地方，一年忙到头还养活不了自己，如果没有家里人的支援，我们能活下去吗?"

"丹心，我们到农村来是吃了不少苦，受了不少罪，但是我们咬牙也要坚持，咬牙也要坚持挺过这样的难关，争取表现得好一点儿，争取早一天回城，争取早一天回家，不能随意任性，你懂吗?"

"舒香，我是不指望表现好回城了，我不指望了。"宋丹心摇头哀叹地说，"老乡们说我娇气，大家也说我娇惯自己，其实我也尽了最大的努力。可是我实在吃不了这样的苦，受不了这样的罪啦。我要回家，我要休息，我不来了!"

"丹心，你不来怎么行呢?"舒香推心置腹地对好姐妹说，"你不打算回城了? 不打算回家了? 就准备在农村待一辈子?"

"我们回城看来是遥遥无期了，没有指望了，轮到我回去不知要何年何月了。我要走，我要回家，我不想在农村继续干了。我吃不了这样的苦，也受不了这样的罪，活得还不如城里的一条狗。一年挣几十块钱，还不如回家捡破烂呢!"

"丹心，你胡说什么呢?"我严肃地对她说，"我们在农村再苦，再累，再难，也是知识青年。回家捡破烂，活得连一点尊严也没有了!"

"曾光，你可算了吧，"宋丹心根本不听我的忠告，"现在还讲什么尊严呢? 活得实在一点吧，我们这样在农村干下去，活得就有尊严了?"

宋丹心心里有火烧着，脑子也发热了，所以她谁的话也不爱听，谁的好言相劝也不管用，她是铁了心要回家。我拿她是一点办法也没有了。该说的话我也说了，该尽的职责我也尽了，她不听，我也就拿她没招了。而且她什么话都敢说，什么事情都敢做，既不考虑影响，也不考虑后果，她身上这样的特点是优点呢，还是缺点呢?

我说服不了她，舒香也说服不了她，其他人也不劝她。

她要求我代她向黄队长请假，我问她："我向黄队长怎么说呢? 我说什么理由?"

"你就说我来月经啦，我来好事儿了。"她不知羞，也不要面子了。

"这样的理由我能说得出口吗?"

"女孩子来例假有什么说不出口的?"

"我不好意思。这假还是你亲自找黄队长去请吧。"

"你不帮忙就算了,我明天就去找黄队长请假,我看生产队能把我怎么样?"

她敢说,也敢做,而且她说到了,也做到了。大家虽然不称赞她的个性,但还是佩服她敢说、敢做、敢当的勇气。

晚上吃过饭之后,她就去找黄队长请假,第二天就走了,也不管生产队长同意不同意,就跑回家了。但是她留给老乡们的印象坏了。我们知青点的所有知青都参加了夏季的双抢工作,就是她一个人特立独行,没有参加累死人的双抢。大家虽然辛苦、劳累,不过其他人还是坚持下来了。参加双抢的知青,自然得到了老乡们和生产队的好评。就是宋丹心一个人,我行我素,她成了老乡们眼中的落后知青。她后来也为此付出了代价。

双抢过后,宋丹心又回来了。她没有在家里捡破烂,她也不可能回家捡破烂,她只是在农村累得受不了,跑回家休息一段时间。为了给她台阶下,我和舒香又跑回家,把她请回来了。因为,她在家里也无事可做,没有工作,一天到晚在家里闲晃荡,时间长了她自己待着也难受。而且她还不是那种能放下面子捡破烂的姑娘,所以我和舒香劝她回凤凰山,她就马上跟着我们一起回来了。

双抢农忙过后,农村的活儿也就相应少了,我们的日子也就好过了。

到了冬天,大雪纷飞,农民的活儿就更少了。但是我们知青面临的严重问题来了。由于我们知青年轻,过日子没有计划性,所以我们没有粮食吃了。一年的粮食,大家半年就吃光了。春节过后,我们从家返回农村,要吃没吃,要喝没喝,本来应该朝气蓬勃的青年,也变得无精打采了。人心也快要散了。大部分知青,趁着冬天农闲活不多的时候,三天两头地往家跑,回家吃父母的。

从我们下乡的地方跑回家，路程是不算远，只要半天的时间就可以了。不过我是不太愿意跑回家的，因为我是觉得回家吃父母的实在不应该了，我们已经成年了，不应该再吃父母的饭了。还有一个原因是，回家跑起来路上也是够辛苦的。大山里面，到了冬天就大雪封山，没有公路，不通汽车，冰天雪地的，需要三个多小时才能走出大山，然后再转换公共汽车坐两个多小时，才能到家。所以，一般不是逢年过节，我是不回家的。我在知青当中也算是好劳力了，但是我感到日子过得是越来越苦、越来越难了。怎么办？怎样扭转这样的困难局面？我不得不经常思考这样的问题。因为我是知青点的负责人，我不能叫兄弟姐妹们散了伙，散了家，这是我需要担当的责任。

有一天，我饿得胃病犯了，胃疼起来，我就跑回知青点，想找一口吃的东西，填补我的空胃，因为我的胃到了冬天就发病，饿了就疼，吃了东西就不疼了。这是家族的遗传，我母亲就是这样的老胃病。

我走进堂屋，看见舒香坐在堂屋的小椅子上洗衣服。我问她："舒香，饭做好了吗？"

"饭做好了，就等你回来吃呢。"

"太好啦，快给我来一碗饭。"

"胃又疼了吧？"

"是的，胃又不舒服了。"

"那你自己到伙房端饭来吃吧。"

我跑进伙房，打开锅盖，用碗盛了饭，发现没有菜了，什么菜也没有，我只有端着空饭碗从伙房出来。

"舒香，今天怎么没有做菜吃呀？"

"你想吃菜呀？"

"没有菜，怎么吃饭呢？"

"你对付吃吧。我倒是想做菜，菜从哪儿来呀？"

"什么，我们连蔬菜也没有了？"

"你说呢？有菜我还能不给大家做着吃呀？"

她说没有菜，我也不敢说什么了。我就光吃白米饭吧，只要胃不疼，就算解决问题了。舒香站起来问我：

"曾光，我有咸菜，你吃不吃？"

"当然吃。"

"那我给你拿咸菜来。"

舒香动身进屋去给我拿咸菜。我等了一会儿，她拿出一小瓶咸菜出来了。姑娘们的咸菜都是春节过后从家里带来的。我马上开了瓶盖，就着她给我的咸菜吃起来。吃了几口，我的胃里就感觉舒服多了，不疼了。

我继续问她："舒香，我们知青的自留地里什么菜也没有啦？"

"你说呢？你还好意思问我呀？"她又继续坐下来洗衣服，"你有时间去看一看吧，我们知青的自留地里就长草了，什么也没有。我不知道你这个当家人是怎么当的，一天到晚脑子里也不知道在想什么，稀里糊涂的，迷迷糊糊的。"

"不好意思。大家没有菜吃，这不是要命吗？"

"要命的事儿还在后面呢，"舒香说，"再过一段时间，我们九个人怕是饭也要吃不上了，还吃菜呢，大家可能稀饭也要喝不上了！"

"你说什么！稀饭也喝不上了？真有那么惨吗？"

"你自己去看一看我们的米缸里还有多少米吧，顶多再吃十天半个月的，一年的粮食，大家六七个月就吃光了，后面四五个月，只能喝西北风了。"

听她如此说，我真的是不敢相信了："照你这么说，我们后面吃饭都成问题了？"

"而且还是个大问题！你快想办法解决粮食问题吧，不然大家就要饿肚子了。"

我跑进伙房，去看米缸，我们的米缸真的快空了，要见底了。我有点发愁了，我从伙房里出来，什么话也不想说了。

"怎么样，看了米缸之后有何感想？"舒香问我。

"没有什么感想，没有饭吃了，大家就散伙，以后自己想办法，各吃各的。"

"曾光，你这是什么话？"舒香听了我的话，马上就不高兴了，"这是你当户长的应该说的话吗？散了伙，大家还怎么做饭吃呀？我们知青点是九口人，一个灶，以后大家各吃各的，到时候为做饭都要打起来、闹起来，你相信吗？你这个当户长的不能低头弯腰，更不能打退堂鼓，你应该想一个解决问题的办法，这才是上策！"

我想着九个人以后吃饭的问题，实在是头疼，我的脑袋也快要炸了。我这个知青点的当家人不称职呀。

"曾光，你应该开动脑筋想办法，多为我们这个家考虑考虑了。"舒香又对我说，"现在大家还有饭吃，虽然没有菜吃，但还能对付，如果有一天，大家连饭都吃不上了，大家就要找你算账了。"

"找我算什么账啊？"我莫名其妙，"我既没有贪污，也没有多吃多占。"

"你是没有贪污，也没有多吃多占，可是你没有精打细算。大家没有饭吃了，不找你找谁呀，你说怎么办吧？"

"我也不会精打细算，不行就换人，我也不想当这个户长了。"

我说的是发自内心的心里话，可是舒香不理解我的苦衷，她居然严厉地批评我，而且还特别地严肃。她特别认真地说："曾光，你不该说出这样的话，这是懦夫的表现！后面大家要没有饭吃了，没有菜吃了，你这个当家人不能像缩头乌龟一样!"

"那你说我该怎么办,舒香?"我请教她,"我们下乡的地方就是这样的穷地方,这个当家人不好当,你知道吗?"

"我知道,我也能理解你的难处,也能理解你的苦衷,但是你总要想办法学会精打细算,带着大家把生产队分给我们知青的自留地种好,想办法让大家渡过难关。"

"我真是想不出什么好办法来。"我坦白道,"要不等其他人回来,咱们开一个民主生活会,大家商量一下,下一步该怎么办吧?"

"这还像一个当家人说的话。"舒香说,"你把衣服脱下来。"

"脱衣服干嘛?"

"我来给你洗洗。"

"不用,有时间我会自己洗的。"

"你就脱下来吧,我几下就给你洗了,你身上的衣服穿了一个冬天了吧?"

"啊,是呀。"

"你快脱下来吧,脏死了,你怎么变得越来越懒,越来越不讲卫生了?"

"这就是我们革命知识青年身上的特点,手是脏的,脚上有牛屎,可心里是干净的,衣着是脏的,思想是干净的。"

"得了,你可拉倒吧,快脱衣服吧,不要说废话了。"

我把衣服脱下来,扔进她面前的洗衣盆里,她就给我洗了。

她最后对我强调说,要尽快想办法解决粮食问题、吃饭问题,这件事情不能拖,这是关系到我们知青点的大问题。是的,吃饭确实是个大问题,人是铁,饭是钢,没有粮食吃,没有饭吃,就要麻烦。真是不当家不知道柴米贵呀。古人说的话我已经深刻领会了。我到伙房的米缸里又去看了一下，米确实不多了，吃不了几天时间了。怎么办？

过了两天，我把家庭成员九个人召集到一起，研究讨论如何解决吃饭的大问题。大家在堂屋里一边吃光米饭，一边谈论这个重大问题。

我严肃地对大家说："兄弟们，姐妹们，我有一件大事儿要对大家说。"

"有什么事儿，曾光同志？"宋丹心故意打断我的话，"表情还挺严肃的。"

"我们要没有饭吃了，大家说，怎么办，大家有什么好办法？"

"没有饭吃了，不用想办法，正好放假回家。"宋丹心就是想回家。

"放假回家是不可能的，我是请大家坐下来一起想办法的。"

"这有什么办法好想的？大家没有饭吃了，只有回家吃父母的。"

"丹心，你说这样的话，就不觉得脸红吗？"我问她。

"回家吃父母的，有什么脸红的？"她不以为然。

"丹心，我们为什么要回家吃父母的？"舒香对好朋友说，"难道我们大家就不能想出办法来吗？"

"有什么办法好想的？"宋丹心摇头说，"我是想不出来。"

"没有饭吃了，大家回家也是一个办法。"郭小红也跟着宋丹心说的是同一个腔调。

"我也同意回家，找父母要饭吃。"万福丽也说这样的话。

"回家找父母要饭吃？好意思吗？"我问她们。

"回家找父母要饭吃，有什么不好意思的？"陆春芳发表意见时也是同样的腔调。

"回家找父母要饭吃当然可以，但是大家不要忘记了，我们已经是快二十岁的成年人了，还要回家找父母要饭吃，我们还是年轻力壮的知识青年吗？"我问大家。

"不好意思又怎么办？"宋丹心光说不争气的话，"我们在这里自己又养活不了自己。"

"我现在就是要请大家想办法，我们不回家怎样自己能养活自己？"

"曾光，说实话，"李国成开口说话了，"这没有什么好想的，只能说明我们的命不好，来到了这样穷的鬼地方，连兔子都不愿来的小山村。"

"不要抱怨命运了，抱怨也没有用。"舒香坦率地说，"我看当地的农民过得还是比我们强，这说明我们知青本身有问题。"

"舒香，我们是不如农民，"宋丹心又说，"我们也不能跟农民比的，农民是土生土长的，已经适应了这样的水土环境，可是我们知青是不可能适应的。"

"适应不了就跑回家？这也不是办法，"我不同意宋丹心的说法，"我们逢年过节跑回家还可以，但是长期回去在家吃父母的也不行，我们大家还是要自己想办法。"

王中英不愿意动脑子："曾光，你就说吧，你有什么良策？"

"我也没有什么良策，所以才叫大家一起来想办法。我以为，当务之急是需要我们九个人齐心协力想办法，战胜困难。首先，我们要把生产队分给我们知青的菜园子种好。"

"问题是，菜园子可以种起来，可以办到。"武力说，"但是没有粮食吃怎么办？粮食从哪儿来呀？"

我叫舒香拿出笔记本做记录，知青点每一次开会，我就叫舒香当秘书来记录。

我对大家说："粮食再慢慢想办法吧，我们一样一样来，先把我们知青自留地的菜园子种起来再说。"

"菜地种起来是一条，"宋丹心也有点上心了，"问题是菜园子种好了，没有粮食吃，还是解决不了根本问题呀。"

"我提议，"李国成也动脑子说话了，"实在不行，我们大家每个月回家找父母要五块钱来，大家凑钱买粮食吃。"

"你说的办法不可取，"我发表反对意见，"大家凑钱买粮食，也不是长久之计，我们还是应该自己想办法挣钱买粮食，这才是一条出路。"

"对，我同意。"舒香十分赞同我的观点，"我们大家想办法挣钱买粮食，这才是长久的策略呀。"

"可问题是舒香同志，我们到哪里去挣钱呢?"王中英说，"我们待在这样穷的山沟里面，想挣钱也没有地方挣去。"

"我有一个办法。"武力好像有高见。

"你有什么办法?"我急切地问他。

"武力，你说出来大家听一听嘛。"舒香也想知道他的妙计。

"我说出来，你们可不要说是馊主意呀。是这样的，我前不久看到黄大叔上山打猎打到了一头大野猪，有好几百斤重。我现在想啊，如果我们可以借上老乡的猎枪，上山打野猪，如果运气好了，能打到野猪，拿到县城去卖，一头野猪最少也能卖个百十块钱吧? 大家买半年的粮食吃，还是不成问题的。"

"好主意!"李国成叫道。

"这倒是一条路!"王中英也觉得武力的提议有道理。

但是舒香马上就发表反对的意见："这不行，你说的办法是投机倒把，是国家法律不允许的，这是违法乱纪的行为，上面是不会答应的。"

"那你说怎么办，舒香大姐?"武力不高兴地对舒香白了一眼，"除此之外，我就没有什么好办法了。"

我想了一下，发表个人的意见："借枪上山打野猪，拿到县城去买，我认为这条路可以试一试。"

舒香还是安分守法的好公民，她固执己见："不行的，曾光，你不要想歪门邪道的事儿，这条路肯定是走不通的！"

"那你说怎么办，舒香？"我也有点不耐烦了，"你这也不行，那也不行，你有什么好主意？总不能叫大家饿肚子吧？"

"我也没有什么好主意，不行就找生产队借吧，借粮吃，先渡过难关。"

"借了粮食怎么还？"

"今年借，明年还。"

"照你的说法，年年借，年年还？"

"这也不是解决问题的办法呀。"宋丹心也不同意舒香的说法。

"我认为借老乡的枪，上山打野猪，拿到县城去卖，换了钱，买粮食，这还是一条可行之路。"我坚持这样的想法。

"曾光同志，不行的，投机倒把的行为，上面是要查处的。"

"我也知道这是上面不允许的，但是我们总不能等着饿死吧？"

我和舒香争论起来，彼此心里也不服气，谁也说服不了谁。为了缓和气氛，宋丹心又说出了另外一条出路："曾光，舒香，我听老乡们说，上山砍竹子，拿到县城去卖，一样可以卖钱的。"

"有这样的事儿？"舒香有点不相信好朋友的话。

"有，我是听老乡们说的，一百斤竹子能卖五块钱呢。"

"一百斤竹子能卖五块钱？"我觉得这也是一条好消息，"这也是一条可以解决大家吃饭问题的可行之路。"

"曾光，我觉得这种事儿还需要慎重。"舒香还是胆小怕事儿。

"如果什么事情都需要慎重，那我们九个人就等着喝西北风吧，"我对舒香表示不满，"大家就只有一起等着饿死了。"

"如果没有饭吃，我可是要回家的，我可不想饿死。"宋丹心说出了所有人的想法。

我觉得宋丹心说的话非常有说服力。

　　我对大家说："对，生存是第一位的！我们不能等着饿死。我拍板决定了，过几天，大家有精力了，我们男同胞分成两组：一组我带队，找黄队长借猎枪，到山上去打野猪；另一组上山砍竹子，然后我们拿到县城去卖。出了问题我担着，违法犯罪算我的。"

　　"曾光，不行的，你为了大家也不能去干违法犯罪的事儿呀？"

　　我知道舒香为我担心也是出于好意，我心里明白，可是我坚持认为我是知青点的当家人，大家没有粮食吃，我不能眼看着大家饿肚子，出了事情我顶着，就这样定了。

　　我的勇于担当的精神，好像感动了男女同胞们，大家都对我投来了敬佩的眼光。我认为一个男人就要敢作敢为，勇于担当，这才是一个当之无愧的男人！

　　"曾光，我愿意跟你一起上山打猎，出了事情也算我一份，"李国成好像也变成有勇气的男子汉了，"我跟你一起担当"。

　　"好样的，是哥们，够朋友。那我们两个人就一起上山去打猎。"

　　"你们上山去打猎，我和武力上山去砍竹子，出了事情我们也认倒霉了。"

　　"对，我和中英上山去砍竹子。为了大家有饭吃，受罚就受罚吧。"

　　王中英和武力也马上表了态，他们也表现得像男子汉大丈夫了。

　　宋丹心奇怪地说："曾光同志，你们男同胞为什么要分成两组？你们四个人为什么不能统一行动呢？找老乡借上两杆猎枪，带上砍柴刀，既可以上山打猎，同时砍竹子，不是一举两得吗？"

　　"对呀，"我恍然大悟，"我怎么脱裤子放屁，就没有想明白呢？"

　　我说了一句轻松的玩笑话，大家笑了。

　　可是舒香听不惯我的话："曾光同志，请你说话文明一点儿好不好？"

"是呀，曾光同志，"宋丹心也说，"在姑娘们面前这样讲话，是有一点儿不太文明。"

"对不起，姐妹们，"我表示歉意，"我一时高兴，嘴上就没有把门的了。那就说好了，我们四个大老爷们，过几天就上山打猎、砍竹子，争取解决我们九个人的吃饭问题，这是头等重要的大事儿！"

女同胞们也受到了我们男同胞们的鼓励，或者说也受到了我们男同胞勇于担当的精神的影响。舒香也想通了，说出有勇气的话来："曾光，你们男同胞上山打猎，我们女孩子也跟着一起上山砍竹子吧？"

"那可不行，我们大老爷们干这样违法乱纪的事情无所谓，不丢人，你们女同胞跟着我们一起出去干坏事儿，说起来可就不好听了。"

"谁说上山砍竹子是违法乱纪呀？"宋丹心直言不讳地说，"老乡们可以上山砍竹子，拿到县城去卖，上面也没有说老乡们违法乱纪呀！"

"你说得对，丹心，"郭小红也说，"老乡们上山砍竹子拿到县城去卖不算违法乱纪，我们知青上山砍竹子拿到县城里去卖，同样也不能算违法乱纪。"

"对，我说的就是这个意思。"

"哎呀，还是宋丹心聪明。"

"那是呀，我是谁呀？"宋丹心得意起来。

"嘿，丹心，好主意。"万福丽亲切地搂着宋丹心的肩膀。

"丹心说得还真是有道理。"陆春芳也表示赞成宋丹心的观点。

大家为了解决吃饭问题，都热心地出谋划策，办法就这样想出来了，但是能不能行得通，我们心里也没有底。大家既然定下来了，也就决定这样做了。后来事实证明，我们的想法和思路还是对的，虽然冒了一点政治风险，但还是解决了实际问题。

当时国家的政治环境是全国人民刚刚粉碎"四人帮"不久，国家的政策环境也有了松动的迹象，也就是说国家和政府机关，对倒买倒卖这类的事情卡得也不是太死了，我们上山砍竹子、上山打野猪的计划也就如期实现了。

可以说天无绝人之路吧。

第 8 章　上山打猎

　　我们制订的计划挺好，不过在实施的过程中还是吃了不少苦，受了不少累的。比如说，我和李国成找黄队长借猎枪上山打猎的事情，就碰了一个软钉子。

　　我们年轻人的头脑想问题还是太简单了，我们以为找黄队长借他的双管猎枪不是太难的事情，可是黄队长有点不愿意借给我们，因为那是他的心爱之物，他以前对我们说过，他的双管猎枪是他和老伴家里最值钱的东西，我们把这件事儿看得太轻了。结果我和李国成到黄队长家里去借枪，黄大叔就不给面子了。

　　"我的枪是不外借的，"老人家坦率地说，"我的猎枪是我儿子送给我的生日礼物，我要用一辈子的，不能随便外借的。"

　　老人家特别珍爱他的猎枪，我们也是可以理解的。但是我们借不到猎枪，也就无法实现我们的计划，所以我只能厚着脸皮对黄队长说：

　　"黄大叔，您老人家就开恩把猎枪借给我们用一次吧，我们保证不会给您用坏的。"

　　"我倒不是怕你们把我的猎枪用坏了，我是怕你们用枪伤了人，惹是生非，打猎可不是好玩的事情。"

"黄大叔，我们就借一天，好吧？然后我们就还给您。"

"孩子，你对我说实话，你们借枪打猎干什么？是打猎好玩呀，还是有什么意图？"

"不是的，黄大叔，我们借枪打猎既不是为了好玩，也不是有个人的不良意图，我们是想借猎枪打野猪，卖钱，换粮食。"

"打野猪卖钱，换粮食？"

"是呀，黄大叔，我们知青已经快没有饭吃了，我们九个人马上就要饿肚子了，所以我们要想办法打野猪卖钱，换粮食回来吃。"

"噢，原来是这样。"黄大叔想了一下，说，"孩子，不是我不借给你们猎枪，我是怕你们出事儿。因为猎枪不是一般的东西，这是属于危险性的武器，是容易伤人的。你们过去从来也没有玩过猎枪吧？"

我们承认，我们过去从来也没有玩过猎枪。

"这我就更不能借给你们使用了，"黄大叔还是很有原则性地说，"我是枪的主人，我是要负责任的。你们万一打猎的时候，不小心打伤了人，我可是脱不了干系的。"

黄大叔说得确实也有他的道理，老人家做人做事都是非常有原则的。

"那怎么办呢？黄大叔，"我说，"我们知青的生活已经陷入困境了，我们九个人，过几天就要没有饭吃了。"

"孩子，你们知青没有饭吃了，可以从生产队里借粮食吃。但是，枪我是不能借给你们的，你们明白吧？枪是有危险的武器，不是随随便便可以外借的。"

我们在黄大叔家里没有借到双管猎枪，只能找其他老乡借了。但是我们从其他老乡家里借来的猎枪是土枪，是一种打火药的土猎枪，打一枪之后，就要花上半小时的时间重新装弹药。好在我费了不少口舌，打猎的枪

总算借来了。

一般人认为，打猎是一件很好玩、很轻松、很过瘾的事情，身背子弹袋，腰挂小短刀，肩扛猎枪，看起来好像过去的武士一样，显得挺神气的。其实你亲身体验一下打猎的过程，就会感觉到打猎可不是好玩过瘾的事情了。打猎其实是一件既吃苦又受累受罪的事情，没有什么好玩的。打猎只是有一点好处：可以健体强身。这是实实在在的。

我平生第一次要打猎，心情既兴奋，又快乐，又激动。拿着从老乡家里借来的土枪，我兴奋了一个晚上没有睡好，并且野心勃勃地梦想着在深山老林里打到野猪的快乐情景，高兴得差不多一晚上没有睡觉。我的同伴李国成也是一样。

我们大早上四点钟就爬起来，又是准备工具，又是为猎枪装火药，忙得不亦乐乎。害得舒香大早上就爬起来，手忙脚乱地为我们做早饭，为我们准备中午吃的东西。其实做饭的工作应该宋丹心为我们做的，因为这一天轮到她为我们知青做饭。可是，头一天晚上，她说身体不舒服，舒香就大早晨起来代她为我们服务。我们大家头一天晚上都定好了，我和李国成负责上山打猎，王中英和武力负责带着女同胞们在家附近的山上砍竹子，宋丹心一个人留在家里做饭，为大家服务，做好后勤工作。当然，在家做饭的人要舒服一些，轻松一些了。其实大家心里很明白，我这是有意照顾宋丹心的，因为女孩子说身体不舒服嘛，总是要照顾一下的。大家嘴上不说什么，心里十分清楚。

我和李国成吃了舒香为我们准备的早饭，就抓紧时间要出门上山了。其实外面天还没有亮呢。我们听黄大叔说，打猎的人，要早出晚归。我们经过黄大叔居住的房间门口时，黄大叔也身背猎枪和打猎的工具从房间里出来了。

"孩子们，我陪着你们一起上山去打猎吧。"老人家说，黄大叔要跟着我们一起上山去打猎，我和李国成真是喜出望外，我们当然高兴了。黄大叔又对我们两个人说："孩子们，我不是舍不得借给你们猎枪，我是真怕你们出事儿呀。我打猎打了三十多年，见过不少打猎的人出事儿，我见得太多了。我从当兵回来就开始打猎了，所以我怕把枪借给你们，万一出了事情，不好向你们的父母交待呀。我还是亲自带着你们去打猎吧，我打猎的经验要比你们丰富，我打猎的时候，你们还没有出世呢。"

黄大叔亲自带着我们上山去打猎，这当然是我们求之不得的好事情。黄大叔是一位老猎人，打猎百分之百是高手。他在路上对我们讲，打猎要注意些什么，几个人怎样配合，怎样围歼猎物，老人家讲得头头是道。我和李国成是打猎的新手，一切行动自然要听老猎人的指挥了。

我们跑进野猪岭，翻山越岭，跑了一个上午，也没有发现大野猪，就看见了一些野鸡、野兔子之类的小动物。

我和李国成看见小动物也想开枪，图个乐，但是黄大叔不叫我们开枪打小东西。

他对我们说："打猎要想打到大动物，看见小东西先不要打，因为枪一响，大动物就吓跑了。小动物可以在回家的路上打，不能因小失大。"

黄大叔向我们介绍打猎的经验，告诉我们上了山，要怎样看，怎样听，怎样判断动物活动的方位、藏身在何处，等等，老人家娓娓道来，讲得是生动活泼，妙趣横生，听得我们两个知青都着迷了，似懂非懂，也听傻了。

中午我们吃饭的时候，休息了一段时间，爬过了一座山岭，黄大叔四面听了听，看了看，然后对我和李国成说："孩子们，这条沟的下面可能有野猪群。"

"黄大叔，您是怎么判断出来的?"我向黄大叔请教。

"你们看到了没有，这就是野猪的脚印，这还是新的，可能是刚从这

道梁子跑下去的，我知道沟下面有一片红薯地，它们可能是跑下去偷吃红薯了。这不是一头野猪，而是一群野猪，至少有上十头野猪。"

"大叔，那就赶紧追上去打吧？"李国成迫不及待地说。

"追上去打，我们是跑不过野猪的，野猪比我们人跑得可快多了。"

"那怎么打，黄大叔？您说。"

"这样，你们两个顺着左右两道山梁向前跑，你们年轻人跑得快。你们看见没有，沟下面有一片平地，你们要跑过那片平地，然后下到沟里去，从红薯地开始，把野猪向我这个方向赶。你们在沟里可以用木棍一边走，一边敲打，一边喊叫，看见野猪就可以开枪，逼着野猪向我这个山梁上跑，我就在这里等着野猪来落网。但是，我要提醒你们，不要被野猪伤着，赶猪不能挡了野猪的道。你们听明白了吗？"

"大叔，什么叫野猪的道？"我问老人家。

"野猪的道，就是野猪踩踏出来的路，像人走的羊肠小道一样，不过是在沟底。还有一点需要提醒的是，如果你们打伤了野猪，就要小心野猪的攻击了，所以向野猪开枪的时候一定要选好位置，居高临下，为自己选好退路，听明白了吗？"

"听明白了。"

"明白了你们就快去吧。"

黄大叔蹲守山梁，我和李国成就提着土枪，从左右两侧的山梁向下面跑去，然后向前面沟里的红薯地方向跑去。半小时之后我们跑到了指定地点，也没有喘口气儿休息一下，就下山向下面的红薯地运动。人太兴奋了，什么苦和累也不觉得了。我和李国成下到沟底的红薯地之后，果然看到了有野猪祸害过红薯地留下的足迹。我们就按照黄大叔的说法，一手拿着猎枪，一手拿着树棍，一边走，一边敲打，一边喊叫，吓唬野猪向山梁上跑。我们在赶野猪的时候什么也没有看到，什么也没有听到，心里还想野猪在哪儿呢？怎么看不见影儿，听不到动静呢？我们赶猪大约赶了有一个小时左右吧，累得有点走不动了。因为野兽走的道，根本就不是人能走的道，乱草丛，山毛丛，杂树丛林，每前进一步都是不容易的，一会儿脸被针毛刺扎疼了，一会儿腿、脚被乱草藤缠住了，一会儿胳膊、手又被树刺扎伤了，反正不是一般人所能走的路。

我们可以看清黄大叔蹲守的山梁位置了，我和李国成的心情有点失望，也不想动了，喊叫的声音越来越小，人也无精打采了。这时，我们突然听到了山梁上黄大叔的双管猎枪响了，老猎人开火了。我们清晰地听见两声枪响，随后就听见一群野猪疯狂地掉头从梁子上面向我们的沟里冲下来。

"你们注意啦，孩子们，野猪又跑下去啦！"黄大叔向我们喊道，"千万小心哪！"

我和李国成还没有反应过来，野猪群就以疯狂的速度从上面冲下来了，奔跑的速度那个快呀，像风一样神速，其间还带着树枝和树叶刮擦的响声。上千米的距离，野猪群好像用了不到两分钟的时间就跑到了。

我端起猎枪，对李国成大喊了一声："野猪来啦！"

野猪群很快就跑到我们的眼前来，真的是一群野猪，有十几头。前面带队跑的大野猪有好几百斤重，青面獠牙的，我看得清清楚楚。我情急之下立刻扣动了枪机，可是枪响了，子弹也飞出去了，野猪群也跑了，连毛也没伤着。随后，我听见李国成也开了一枪，完了就光听见野猪群逃跑的声音了。等我和李国成把土枪再装上火药子弹的时候，野猪群早已经跑得无影无踪了。我真的感到很奇怪，野猪群距离我还不到十米远，我居然没有打中。距离李国成也不到二十米，他也同样没有打中。我们两个人还是打猎的人吗？简直是两个笨蛋，两条枪，居然放跑了十多头大野猪，一头也没有打中，还居然自称上山打猎来了。我气得一点脾气也没有了，人也

感到无精打采。

我问对面山上的伙伴："怎么样，国成，打到了没有？"

"没有。他妈的，这是什么枪啊？"他骂道。

他不说自己不中用，却怪人家的枪不好。我也没有什么话好说了。走吧，上山吧，看一看黄大叔的战果怎么样？我们爬到山梁顶上，寻找黄大叔蹲守的地方，发现人不见了。我们马上喊人：

"黄大叔！"

"黄大叔！"

"哎，来啦，在这儿呢！"

过了一会儿，黄大叔拖着一头大野猪在下面的水沟里面向我们招手。我的天哪，老人家打到的野猪最少也有四百多斤重，好大的一个家伙。我和李国成看得眼睛都发直啦。

"你们不能光看着我呀，快下来帮忙啊！"

我和李国成马上下去，跑到老人家身边，代替黄大叔，拖着两条野猪的后腿，费了吃奶的劲儿，把大野猪拖到了一块比较平坦的地面上。

"好了，不要管它了，"黄大叔看着我和李国成也累了，就对我们说，"现在我们可以坐下来休息一下了，抽一支烟吧。"

我马上把老牌的大公鸡香烟拿出来，向老人家敬烟。李国成则马上从身上拿出火柴来，给老猎人划火、点烟。我们心里感到非常高兴。黄大叔真是打猎的神枪手，我太佩服老猎人啦。

黄大叔高兴地在石头上坐下来，问我们：

"你们怎么样啊？我听见你们的枪也响了。"

黄大叔问得我们两人都不好意思说话了。

"看见猪了，没打中。"我说实话。

"我也是，"李国成也承认，"开枪了，野猪跑掉了。"

黄大叔听了我们的回答哈哈大笑。老人家抽着烟，对我们说："孩子们，你们还是没有经验吧，以后多打几次就有经验了。"

太阳快要下山了，该到回家的时间了。黄大叔指点我们用短刀把野猪切开，肢解，四条腿分成四大块。野猪头和猪下水，黄大叔用了一个大布袋子装起来。然后我们又找了三根树棍，当扁担使用。四大块猪腿，我和李国成两个人挑起来，一个人挑了两块。黄大叔就挑上野猪头和猪下水。于是，我们三个人就高高兴兴地上路回家了。

我们到家的时间还不算晚，天还没有完全黑下来，不过已经有六点钟了。

本来，我让黄大叔挑野猪头和猪下水是一番好意，是照顾他老人家年纪大了，我们年轻人应该勇挑重担，多担当一点儿。可是到家之后坏事儿了，黄大叔就拿了野猪头和猪下水回家了，四大块野猪肉和猪大腿都给我们留下了。这怎么好意思呢？黄大叔不辞辛苦地带着我们上山去打猎，野猪又是他老人家打到的，他把猪肉都留给了我们知青，他就拿了猪头和猪下水回家，我们的心里觉得实在过意不去。我执意要把两大块猪后腿留给黄大叔，并且送到了老人的伙房里，可是黄大叔说什么也不要，说什么也要叫我们拿回去。

"黄大叔，您还是把这两块猪肉收下吧，您要不收，我们知青以后就没有办法答谢您老人家了。您收了，我们的心里才能平衡一些，不然以后我们知青再有事儿就不好意思再求您老人家了。"

黄大叔真心诚意地对我们说：

"孩子，你们把野猪肉留着吧，你们不是说要卖钱买粮食吃吗？就算我帮忙了。我和我老太婆两口人，也吃不了多少肉，有猪头和猪下水也就足够吃两个月了。你们知青孩子吃饭是一个大问题，没有饭吃，以后怎么能干活呢？再说了，我们这个地方野猪多得很，我每年都可以打到几头大

野猪，分给乡亲们吃。我和老伴要想吃野猪肉，再拿上猎枪上山去打就是了，这是手到擒来的事情。你们还是先把吃饭的问题解决了，我当队长的也就不用为你们操心了，你们知青没有饭吃了，我当队长的也安宁不了，你们说是不是？你们还是把野猪肉拿回去，听我的。"

黄大叔说什么也不要，非让我们把野猪全部拿走。我和李国成内心实在太感动了。老人家不要，我们只有把东西拿回知青点。我和李国成把大野猪拿回堂屋，也累得够呛了。大家想一想吧，我们是大早上不到五点钟就上山了，晚上六点钟了回来，跑了一天的时间，十三个小时，两条腿没有闲着，在山上翻了几座大山，而且我们回来的时候，两个人还挑了有两百斤重的野猪肉回来。我们累得真的是腰酸腿疼，全身的骨头好像要散架了一样。

第 **9** 章　家庭矛盾

我和李国成到了家，想喝一口白开水，吃一点东西，想垫一垫饥饿的肚子，可是，什么也没有找到，屋里连一个人影也没有。做饭的宋丹心也不知道跑到哪儿去了，开水也没有烧，饭也没有做。我和李国成坐在堂屋的椅子上休息，同时叫人：

"有人没有？有人没有？"

"有喘气的没有？出来一个！"

我和李国成对着女同胞的屋子叫，可是姑娘们的屋子里一点动静也没有。我就奇怪了，这做饭的宋丹心能跑到哪儿去呀？我推开了女同胞居住的房屋门，里面确实没有人，空的，宋丹心连影子也不见。

"上山砍竹子的人怎么也没有回来呢？"我问李国成，"难道他们到县城去卖竹子还没有回来？"

"有可能，"李国成分析说，"他们就在家门口砍竹子嘛，那么多人，砍半天时间也就足够了。他们很可能拿着竹子到县城去卖了。"

"他们就算是到县城去卖竹子，现在也该回来了吧？"

"不一定，县城的路好远嘛，来回要走五六个小时，还要挑竹子、卖竹子，他们下午去，半夜能跑回来也算不错了。"

李国成拿出香烟来抽。我就把野猪肉拖到伙房去了。我想等到晚上有时间了收拾出来，明天早上好拿到城里去卖。我到伙房去找水喝。可是伙房的大锅里连一点开水也没有，水缸里连凉水也没有。我心里的无名火立刻就起来了，但我还是想尽量克制自己。我用吃饭的碗，在水缸底舀了一碗凉水就喝起来，也不管水干不干净、喝了生水得病不得病了。农村水井里的水是没有经过消毒的，我们日常生活的饮用水还是特别注意的，平时一般情况下，我们是烧开水饮用的，可是没有开水，人又口干舌燥的，只能喝凉水了。

李国成也想喝水，他在堂屋叫我："曾光，不要忘了给我也端一碗温开水来！"

他的要求更高，还想喝温开水。

我端了一大碗凉水，送到他面前："喝吧。凉水，没有温开水。"

"什么，凉水？"他用眼睛望着我，"没有开水？"

"是的，没有开水，对付喝吧。"

我把水碗递给他，他心里老大不舒服了。

他故意问我："曾光，今天应该谁做饭呢？"

我回答："今天应该是宋丹心。"

"这位小姐太够呛了，"他生气地说，"她跑到哪儿去啦？水也不烧，饭也不做，什么意思呀？"

"谁知道呢？也许是跟大家一起砍竹子卖竹子去了吧？"我猜想。

"不可能。这位小姐能吃那份苦？"李国成不相信。

"你不要戴着老花镜看人嘛。"

"她在家饭也没有做吧？"

"算啦，姑娘家的，不要跟她一般见识了。"

我想劝他减轻一些对宋丹心的不满情绪，他满肚子不高兴："我就奇怪了，曾光，你为什么总是莫名其妙地袒护她呢？"

　　"谁说我袒护她？"

　　"我说的，大家背后都这么说。"

　　"你们那是胡说。我们一起做饭吧。"

　　"做饭我不做。我们两人为什么要代她做饭？今天该她做饭，就要等她回来做饭。我可是没有精力做饭了，我们两个人上山跑了一天，没有功劳也有苦劳吧？"

　　"明天我有时间找她谈一谈，你也不要跟她计较了。好男不跟女斗嘛。"

　　"曾光，我觉得你对宋丹心实在有点太客气了，过于客气了，她有点不知趣了。今天就等她回来给我们大家做饭吃。"

　　"不要指望她了。已经过六点钟了，砍竹子的人可能也马上要回来吃饭了。"

　　"今天咱们就等着宋丹心回来做饭吃！"他心里有点火，表现出来了，"她今天回来要是不做饭，就治她一回，不能老是惯着她的臭毛病！大家让着她好像已经成为习惯了。"

　　"国成，你真不像个大男人，跟一个姑娘计较什么？"

　　"这不是我计较，大家都对她有意见，一天到晚娇惯自己，好像谁都该她欠她是的，自私自利，这一回应该收拾收拾她了，你不能再宠着她了！"

　　"我是要治她一回的，她是有点太不像话了，做得太过分了。"

　　"你说这话我赞同。"

　　"但是治她归治她，饭还是要做的，大家晚上回来还是要吃饭的。"

　　"要做你做吧，我可是不做饭。要不等着大家回来一起做吧。"

　　"等着大家回来一起做？他们今天晚上要是不回来呢？我们两个人就

不吃饭啦？"

"你说的不可能，他们晚上肯定是要回来的，不回来他们住哪儿去呀？"

"竹子卖掉了，晚上在城里找一家小旅馆住下来，有时间再到电影院去看一场电影，在城里玩一玩，有什么不可能的？"

"你可算了吧，他们找小旅馆住一晚上，卖竹子的钱还不够旅馆费的呢。你会不会算账？他们吃饱了撑的？我敢打赌，他们晚上肯定是要回来的。"

李国成好像料事如神。我们两人正在说着话的时候，听到她们跑回来了。舒香带着队，唱着歌，高高兴兴地回来了。她们唱着洗衣歌，不用说，是有收获回来了。她们拿着砍刀，拿着扁担，虽然样子看起来有点儿狼狈，但还是兴高采烈地唱：哎——是谁帮我们翻了身哪，是谁帮我们得解放啊，感谢亲人解放军，感谢救星共产党……啊……她们唱着欢快的歌曲，跳着欢快的舞蹈，排着队进来了。

"行啦，行啦，姑娘们，"我对她们说，"大家辛苦啦，快坐下来休息休息吧。"

我把椅子让给她们坐。可是快乐的姑娘们还是唱歌、跳舞，没有停下来。我和李国成瞪着眼睛望着她们，莫名其妙，可是没有看见王中英和武力两个人回来。这就有点奇怪了。

我问姑娘们："姐妹们，还有两个人呢？还有两个大活人怎么没有回来呀？"

"人在后面呢。"舒香对我们说，"马上就回来了。"

"哎呀，我的妈呀"，宋丹心进来就不客气地坐在我坐过的椅子上，说，"累死我了！"

我看到她，想到她水也没有给大家烧，饭也没有为大家做，还有李国成对我说过的话，我心里的火立刻就升起来了。

但我还是心平气和地问女同胞们：

"姐妹们，你们怎么两手空空地回来啦?"

"不两手空空回来怎么办?"宋丹心笑眯眯地回答说，"唉，累了一天，白辛苦。"

"你们砍的竹子呢?"我接着问。

"哎呀，不要提啦……"宋丹心好像样子很难过地说，"我们砍了一天的竹子，拿到县城去卖，结果叫县林业站的人抓住了，把我们的竹子全部没收了不说，还叫我们写检查，把我们教育了半天，倒霉死啦。"

宋丹心连说带比划，一本正经的。她也不笑，其他姑娘也没有笑。

李国成看了她一眼，随后问她："宋丹心，今天该你烧水、做饭，你怎么不在家烧水做饭呢?"

"烧水做饭?"宋丹心看着他，回答说，"我不是跟着大家一起上山砍竹子去了吗?"

我板起面孔来，十分严肃地问她："宋丹心，今天该你做饭，谁叫你上山砍竹子的?"

宋丹心看到我的脸色有点难看，说话的口气也不对了，她有点莫名其妙。

"怎么了?"她说，"今天是该我做饭，是舒香叫我跟大家一起上山砍竹子的。"

"是吗，是舒香叫你去的?"

"不相信你可以问她嘛。"

"是的，"舒香说，"是我叫她去的。"

"你那么听她的?"我对宋丹心说，"舒香叫你吃屎不吃饭，你听吗?"

宋丹心听我说话有一股臭味，她马上就对我火上了："曾光，你怎么

说话呢?"

"我说话你听不懂吗?"

宋丹心听我说话不好听,马上就从椅子上站起来,变脸了:"曾光,你凭什么这样跟我说话呀?我怎么了?我有什么错呀?"

舒香看着她,看着我,觉得气氛不对了,马上对我说:"曾光,是我叫丹心跟大家一起上山砍竹子的。"

"那晚上的饭由谁来做呢?"

"晚上的饭?我来做。"

舒香莫名其妙地看着我。

但是宋丹心的脸色变得更加难看了。

"曾光,你什么意思呀?"她到我面前来问我,"你怎么对我说话有股火药味呀?"

"什么火药味呀!现在大家都饿着肚子要喝水,要吃饭,可是大家回来要喝水没有水,要吃饭也没有饭,你说怎么办吧?"

"我说怎么办?我说我不该你的,我也不欠你的,你愿意怎么办就怎么办!"宋丹心说话也不好听了,"大家要喝水、要吃饭怎么了?要喝水、要吃饭,就找我问罪呀?"

宋丹心好像还有理了,她还先发火了。

我也克制不住心里的火气了,对她说:"不是我找你问罪,宋丹心,今天该你做饭,你就应该老老实实地在家里做饭,不该乱跑出去自由行动。"

"谁乱跑出去自由行动了?你当我愿意乱跑了?"宋丹心的嘴巴比我还厉害,"你当我愿意上山砍竹子呀?我还不是为了大家吗?"

"你砍的竹子呢?"我问她。

"你不要问我,你后面会知道的!"

宋丹心的火气是越来越大了，我的火气也越来越大了。我们双方的脾气都克制不住了，你一言、我一语地吵起来。大家看着我们吵架，谁都不敢出大气了，因为姑娘们从来也没有看见过我发脾气，她们心里有点怕。但是宋丹心可是心里什么也不怕。我盯着她，她怒视着我，我们两个人针锋相对，谁也不让着谁，这是以前从来也没有过的事情。这一次我想好了，一定要在众人面前好好修理修理她！其实我的感情有点冲动了，事实证明最后还是我错了。人有的时候头脑不能够冷静地思考问题，结果是可想而知的。我在众人面前也不给她留面子了。

我咄咄逼人地对她说："宋丹心，你太不像话了！大家累了一天，回来就想喝一口温开水，吃一口现成饭，你什么也没有干，你太没有意思了！"

她盯着我，也毫不示弱地说："曾光，你找我什么事儿呀？我跟着大家一起上山砍竹子也不对了？这是我的错吗？"

"今天轮到你做饭，你就不该乱跑！不是你的错，还是我的错吗？"

"谁乱跑了，你对大家说清楚，我怎么乱跑了？我在家拿什么给大家做饭吃呀？"

"当然是拿米。"

"你去看一看，我的大领导，米缸里一点米也没有了，知道吗？所以舒香才叫我跟着大家一起上山砍竹子去卖的！"

在我和宋丹心争吵的过程中，李国成一句话也不说了。他在背后挑拨离间还有用，当面却不敢说话了。

舒香见我和宋丹心吵起来，她站出来为宋丹心说话了。

"曾光，今天的事儿不怪丹心，你们不要吵了。"

"可是现在大家要吃饭呀！"

"对不起，今天的饭我不做了！"宋丹心说，"我跟大家一起上山砍竹子，到县城去卖竹子，我也累坏了，水我就是不烧了，饭我就是不做了！"

宋丹心冲撞我之后就气得转身钻进女同胞们的房间去了。

我也气得咬牙切齿："这是什么人呢！就她毛病多，就她自私，就她怕苦怕累！"

宋丹心听我说话更难听了，她马上又从房间里冲出来，对我叫道："曾光，你说谁呢？你把话再说一遍！"

"我就说你了，怎么了？"我进一步说，"轮到你的事儿，你就屁事儿多！"

"曾光，请你对姑娘说话注意礼貌。"舒香对我说。

"我对她讲话已经够文明、够礼貌了。"我气急败坏地说，"就她自私，又精又猾，又怕吃苦，又怕受累的。你还有完没完了？"

"谁自私？谁又精又猾？谁又怕苦又怕累？"宋丹心冲到我面前来，指手画脚地说，"曾光，你给我把话说清楚！"

"我就说你！宋丹心，我告诉你，你虽然在家里被父母娇宠坏了，但是下乡来，大家可以让着你一次、二次、三次，可你不能得寸进尺，给脸不要脸！"

"你让着谁了？我怎么得寸进尺了？谁给脸不要脸了？"宋丹心气得满脸通红。

我也不管她气不气了，我继续说我的："就是你，宋丹心，我说的就是你！"

"你有什么权力说我？你是谁呀？你有什么了不起的？"

"我是没有什么了不起的，但是我要为大家主持公道，主持正义！"

"主持公道，主持正义？我大早上六点钟就爬起来，跟着大家一起上山砍竹子，卖竹子，折腾到现在才回来，你还满嘴胡说八道，这是正义吗？这叫公道吗？"

"你们大家辛苦，我们就不辛苦吗？谁不是大早上起来的？你叫苦，我还叫累呢！"

"曾光，你一个六尺高的男子汉，你跟我比，你好意思吗？"

"我有什么不好意思的？大家不都是一样的人吗？"

"你不要忘记了，曾光，你是男的，我是女的！"

"男的、女的，做饭都应该是一样的，平等的。今天轮到你做饭，你就要为大家做好饭，服好务，你不能得寸进尺给脸不要脸！"

我说话太伤宋丹心的自尊心，她受不了了，她哭着对我暴跳如雷："谁得寸进尺？我怎么给脸不要脸？谁得寸进尺？我怎么给脸不要脸？"她在我面前，一把鼻涕一把泪地说，"你混蛋，曾光，今天你要不把话对大家说清楚，不跟我说明白，我跟你没完！"

"就是你，就是你，我说的就是你，"我也不甘示弱，我也不怕她，"给脸不要脸！我和舒香大早上四点钟就爬起来，代你为大家做饭，你还不领情？你说今天大家谁不辛苦？谁不累？你叫苦叫累，饭也不想给大家做，你说得过去吗？"

"曾光，你不要欺负人！"

"我怎么欺负人了？我欺负你了吗？我说得不对吗？我说的不是事实吗？"

"你说的话就是不对，就不是事实！你不要以为我女孩子就软弱可欺！"她气得浑身发抖，泪流满面。

"好了，好了，"舒香又出面劝解我们，"曾光，丹心，你们不要吵了。今天的事情不怪丹心，要怪你们就怪我好了，是我安排错了。谁也不要吵了。"

"我就见不得这种人，只关心自己，不体谅别人！"我不依不饶地说。

"我说我累了，我没有说不给大家做饭！"宋丹心气愤地说，"你在众人面前挑拨离间，搬弄是非，你是什么意思？什么用心呢？"

"我还说得不够清楚吗？你自己想去吧！叫你做一点事情，你就叫苦连天！"

"我累得骨头都要散架了，我就不能休息一会儿吗？"

宋丹心吵不过我了，她也想办法自己找台阶下了。

"你可以休息，但是饭还是要给大家做的，大家不吃饭是不行的！"

"曾光，你不要欺人太甚！"

"我欺人太甚？我看你是不知好歹，不识抬举，大家越关照你，你越是不知好歹！"

"曾光，你欺负人，你欺负一个软弱无能的女孩子……"

宋丹心哭的声音越来越大，哭得也是越来越伤心。我们的情绪都很激动，吵得是脸红脖子粗，大家都哑口无声。只有舒香一边劝她，一边说我："曾光，你不要吵了。今天的事情不怪丹心，是你的错。你是不是吃错药了？"

"我吃错药了？"

"我看你今天就是有点吃错药了！好啦，丹心，不要哭了，咱不理他。"

"算了，曾光，"郭小红也开口相劝，"丹心今天确实累了，她不做饭就算了，我来做。"

"算了，曾光，好男不跟女斗。"李国成这个时候出来装好人，出面说好话了。

我气得看着他，两眼发呆，我突然觉得他真不是个东西！就是我傻呀，心血来潮，不够冷静，盛怒之下得罪了宋丹心。

舒香接着说："今天大家都辛苦了，饭还是由我来做吧。"

这时候，王中英和武力两个人一人扛着一袋子大米回来啦，他们高兴地唱着歌进门了：从草原来到天安门广场，高举金杯把赞歌唱啊……我看着他们两个人背回来的大米，我傻眼了，原来是宋丹心故意跟我讲故事骗我的。

"我说姐妹们，"王中英放下肩上的米袋子说，"你们也太不够意思了，就知道两手空空前面跑。"

武力也放下了米袋子，说："姐妹们，你们跑得也太快了吧，就知道欺负我们傻爷们呀！"

舒香看了我一眼，故意说话给我听："累你们也活该，谁叫你们傻爷们欺负我们小姐妹？"

"谁欺负你们小姐妹了？谁欺负你们小姐妹了？"武力说，"你们在前面跑得比兔子还快，就累我们傻爷们了，还说我们欺负你们小姐妹了，谁欺负你们了？"

"当领导的"，舒香故意在众人面前讽刺我，"今天当领导的有脾气了。"

王中英和武力用眼睛看着我，然后又看着大家。

王中英满头大汗地对我说："曾光，咱们大家有饭吃了。"

"就是呀，"武力说，"我们整回大米来了！"

"怎么回事儿？"我问他们两个，"这大米是从哪儿来的？"

"女同胞们没有对你说吗？"

"没有。我要听你们的汇报。"

"先来一支烟再说。"

"就是呀，一下午来回跑了六十多里路，快要累死人了！"

我给他们俩两支烟，李国成又给他们点上了火，他们就坐在我们大家吃饭的小桌子上，说话了。

"曾光，今天女同胞们可是立了大功了。"王中英说，"我们七个人，不到半天时间砍了有五百多斤竹子，接着就拿到县城去卖，来去都是挑担，就靠两条腿走路。五百多斤竹子，卖了二十多块钱，然后我们到县城小粮店买了一百斤大米回来了。"

"这是真的？"

"这当然是真的啦，"武力说，"大米在这儿放着呢，这还能有假吗？"

我看着他们七个人，最后看着宋丹心，我突然明白了，宋丹心进门开始是要跟我开玩笑的，她首先开口给我讲了一个故事。她的本意是想逗我玩一下，然后再给我们一个惊喜的，可惜我愚蠢地把她对我讲的故事当真了，结果教训她没有达到目的，两个人还闹得翻脸好像仇人似的。我这才想明白舒香对我说过的话，今天是我错了，是我吃错药了。可是怎样收场呢？怎样转变这个局面呢？王中英和武力看着大家的情绪不对，也发现宋丹心哭过了。

王中英抽着香烟问我："曾光，这是怎么啦？"

"没什么……"

"气氛好像不对吧，曾光？"武力也问我。

"没什么。今天大家都立功啦，把大米拿进伙房，倒进米缸里去吧。"

"好嘞。"

"遵命。"

王中英和武力又把放在地下的米袋子拎起来，送到伙房去了。

我对大家说："好啦，大家没有事儿可以休息了。我来给大家烧水做饭吃。"

"用不着，谢谢你的好心！"宋丹心马上又冲我开火。

"算了，丹心，你回屋休息吧，今天是我错了，我向你道歉。"

宋丹心想进伙房，我拦住她，不让她进伙房，叫她回屋休息。宋丹心停下来，推开了我。

舒香马上走过来，对她说："算了，丹心，不要跟曾光生气了，回屋休息吧，大家今天都累了。曾光情绪不好，你应该原谅他。"

"我不会原谅他的，"她恶狠狠地盯着我，说，"他在众人面前故意叫我难堪，我不会原谅他的，我恨他一辈子！"

"至于吗？宋丹心，为了这样一件小事，你就恨我一辈子？"

"我就恨你一辈子，我就要恨你一辈子！你太欺负人了，我不理你了！"

宋丹心转身回房间去了。其他人见没有戏看了，也就散开了，回房间去了。

这时候堂屋里只有我和舒香两个人了。

她走到我面前，说："曾光，你今天是怎么了？对宋丹心发这样大的火？"

"我也不知道。"我不想说这件事儿了。

"你今天不该对宋丹心发火，我奇怪你的火气怎么会突然爆发？"

"我也不知道。下乡以来，我越来越看不习惯她宠爱自己，什么事情都以自我为中心，就是不为别人着想。"

"曾光，你是一个大男人，不应该跟一个女孩子一般见识的。"

"我不是跟她一般见识，我就是看不惯她什么事情都为自己着想。你说大家今天谁不累？谁不辛苦？大家都累，都辛苦。既然轮到她做饭，她就应该为大家烧水做饭，这是她应该做的事情和义务。她赖了吧唧地总想让别人代劳。"

"算了，大家不是好同学、好朋友、好兄妹吗？有什么话不能好好说呢？我愿意为她代劳。"

"好朋友，好兄妹，也不能经常这样惯着她、宠着她，她就是在家被父母宠坏了，到农村来既吃不得苦，又受不得累，还受不得委屈，就想大

家都宠着她，爱护她，关照她，她就不知道帮助别人，爱护别人，关照别人。她太不懂事了。"

"好了，曾光，这件事就到此为止吧。以后不要再对女孩子发火了，这不是一个男人应有的气量。"

我和舒香想进伙房一起做饭去，宋丹心又从房间里冲出来了。她的火气好像更大了，显然是我和舒香在外屋的对话她听见了。

她对我说："曾光，你还有完没完了？"

我想搪塞过去，不想理她了："什么有完没完了？"

可是她火气十足，不依不饶地说："我怎么了，曾光，你说我怎么了？我怎么就不懂事了？我一个女孩子，在农村这样艰苦的环境里，一天到晚累得要死，累得要命，你还想要我怎么样？我就不能休息一会儿吗？你为什么有意跟我过不去？咱们还是老同学、好朋友，你为什么要在众人面前故意恶心我？故意给我难堪？你说我有什么地方对不起你？我在什么地方得罪你了，你要跟我过不去？"

"好了，好了，宋丹心，你不要哭了，你也不要流泪了，刚才是我不对，是我不好，是我的错，是我对不起你，行了吧？你不要哭了好不好？"

"我就是要哭，女孩子就是要哭，就是要流泪！我过去没有做过什么对不起你的事情吧？你为什么要在大家面前故意整我？要在众人面前故意教训我？"

"你过去是没有什么地方对不起我……"

"那你为什么要这样对待我？你说，你为什么要这样对待我？"

宋丹心火爆的脾气变得更大了，她说话也是伶牙俐齿的，又急又快，压得我有点儿喘不过气儿来。我想还是冷静下来，缓和一下彼此紧张的空气吧，大家以后还是要低头不见抬头见的，于是我对她说："算了，老同学，好朋友，今天是我一时糊涂，是我对不起你好吧？我向你道歉，你不要哭了，请回屋去休息吧，我来代你做饭，算我向你谢罪。大家还等着吃饭呢。"

我向她伸出了手，表示想握一下，向她表示歉意。她打开了我的手，表示不能原谅。我看着她暴跳如雷的样子，觉得她挺好玩的，也挺可笑的。我随后向她鞠了躬，表示和解，她突然破涕为笑了。其实她是刀子嘴，豆腐心，表面上看起来挺厉害的，其实内心还是比较脆弱的，我几句好话就触动了她的心，她的口气软下来了。

"我不要你用嘴巴向我谢罪。"她擦着眼泪说。

"那你说要我用什么谢罪？"

"我要你用行动，用实际行动向我谢罪。"

"你说我怎么向你谢罪？"

"帮我做饭，将功折罪。"

"什么？帮你做饭，将功折罪？莫名其妙吧？我犯什么罪了？"

"你欺负女孩子了，这就是犯罪！"

"我欺负你也算犯罪？"

"对，就是犯罪！"

"好好好，我愿意将功折罪，帮你做饭，这样可以了吧？"

"你现在的表现还像个男人。"

"女孩子的眼泪就是多，我算是服你了。"

"我再跟你说一遍，以后不许欺负姑娘，不许欺负女孩子，不许欺负我。你要记住你是一个大男人！"

"好好好，我记住了，我以后再也不欺负你了，我以后再也不敢欺负你了，我真是怕你了，好像我真的欺负你了。"

"你就是欺负我了！"

"对对对，我的小姑奶奶，就算我欺负你了，我向你赔礼道歉，我向你谢罪，这样总可以原谅我了吧?"

"赔礼道歉用不着，谢罪我接受不起，原谅要看你的表现。"

"好，我帮你做饭，你看我的表现。"

我点头哈腰，连连向她表示歉意，宋丹心终于擦干眼泪笑了。她的性格和脾气就像夏天的雷阵雨一样，说来就来，说走就走，来得快，去得也快，雷阵雨过后就雨过天晴。她激动的心情平静下来，我们之间的矛盾和冲突也就缓和下来了。舒香看着我和宋丹心的滑稽表演也笑了。大家都感觉轻松了。

舒香对我和宋丹心说："如果你们两个人做饭，就没有我什么事儿了，我什么事儿也不管了，就等着吃你们俩做的饭了?"

"你回屋休息吧，不用你辛苦了。"宋丹心说，"如果再请你为我代劳做饭，曾光就要动手打我了。"

"舒香，你说我敢吗?"

"我不知道。"

"你有什么不敢的? 你把我都不放在眼里，还有你不敢做的事情吗?"

"好啦，丹心，你们快做饭给大家吃吧。"

舒香说着，把我和宋丹心两人的手放到了一起，然后她笑着转身走回屋去了。宋丹心抽出她的手来，又打了一下我的手，同时还流着眼泪，又笑着说："坏蛋，我恨你一辈子!"

这时王中英从伙房里跑出来，惊喜地叫起来:

"兄弟姐妹们! 快到伙房去看，奇迹出现了!"

宋丹心惊奇地问:"什么奇迹?"

武力从伙房里跑出来，也大喊大叫:"伙房里有一头大野猪，虽然已经切分了，但真的好大呀!"

宋丹心马上惊讶地问:"真的? 野猪有多大呀?"

王中英用手夸大地比画着："好大好大了！"

武力更是欢快地说："像小肥牛一样！"

所有的人马上又从房间跑出来，大家惊喜万分，跑进伙房去看我们的猎物。大家兴高采烈，欢天喜地，祝贺我和李国成打到了大野猪，称赞我们两人是有功之臣。大家以后有饭吃了，不会饿肚子了。

宋丹心高兴地用她雪白的小手，拍了一下我的前脑门，表示兴奋之情，我们之间的一切矛盾也就烟消云散，随风而去，什么事情也没有了。

那天晚上，我们知青所有的人都像老乡家过年杀猪一样地高兴。大家欢天喜地的忙到了后半夜，做饭，吃饭，收拾野猪肉，等等。

我们真的是应该感谢黄队长为我们知青解决了吃饭的大问题。

第二天早上，我们四个男知青，就挑上四大块野猪肉，一路小跑，走出大山，坐着公共汽车出发了。我们四个人把野猪肉拿到自由市场上去卖。虽然我们新建的小城算不得是一个繁华的大都市，仅是一座约有二十万人口的小城镇，但是当时的居民吃肉还是要计划的，一个人一个月拿肉票可以到肉店去买一斤肉，多了也没有，肉店不卖。所以我们的野猪肉还是不愁卖的。家养的猪肉当时卖到七毛八分钱一斤，我们的野猪肉只卖六毛钱一斤，还是很好卖的。三百多斤的野猪肉，我们卖了不到半天就卖光了，总计卖了有两百块钱吧。我们后来用卖野猪肉的钱，买到了粮食，带回凤凰山，背回知青点，大家吃了好几个月，一直坚持到了生产队的夏粮丰收，接上了粮食的缺口。

我们所有的人，万分感谢黄队长帮助我们渡过了难关。所以说没有大家想办法，没有黄队长的热心帮助，我们真的是要断粮吃不上饭了。后来我们知道了，没有饭吃了，就上山砍竹子、打野猪去卖。

我和李国成后来上山打猎还真的上了道，成了行家，成了高手，后来打过几头大野猪。不过废话少说，咱们还是言归正传吧。

此后，我们知青不管做什么好吃的东西，都要给黄队长和黄大妈送上一口，送到老两口的面前去，这是我们对二位老人家的心意。我们没有花钱给黄队长送过礼物，只能送一些日常生活吃的东西，向老人家表达我们心里的感激之情和深切敬意。比如说，送饺子啦，送包子啦，等等。我们送给老两口吃的东西，比什么大礼都更重要，更有情意，因为这里面包含了我们对黄大叔和黄大妈的深情厚谊，同时也包含了我们双方之间深厚的感情。当地的农民不会包饺子，也从来不会蒸包子，所以我们知青经常吃的东西就是他们的奢侈品，也就是说，他们平时是吃不到的，因为他们不会做，所以我们知青和黄队长与黄大妈之间的关系一直相处得非常好。

那时候的人虽然穷，但是人与人之间的感情都是实实在在的，情真意切的，不像现在的人，虚情假意，什么情分都是以钱为中心的。

断粮的事情，在我们知青的生活中是常有的事情，这虽然是不正常的事情，但却是经常发生的事情，因为我们知青不会过日子，同样也不会像当地的农民那样精打细算。

第二部　花样年华

第 *1* 章　平静的生活

　　我们知青刚开始下乡的时候，是有国家财政补贴的，第二年就取消了，对知青的特殊政策都没有了，像当地的农民一样，每年只能靠在生产队劳动所得到的粮食和财物过生活，过日子。但是，我们知青又缺乏农民身上那种吃苦耐劳的精神，太苦的日子又受不了，所以我们的粮食就不够吃。好在我们知青的背后有家庭的支持，有父母的支持，没有粮食吃了可以跑回家混饭吃，所以我们能坚持在农村继续生存下去。

　　我后来反思了一下，我们后来和当地农民分到的粮食差不多是一样的，但是农民们的粮食一年够吃了，我们知青的粮食为什么大半年就吃光了？这是因为当地的农民多年来的贫困生活已经养成习惯了，他们一年四季，不管什么时候，一日三餐，早晚都是吃稀的，早晨一般家庭吃的都是面糊煮红薯，北方人叫地瓜，中午吃一顿米饭，或者吃馍馍（也就是馒头），晚上又是面糊煮红薯，或者是面糊煮萝卜丝，等等。可是我们知青一年四季要过农民那样的苦日子就受不了，因为我们还年轻，精力旺盛，加上农村的劳动需要体力保证，干的活又比较重，再加上当时的饭菜又缺少油水，所以大家一个比一个能吃。五个女知青饭量还小一点儿，我们四

115

个男知青就像饭桶一样，一个比一个吃得多。由于我们的生活没有计划性，其结果就导致了粮食不够吃、饭菜不够吃等问题。

不过说句良心话，我们户的五位女知青，对我们四位男知青还是非常非常好的，在吃饭的问题上，从来没有跟我们男同胞计较过，我们四个男同胞几年间占了人家女孩子不少便宜。这是应该表示感谢的。人穷，过苦日子，但是大家还是比较团结的，而且随着时间的流逝，随着一年又一年的生活磨炼，大家的感情相处得越来越好。

虽然张三、李四、王二麻子，有时候也有闹矛盾的时候，也有争吵的时候，但是大体上来说，人与人之间相处还是比较友好的，而且时间越长，大家相处的关系越密切，这是非常难能可贵的。

我们知青的生活，在农村真的是觉得又苦又累，而且一日三餐吃饭也不正常，没有根本的生活保障，不是今天饭少了，就是明天没有菜吃了，大家过得都是稀里糊涂的穷日子。但是大家的生活还是有苦有乐、有苦有甜的，苦在前，乐在中，甜在后。

比如说，夏天到了，我们都喜欢到门前的汉江里去洗澡、游泳、洗衣服。大家就会在江水里玩呀，打呀，闹呀，疯得十分开心，玩得非常快乐。

夏天，我们九个人经常在白天劳动收工之后，在太阳落山前后，跑到汉江里度夏、消暑。

女知青们就在江边洗衣服、洗头。我们男知青就在江水里游泳、洗澡。开始男、女之间是分开的，我们男知青在东边上游洗澡、游泳，女同胞们在西边下游洗衣服、洗头。

后来舒香和宋丹心说，女知青在西边下游洗衣服、洗头吃亏了，因为她们洗衣服、洗头的水，是从我们上游流下去的，是经过我们男知青洗澡、游泳之后流下去的水，所以她们说在下游洗衣服、洗头不好，是我们男知青用过的水，她们就主动跑到上游来，与我们男知青合并到一处，都在上游回水弯的地方，大家一起洗衣服、洗头、游泳、洗澡。

不过换衣服男女还是分开的。

有一年夏天，天气特别炎热。一天，我们四个男知青都下水洗澡、游泳了，女知青们都在河边洗头、洗衣服，没有一个下水游泳、洗澡的。我就游到她们洗头、洗衣服的地方，请她们下水游泳。

"舒香，下来呀，"我与女同胞们打招呼，"下来游泳啊！"

"我们都是旱鸭子，"舒香不好意思地说，"我们不会游泳。"

"宋丹心呢？"

"我也不会游泳。"

"郭小红呢？"

"我也没有学过游泳。"

"万福丽呢？"

"我不敢游泳。"

"陆春芳呢？"

"我怕沉底儿。"

我觉得很奇怪，女同胞们为什么都是旱鸭子，没有一个会游泳的？

我对她们说："下来呀，我教你们学习游泳。"

她们全都摇头，表示没有兴趣，不想学。

北方的女孩子会游泳的不多，这我知道，因为北方的水少，到游泳池学习游泳是要花钱的。由于当时的人们生活水平还不高，家庭条件还不好，所以一般的家庭父母都不会同意孩子们花钱学游泳。但是我认为，到南方来了，就应该学会游泳，所以我愿意教她们学习游泳。可是她们没有一个想学，我上赶着主动当她们的老师，免费指导她们学习游泳，她们也没有一个愿意下水的。

为了挑逗她们下水学习游泳的兴趣，我就开始向她们击水挑衅。她们穿着裙子坐在河边的石头上，我就突然袭击，向她们扬水弄湿她们的衣服。姑娘们叫起来，有的吓跑了。

我的攻击目标是舒香，结果她穿的刚换上身的裙子被我用水泼湿了，她气得用手扬水向我反击。我就趁她不注意，搂着她漂亮的双脚把她拖下水了。她吓得惊叫起来：

"妈呀，救命啊……"

我把她从水里捞起来，她吓得紧紧地搂着我，很怕自己沉到水底去。我搂着她的小细腰，那种感觉真美好呀。她吓得哭起来，一边用小手打我，一边骂我：

"坏蛋，哪有你这样欺负人的？你是个大坏蛋，太坏啦！"

"没有事儿的，我来教你学习游泳。"我对她说。

她紧张过后，破涕为笑了。

宋丹心坐在石头上看着我们在水里玩儿，我又向她招手，请她下水学习游泳，她高兴地点头答应了。

"好，我也下水跟你学习游泳。"

宋丹心鼓足了勇气，脱掉了外面的裙子，穿着花短裤和小背心，就下水来跟着我学游泳了。我双手牵着舒香和宋丹心两个人，一手牵一个，在河边水比较浅的地方，向我的两个学员传授游泳知识。

其他姑娘也受到了舒香和宋丹心的影响，纷纷下水，向其他的男同胞学习游泳。

这是夏天我们最快乐、最高兴的事情。大家在一起玩得很开心，也很快乐。最后，我们户的五个女知青，在我们四个男教练的指导下，一个个都学会了游泳。这是她们下乡最大的收获。

冬天闲着没有多少事情，农活也不多的时候，大家就在堂屋里打个扑克牌呀，下个象棋呀，输了钻桌子，在地下爬。

晚上没有事儿了，大家就结伴同行到外面看电影。那个时候我们找地方看电影是不花钱的；打扑克牌，下象棋，也是不玩钱的，因为大家都比较穷，我们知青没有钱，所以我们的娱乐活动就是为了寻求精神上的快乐，排解在农村生活中的苦闷与辛劳。

第2章 无事生非

说实话，后来我们在凤凰山，生活上过得还是比较清苦的，要吃没有好吃的，要喝没有好喝的。年轻人有时候就免不了要生出一些坏点子来，想干一点坏事儿。

我记得有一年冬天，大概是春耕之前吧，大家在堂屋里吃晚饭，没有菜，光吃白米饭，有的人就吃不下去了。

宋丹心唉声叹气地说："光有饭，没有菜，这饭是真难吃呀，实在咽不下去。"

那一天是我做的饭，我告诉宋丹心：

"我在米饭里面放了油和盐，你没有闻到米饭里的香味吗？"

"闻是闻到了，可是没有菜，我还是吃不下饭。"

"毛病，对付吃吧。"我挖苦她，说，"这不是在家里，有父母侍候，想吃什么叫父母做什么。在这里能有一口饭吃也就不错啦。"

宋丹心若有所思地说："这饭吃的不是没有菜，就是没有饭，要不就是两样都没有，光喝稀饭，这样的苦日子也不知道什么时候能到头？"

"快啦，过几天我们的自留地里就有菜啦。"

"又是萝卜、白菜，我们一个个吃得都倒胃口啦。"

"丹心，克服困难吧，大家都是这样过来的。"舒香说，"等春暖花开了，我们知青的菜地里蔬菜长起来，大家就有青菜吃啦。"

"你们能对付，我可不能对付，我还有从家里带来的咸菜，我要回屋吃饭喽。"宋丹心端着饭碗就回房间了。

李国成看着她进屋去了，就说怪话了："这是什么人呢？这不是故意气我们吗？"

"人家有从家里带来的咸菜，你有什么好气的？"舒香说，"你要有从家里带来的咸菜，你也可以回屋吃，没有人生气，没有人眼红。"

王中英对我说："曾光，你应该再去找老乡要一点蔬菜来。这没有菜，光有饭实在是吃不下去。"

"吃不下去正好，把饭碗放下来，为大家节约一点粮食。"我说。

"那我可不干。"王中英吃得欢快了。

"你叫我去找老乡要菜吃，你怎么不去要呢？"我问他。

王中英说了实话："我不是要不来嘛，我要是能要来，我还用你去呀？"

"我也不好意思再找老乡要菜吃了，老乡的菜也不是大风吹起来的，要去你们去吧。"

"曾光，我们已经没有脸面再去找老乡要菜吃了。"武力说，"要不咱们晚上出去偷一点老乡的菜吧，怎么样？"

"出去偷老乡的菜？好主意。"李国成非常赞成武力说出来的坏点子。

"对呀，"王中英也说，"晚上我们可以到老乡的菜地里偷一点菜回来，谁知道哇？"

"你们可真想得出来？"舒香直言不讳地说，"吃饭，不要想坏点子。"

"我想吃鱼啦，"李国成说，"偷菜还不如偷鱼呢。"

"你的提议可以考虑。"王中英马上就表明了态度。

"吃饭,"我打断他们的话题,说,"你们胆子够大的,还想偷老乡的鱼?你们还想偷什么?老老实实吃饭,不要想乱七八糟的事情。"

"我有好多天没有吃鱼了",武力自言自语地说,"我做梦都想吃鱼。"

郭小红问他们:"你们到哪里去偷鱼呀?"

"到大队的鱼塘里。"李国成说,"我发现,最近大队的鱼塘里,大小鲤鱼特别多,都是一斤多重的,大队准备打起来拿出去卖的。"

"偷鱼怎么偷哇?"万福丽多嘴,"你们又没有渔网。"

"我有办法,"武力自吹自擂地说,"用鱼通精!"

"用鱼通精,什么叫鱼通精?"陆春芳也是瞎问。

"我也是听老乡说的,"武力又吹上了,"用鱼通精毒鱼可灵验啦,只要一滴就能毒死一条大草鱼或者大鲤鱼。"

"武力,你说的是真的还是假的?"李国成认真地问。

"当然是真的啦,"武力很有把握地说,"这是老乡亲口对我说的。"

"如果是真的,吃了饭,咱们就去买一瓶鱼通精来,晚上到大队的鱼塘里去试验一下,怎么样?好不好?"王中英说。

"我也是这个意思,"李国成说,"可以去试验一下。咱们有多长时间没有吃鱼了?"

"有小半年了。"郭小红说。

"不,有三个月了。"万福丽说。

"三个月不止。"陆春芳说。

我不知道姑娘们心里是怎么想的,她们居然对男同胞偷鱼感兴趣了。

我对所有在堂屋吃饭的人说:

"吃饭,你们没有事儿吃饭好不好?不要想那些没屁眼的事儿。"

"曾光,你说一句真心话,"李国成对我说,"你就不想吃鱼?"

"想吃，但不能去偷。"我表明我的态度。

"想吃不就得了嘛，"王中英聪明地说，"我们晚上不是去偷鱼，是去摸鱼，可以吧？"

"不行的，哥哥们，"舒香说，"你们不能胡来的。"

"舒香同志，我们知道你是一个好人，"武力说，"请你不要多管闲事儿了好不好？"

"这不是多管闲事儿，"我支持舒香的说法，"这不是开玩笑的事情，这是原则性的问题，叫老乡抓住了，名声不好，影响不好。"

舒香也严肃地警告他们说："你们到大队的鱼塘里去偷鱼是犯法的行为！"

"犯什么法呀？"李国成油腔滑调的，不想听舒香的劝告。

"犯国法。"舒香认真地说。

"舒香，我们半夜去偷鱼，老乡不会发现的。"武力也不想听舒香的话。

虽然我和舒香极力反对他们的坏点子和想法，可是他们听不进去，也不愿意听我们的"废话"。我们的劝告对他们没有起到实质性的作用。实在没有办法，我们也只能把话说到而已，听不听就是他们的事儿了。

李国成还问姑娘们："我说姐妹们，你们到底想不想吃鱼呀？"

"鱼谁不想吃呀？"郭小红笑嘻嘻地说。

王中英问万福丽："你呢，万福丽，你想不想吃鱼？"

"我也想吃鱼，"万福丽回答说，"可是偷鱼不行吧？"

"小偷小摸不算什么，偷鱼不算犯法。"武力问陆春芳，"你也想吃鱼了吧？"

"我也想吃鱼了"，陆春芳回答说，"可是我怕出事儿。"

"你们怕什么呢？"武力牛气十足地说，"又不是叫你们去偷鱼。"

"曾光,你看,大家都想吃鱼,咱们爷们儿晚上就出去一趟,搞几条鱼回来如何?也不要多整,少来几条鱼就行。"李国成还想拉着我一起下水,"咱们就是请大家香香嘴,解解馋,出不了什么大事儿的。"

"我不去。"我明确地告诉他们,"你们最好也不要去。"

"到底是当领导的,"王中英挖苦我,"到什么时候都坚持原则。"

"革命不是请客吃饭。"武力一马当先地说,"你不去,我们去,怎么样?国成、中英,咱们晚上行动吧?"

"好,我去。"李国成表态。

"我也可以去。"王中英也不知自己几斤几两了。

三个人说定了晚上行动。

舒香听着他们的话,就对他们说:

"你们脑子没有毛病吧?你们真的要去偷鱼呀?"

"当然是真去啦,"李国成说,"这能说着玩吗?"

王中英还大言不惭地说:"我们这是为了大家谋福利!"

"没错儿,"武力也同样说,"我们这是为大家做好事儿!"

我觉得他们的脑子有问题了,胡思乱想。我反对他们这样的想法。

我对他们说:"兄弟们,你们可拉倒吧,偷鸡摸狗的事儿不要干,这不是为大家谋福利。"

"偷鱼叫老乡抓住了,多丢我们知青的人呀!"舒香也反对他们的胡闹。

可是他们听不进我们的劝告。

我问他们:"你们几辈子没有吃过鱼呀?是不是馋疯啦?"

"你们偷老乡的鱼,出了事儿可是不得了的",舒香说,"影响坏极了。"

"不会的,能出什么事儿呀?"

三个顽固的"不法分子"根本不听我和舒香的劝告。

我只能对他们说:"吃饭,不要瞎胡闹,你们有饭吃啦,还想吃大鱼大肉?你们是不是平安的日子不想过啦?乱弹琴,瞎扯淡!"

三个人打定了主意晚上要到老乡的鱼塘里去偷鱼,我和舒香也改变不了他们的决定,只有不管他们了。

晚饭后,他们就出去了。我也阻拦不了他们的行动,因为他们已经不是小孩子了,管是管不了的,只能随他们去了。

晚饭过后,我和舒香、宋丹心没事儿了,就到大队的打谷场上去看电影,郭小红、万福丽,还有陆春芳,也跟着我们同去了。山里的农民要想看一场电影也是不容易的,因为大队三个月才放一回电影。机会难得,我们不想错过。而且农民们放电影也就是在农闲的时候,没有什么事儿了,或者说农活少了,才会放电影。

那天晚上我记得我们看的电影是《南征北战》。电影散场以后,已经是晚上十点多了。

我们回到住地,大家还没有睡,就看见李国成和王中英双手拎着鱼,带着满身的泥水从外面跑回来了,高高兴兴地跑回了堂屋。

"大家快来看,快来看!"他们还得意地叫喊,也不怕外面的人听见。

"你们还真跑到鱼塘偷鱼去了?"舒香吃惊地望着他们。

"你们真是胆大包天。"我看着他们的狼狈样子,不知该说他们什么好了。

"我们这是学雷锋,做好事儿。"李国成得意地用双手抖着手中的鱼,叫我们看。

"这也是为了改善大家的生活嘛。"王中英说得也很好听。

"行啦,别卖关子了。"我对他们两人说,"这要是叫老乡抓住了,真是要坏大事儿的。"

"不会的，偷老乡鱼塘里的几条鱼算什么大事儿呀?"

"再说了，老乡的鱼塘也没有人看着，不会有事儿的。我们不是平安地回来了吗?"

舒香摇头叹气地说："你们真是不听劝呢。"

"没事儿的。我们神不知，鬼不觉，就把鱼搞回来啦。"

两个人把手中的鱼放到了地面上，还显得兴高采烈的样子。

宋丹心说："这鱼太漂亮啦!"

郭小红说："这鱼真鲜亮!"

万福丽也高兴地说："明天我们有鱼吃喽!"

陆春芳说："谢谢你们，辛苦啦!"

姑娘们对他们的赞美，使他们感觉到得意洋洋，有点儿飘飘然了，他们还不知道自己实际上已经闯下大祸啦。

"姑娘们，"李国成对她们说，"这件事儿可是千万不能说出去的。"

"说出去可是不得了的。"王中英对姐妹们说，"明白吗?"

宋丹心说："知道。"

郭小红说："我们又不傻。"

万福丽说："我们一定保密。"

陆其芳说："放心吧。"

看着偷来的鱼，大家七嘴八舌。我怕外面有人听见，就用手语的方式叫他们说话小点声。

我问他们："武力呢?"

李国成说："他还在鱼塘里呢。"

"他还在鱼塘干什么? 他为什么还不回来?"

王中英说："武力说要抓几条大鱼回来。"

"你们真是贪心不知足，"舒香问，"你们用什么东西搞的鱼?"

"鱼通精。"李国成说。

"你们在哪儿搞的鱼通精?"我问他们。

"在大队供销社买的。"王中英回答得很诚实。

我听了他们的话,真是觉得他们可气可恨又可笑,我对两个"蠢货"说:

"三个笨蛋,在大队的供销社买鱼通精,又在大队的鱼塘里药鱼,明天老乡能不知道吗?你们的脑袋是进水了,还是被门挤了?马上去把武力叫回来,不要搞了!"

李国成和王中英听了我的话,也有点危机感了,他们也有点怕了。他们马上跑出去叫武力回来,可是已经太迟了。他们把武力叫回来已经快半夜了。他们慌慌张张地跑回来,三个人的手里还拎着不少的鱼。我和舒香还没有睡,其他女知青已经睡下了。我和舒香对他们三人放心不下,为他们操心呢。

三个人跑回来,武力还特别向我和舒香炫耀他抓到的大鱼。

"快看,曾光、舒香,看我抓来的大鱼有多少,有多大呀!"

我问他:"你怎么抓到的这些大鱼?"

他自吹自擂地说:"这叫本事!"

"你真是抓鱼的高手。"我讽刺他,他以为我夸奖他呢。

他得意地自吹:"我有绝活!"

"你有什么绝活?"我继续问他。

"我把一瓶鱼通精全部倒进鱼塘里了。"

"什么?你把一瓶鱼通精全部倒进鱼塘里啦?"我真的不敢相信他怎么会傻到这种地步,可以说傻到家啦。

"是呀,"他还继续吹嘘说,"我把一大瓶鱼通精全部倒进鱼塘里了,鱼塘里的鱼起得那个快呀,一会儿一条,一会儿一条,我抓都抓不过来。

他们两个人去叫我回来，我实在拿不动了，我才跑回来的。大家跟我一起去抓鱼吧？"

他还做抓鱼的梦呢，希望我们大家跟着他一块儿去抓鱼。

我说："你傻呀？你怎么能把一瓶鱼通精全部倒进鱼塘里呀？那会把一塘鱼都毒死的！"

"什么？不会吧？不可能吧？"

"笨蛋，你们把事情闹大啦！"

"闹大了？不会的。"武力听了我的话也有点后怕了。

"什么不会吧？后面的事情没有办法收场了。"

"那……那怎么办？"他有点慌神了。

"什么怎么办？你们想办法收场吧，还愣着干什么？快去呀！"

"我的妈呀，怎么收场啊？"

三个人都有点吓傻了，都不知道该怎么办了，都不知道该如何收场啦。

我告诉他们："你们赶紧跑到鱼塘去看看情况，如果老乡没有发现，你们赶紧把鱼塘里的死鱼捞起来，处理掉，不要留下痕迹！"

他们三个人马上扔下手里的鱼，就跑回鱼塘去了。

舒香的心情平静不下来，她开口问我：

"曾光，你说的情况真有那么严重吗？"

"他们肯定把事情闹大啦。"我说。

"那我们也跑到现场去看一看吧！"舒香也想去鱼塘察看一下实际情况。

"你傻呀？"我对她说，"我们不能去鱼塘，我们如果到现场，不幸当场被老乡抓获了，我们也跟着牵连进去了，对谁也说不清楚啦，知道吗？我们还是在家里等着他们回来自己报告结果吧。"我叫舒香先去睡了。

我等他们到深夜，他们还没有回来，我知道事情引起更大的麻烦了。快天亮了，我也迷迷糊糊地睡着了，他们三个人跑回来了，一个个也累得瘫在堂屋的座椅上了。我看见三个人已经像泥人一样了，看起来好像已经不像人的样子了。

我问他们："怎么样啊？闯大祸了吧？"

三个偷鱼的人都吓得哭起来，没有一个人还有男子汉的"英雄本色"了。

"曾光，怎么办呢？祸闯大了，整个鱼塘的鱼都死了。"李国成说，他表面上看起来像五大三粗的男人，可是却吓得流鼻涕、流眼泪了。

"到底死了有多少鱼呀？"

"多啦，多了去啦，可能有上万斤鱼，整个鱼塘的水面上漂得都是鱼，厚厚的一层啊，太可怕啦……"

"你们就等着哭吧。"

"曾光，你为我们想一想办法吧！"王中英求着我，哭得坐在椅子上头也不抬了。

"有什么办法好想的？出了这样大的事儿，想瞒天过海是不可能的。"

"曾光，兄弟一场，你不能眼看着我们都被抓起来吧？"武力也哭得像小孩一样了。

这时候，女同胞们都从房间里出来了，她们被三个男人的哭声闹醒了，也不可能睡了。

大家说起来还是一个小集体，不管怎么说也是一家人，我们对他们的命运还是比较关心的。但是大家也帮不了他们什么忙，因为事情是他们自己做的，其他人没有参与，所以他们后面的命运也只能看最后的结果如何了。

女同胞们出来了，李国成又求她们帮忙想办法：

"我说姐妹们，你们不能看着我们出事儿不管哪，我们也是为了大家呀！"

"你不要胡说八道了，李国成，"我对他说，"大家谁也没有叫你们去偷鱼，是你们自己要去的。"

"昨天晚上那么劝你们就是不听，"舒香说，"现在出了事儿了，知道怕还有什么用呢？"

"不行你们就跑吧，"宋丹心为他们想出了主意，"跑回家去躲起来。"

"他们跑得了吗？"舒香说，"跑得了和尚还跑得了庙吗？"

"曾光，你说怎么办？"李国成又问我，"事情已经出啦。"

"事情已经出了，跑也不是办法，躲也不是办法，我劝你们还是到大队找书记去主动自首，坦白从宽，争取宽大处理。"

"什么？主动到大队找书记去坦白，争取宽大处理？那我们一辈子不就完了吗，以后还能回城，还能回家吗？"

"你们现在就不要想回城回家的事情了，"郭小红说，"还是想一下补救措施吧。"

"想什么补救措施呀？鱼塘里的鱼都死光了，"王中英用手挠着头说，"老乡们知道了还能饶过我们吗？"

"是呀，鱼塘里的鱼，是老乡们的集体财产，"万福丽也明白事态的严重性了，"这件事情肯定是要引起公愤、惹出麻烦来的。"

"你们听，外面有狗叫了，"陆春芳突然说，"好像有人来了。"

陆春芳的话把我们知青所有的人都搞得紧张起来了，大家静气细听，果然听到外面的狗叫声。

我对舒香说："你快出去看一看，是不是有人来了。"

舒香马上就跑出大门去查看情况。我们又安静下来侧耳细听，果然听到外面黄大叔家的看家狗越叫越狂。三个偷鱼的人精神马上就慌乱起来了。舒香不久就跑回来了，她神色慌张地对大家说：

"坏啦，坏啦，不好啦，大队书记和民兵连长带着人来啦！"

"真的坏大事啦……"李国成吓得浑身发抖。

"大队来人抓我们来啦……"王中英也吓得神情大变。

"我的妈呀，他们会不会打我们呢？"武力吓得裤子都尿湿了。

"快点，快点，你们马上躲起来。"宋丹心对他们说。

"我的妈呀，往哪儿躲呀？"李国成吓得不知道往哪儿躲了。

"门是出不去啦。"舒香说。

"老乡们来得也太快啦。"王中英也吓得不知往哪儿跑。

"你们马上躲到我们女知青的房间里去，最好躲到床下去。"关键时刻还是宋丹心聪明、沉着、冷静，可能事情不是她所为的，所以她能想出这样的点子来。

"我的爹妈呀，看来真要倒大霉啦！"三个偷鱼的人吓得原地转圈。

"你们快进去吧，再不躲就来不及啦！"

宋丹心把他们三个人推进女知青的房间里，随手就把门关上了，之后她身子靠在门框架上，双手臂插在一起，好像若无其事的样子。宋丹心在紧要关头真的是比一般人反应快，而且表现得非常沉着冷静。

这时大队书记和民兵连长带着几个老乡就进来了，而且他们还是背着枪来的，看样子是要来抓人的，这就有点儿吓人了。

可是他们威风十足地走进来，只能吓唬胆小怕事的姑娘们，吓唬不了我，因为我没有干坏事儿，所以我根本就不在乎他们。

说实话，我们下乡来也有三年了，我们跟大队书记和民兵连长也是老朋友了，大家平时相处得还是相当不错的。但是这次就不一样了，他们是板着脸来的，好像不认识我们一样，双方彼此如同陌生人了。

我主动上前与他们打招呼："严书记、连长，你们有什么事儿呀？"

"曾光,我问你,"大队书记十分严肃地对我说,"鱼塘的事儿是谁干的?"

"什么鱼塘的事儿? 鱼塘怎么啦,什么事儿?"我故意装傻。

"曾光,你不要装糊涂,"民兵连长对我说,"你们知青谁到鱼塘去偷鱼啦?"

"我不知道。我刚起床,脸还没洗呢。"

"你不知道? 你们这些人在干什么?"

"我们大家在说吃早饭的事儿呢。"

"严书记,你看,这地面上还有从鱼塘带回来的鱼呢,还有椅子上、桌子上也有鱼,鱼塘的坏事儿肯定是他们干的,人赃俱在!"民兵连长说。

大队书记看了看地面上的鱼,又看了看我,非常严肃地说:

"曾光,说实话吧,鱼塘的事儿到底是谁干的?"

"我不知道。"我摇头,我不想出卖自己的兄弟。

"曾光,你真的不知道?"大队书记又问了我一遍。

"我真的不知道。"

"曾光,你不说实话是吧?"民兵连长用眼睛盯着我问。

"我确实不知道。"

大队书记看着我,又说了一遍:

"曾光,实事求是地说,到底是谁到鱼塘去干的坏事儿?"

"我已经说过了,我确实不知道。"我回答得很平静。

"曾光,你为什么不说实话?"民兵连长对我明显表示不满了,"你们知青昨天晚上到底谁到鱼塘去偷鱼啦?"

"你们知道吗?"我故意转身问姑娘们。

她们一个个低着头,都不敢说话。

民兵连长有点火了:"曾光,是不是你带头到鱼塘去偷鱼的?"

"我没有去，"我首先为自己脱干净，"这不关我的事儿。"

"你没有去，那么谁去了？"民兵连长又问我。

我不想回答他了，我也不好回答他。

舒香开口说话了："曾光是没有去。"

宋丹心也开口为我说话："我也可以证明，他没有去。"

大队书记问姑娘们："那谁去了？"

姑娘们又是低头不说话了。

大队书记又问："你们还有人呢？你们知青还有人呢？"

民兵连长说："你们知青还有李国成、王中英、武力，他们三个人呢？"

大队书记命令我："曾光，去把他们叫出来！"

民兵连长气愤地说："鱼塘的坏事儿一定是他们三人干的！"

大队书记用特别严肃的眼光盯着我，说：

"曾光，我再说一遍，请你把他们叫出来！"

民兵连长对我叫起来："严书记叫你把他们叫出来，听到了没有？"

他们逼到了我头上，我不交人也不行了，我只有对女知青的房间里说话：

"出来吧，不要躲啦，躲过初一，躲不过十五的。"

三个躲藏在房间里面的人，听到了我的话声，过了一会，一个个低着头、耷拉着脑袋，神色不安地走了出来。

大队书记问他们："鱼塘的坏事儿是你们三个人干的吧？"

三个人吓得不敢说话，但是点头表示承认了。

大队书记又接着说："你们胆子太大啦，简直无法无天啦。你们要吃鱼，可以抓几条吃，为什么要把大队鱼塘里的鱼都毒死呢？"

三个人吓得挤成一团，浑身乱抖，身上还是一身泥、一身水，像泥人一样。他们不得不承认了鱼塘的坏事儿是他们干的，民兵连长就对同来的民兵发话：

"把他们三个人给我抓起来，送到公社去！不，送到县公安局去！"

几个背枪来的民兵马上就执行连长的命令，两个人抓一个人，六个人把三个偷鱼的人控制起来。不过这些农民对他们还算客气的，没有打骂他们，因为大家都是熟人，也不好意思使用武力。

看情况不好，我马上说话了：

"严书记，慢来，咱们有话好说，不要抓人吧？"

严书记又盯着问我："曾光，你知不知道他们到鱼塘去干了什么坏事儿？"

"我不知道。"我不能对大队书记承认我知道他们干的事儿，我只能说，"他们如果干了违法的事儿与我无关。"

"与你无关？"大队书记气愤地说，"他们做得太过分啦！大队鱼塘里的鱼，是全大队一千多号人一年的副业收入，老乡们就指望着夏天把鱼养大了，能卖出一点钱来，分给一家一户，分给全大队男女老少的村民，万一有个病，有个灾，买个药，看个病什么的，上万斤鱼呀，他们全给毒死了，他们这是犯罪呀！"

听了严书记的话，我心里好像也有一点犯罪的感觉了，我自责地想，我为什么当时不强行阻止他们呢？

这时李国成、王中英、武力三个人吓得在大队书记面前跪下来，哭得什么男子汉的尊严也不要了，什么面子也没有了。

"严书记，我们错啦……"李国成说。

"严书记，我们知错啦……"王中英说。

"严书记，我们承认错啦……"武力说。

"你们错啦？你们现在知道错啦？"大队书记看着他们的可怜相也不想

多说什么了。

可是民兵连长还是火冒三丈地说：

"知道错了，太晚了，把他们带走！"

我想尽量请求民兵连长减轻对他们的处罚：

"连长，他们知错了，承认错了，就不要抓人了吧？"

李国成又对大队书记说：

"严书记，我们这是第一次呀……"

王中英也对大队书记说：

"严书记，我们再也不敢了……"

武力则向大队书记叩头求饶：

"严书记，您就高抬贵手，饶了我们这一次吧……"

大队书记说："起来吧，起来吧，有什么话，到大队部去说。"

我向大队书记为他们求情：

"严书记，他们年轻，不懂事儿，您就从轻发落吧。"

民兵连长不爱听我说的话：

"什么年轻，什么不懂事儿？这个时候你出面为他们说话啦？刚才严书记问你他们的事儿，你怎么不说话呀？说他们年轻，不懂事儿，他们多大啦？二十来岁的人啦，还说年轻、不懂事儿？你们是知识青年呢，什么事儿不懂啊？你们是有知识有文化的人，就干这样的缺德事儿？就干这样祸害我们农民的事儿？"

民兵连长话里带刺，说得我也是哑口无言，不好多说什么了。

这时黄队长和黄大妈来了，他们显然是在睡觉被闹醒起来的，刚起床。黄队长过来看到这样的场面，就问大队领导：

"严书记，这是怎么回事儿，发生什么事儿啦？"

"你问他们吧。"

严书记指了指三个还跪在地下的知识青年。

李国成、王中英、武力他们向老队长坦白交代了自己所干的坏事。

黄队长听了之后也发火了：

"什么？你们把大队鱼塘里的鱼全毒死啦？"

"是的。"严书记说，"黄队长，你说这件事儿怎么向全大队的社员们交代吧？"

"你们混蛋呢！"黄队长气得照着三个知识青年的脑袋，一人拍了一巴掌，"你们这些孩子怎么能干这种坏事儿呢？你们闹得太过头啦！"

"对不起，黄队长，"李国成说，"我们错啦！"

"你们错啦，这是一句话的事儿吗？"

"黄队长，我们愿意赔偿。"王中英对黄大叔说。

"你们愿意赔偿，就可以胡作非为吗？"

"大叔，我们是一时糊涂。"武力对老人家说。

"什么一时糊涂？你们都是二十来岁的人啦，还不懂得一点法律法规吗？"黄大叔用手指着三个人的头，说，"你们还是有知识有文化的青年吗？你们难道不知道干坏事儿违法呀？你们闹得事情也太大啦，怎么能不考虑后果呢？"黄队长瞪大着眼睛，继续教训他们，"你们犯了这样的大事儿，我看抓起来也不过分！你们太不像话啦，气死我啦！这件事情不能便宜了你们，一定要严肃处理！严书记，先把他们押到大队部去，叫他们写出深刻的检查！"

"我的意见也是这样，"严书记说，"先把他们带走吧。"

民兵连长指挥一起来的民兵把他们带走了。

大队书记对黄队长说："老黄，你也到大队部来吧，我们研究一下怎样处理他们的问题。"

"好，严书记，我吃了早饭马上就过去。"

严书记、民兵连长还有六个民兵，押着三个肇事的人走了。黄队长和黄大妈也跟着走了。剩下我和五个女知青傻眼了，我们为他们三个人后面的处理结果感到担心，但是我们为同伴们又说不上话，只能探听消息了。

第 *3* 章　是非了断

　　早饭之后，我和舒香、宋丹心等五个女同胞，就跑到大队的鱼塘去看情况：现场的农民，有二三十号人在鱼塘里捞鱼呢。他们用大麻袋把从水塘里捞起来的死鱼装起来，装进麻袋里，一袋子一袋子地放在鱼塘的岸边上。我以为老乡们是准备运出去卖掉呢，其实我想错了。我看着现场的场面，真的是有一点不祥的感觉。我也想不到，一瓶两斤装的鱼通精会有这么大的杀伤力，在一个基本正方形，面积不足两百平方米的鱼塘里，一万多斤鱼，全部翻塘了，全部报销了，大鱼小鱼都死了。我和五个女同胞看着老乡们穿着皮衣皮裤，在鱼塘里捞死鱼，心里也觉得确实有愧。而且我们也觉得，李国成、王中英、武力他们三个人的所作所为，确实对不起生活贫困的老乡们。但是这些死鱼怎么处理？这是我比较关注的一个问题。鱼塘里有忙着捞鱼、装鱼的人，岸边还有不少看热闹的农民。这件事儿的影响太坏了，农民们对于我和五个女知青的到来，眼光里也充满了敌意。我想还是快走吧，不要自找没趣了。于是我和五个女同胞马上就离开了鱼塘，受不了老乡们明显仇视的眼光。这件事情造成的影响真是太恶劣了！

　　大队会怎样处置那三个犯事的人呢？他们是被关在大队里，还是被送到了县公安局呢？我想还是先了解清楚。如果民兵连长仅仅是把他们三个人关在大队里，那就还有回旋余地，如果是送到了县公安局那可就麻烦大了。我首先想到的是要给他们送棉衣去，先保证人身安全，保证人不要得病，不要被冻坏了身体。因为深山里的早春二月，气温还是比较凉的，凤凰山顶上还有积雪。李国成、王中英、武力他们三个人，夜晚在鱼塘里折腾了一夜，身上穿的衣服还是湿的，大早上又被民兵押走了，身上没有穿棉衣。

所以，我叫舒香、宋丹心她们五个人，回去为李国成、王中英、武力三个人取棉衣，送到大队部院里去，争取把棉衣送到他们手里。我一个人先到大队部去了解情况，见机行事，为此我和五个女同胞就分开行动了。

我想先到大队部去找严书记谈一谈，因为严书记是凤凰山的党政一把手，是说话算数的领导。我到大队部去的目的，还有一个想法，就是想给我们知青带队的领导打一个电话，向领导如实地汇报情况。

在这里我有必要向诸位读者解释一下情况，我们知青带队的领导是什么角色。说白了，我们知青带队的领导，就是我们知青父母的企业下派来到农村公社或者大队，负责管理知青工作的领导干部。一般下派出来的干部属于科室人员，或者是副科长之类的人物。他们到农村来主要工作就是管理知青，什么都可以管，只要是涉及知识青年的问题，他们说了算，官不大，权力不小。他们一般住在公社或者大队的领导为他们安排的地方，然后到各处知青点去，每天到处转、到处看，碰到什么问题需要解决，他们就出面与当地的公社领导或者大队领导进行沟通，等于是知青的全权代表。他们每年是由我们父母的企业单位下派出来到农村锻炼的干部，实行轮换制，半年换一次人选，回去有可能提升。

由于凤凰山地处深山老林，知青带队的领导谁也不愿意进山里来，所以他们一般住在山外面，有事情一般多是通过电话联系沟通。我们有时出山能见到带队的，住在条件比较好的知青点，或者有时候到公社开知青大会的时候，偶尔能见上一面。

凤凰山的知青点，就好像是后娘养的孩子，没有人关心，没有人过问。现在出大事儿了，我要及时把情况通报给带队的领导干部，请他们进山来解决这件事情。可是带队的领导干部不愿意进山来，因为山里面还有雪，路又远，进来不方便。于是，带队的领导便委托我与大队领导协调此事，他可以通过电话与大队的领导干部沟通，具体操作由我代表他想办法与大队领导干部解决，如果我与大队领导干部协商解决不了问题，他再进山来。所以这样一来，一切压力就落到了我身上。

问题是怎样协商，怎样解决。我首先要探听大队领导干部的口风，其次是要了解李国成、王中英、武力他们三个人的想法。在两者之间我要清楚双方的想法和算盘，我才好想办法周旋此事，做两边的工作，争取把这件事情大事化小，小事化了。忙碌这样的事，也是够我头疼的。

大队领导处理这件事的主要成员有大队严书记，他也是大队长，当然也是大队最有权力的当家人。其次是大队民兵连长，他同样可以说是大队举足轻重的人物，是大队的二号领导人。接下来就是我们生产队的黄队长，他也是我们生产队的主要领导人。我虽然算不上什么角色，但是大小也算一个代表知青的主事人。我怎样与大队的领导们谈呢，怎样与大小领导们进行交流沟通呢？怎样与我的同伴们进行交流沟通呢？这都是我要思考的问题。

严书记有四十岁左右，身材不高，说话还是很有水平的。听说他过去是个高中生，而且在部队当过六年兵，是当过排长转业回来的。

大队民兵连长有三十五岁左右吧，也应该说是个中年汉子，自称是回乡的知识青年，农民们说他是个二五眼子的高中毕业生。不过他的身体还是挺棒的，说话牛气冲天，办事儿有点二了吧唧的。

还有我们的生产队长黄大叔，我就不用多介绍了，小学毕业，当过兵，是一个地地道道的农民，不过人很聪明，也非常勤劳。

在以上的三个人中间，从严书记身上，我看到的是官员的面孔；从大队民兵连长身上，我看到的是农村地方官员的花架子；从黄队长身上，我看到的是农村地方农民的纯朴与厚道的特点。

我到了大队部的小院里，看到了我的三个朋友在大队部的会计室里写东西。门口有四个农民在打扑克牌，准确地说，门口的四个人应该是看守三个偷鱼干坏事的民兵。我看见李国成、王中英、武力三个人，还是穿着那身干坏事时穿的有泥水的湿衣服，一个个冻得脸色苍白。守门的四个民兵我都熟悉，我跟他们打了一声招呼，就进了大队会计室。李国成、王中英、武力分开坐在三张写字台前，正在写检查。看见我来了，他们好像见到了亲人一样。

我小声问他们："挨打了没有？"

他们说没有，我就放心了。他们三个人问我检查如何写法？我就跟他们大概讲了一下，写检查应该有承认错误的态度，应该如何如何写，等等。我看他们三个人的精神状态还可以，没有受到什么虐待，就是说身上冷，肚子饿。他们还是穿着湿衣服能不冷吗？他们还没有吃早饭空着肚子能不饿吗？

过了一会儿，舒香和宋丹心来给他们三个人送棉衣来，我就走了。

我到了严书记的办公室，看到屋里三个人：严书记、民兵连长还有黄队长，正在讨论怎样处理李国成、王中英和武力三个人的问题。他们明显已经商讨半天了。我进屋以后，严书记就过来招呼我：

"来来来，曾光，你来得正好，我正要派人去找你呢。过来坐。"大队书记给我端茶倒水，非常客气。

"严书记有什么指示？"我马上向三位领导敬烟。

　　我是特意在大队部门口的小商店里，花了三毛多钱买的一包好烟，就是准备办事儿用的。

　　"我没有什么指示，"严书记给我倒了一杯茶水递过来，对我说，"关于你们知青李国成、王中英、武力，他们三个人毒死大队鱼的事，我想听一听你的意见。"

　　"我没有什么意见。"我在黄队长身边的椅子上坐下来，说，"我还是听大队领导的意见吧，你们说怎么处理就怎么处理。"

　　民兵连长口气很强硬地说："我们大队领导干部的意见是，准备把他们三个人送到县公安局去，送到劳改大队去劳改！"

　　"什么？送到劳改大队去劳改？"我听了民兵连长的意见，头皮都感觉发麻了。我问大队最重要的领导人："是这样吗，严书记？"

　　"还没有最后定下来，"严书记对我说，"我很想听一听你的意见。"

　　我想了一下，不敢随便开口。因为民兵连长说的处理意见太重了，要送他们到县公安局劳改大队去劳改，问题就非常严重了。劳改队是什么地方？那是犯罪分子劳动改造的地方。一个人要送到那样的地方去，经过公安机关的劳动改造，一辈子也就背上了沉重的黑锅，一辈子在人前也抬不起头来，一辈子可能也就没有好日子过了。所以我不敢随便说话，不敢随便表态，我非常想听一听大队书记的意见。

　　我说："严书记，您的意见呢？"

　　严书记笑了，对我说："我的意见是要服从多数人的意见。"

　　严书记到底是在部队当过干部的人，说话就是有水平，他说了又等于什么也没有说，我从他嘴里什么也套不出来。我想还是从黄队长嘴里探寻一下他的意见吧。

　　"黄队长，"在公开的场合，我从来不叫他大叔，而是叫他的官称，"您的意见呢？"

黄队长看了看大队书记，又看了看民兵连长，最后又看了看我，慢声慢语地说：

"我的意见呢，还是不要把孩子们送到劳改队去劳改，孩子们到底还年轻啊！他们犯的错误是非常严重的，是可恨，怎么处理都不为过！但是要把人送到劳改队去，他们一辈子的政治前途就毁了，所以这样的处理太重，我们还是要慎重，我们要为孩子们的后半辈子想一想。他们到底是年轻人，后面还要活几十年，还有大半辈子的路要走的。他们成了犯罪分子，从劳改队出来，后面就不好做人了，就难以做人了，一辈子也就抬不起头来了。知青孩子们本来是到我们农村来锤炼的，咱们不能害了人家一辈子！"

黄大叔的话，我听起来心里特别地感动。

民兵连长听了黄队长的话，心里感到极不舒服。

他问黄队长："黄老哥，那你说怎么处理他们的违法犯罪行为呢？"

黄队长看了一眼民兵连长，还是不紧不慢地说：

"要我说呀，如果他们家里大人愿意出钱，愿意赔偿我们大队鱼塘的一切经济损失，我们也就放他们一马算了，不要把他们送到县公安局劳改大队去劳改了。城里的工人家庭也出得起钱。这样我们也可以得到一些经济补偿。后面再叫他们写出深刻的检查，加上一个警告处分，叫他们以后吸取教训，也就算达到教育他们的目的了。你说呢，严书记？"

严书记听了黄队长的话，点了点头，也表示赞同。

"黄大哥，你说的话是有一定的道理，"严书记说，"我也不赞成把孩子们送到劳改队去劳改，他们毕竟还是青年，脱不了淘气的孩子，把他们送到劳改大队去劳改，一方面毁了他们一辈子的前程，另一方面我们鱼塘的一切损失也就没有人赔了，这是两头不得好的事儿。所以我还是同意黄大哥的意见，如果他们愿意赔偿我们鱼塘的所有损失，再向大队的全体社员做出深刻的检查，在大会上公开承认他们自己的错误，也就算了。处分也就不用加了，处分是要入档案的，也是要影响他们将来前途的。"

黄队长和严书记都表了态，民兵连长也就不好多说什么了，只能表示同意。我心里也有底了。

我问严书记："我能做什么呢？"

大队书记说："你去找你们的知青谈一谈，看他们是愿意去劳改，还是愿意赔偿大队鱼塘的一切损失。两者选其一，好不好？谈妥了给我们一个答复。"

我马上就起身告辞了。我离开了大队书记的办公室，又回到李国成、王中英、武力他们写检查的会计办公室。跟门口看守他们的民兵又打了一声招呼，我就进屋了。

三个倒霉蛋还在写检查。他们看见我又回来了，莫名其妙地哭起来，他们听舒香和宋丹心说，大队要送他们去劳改，舒香和宋丹心又是听门外看守他们的民兵说的，事情已成定局，所以他们也感到害怕了。

"曾光，我们完了，"李国成垂头丧气地说，"事情闹得没有办法收场啦。"

"曾光，我们可能要送去劳改啦。"王中英说。

"曾光，你和黄队长能不能救救我们呢？"

我给他们每人扔了一支烟，然后对他们说：

"大家不要悲观，我想请你们三位认真地回答我一个问题。"

"什么问题，你说。"李国成目光呆滞地看着我。

"是不是马上就要送我们去劳改啦？"王中英吓得说话的声音都变了。

"曾光，你就不要再吓唬我们啦，我们已经快要精神崩溃啦。"

三个人都想不出来我找他们谈话是什么目的。我只有坦白地告诉他们：

"三位听好了，认真地回答我，你们愿意去劳改，还是愿意回家找父母要钱，赔偿大队鱼塘的一切经济损失？想好了，五分钟时间给我答复。"

"曾光，事情有转机？"李国成问我。

"曾光，这还用想吗？"王中英说，"我们当然愿意回家找父母要钱赔偿大队鱼塘的一切损失啦。"

"曾光，赔了钱，我们就不会去劳改了吧？"

我对他们说："你们三个人如果愿意回家找父母要钱，愿意赔偿大队鱼塘的一切经济损失，你们就不用担心去劳改啦。"

三个人听我说了大队书记和黄队长表明的态度，马上精神就不一样了。民兵连长口口声声对人说，要送他们去劳改，吓得他们三个人心里忐忑不安，特别害怕，检查也写不出来了。听我说了愿意回家找父母要钱，赔偿经济损失，就可以不用去劳改，他们的心情马上就安定下来，情绪也好转了。

我马上返回大队书记的办公室，向三位领导汇报了我与李国成、王中英、武力三个人的谈话结果。三位领导表示满意，并且保证，只要他们愿意赔偿经济损失，向全大队的社员做出深刻的检查，公开承认错误，保证以后不再犯，可以不对他们进行处分。问题是赔多少钱呢？

大队书记说："这样吧，既然他们愿意赔偿，就叫大队会计算一下。鱼过磅称，按照县城的菜市价格，五毛钱一斤算吧，有多少算多少。另外鱼塘里的水也不能要了，要全部换掉，鱼塘要安排人工重新清洗，这些人工费用都要算进去。一次性结清，事情也就了结啦。"

大队书记提出的赔偿要求并不过分，也合情合理，三位当事人也能接受，事情就这样定下来了。后面就是大队的领导和我们知青，当然也少不了三位肇事者，全部到了鱼塘现场，目睹农民们将鱼称重过磅，大队会计算账等。鱼塘的损失确实是不小，鱼的总量有一万两千多斤，总计赔偿要六千多块钱。这还不算其他的费用。

当时我们的国家还没有改革开放，人们生活还是比较穷的，六千多块钱对于普通工人家庭来说，已经是一笔不小的数目了。不过对李国成、王中英和武力他们三个人的家庭来说，还是赔得起的。一个人平均核算下来要赔两千多块钱，也就是相当于他们父母的两年工资吧。当时一个普通老工人的月收入也就是六七十块钱、七八十块钱，所以一般家庭父母的月工资也就是一百多块钱，而且还要是老两口都是有工作的职工，才能达到这样的水平。如果父亲是正式职工，母亲是临时大集体工人，两个人的工资加起来，一个月可能还拿不到一百块钱。可是谁让他们三个人惹了祸呢？惹了祸只有接受处罚。谁家养了这样的儿子，也就只有认倒霉了。

他们回家找父母要钱，向父母说明情况，少不了要挨父母的骂，因为这样的祸闯得实在太大。可是无论挨打也好，挨骂也好，总要比把人送去劳改强啊！所以他们的父母虽然心疼钱，但是为了儿子不去劳改也不得不拿出钱来平息此事。事情很快就按照双方谈好的条件解决了。而且李国成的父母、王中英的父母、武力的父母，他们拿着钱，亲自跑到我们下乡的凤凰山大队，亲手把钱当面交给大队的会计入账，当场向大队书记和民兵连长赔礼道歉，感谢大队的领导宽容大量。事情就算圆满解决了，大队也不追究李国成、王中英、武力三个人的其他责任了。实事求是地说，大队的领导还是非常讲道理的。大队等于是提前把鱼塘里的鱼，全部卖给了三个干坏事的人。大队领导本来是想等到来年冬天鱼长大的时候卖掉的，现在只有提前出售啦。

第 4 章 互帮互助

　　可是一万两千多斤的死鱼怎么处理呀？这可把我们知青点的所有知青害苦了。因为鱼太多了，老乡们都是用麻袋装起来的，这些鱼要卖给当地的农民是不可能的，农民们也不会买的，他们没有钱买，也买不起，所以，鱼只能拿到山外去，拿到城里去卖。

　　可是一万多斤鱼总要找地方放啊，于是，黄队长的家，我们知青点居住的堂屋活动室，就成了暂时放鱼的地方。一万两千多斤鱼，放在只有二十多平方米的堂屋里，整个屋子差不多堆满了。堂屋没有我们吃饭的地方、活动的地方了，只有走路的地方了。

　　但是，这些鱼要运出山，要拿到外面城里卖出去，也不是一件简单容易的事情。因为我在前面说过，山里不通汽车，没有公路进来，所有的人和东西都要靠人挑出去、背出去、扛出去，这样的苦差事，就自然而然落到了我们九个男女知青的头上。

　　大家是一个集体，就是一家人，帮忙是必须的，不帮忙情面上也过不去，因为大家在一起已经生活三年多了，彼此之间也有了一定的感情。

　　所以，李国成的父母、王中英的父母，还有武力的父母，他们请求我们大家帮忙，争取用十天或者半个月的时间，把这些鱼全部运送到山外有公路的地方，通汽车的地方，我们能不答应吗？如果不答应，李国成、王中英、武力他们会怎么想？他们肯定要不高兴的，而且以后大家在一起也难以友好相处了，也难以在一个大家庭里平安地生活了。

他们的父母特别委托我来主持办理这件事儿，因为我是知青点的当家人，大小也算一个主事的人吧，所以他们特别交代我，一定要帮忙。

我向李国成、王中英、武力的父母表示：

"放心吧，大叔、大婶，把这些鱼运出去是没有问题的。我向你们保证，我们四个男知青，一个人挑两百斤鱼，四个人一天就是八百斤鱼，十天就是八千斤鱼，一万多斤鱼，半个月的时间也就挑出去了。"

"谢谢，谢谢，太感谢了，那就辛苦你们啦！"

李国成、王中英、武力的父母特别向我表示感谢，因为他们知道了是我从中周旋圆满地解决了这件大事，避免了他们的儿子去劳改，所以他们向我多次表示感谢。

我向他们的父母做出保证，并不是吹牛，而是十分有把握的。因为经过三年多的农村生活，经过生产劳动的磨炼，我们知青可以说也锤炼出来了。我开始下乡到农村的时候，肩膀上只能挑几十斤重的东西，后来经过长时间的锤炼，我的肩膀上可以挑起三百斤重的东西，跑远途，走几十里的山路，这就是我们知识青年上山下乡三年多的时间所取得的优异成绩。其实我们所有的知青都在农村艰苦的生活中，或者说在农村艰难的环境里，或者说在农村艰苦的生产劳动中，都磨炼出来了，连女孩子的肩膀上也能挑起一百多斤重的担子，走几十里的山路，不叫苦，不叫累了。这就是我们知识青年在农村经过磨炼之后，取得的最明显的进步。

但是要完成李国成、王中英、武力的父母托付给我们的任务也是不容易的。因为我们出山要走三十多里的山路，就是空手步行，什么东西也不拿，也要走上两个多小时；如果再挑上东西，路上走一走，停一停，途中休息几次，估计最少也要三个多小时才能走到公路边，走到有汽车跑的地方。但是，既然答应了人家的父母，我就要说到做到，绝不能食言。男子汉大丈夫说话就要算数，说到就要做到。更何况还有三个当事人也跟着我一起行动呢。

我年轻力壮的怕什么呢？我当时身高已经长到一米八，体重六十五公斤，我在农村广阔的天地里什么活都干过了，什么苦都吃过了。最脏的活，挑大粪，我干过；最累的活，抡铁锤打油，我也干过；一百多斤的大铁锤，一般农村的好劳力，干两天都受不了，我能咬牙坚持一个月。老乡们也称赞我，说我有一副好身板，所以我什么也不怕。干活干累了，无非也就是多休息一下，喝两碗当地农民的老黄酒，好好睡一觉，体力又恢复了。这就是我，不怕脏、不怕累、又不怕苦的我。其他人能干的活，我一样能干，其他人不能干的活，我一样能干。其他人能忍受的苦，我也一样能忍受，其他人不能忍受的苦，我也能忍受，这就是我的长处。我身上所具有的这些不怕苦、不怕累的特点，太像我的母亲了，这是我最敬爱的母亲传给我的优秀品质吧。

我们已经跟李国成的父亲说好了，以后每天中午，我们负责把鱼送到公路上等着，李国成的父亲会开车带着王中英的父亲、武力的父亲，一起来接应我们，因为李国成的父亲是工厂开车的司机，可以开着厂里的大汽车跑来接应我们。所以我们山里四个人的工作，就是每天早晨挑着担子把鱼送出去。

我们送鱼的第一天，五个女知青也参加了，因为她们觉得，都是一个大家庭的成员，不帮忙实在不好意思。虽然她们是女孩子，挑不了太多的东西，但是少挑一点还是可以的。

我和李国成、王中英、武力，劝她们不要去，可是她们不听劝，一定要参加。这样，我们九个知青就一起挑着担子，大家挑了可能有一千三百多斤鱼吧，就一同上路了。人多，路上跑起来话也就多，大家你一言我一语地开玩笑，讲故事，挑着东西，也不觉得累了，大家想起来偷鱼的事儿还觉得挺好笑的。

"我们这才叫吃饱了撑的，"我对舒香说，"大家没有吃到鱼，反过来沾了一身腥。"

"这要怪应该怪你，"舒香挑着担子走在我的身后说，"是你不中用。"

"这怎么能怪我呢？"我反驳说，"又不是我叫他们去偷鱼的？"

"我说怪你就怪你，因为你是知青点的当家人，你是户长，你不负责，说话不好用，说话没有人听，所以才闹出事儿来的。这充分说明人家根本就没有把你放在眼里，所以出了事儿，大家都跟着一起倒霉。是不是呀，李国成？"

"舒香，"李国成说，"我听你这话好像是挑拨离间，不怀好意呀。"

"我怎么是挑拨离间，不怀好意呢？你们当时要听曾光的，要听我的，会发生鱼塘的事件吗？肯定是不会发生的，这就说明问题了。"

"舒香，你要批评我们不听话，你就明说好了，"走在舒香后面的王中英说，"何必这样拐弯抹角地教育我们呢？"

"教育你们就对了，用事实教育你们，是要你们以后吸取教训，明白吗？"舒香直言不讳地说，"民兵连长要送你们去劳改，你们一辈子后悔都来不及的。"

"是呀，是的，"走在王中英后面的武力说，"大队的民兵连长真他妈不是个东西！"

"行啦，不要骂人家啦，"舒香回头对武力说，"民兵连长最后还是对你们开恩了，你们就知足吧。"

"是的，事情已经过去了，你们还是要从中吸取教训的。"我对三位当事者说，"这就是古人说的，贪小便宜吃大亏，明白吗？"

"你们还有时间说闲话？"走在武力身后的宋丹心说，"停下来休息，我走不动了，我都要累死啦，我的妈呀，肩膀都压疼啦！"

娇气的姑娘发话了，我只有听命停下来，放下了担子。我是排头兵，我的脚步停下来，我身后的人也就全部跟着停下来了。

我走到宋丹心面前，看着她挑的两筐鱼：

"丹心，你是不是挑多了？"

"是的，"宋丹心用手拧着武力的胳膊说，"都是他给我装的，该死的家伙坏死啦。"

"哎呀我的妈呀，"武力用手捂着被宋丹心拧过的胳膊，怪叫起来，"疼死我啦！"

郭小红开玩笑地说："武力，你怎么管宋丹心叫妈呀？"

"谁管她叫妈啦？"武力不认账。

"不是你刚才叫的吗？哎呀我的妈呀！"

"我是叫她拧得受不了了。"

万福丽也拿武力开心取乐："小兄弟，你叫宋丹心妈，那你给我们应该叫什么呀？"

"如果论资排辈的话，他应该叫我们大妈，"陆春芳说，"最起码也应该叫我们阿姨。我们可是同辈的，都是以姐妹相称的。"

"我没有叫她妈，她比我还小呢，当我媳妇差不多……"

"谁是你媳妇呀？我叫你瞎说？"

宋丹心还想用手拧武力，他吓得马上逃跑，躲到我身后了。

"丹心，把你筐里的鱼分给我一点吧。"我对她说。

"不，分给武力，他坏死啦，他故意欺负我。"

宋丹心把自己两个筐里的鱼，随手就扔进武力挑的鱼筐里，因为他们两个人挑东西紧挨着，停下来休息，两个人的鱼筐也是挨在一起放的，所以宋丹心从自己的鱼筐里拣鱼，随手扔进武力的鱼筐里也是理所当然。

武力马上就叫起来，表示了抗议：

"哎呀呀，宋丹心，你手下留情啊，少往我鱼筐扔一点，我也挑不动啦！"

"你活该，你是自作自受，罪有应得！"宋丹心说，"对不对呀，姐妹们？"

"对！"姑娘们马上为宋丹心助威，"你说得太对啦！"

"哎哎哎，你们说的不对呀，"武力对姑娘们说，"我们当时干坏事儿，不也是为了讨好你们大家吗？"

"你为了讨好谁呀？"宋丹心问他。

"为了讨好你呗，我还能讨好谁呀？"

"去，混蛋，老想占我的便宜。"

宋丹心随手就把手里的死鱼往武力的身上丢，结果死鱼打在我身上，我当了挡箭牌，武力什么事儿也没有，因为他躲在我身后。

宋丹心对我抱歉地笑了笑，说：

"对不起，曾光同志，实在对不起，我不是故意的。"

郭小红问王中英："王中英，武力干坏事儿是为了讨好宋丹心，那你是为了讨好谁呀？"

王中英坦率地回答说："我是为了讨好你呗。"

郭小红的脸马上就变红了："去，狗嘴里吐不出象牙来！"

王中英一本正经地回答说："我说的可是真的。"

万福丽问李国成："国成，那你干坏事儿是为了讨好谁呀？"

"我当然是为了讨好你呀！"李国成向王中英学。

他说得万福丽也不好意思了："讨厌，谁用你讨好我啦？"

"唉，就我可怜啦，"陆春芳感叹地说，"就是我没有人讨好。"

大家坐下来休息，你一言，我一语，俏皮话可多了。

大家在一起有三年多的时间了，从一个青春年少的青年，到日已成熟的青年，不知不觉间，大家心里就有一种春情萌发的情感了。我们已经是二十来岁的大小伙和大姑娘啦，大家心里能不产生爱情吗？可是，大家虽然是心里想，嘴上谁也不敢说出来，不敢真实地表达出来。就是在下面开玩笑的时候敢胡说八道，真正到了台面上就怯场了。这就是我们那个时代的青年。大家表面上嘻嘻哈哈的，其实心里已经有爱的春光啦。表面上是开玩笑，其实他们说的话里有一半是真的，有一半是假的。那时候人与人之间的感情就是这样微妙。那时候的人还是不开放，思想保守，有爱也是偷偷摸摸的、神神秘秘的，不愿意公之于众。

大家坐下来休息，说起话来就没完没了了。为了抓紧时间，我又喊大家上路了。我们挑着东西，走起路来自然就慢了。我们挑着重担，走了有三个多小时，才到达公路边。

李国成、王中英、武力的父亲，早已停车在公路边等候我们了。当家长们看到我们知青点的九个人，全员出动，一起上阵，大人们都非常感动。尤其是看到姑娘们，一个个累得满头大汗，红光满面，他们更是深受感动。

我们大家忙碌了有半个多月的时间，总算把鱼全部运出了山。

山里的小城镇，本来也称不上什么市，物资匮乏，鱼肉等食品当时又是紧俏的货物，所以我们把鱼拿回去，他们的家长就把鱼卖了。当然，他们不是拿到市场上去卖的，而是整体出手转卖给工厂里的食堂。因为我们都是军工企业的职工子女，出了事儿，惹了祸事，厂里还是对职工子女非常包容的。所以他们把鱼全部接收下来了。事情就这样圆满解决了。

实际上，李国成、王中英、武力他们三个家庭也没有赔多少钱，最后算下来，一家可能赔了有五百多块钱吧。正常损失的，比如说吃了喝了的，叫外人拿走的，送人的，这就没有办法计算了。

我们知青点所有的人都无私地为李国成、王中英和武力他们做了不少好事，也因此拉近了彼此之间的感情。说句良心话，那个时候的人还是非常朴实的，大家都怀有同情心，彼此之间帮忙不提钱，吃一顿便饭也就不得了了。

当今的社会，什么事儿都讲钱。我们当年吃力不讨好的事儿，现在给多少钱也不会有人干了。人与人之间讲的就是钱，人与人之间已经没有什么感情可言了，除了钱，什么也没有了。我们吃的苦，我们受的累，不是用钱能衡量的。我们为他们所做的事，都是出于同情，都是主动义务帮忙的。不仅没有报酬，而且还影响了自己的工作，影响了自己挣工分。好在那个时候天气冷，死鱼放不坏，要是夏天，鱼就臭了，想卖也卖不出钱来。为此，李国成、王中英和武力三个人，特别感激我们知青点的兄弟姐妹们，我想他们一辈子也不该忘记他们干的荒唐事，还有我们其他人为他们所做的一切好事吧？

我们帮助李国成、王中英、武力他们，把鱼的事情处理完毕之后，知青点所有的人都累得精疲力尽，因为半个多月的时间，确实把人累坏了。我们九个人不仅处理了全部的死鱼，而且还清理了大队的鱼塘。

最后，春暖花开的时候，李国成的父母、王中英的父母，还有武力的父母，请我们知青点的所有成员回家，到他们家里去吃饭，一家一天，又吃、又喝、又玩、又乐。

当然了，他们的父母还是有心人，他们是特别感谢我们为李国成、王中英、武力三个人偷鱼的事儿出了大力，他们心里也明白，我们确实做到了仁至义尽，所以他们的父母特别请我们吃饭，表示再次的感谢。其实大家心里都是心知肚明的。

第 5 章　姐妹之情

在家吃喝玩乐是舒服呀，是美呀，可是家里再好也不能长期久留，因为我们毕竟还不是城里人，在家里无事可做，不可能一天到晚吃喝玩乐吧？我们还是要回到山里去，因为我们还是上山下乡的知识青年，我们真正的家还是在农村，还是在凤凰山。

春天来了，春耕开始了，我们要回山里参加春耕生产了。万物复苏，农民们又开始忙碌起来了。也就是在那一年的春天，邓小平第三次复出，正式主政中国的政治舞台，他开始抓教育了，中国的知识青年也有了一次命运大转折的机会。

有一天，轮到我在家里做饭。闲得没有事情干，我就到大队书记的办公室里要了几张报纸回来看。大队书记的办公室里有一份《人民日报》，那是上面订阅给大队干部看的。

我在其中的一页报纸上，看到了国家要恢复高等院校招生考试的消息。

晚上大家回来吃饭的时候，我就向大家宣布了这个好消息。可是所有的人都对这样的好消息没有什么兴奋的反应，只有舒香一个人对此表示了极大的惊喜。

"真的，曾光，你说的可是真的？国家要恢复高考啦？"她好像有点不大相信。

"当然是真的，我还能骗你们吗？"

"你的消息是从哪儿得来的？"

"我是从报纸上看到的，邓小平开始抓教育了。"

"你的消息来源可靠吗？"

我把报纸给她，请她自己看：

"我是从报纸上看到了这样的消息，这还能有假吗？邓小平接见了中国多位著名的科学家和教育家，就中国的教育问题作出了重要的批示，要求尽快恢复国家的高考教育制度，扭转国家教育不正常的状态，年底要恢复招生考试工作。"

"年底就恢复高考招生？这么快？"她看了报纸确信无疑了。

"舒香，这是个好消息吧？"

"这当然是个好消息，还是一条令人兴奋的好消息！"她挥舞着报纸说，"姐妹们，努力学习，争取考大学呀！"

"看你高兴的？"宋丹心冷冰冰地说，"这算什么好消息呀？"

"丹心，考大学不是好消息吗？"

"对你来说可能是好消息，对我们来说可不一定是好消息。你去考吧。"

"丹心，你不想考大学？"

"考什么大学呀？我是初中毕业生，底子太差了，能考上大学吗？"

"努力学习，可以试一试，这有什么不能考的？大学的门既然向我们敞开了，我们就应该鼓足勇气去争取冲锋一次，即便考不上也无所谓，又不受什么损失，就当学习知识、学习文化好了。"

"学习可不是好玩的，要考你去考吧，我是没有什么希望的。"宋丹心心灰意冷地说，明显对考大学没有信心。"一个初中毕业生，要想考上大学谈何容易呀？"

郭小红也唉声叹气地说："是呀，考大学对我们来说是太难啦，离开学校三年了，我连一本书也没有看过，要考上大学是不大可能的。"

"姐妹们，国家恢复高考招生制度，对我们知识青年来说可是一个大好的机会，我们可以通过高考上大学，改变自己的命运！"

"舒香，你好像信心十足，蛮有把握似的，"万福丽说，"你想一想，我们都是初中毕业生，要考上大学，怎么可能呢？这是明显不可能的事情嘛。"

"有什么不可能的呢？学习就是用脑子，花时间，没有什么不可能的。"

"你学习聪明，我们跟你可比不了。"陆春芳说，"我上学的时候学习成绩就一般，又是初中毕业生，考大学，我连想都不敢想。"

"曾光，你想考大学吗？"舒香问我。

"我也想考大学，可是我怕考不上。"

"考不上怕什么？考不上来年再考就是啦。"

"你说得轻松，我对数理化头疼，我怕学不进去。"

"曾光，要有自信嘛，你原来学习成绩很好的，那么优秀，为什么不试一试呢？"

"好汉不提当年勇啦。过去学习成绩好，不代表现在。我好像把过去上学时老师教给的那点知识已经忘光了，考大学，好像是不行了。"

"你经常看书，文科方面好，你可以报考文科类大学嘛。"

"报考文科类大学也不容易，我们现在一天到晚地忙于夏季生产，干活累得要死，哪儿还有时间看书学习呀？"

"时间是挤出来的。如果你愿意，我们两人结个伴儿，一起学习，年底争取一起考大学。我们可以相互鼓励嘛。好吗?"

"好吧，我可以考虑你的建议。"为了不伤她对我的热情和鼓励，我只能口头上答应她。

"男同胞们，有想考大学的吗? 我们一起学习，多一个人就多一份鼓励!"

"考大学? 我这辈子就没有想过。"李国成回答说。

"我也没有想过。"王中英也接着说。"就我们过去学的那点知识、那点文化，考大学不是开国际玩笑吗?"

"不会可以学嘛，不会可以补嘛。"舒香信心百倍地说。

"考大学对我来说也是可望不可及的事情，不想了。"武力说。

"你们说话怎么就没有一点底气，没有一点信心呢?"舒香找不到一个满意的同伴陪她一起学习考大学，心里有一点不舒服，"我要考大学，我要努力争取，我要试一试!"

舒香最后向大家表白的话，说明她已经下定决心要考大学了，所以大家也就不好多说什么，因为大家没有共同的想法，也就没有共同的语言。但我还是非常敬佩舒香的勇气和信心的。我想我就是从这一天开始心里才真正爱上她的，而且她值得我敬爱。我对有理想的人，有追求的人，是非常欣赏的，因为我也是这样的人。我虽然口头上答应跟她一起学习，一起考大学，可是我心里明白，我也不是考大学的材料。

因为从上山下乡到农村来了之后，我就没有看过数理化方面的书，虽然我在上中学的时候学习成绩并不差，可是要想考大学还是有困难的。因为，我就是初中毕业生，要考大学，就要学习高中的课程，而高中的课程原来没有学习过，要想在五个月之内学完高中的课程，接着考大学，对一个普通人来说是根本不可能的事情，除非是特别聪明的人，有学习天赋的人。而我不是，我就是一个普普通通的青年。所以，考大学这条路对我来说可能是走不通的，我也只不过是想想而已。但是我要争取舒香对我的情感，虽然我们之间的关系原来一直非常好，可是，我们之间只能说是青年人之间纯洁的友谊而非感情，也不是男女之间的爱情，不是思想、灵魂的火花。

爱是多么甜美，又是多么迷人呢！

从此以后，舒香就开始了一段艰苦、疯狂的学习过程。我呢，也愿意帮助她成全她的梦想。学习确实是一件非常苦、非常枯燥的事情。她一个人，每天都要坚持学习数理化的课程，而且是从初中到高中的系统学习，是自学，身边没有可以请教的老师帮助她。时间只有四个多月，难度是可想而知的。

我呢，开始还陪着她学习了几天，可是后来发现，我跟不上她的学习计划，我照她的学习能力可是差远了，我后来只能放弃考大学的梦想和"野心"了。舒香见我打退堂鼓了，就讽刺我：没出息。

我坦率地说，在学习数理化知识和文化课程方面，我确实不如她。舒香在中学学过的知识或者说课程里，她一直没有丢下，这是大家有目共睹的。上山下乡到农村来的三年多时间里，她有时间就学习数理化课本知识，当然她那时候的学习目的并不是为了考大学，而是为了学知识、学文化，充实空虚无聊的时间而已。当时我听到过知青人中间，就有人背后对她冷言冷语，有多数人很不理解她，认为她是傻子、书呆子，脑子可能有毛病。不过我能理解她，因为我没有事、闲得无聊的时候，我也经常看书。不过我看的不是中学数理化课本，而是小说、诗词、散文等有关文学方面的书。所以，我和舒香两个人身上其实有着共同的特点，爱学习，爱看书，这是相同的；不同的地方是，我们两人看的书不一样，学习的知识也不一样，我们都有自己的志向。

我爱她，自然要帮助她学习文化课程，不过我并不是指导她学习数理化知识和数理化课本，我也当不了她的辅导老师，我只能是经常帮助她打水、帮助她做饭，帮助她有时间学习，帮助她有时间看书，我可以方便而为之。我心里爱上了她，她也看出来了。男女之间这点事儿是瞒不住人的，所有的青年男女对爱情的火花都是有感觉的。她非常感激我爱上了她，不过我们表面上谁也不说出口。

因为我们两人都是属于那种比较内向的人，心里有数，嘴上说不出来。那时候的青年人谈情说爱，还是思想单纯，感情含蓄，灵魂纯洁，没有杂念，胆子也小，谈恋爱也不愿意公开，搞得有点儿神神秘秘，好像从事地下工作一样。

不过舒香是一个很聪明的人，她很快就找到了一个学习的伙伴，也就是三年前给我们知青点送猫来的那个农家姑娘黄春花。她当时正在县一中学习高中的课程，夏天毕业了，冬天正好可以赶上考大学。黄春花还是一个学习非常优秀的高中生，舒香就找到她结伴同学，向她学习高中的知识和高中的文化课程，舒香可以说为自己找到了一位好老师。

农家小姑娘黄春花学习非常好。高中毕业之后，她就回乡务农了，并且一边复习，一边回乡干活，为自己挣工分，同时为家里挣钱。这是个聪明懂事的小姑娘。舒香找到她结为学习上的知音之后，两个人就经常在一起学习。舒香有时候晚上到她家里去学习，她有时候晚上会到我们知青点的家庭来找舒香学习，两个人成了非常亲密的好朋友。

她管舒香叫姐姐，舒香管她叫春花妹。两个人之间的来往非常密切，因为她们俩都有一个共同的梦想：考大学！所以她们的关系越走越近。舒香说她是一个非常聪明的好学生，也是舒香特别需要的好老师，说她将来一定会有出息的。后来舒香的话果然应验了。

我呢，尽我之所能帮助她们学习，主要是为她们的学习创造有利条件，提供方便。

黄春花到我们知青点来找舒香学习，我就给她们端茶倒水。有时候两个人在堂屋里学习晚了，我还为她们整一点吃的，比如说，生吃的萝卜啦，煮熟的地瓜啦，等等。两个学习上的好朋友、考大学的梦想家，为此非常感激我。有时候，舒香晚上到她家里去学习，学到半夜了还不回来，我就会主动跑出去接她回来。舒香为此特别感动，因为从我们居住的知青点到黄春花的家，要走一里多路，晚上山村之夜都是黑灯瞎火的，舒香一个人从黄春花家里走回来，她还是有一点怕的。我就荣幸地成为一名护花使者，当她的卫兵。大家都看得出来，我爱上了舒香。男同胞们对我是又羡慕又眼红，女同胞们则有不同的表现。连农家的小姑娘黄春花也看出我爱上了舒香，虽然小姑娘当时只有十七岁，她也看出了其中的秘密。

有一个星期轮到我做饭。我需要向朋友们说明一下，我们后来的做饭制度是每个人做七天，然后换下一个人。七天的时间，做饭的人在家里可以轻松一段时间，休息一下，放松身心，一天三顿饭，只要能为大家做熟，能叫大家吃饱肚子就可以了。所以，我们知青都比较喜欢在家里做饭。不过做饭的人每天要自己到井台上去挑水。我们用的水缸还是比较大的，是黄队长家里使用多年的大口圆水缸，像什么呢？像城市人逢年过节举行欢庆节日敲的大鼓一样，可以装三担水，六大桶，六百多斤。不过在家里做饭，还是要比出工跟老乡一起干活舒服多了。至少在家里的时间可以自己安排，自由自在，做饭也不累。

轮到我做饭的一个星期，我就主动让给舒香在家里代我做饭，我出工去干农活，好让她有时间在家里看书学习，这是我能为她做的好事之一，也是我愿意为她做的。她也明白我的用意。她做饭的时候，我有时间可以主动为她挑水，帮助她做饭，这样就可以为她多争取看书学习的时间。

有一天她对我说："谢谢你，曾光，你真是我的好朋友。"

"不说客气话啦，你好好学习，祝你考大学成功。"

"老同学，你真的不想考大学啦?"

"不想考了，我肯定考不上。我对数理化课程实在学不进去，只有放弃。我支持你考大学好啦。"

"我的希望你知道是什么吗?"

"是什么?"

"是我们两个人一起考大学，同时去上大学。"

"我看来是不行了，我不愿意学习数理化的课程了，初中学习的东西太少，高中的课程学起来又太难，我也没有兴趣，所以我不考大学啦。你努力吧。"

"曾光，你为什么不能听我的话呢?"

"你说的有道理，我愿意听。"

"我劝你考大学，说的没有道理吗? 考大学是我们知识青年光明的出路，除了上大学可以学知识、学文化以外，大学还是改变我们个人命运的转折点，你知道吗?"

"我知道。"

"知道为什么还要放弃考大学呢?"

"因为我有自知之明，你就不要劝我啦。人各有志。你抓紧时间学习你的高中课程吧，我在力所能及的情况下，会尽一切力量帮助你的。"

舒香劝我不要放弃考大学的希望和梦想，但是我没有听她的，结果我到最后没有得到她的爱情。这大概是我一生最后悔的事情吧? 但是人生一辈子有的时候就是稀里糊涂的，又没有后悔药吃，所以每个人的一生都不会是完美的。如果我当年要跟舒香一起考上了大学，那我们也许就会永远在一起了。可是我们一生的命运，老天不是这样安排的，这可能也是命里注定吧。我爱她，也愿意帮助她，在她有困难需要我帮忙的时候，我也会积极主动地为她分担一些事情，不用她多说话，我就知道我应该为她做什么。

结果问题出来了，宋丹心的心里不舒服了，她不高兴了。

在我们知青点的九个人当中，我和舒香、宋丹心是关系最密切的好朋友、好同学，大家都知道。但是，宋丹心发现我和舒香之间的感情有了小秘密，有了进一步的发展，她心里就不自在了。其实我心里也明白，她内心里也希望我能同样喜欢她。可是这怎么可能呢？我不可能在两个人面前同样表现出我对她们的爱情吧？所以我对她的内心感觉还是比较平静的，没有产生过青年男女之间那种心跳脸红的感觉，就是没有那种爱情的火花。我承认她是一个漂亮可爱的姑娘，但是她自私、任性，什么话都敢说，什么事都敢做，我实在有点接受不了。所以相对而言，我还是比较喜欢舒香的稳重、平和、无私、内秀的个性。当然，在学校读书的时候，我们三个人之间的关系都是一样的好，下乡到农村来之后，我们之间的关系自然就更密切了。大家都看得出来，我对她们两个人都比较关照，所以这一点也引起了其他人心里对我有一点小小的不满。但是我们也不能否认，人类之间的感情就是有远有近的，这太正常不过了。宋丹心看到我经常帮助舒香挑水、做饭、烧火，等等，表面上嘴巴不说什么，实际上心里早就有想法了。

有一天轮到她做饭了，她对我说：

"曾光同学，能不能请你帮我挑一担水呀？"

"好说。"我二话没说，就帮她挑了两担水。

我说实话，在家里做饭的活儿，对女孩子来说，挑水是最重最累的一环。到井台上去挑水回来，要走两百多米的路，虽说不算远，但是要挑上两大木桶水，一百二十多斤重，也是够一个女孩子累的。一般情况下，看到姑娘们挑水，我都是愿意帮忙的，无论是舒香还是宋丹心，也不论是郭小红、万福丽还是陆春芳，我都会主动帮忙的。

但是宋丹心做饭这一天很奇怪，我帮她挑了两担水，她还请求我帮她烧火做饭，我觉得她的要求有点儿过了。因为我是在生产队出工干活的，不是在家做饭的。

我说："对不起，丹心，我还要出工到田里去干活，实在帮不了你了，做饭的事儿你别着急，自己慢慢做吧。"

我说的话本身没有什么问题，但是我不知道说错了什么，我发现她默默地流泪了，莫名其妙地哭了。我不明白她为什么流眼泪。

我问她："你怎么啦，丹心？"

"曾光，我是不是得罪你了？"她伤心地问我，"或者说，你对我有什么意见？"

"没有哇，"我回答说，"我什么都没有，我对你能有什么意见呢？"

"你不说实话，曾光，"她说，"你为什么最近特别关照舒香，为什么就不能特别关照我呢？"

"我什么时候特别关照舒香，不特别关照你了？"她的话把我说糊涂了，"你叫我挑水，我不是给你挑了吗？"

"我说的不是这件小事儿，我说的是别的事儿。"

"那你说的是什么事儿？不要哭，你说出来心里就舒服了。"

"我最近经常看到你帮助舒香挑水、做饭，对我很少关心了。"她一边说，一边擦眼泪。

我这才明白她的心事：她吃醋了。我不由得笑了。

我对她说："丹心，你就这么一点小心眼呀？你这不是小肚鸡肠吗？如果你要考大学，我也一样帮助你，一样特别关照你的。"

"我不考大学，你就不想关照我了？"

"丹心，你不要多想，我不是为了鼓励舒香能考上大学吗？"

"她有本事考大学，我没有本事考大学，你就看不起我啦？"

"不是的，丹心，她考大学要学习，不是要抓紧时间吗？"

"算了吧，你分明是有点看不起我了，你这是目中无人，不把我放在眼里了。"

"丹心，你别生气，我怎么会不把你放在眼里了？大家不都是一样的好朋友吗？"

"好朋友，你已经开始有轻重之分了。"

"没有哇，你们两人在我的心目中都是同等重要的。"

"你分明没有说实话。舒香要考大学，你就偏重她了。我没有她那样的雄心大志，你就开始冷落我了。"

"不是的……"

"是的，你不要不承认！"她有点情绪激动地说，"一个初中毕业生，就异想天开地要考大学，你认为她可能吗？中国目前的大学生与总人口的百分比是百分之一，考大学那是万人争过独木桥，怎么可能呢？"

我看她哭得还有一点儿伤心难过的样子，我才知道，她心里有点妒忌了，我这才明白她心里对我有一种男女之间那种青春火热的感情了。

可是我怎样安慰她的心呢？我想了一下，对她说：

"丹心，人各有志，我们不能对舒香考大学的事情泼冷水吧？"

"说实话了吧？曾光，你对舒香考大学的事儿怎么这样上心呢？怎么这样热情啊？"

"丹心，舒香有考大学的梦想，我们不应该支持她吗？你说对吧？你、我、她，大家都是老同学，都是好朋友，我支持她考大学有什么不对吗？"

"对，我没有说你支持她考大学不对，但是大家都是一样的老同学、好朋友，你不该冷落我吧？"

"丹心，我没有冷落你呀？我关心你还少吗？"

"你最近就是关心我少了……"

她不但流泪，而且哭了起来，我也不知道该怎样安慰她了。伙房里就我们两个人，她哭得用手帕擦眼泪，哭得我也心慌意乱起来了。

我突然觉得这个姑娘表达爱的方式太奇怪了。我怎样才能抚慰她受伤的感情和心灵呢？我选择了逃避。

我说："丹心，这个问题咱们以后再说好不好？我要到田里去干活啦。"

我马上逃跑了。我承认宋丹心也是一个可爱的好姑娘，她敢爱敢恨，活泼可爱，她对我表达爱的方式，也是女孩子少有的，她让我明白了她已经暗中喜欢上我了。可是我该怎么办？虽然从舒香和宋丹心两个人的家庭条件和个人条件来说，我觉得她们两个人都值得我爱，可是我只能爱其中的一个人呢。我对她们两个人身上的一切优点和特点进行比较，我觉得舒香还是比她要更可爱一点儿。舒香是属于那种阳光、灿烂、积极向上的女孩子，有梦想，有追求。而宋丹心就缺少一点儿这样可爱的精神，她饱食终日，无所用心，而且有一点儿自私自利。

舒香为了实现考大学的梦想，什么苦都能吃；她每天早上五点钟就起床看书、学习，中午也不休息，继续抓紧时间看书、学习，晚上也是同样如此，看书学习有时候坚持到半夜一点。她那种为了学习，为了考大学，为了实现自己的梦想，吃苦耐劳的拼命精神，是我所敬佩的，这也是我们知青点所有的人都敬佩的。

半年下来，她明显消瘦了。

冬天到了，下雪了，全国恢复高考报名的时间到了。舒香与黄春花结伴同行，到县城的一所中学去报了名。据她们回来说，参加高考的知识青年，还有高中毕业生，都是在那里统一报名。那一天，县城那所中学的报名处，堆满了人，全县有一千多名知识青年报了名，有三百多名应届高中毕业生报了名。我很惭愧，我只能当观众，没有勇气参加高考，也没有勇气去报名。

宋丹心好像什么感触也没有。

舒香和黄春花报了名之后又抓紧时间学习，准备参加高考。考大学可以说是人生中最重要的一个环节，一切有志向的青年都在追求上大学的梦想。

我和宋丹心也有梦想，但是没有行动，所以我们看到舒香报名成功，为她高兴，同时心里也是酸溜溜的，不好受。

舒香为此感到高兴，我只能为她感到高兴。

我记得那一年的冬天，恢复高考招生制度统一考试的时间是早上八点钟。我们凤凰山大队的知青点，距离县城中学还有点儿远，四十多里的路，要走三个多小时。舒香一个女孩子，大早晨天不亮就要起身赶路，她还是有一点怕的，因为深山老林夜晚是有野兽活动的。所以舒香邀请我一起陪着她去参加考试，作为好朋友，我理所当然地答应了。但是我不同意她大早上从山里出发去县城中学参加考试，原因是：早上从山里出发到县城中学指定地点参加考试，天还是黑的，路上又没有灯光，摸黑赶路不安全，容易摔跤；另一方面，路上太辛苦，就是赶到考试现场，人也一定很疲劳了，精神不是处于最佳状态，考试也发挥不出最好水平。

舒香问我："那怎么办？黄春花一定要坚持考试那天早晨与我结伴同行。"

黄春花的家庭条件特别困难，一个农家姑娘不想为参加高考花费家里的钱，我心里明白，也能理解。但是作为好朋友，我只能向她们提出最好的建议：

"这样吧，舒香，你听我的想法好不好？你对黄春花说，考试的前一天，你、我、她，我们三个人赶到县城去，找一家小旅馆住下来，第二天早上，我送你们去参加考试，这样你们头一天晚上能休息好，第二天也有充沛的精力去参加考试，怎么样？"

"这样安排当然好，"舒香说，"我也想过这样的办法，可是黄春花不同意，她家里没有钱，到县城去住旅店，吃饭店，她舍不得花钱……"

"舒香，你听我的，咱就这样定了。你对黄春花说，钱由我来出，一切费用由我来负责。"我拍着胸脯说。

"我也可以出钱，"舒香说，"我和春花参加考试，怎么好意思叫你花钱呢？"

"这有什么不好意思的？朋友嘛，就是关键的时候相互帮忙，要不怎么能称之为朋友呢？找一家小旅馆，住两个晚上，我们三个人也花不了多少钱。第二天早上，你们就稳稳当当地去参加考试，考出好成绩来，我为你们高兴！"

我的建议得到了舒香的支持。

黄春花得知我的建议后，非常感动地说：

"曾光大哥，我家里实在没有钱，我也住不起县城的旅馆，吃不起饭店，不要说住两天，吃两天，就是住一天，吃一天，我也是住不起，吃不起的。我还是不提前去县城住店了，你和舒香姐去吧。我就考试的当天早晨从家里跑到县城去参加考试。"

"春花，你要听我的，跟我和舒香一起到县城去，你吃的、住的，我来掏钱好吧？"

"不要，曾光大哥，我怕以后还不起你的情分。"

"哎呀，你想得太多了，春花妹，你就听大哥我和舒香姐的话好不好？你当天考试跑过去太辛苦啦，肯定考不出好成绩来的。"

"不会的，曾光大哥。"

"万一那天早晨大雪封山了怎么办？万一你去晚了耽误了考试的时间

怎么办？"

"如果大雪封山，我就不去参加考试了，如果耽误了考试的时间，我就不上大学了。"

"春花，你怎么会这么想呢？"

"我家里实在没有钱，没有办法。"小姑娘难过得哭了。

"春花，我不是说了吗？花多少钱，不用你操心，我来。其实我们三个人在县城里找一家小旅店，住两个晚上，吃两天饭，也花不了多少钱。你就听我和舒香的安排，好不好？你就安心地考大学，其他的事不要你操心。"

事情就这样定下来了，我和舒香总算把这个农家小姑娘说服了。参加考试的前一天下午，我就陪着舒香和黄春花一起住进了县城一家小旅馆，离她们考试的中学非常近便，走路不过十分钟。那时候的人，生活水平还是不富裕的，所以一般人参加考试没有想过要住小旅馆。只有我为了在一个姑娘面前显示一个男人的情怀，做这样的傻事。我爱舒香，我也愿意为她做一切事。我想大家也可以理解。舒香与黄春花又是最要好的朋友，或者也可以说，农家姑娘黄春花是舒香最好的老师，所以她们一起参加考试，我也愿意出钱为她们效力。我是为了讨好舒香，农家姑娘黄春花可以说是搭便车。我为她们安排了这样的计划，所以舒香和黄春花后来特别地感动，一辈子也没有忘记这件事情。

住到县城小旅馆的那天晚上，我还大方地邀请了舒香和黄春花到县城电影院去看了一场电影，目的是为了请舒香和黄春花放松心情，调解精神状态，争取第二天参加考试的时候能考出好成绩来。

第二天早上，我送舒香和黄春花一起去了考场。我在学校的门外等着她们。中午，她们从学校考场的大门里走出来的时候，脸色有一点苍白。

我问她们："小姐妹们，考试考得怎么样？感觉如何？"

"不知道，我没有感觉。"舒香说，"好像题太难了。"

"我的感觉好像还可以，"黄春花高兴地说，"该做的题我都做出来了。"

"舒香，你的心情是不是太紧张啦?"

"可能是的，我的心情确实非常紧张，好多题做不出来，我急得想哭。"

统一考试持续了两天，我也陪着好朋友舒香和农家姑娘黄春花在县城小旅店里住了两天两夜。一切吃的、住的、花的、用的，所有的费用都由我承担。舒香觉得特别不好意思，要承担一切费用，我怎么好意思叫她掏钱呢? 我的目的就是为了讨好她呀!

考试结束以后，我们就回到了凤凰山。由于黄春花家住的地方比较偏僻，天又黑了，我就和舒香一起送这个农家姑娘回家，一直把她送到了家门口。

黄春花为此特别感动，感动得哭了。她突然在我们面前跪下来，说:

"谢谢曾光大哥! 谢谢舒香大姐! 我一辈子也不会忘记你们为我做过的好事!"

"春花妹，快起来，"我马上把这个农家姑娘从地上拉起来，说:"不要说一辈子，这算不了什么，力所能及，你快起来!"

"春花妹，"舒香对她说，"你为我当了半年的老师，我又该如何感谢你呢?"

这个农家姑娘特别知道知恩图报。以后她也没有忘记我和舒香两个人为她考大学所做的一切。

我们回到了小山村，还是继续我们的生活。

考试过后，舒香感觉好像轻松多了，脸色也不像学习考试期间那么难看了。可是每当有人问起她大学考试的情况，她还是有点紧张，心情沉重。

别人问她：考得怎么样？她总是回答说，考得不好，心里没有谱儿。

可是有一天，日落西山，我从山上干活下来，路经大队部，大队书记把我叫进了他的办公室，交给我一件东西。

"你拿回去交给舒香，"大队书记笑容满面地对我说，"代我向她表示祝贺，她考上大学啦，恭喜她！"

我一看真是舒香的大学录取通知书。我真的为她高兴啊！我一路小跑，就跑回了我们的知青点。

所有的家庭成员都在堂屋里吹牛、聊天，他们在等着我回来吃晚饭呢。我收工回来得晚一点儿，是最后一个到家的。

我向大家宣布："兄弟们，姐妹们，报告大家一个好消息！"

"什么好消息？"大家问我。

"我们的才女舒香同学被大学录取啦！"

"什么，真的？"

大家惊奇地瞪大了眼睛，好像不相信这样惊人的好消息。我把手里的通知书展示给大家看，大家才相信了。

我把通知书交给舒香，她激动得哭了，之后又幸福地笑了。

"祝贺你，舒香，"我对她说，"你真是神了，梦想成真啦！"

"舒香，你真了不起！"宋丹心抱着舒香吻了她一口，闹得舒香怪不好意思的。

"舒香，你真牛！"郭小红为她竖起了大拇指。

"舒香，你马上就要解放了！"万福丽也佩服她。

"舒香，你终于有出头之日了，马上可以回城啦！"

"哎呀，真是功夫不负有心人哪！"李国成感慨地说。

"学习好，有本事，就是不一样啊！"王中英也赞叹道。

"奇迹呀，"武力非常实在地说，"一个初中毕业生，居然能考上大学！这真是奇迹呀！"

"奇迹吧？"我对武力说，"明年你也争取创造出一个奇迹来？"

"哎呀，我可不行，我不是考大学的材料，我可不能跟舒香比呀，我们不是一个种类的人。"武力承认不如女人了。

"人还有分种类的？"我问他。

"当然有啦，"他说，"有的人他就聪明，有的人他就笨，有的人缺心眼，还有的人大脑不够用，等等等等吧。"

他对我说这样的话，我听着心里就不舒服了。

"照你这么说，我们不考大学的人，就是笨的、缺心眼的、大脑不够用的？"

"不不不，不是的，我是说我的大脑不好使，不代表别人。"

舒香看过了录取通知书，激动得泪流满面。宋丹心马上拿过去看通知书，分享好朋友的幸福。接着大家一个传一个地看，因为大家以前没有见过大学录取通知书，所以大家都想见识一下。舒香高兴地流着眼泪而又幸福地笑了，她也不知道该对大家说什么好了。

宋丹心拍着好朋友的肩膀说：

"舒香，你该请客啦。"

舒香明知故问："请什么客？"

"你马上就要飞出山沟上大学啦，"郭小红说，"不用跟我们做伴啦，你还不请客？"

"这是人家的本事，"我为舒香说话，"这是人家的才华，不要敲诈。"

"这怎么叫敲诈呢？"万福丽马上就反对我的说法，"舒香是我们九个人当中第一个飞出凤凰山的金凤凰，她当然应该请客啦！"

"对对对，舒香应该请客！"陆春芳也同样叫道。

"好，我一定请客！"舒香笑着说。

李国成看着舒香的录取通知书，说：

"舒香，你太有才啦！"

王中英看着舒香的录取通知书说：

"这是真的，人还是要学习好，考大学，这才叫真本事。"

他把大学录取通知书传给武力，武力扬着脖子说：

"我不看，她考上了大学，我伤心呢。"

"你脑子有问题吧？"我说他，"舒香考上了大学，你伤什么心呢？"

武力一脸正经地对我说："你是领导，我不跟你说。"

"哎，武力，那你跟我说，"宋丹心故意逗他，"舒香考上了大学，你有什么可伤心的？"

"我当然伤心啦，"武力好像脸色认真地说，"她考上了大学，我就找不到好对象啦。"

"真不害臊。"舒香脸羞得像红苹果一样。

"兄弟，"宋丹心拍着武力的肩膀说，"你真是癞蛤蟆想吃天鹅肉啦？"

"这有什么呢？"武力脸色不红不白地说，"有谁不喜欢美丽的白天鹅呀？"

舒香不好意思地说："武力，你个小坏蛋。"

万福丽嘲讽他："武力，你怎么就不知道脸红呢？"

武力又好像开玩笑，又好像认真地说：

"脸红什么呢？我也老大不小啦，该找对象啦，好不容易看中了一只白天鹅，马上又要飞啦，大家说我能不伤心吗？"

"去，不许胡说八道的。"舒香用手轻轻拍了一下武力的前脑门。

武力高兴地笑了："我可是没有胡说话，我说的可是真的。"

"你呀，"陆春芳说他，"做梦娶媳妇，你就想美事儿吧。"

"我的想法不对吗?"武力问女同胞们。

大家说说笑笑,都为舒香考上了大学表示高兴。

说真的,舒香也确实不容易,短短五个月的时间,她没日没夜地学习,凭着自学,加上黄春花的悉心指导,把高中的课程学习完了,并且顺利地考取了大学。

据说,在全县一千多名知青的考生当中,舒香是唯一的一个初中毕业生考上了大学的女生。她虽然考上的不是什么名牌大学,就是省会的普通师范院校,但她也可以说是我们知识青年中的佼佼者,也是我们知识青年的光荣,我们应该为她感到骄傲与自豪!

同时在凤凰山这样的小山村里,还有一个农家姑娘考上了大学,她就是黄春花。她不过是晚几天收到的大学录取通知书。而且这个农家姑娘考试成绩特别优秀,她居然考上了北京的国家名牌大学。

我听大队书记说,她是全县的高考状元。这真是山沟里飞出了金凤凰!她考上大学的时候,县委领导亲自到她家来表示祝贺!她上大学走的时候,县委领导又亲自带队到她家来欢送。大队书记说,这是凤凰山以前从来也没有过的事情。

舒香走的时候,我们知青点的家庭特意为她举行了欢送宴会,我和宋丹心亲自烧饭、做菜,为她送行。自从上山下乡来到凤凰山以来,宋丹心从一个城市家庭娇生惯养的小姑娘,变成了十分能干也能吃苦的大姑娘。她是我们家庭成员九个人当中,做饭烧菜最好的师傅了。我只能为她打下手。说起来我们是为舒香举行宴会,但是当时的生活条件也十分有限,或者说也没有什么好吃的,因为那个时候人穷啊,生活物资太贫乏了。我们就是到老乡家里买了几个小鸡蛋,到生产队里找黄队长要了一些木耳(因为生产队里栽培木耳,所以吃木耳是家常便饭,可以不用花钱的),然后我们到自己的自留地里砍了两颗大白菜,挖了几个青萝卜。宋丹心蒸了一锅大花卷，做了一大碗木耳炒鸡蛋，又炒了一个酸辣大白菜，烧了一大盆萝卜丝粉条汤，再加上一大碗野猪红烧肉。就这些东西，再没有什么好吃的啦。不过我们炒的菜、烧的汤，都是用农民大土碗盛装的，实在，九个人足够吃的。我又找黄大叔要了一坛子老黄酒来。宴会就隆重地开始啦。大家都是自家人，谁也不讲客气，就在堂屋的小桌小椅前坐下来，自己倒酒，自己关照自己，谁也不礼让谁，因为大家在一起生活的时间长了，彼此之间已经有像一家人一样的亲情啦。

我站起来，端起酒碗向大家宣布：

"兄弟们，姐妹们，今天我们大家欢送舒香考上了大学，请大家吃好，喝好，我就不多说啦。我提议，为舒香考上大学干杯！"

舒香要走了，大家要求她最后的告别，能对大家说一点什么。

她想了一下，开口说："兄弟们，姐妹们，说实话，我和大家在一起风雨同舟，共同生活了三年多的时间，要分开了，我心里这份情感还真是难舍难分的。我要上大学了，这是我追求的梦想。但是要和兄弟姐妹们分开了，我的心里还真是有一种酸溜溜的感觉，什么原因呢？这是因为，我们大家毕竟在同一个家庭里，在同一个屋檐下，共同生活了三年多的时间，大家同吃一锅饭，同喝一缸水，同吃一锅菜，大家同甘苦，大家共患难，大家共命运，酸甜苦辣一起走过来。所以我即便明天走了，离开了，也不会忘记大家的。我谢谢大家过去对我的关心爱护及帮助。谢谢！"

她向我们所有的人都敬了酒，表示感谢。我们大家也回敬了她的酒。那天晚上舒香显得特别高兴，特别地兴奋，结果酒喝多了，来者不拒，最后她喝醉了。

舒香离开凤凰山的时候，我们知青点九个人，大家一起送她出山，送她回家休息，准备去上大学。大家一直把她送到出山口。

我和宋丹心特别把她送到了公路上，送上了公共汽车站。不过她上公

共汽车之前，我和宋丹心一人送了她一份小礼物，宋丹心送给她的是一个漂亮的书包，我送的是一个笔记本和一支钢笔。我们送给她的礼物，是提前在大队小商店里买的，我们那个时候心里好像就有一种预感，相信她能考上大学。因为她太勤奋了，她刻苦学习的精神，拼命进取的劲头，给我留下了非常深刻的印象。她的努力印证了一句话：勤奋出天才！最后，她上公共汽车走的时候，与我握手，与宋丹心拥抱，两个好姐妹都哭了，我也觉得我要流泪了。

"她走了，你的心情可以平静下来了。"宋丹心对我说。

第 6 章　爱的甜美

　　舒香走后，我有时间经常一个人到小河边去看舒香送给我的书，宋丹心发现了，她相信我已经深深爱上了离开的朋友，舒香。女孩子对这类事儿是特别敏感的。确实是这样。她走了以后，我经常想念她。她是那么可爱，她是那么善良，她是那么温柔，她是那么平和，她是那么好强，她是那么能吃苦，她身上所具有的那种女性的优点，是其他女孩子身上所少有的。至少在宋丹心身上，在郭小红身上，在万福丽身上，在陆春芳身上，我没有发现过。

　　我确实是爱上她了，我从十五岁上中学的时候起第一次见到她，到她最后考上大学，离开凤凰山，时间已经走过六个年头了。可是她人已经离开了，我也没有敢对她说出"我爱你"三个字来，这是我的内敛的性格决定的。

　　其实宋丹心也早就看出来了，我喜欢舒香，比喜欢她要更热烈一些。我和舒香两个人之间心有所爱，却没有明确地表达出来内心的感情。所以我和舒香之间的情分，我和舒香之间的爱，也就埋藏在彼此的心里了。

　　不过舒香走了以后，宋丹心就对我特别地好。她总是环绕在我的身边，帮助我洗衣服，帮助我做饭，帮助我做一些力所能及的事情，尽量弥补我爱舒香的感情。这是一种什么心态呢？

第二年夏天，也就是舒香上了大学半年之后，我委托回家的郭小红给她捎信，邀请她回凤凰山来玩。因为她放暑假回家休息，我知道她有时间，所以我想请她来一趟，因为她有些东西需要拿回去。

她上大学的前一年，出了两百多天工，挣了有六十多块钱，还挣了两百多斤粮食。夏粮丰收的时候，生产队分配下来了，那是她一年的劳动所得，她可以拿回去，或者想办法来处理。舒香得到消息后，就回到了凤凰山，回到了我们的知青点——她曾经生活过的家。大家都很高兴见到她，见了面之后就像见到了久别的亲人一样。

"你又回来干什么？"大家故意逗她。

"我是回娘家来探亲、看望大家的，我想念你们啦！"

我又见到了她，心情特别地激动。她的到来，引起了宋丹心心里的不安。因为她不仅给大家带来了大白兔奶糖，而且给我带来了两本书。这两本书是她在省会读书，休息时转书店特意为我买的，新再版的中国文学名著：一本是巴金先生的《家》，一本是曹禺先生的戏剧集。这两本书可以说影响了我的一生，决定了我一生要为文学事业奋斗，一辈子想要成名成家的强烈欲望。当然啦，也许我的野心只是可笑的梦想，但是我这个人生来就喜欢做梦，喜欢胡思乱想，不怕别人耻笑。舒香来了之后还像原来一家人一样，为我们大家做饭、做菜，人也不闲着，大家为此非常感动，说她不像回娘家来的客人。

"我本来也不是客人嘛，"她对大家说，"我算什么客人呢？我还是跟大家一样的情同手足的姐妹呀！"

确实，她虽然到省会城市去上了大学，但是她的本色没有改变，她勤奋刻苦的精神还是没有改变，她乐观向上的精神还是没有改变。

晚饭后，大家都到河边去洗澡去了，因为是夏天，天气炎热，人体出汗是避免不了的，城市里长大的青年又爱干净，所以到了晚上没有事儿的时候，大家就要到有水的小河边去洗澡。多数人出去洗澡的时候，我和舒香还在屋子里收拾晚饭后的东西：什么锅呀，盆呀，碗呀，筷子呀，等等。

舒香来的第一天，我们所有的人都是随随便便吃的晚饭，没有说客人来了，多做一点好吃的。因为饭菜是舒香为大家做的。我们知青都出去上工去了，因为是夏天，生产队里的活要多一些，所以忙到晚上收工回来的时候，时间已经晚了，大家也有点累了，谁也不想再动手为客人做饭菜了。大家谁也没有拿舒香当外人，所以我们的晚饭就是对付吃的。

我和舒香洗干净了大家吃过饭的用具，收拾利索了，就坐在堂屋里的小桌子前喝茶休息。我想起了舒香一年的工钱，就从屋子里拿出了工钱交给她。

"你点一点，你去年一年的工钱挣了六十五块钱，你算一算对不对？"

"不要算了，这是我最后一年的工钱，对不对就是它了。"

"还有你分了两百多斤粮食怎么办？要不要拿回家去？"

"不要了，两百多斤粮食就留给你们大家吃吧。"

"那怎么行呢？两百多斤粮食可不是小数目，要不你走的时候我帮你送回去？"

"不要了，那样太辛苦你了，还是不要了。"

她随后进了女同胞的小屋，拿出两本书来，送给我。

"这是我送给你的礼物，请收下。"

"谢谢。"我表示感激。

"喜欢吗？"

"当然喜欢。"

179

我看到她送给我的两本书是新的，没有人看过的。我太激动了，还是她了解我呀，她知道我在农村寂寞的生活中需要书。

"这两本书太贵重了，我怎么好意思要呢?"

"拿着吧，朋友之间没有什么不好意思的，我也没有什么好东西送给你的，想来想去，你爱看书，还是送你书吧。你梦想当作家，我也愿意成全你的梦想，有时间多看看书也是一件好事儿，至少你没有浪费自己的青春，没有虚度自己的年华。"

"谢谢，这两本书的分量可是太重啦。"

"其实两本书也不值几个钱。"

"可是礼轻情义重啊!"

"对，礼轻情义重，"她突然难为情地说，"我希望你能记着我们之间的友谊，记住我们之间的感情……"

"我不会忘记的，你离开之后，我经常想念你。"

"我也是的，晚上做梦我也是经常梦到你。"她对我说心里话的时候脸红了，"走吧，陪我出去散散步吧。"

我答应了她的请求，同意陪着她去散步。可是我有一个想法，邀请她一起到清凉的汉水河边去洗澡、游泳去，她也答应了。

"好哇，我已经有一年的时间没有在这里洗澡、游泳了，今天我们最后一次到汉水河里洗澡、游泳，玩一玩儿，这也许是我一生中的最后一次了。"

于是，我们两个人高高兴兴地拿着毛巾、游泳的衣服，还有香皂、洗衣盆、换洗的衣服等，到小河边去了。

为了避免碰到我们知青点先去的七个活宝，那几个先到河边去洗澡、游泳的人，我们走了另外一条小路。我的目的就是想单独跟舒香在一起，避开同伴们的视线，舒香的心里可能也是有同样的想法吧，所以我们两个人心照不宣。其实晚饭之后，我和舒香在家洗碗、洗锅，收拾厨房，就是为了单独在一起，避开其他人的耳目。她跟着我到了汉水河边的上游，一处转弯的地方，距离我们的住地比较远一点儿，水也比较深一些，水流动得也比较慢一些，适合游泳，也适合钓鱼的回水弯处。不过晚上来这里的人比较少，比较安静，不会有人来打扰我们。因为我们的同伴都在我们的下游，在水比较浅的地方洗澡、游泳、娱乐，有一座高山挡着我们双方彼此的视线，所以我和舒香可以隐隐约约听到他们欢乐的叫声、笑声、闹声、喊声，但是他们又不会发现我们，因为水正好转弯，有山挡着我们，天色也快黑了。

我和舒香就在这样一个无人干扰的地方，脱下衣服、穿上游泳服，下水洗澡、游泳。我和舒香之所以对这个地方情有独钟，是因为过去的夏天，我在这里教会了舒香和宋丹心学习游泳。她们两个人下乡来之后，我在这里亲自当她们的游泳教练，用了两个夏天的时间，教她们学会了游泳。这不是吹牛，这是真的。我和舒香开始在水里洗衣服，白天穿的脏衣服。衣服洗过之后，我就向她击水挑战，跳进水里游泳。我们两个人就在水里玩起来了、游起来了。她的游泳水平虽然不如我，不过游泳技术也算不错了，下水不用人保护，自己能游上一个多小时了。什么蛙泳啦，自由泳啦，仰泳啦，她都学会了。

"曾光，说起游泳，我还真要感谢你呢。"

"你谢我什么呢？"

"你还是我游泳的启蒙教练呢。"

"你还记得我是你的启蒙老师？"

"开玩笑，这能忘记吗？我下乡最大的收获就是跟着你学会了游泳。"

"你就是嘴上说得好听，感谢我，到现在你还没有向我交过学费呢。"

"那我给你钱，你要吗？"

"我不要钱，要钱太俗。"

"那你要什么？"

"我想要你最美的东西。"

"你想要我什么最美的东西？"

我游到她面前，抱着她就亲了一口。她吃了一惊，接着就难为情了。

"坏蛋，让人看见……"

"不会的，没有人，天黑了，什么人也看不见。"

她马上离开了我，逃到岸上去了。她放松地在草地上躺下来，闭着眼睛，手捂着心口，不知道她在想什么？

噢——大自然多美呀：蓝蓝的天、青青的草、白白的云，河流、山川，比大自然更美丽的景色是她——我心爱的舒香！她躺在草地上，穿着游泳服，伸展着雪白的四肢，迷人的向我微笑着，好像是招引我的魂一样，她的曲线多么美呀……

天黑下来了，周围什么人也没有。河水缓慢地流动着，小风伴随着月色吹起来了。我上了河岸，来到她身旁，不由自主地卧在她身边，情不自禁地吻着她美丽的嘴唇、吻她美丽的脸庞。她什么话也不说，面带着娇羞的表情，翻动着美丽的大眼睛。

"我真的好想你！"我激情洋溢地说。

"我也是，我也好想你……所以我来啦……"

我们两个人激情满怀地拥抱在一起，多么幸福的夜晚哪！天上有明亮的月光，还有灿烂的星星！这就是我们的初恋，这就是我们爱情的第一次冲动。这也是我们两个人平生第一次拥抱、接吻，两个人激动得浑身发抖，在草地上打滚，喘着大气，什么迷人的语言也没有了，只有激情闪烁的火花不断地冲击着我们的肌体，冲击着我们的心灵。不过就是我们两个人在激情万丈的爱情中，她还是保持了一份清醒的头脑。

她突然紧张起来，推开了我，不安地说：

"不，不能这样，我还是大学一年级的学生，你要冷静，我也要冷静……"

她马上站起来，用浴巾包上了身体，跑了，消失在不远处的树林之中，那是她换衣服的地方。我坐在草地上，出了几口大气，让自己的心情平静下来。

后来她出现在我面前的时候，已经穿好了衣服，穿上了一条白色的连衣裙。她来到我面前，心情还是紧张的。

"曾光，走吧，我们回去吧。"

她端着洗衣盆自己前面走了，不理我了，大概怕我再抱她，再吻她，她先逃走了。这是我们从十五岁到二十二岁，相识七年的时间，我第一次把她搞得晕头转向，神色不安；她呢，也同样让我感到忐忑不安。我穿上衣服追上了她，她还是不敢看我，从她的眼神里我看得出来，她的内心还是激动的、不平静的。

我们两个人回到家，回到知青点，已经是晚上十点多钟了。有的人已经睡下了。宋丹心还没有睡，她还在等我们。她好像发现了我和舒香之间的秘密。她有意思地对我们说：

"舒香、曾光，河边有什么东西吸引你们两位到现在才回来呀？"

"山水，"舒香回答，"在河边吹吹风，洗个澡，再洗洗衣服，时间不知不觉就过去啦。"

"曾光，是这样吗？"

"是呀，是这样的，河边很好玩，洗衣服，洗澡，时间过得真快。"

宋丹心看着我们，表情奇怪地笑了。因为我和舒香两个人回来时，舒香虽然是表面上穿着一条干干净净的连衣裙，可是我呢，则是穿着短裤、湿背心回来的。所以宋丹心接着问我们：

"你们两个真是洗澡、洗衣服啦？"

"是的，洗澡啦，洗衣服啦。"

"舒香，是这样吗？"

"是的，是这样的，我们两个人确实洗了……"

"算了吧，说谎都不会说，洗衣服了，洗澡了，头发上还有草，脸上还有泥？快回去重新洗去吧。"

宋丹心看着我和舒香的狼狈样子如此说，我和舒香还觉得莫名其妙。宋丹心回屋拿出来一面小镜子，叫我和舒香用镜子照一照自己的样子。

我照着镜子才发现，我的脸上和头发上还有河泥和青草，因为回来时急着追赶舒香忘记了洗掉，这是我和舒香在草地上拥抱接吻打滚时留下的记号。

舒香呢，虽然表面上看起来穿着干净漂亮的白色连衣裙，头发上也有青草，脸上也有乌泥呢。

我们两个人看了镜子里的狼狈模样之后，真是感到有些难为情，在宋丹心面前感到无地自容，太不好意思了。不过宋丹心是个聪明人，她没有继续再说什么。

实际上她早就看出来了，舒香这次回来，对我是太有情有义啦。我呢，对她也同样有着过热的表现。一个心有所爱的姑娘，对这样的事情是最敏感的。可是我从来也没有对宋丹心说过我爱她呀？这不是我的错，也不是舒香的错。但是我明白宋丹心是有可能爱上我了，因为自从舒香走了之后，她经常有意无意地黏着我，我感觉到了。但是爱一个人是自由的，暗恋一个人也是自由的，我能说些什么呢？我不能加以反对吧？我只能装糊涂。我喜欢舒香，这种感情是不可能轻易改变的。她重新回来探亲，我心里的这种感情就更加强烈了，表现得当然也就过度了。宋丹心叫我们重新回到河边去洗澡，实际上是故意取笑我们的。

我想回到河边去洗一下，再把身子洗干净。可是舒香不去了，她怕跟我到河边去再一次上演激情大戏，她怕出事儿，被学校开除了，坏了一辈子的大事儿。所以只有我一个人去了。她叫宋丹心陪着她到井台上去洗一洗，井台上晚上一般情况下也是没有人的。我二次到河边洗回来的时候，大家已经睡下了，因为已经快到半夜十二点了。

我可是睡不着觉，我想着与舒香在河边上演的一幕幕激动人心的情景，难以入眠，心中的爱情像烈火一样燃烧，我还想吻她，还想拥抱她，可我只能是躺在床上做梦了。

舒香回到凤凰山，就在我们知青点的家玩了两天，她就跟亲爱的兄弟姐妹们告别了。虽然大家十分真诚地挽留她再多住几天，再多玩几天，可是她不敢住了，不敢玩了，她怕继续跟我在一起，感情冲动，头脑发热，失去理智，闹出大事来。

人是什么？人就是感情动物。人之所以称为高级动物，就是因为人类比其他动物要聪明，有思想，有感情，有灵魂，有头脑，会说话，会思考，会交流，知天下事，通古经今，所以人类又与其他动物不一样。但是人类还是有动物的属性和本能，这是不能否认的。当两个男女青年在一起相亲相爱的时候，当两个有情人在一起拥抱接吻的时候，这就是动物的本性表现出来的特征。所以我跟舒香在一起表现出来的激情，正是青年男女之间最伟大的爱情，最纯洁的爱情，最热烈的爱情！不过，当两个人的肉体相结合时，就有可能孕育出新的生命！所以舒香怕了，要逃跑了。因为当时的社会环境、法律、法规、制度还有民间习俗，都不允许一个在校的女大学生与异性相亲相爱，未婚先孕。所以她在我们知青点的家，就玩了两天，住了一个晚上，就走了。

但是我们知青点的所有朋友送她走的时候，还是非常感动，对她深表敬意。因为，她为我们八个人留下来了两百多斤粮食，这是她送给我们大家的礼物。我叫她来的本意，是要她来处理这些粮食的，因为她上一年辛苦了一年，就挣了六十多块钱，两百多斤粮食，结果她拿钱走了，粮食留下了。两百多斤粮食呀，如果我帮助她挑出山，拿到县城的粮站去卖掉，少说也能卖到四十多块钱，放进自己的腰包里。四十多块钱，对于现在来说已经不算什么了，但是对于改革开放之初的中国人来说，四十多块钱就不算少了。

大家劝舒香把粮食拿走，拿到县城粮店去卖掉的时候，她笑着对大家说：

"不必啦，余粮我就不要啦，留给你们大家吃吧。我走了，你们还要在这里继续生活，大家每一年的粮食都不够吃，我也没有什么好东西留给你们的，就把粮食留给你们吃吧。我想，我们一辈子也不会忘记上山下乡的知青岁月，这是一个时代的符号，这是一份特殊的记忆，我跟着大家曾经在一起生活过，这份感情是难得的。我们九个人，组成了一个大家庭，风风雨雨，同甘苦，共患难，以后不会再有这样的经历了。所以我把粮食留给你们，给你们留下一份真诚的记忆，希望你们以后能吃饱肚子。"

大家一直把她送到出山口，然后就挥手与她告别了。只有我还想再送她一程，送她到公路，送她到公共汽车站。

最后只有我们两个人了，我还想拥抱她，她的脸又红了。

"你以后会不会再来看我？"我问她。

"不知道，也许还会来吧。"

"记着以后常给我写信。"

"我会的。同时我也希望你以后能抽出时间来学习数理化，争取明年考大学。"

"考大学我真是不敢想了。"

"为什么不敢想？人只要有梦想，才会有勇气。"

"我有梦想，也有勇气，可是我的梦想不是上大学，而是当作家、当诗人。"

"我不反对你的梦想，但是当作家、当诗人的路很难走，成功的人可能是百万分之一，或者是千万分之一，而考大学就容易多了。请记着我说过的话，曾光，我希望明年能在大学的校园里见到你。"

"在大学的校园里见到我？"

"是的，这是我对你的期望。"

"可是我觉得没有希望，高中的数理化我实在学不进去。"

"我相信你只要用心学习，以你的大脑和智商是不成问题的。"

"你太高看我了吧？"

"不，我最了解你，所以我才会爱上你。"

"谢谢你的鼓励。"

"我希望明年我们能在大学的校园里见面。"

"你是想逼我考大学呀？"

"不，我是建议你考大学。"

"看情况吧。"

"如果你爱我，就努力争取吧。"

"我要争取不上呢？"

"那就说明你不是真心爱我。"

"好吧，我听你的。"

在一棵没有人的大树下，我最后拥抱亲吻了她，与她告别，希望她再来。之后她就恋恋不舍地坐上公共汽车走了。

此后她就再也没有来过凤凰山。我们一生最美好的初恋，最难忘的初恋，也就这样画上了遗憾的句号。

她走之后，我感到非常寂寞，十分无聊，经常想念她，想念从我们相识到相爱发生过的一切事情，想念在我们之间发生过的一切令人难以忘怀

的激动人心的情景。

我想念她的最有效的医疗方法是看她送给我的书：巴金先生的《家》，还有曹禺先生的戏剧集。这两本书我翻来覆去看过许多遍。

我想，我有一天也许能写出《家》《春》《秋》，能写出《雷雨》《日出》《北京人》那样的作品吧。为此我下决心放弃考大学的计划，不听她的，还是按照我自己的想法去奋斗。

宋丹心见我每天翻看舒香送给我的书，她就知道我心里在想什么。

有一天，她跟我开玩笑地说：

"曾光，我劝你不要想你的林妹妹了，好吧，她不会属于你了。"

"她为什么不会属于我了？"我问她。

"你想啊，曾光同学，舒香如今是大学生了，以后毕业就是知识分子了，她跟你以后的身份不同了，社会等级不一样了，你明白吗？"

"我不明白你说的话是什么意思。"

"那么我告诉你吧，曾光，她是白天鹅了，你还是一只丑小鸭。这样说，你明白了吗？"

"不明白。"她对我说的话虽然逆耳，不好听，但还是值得我深思的。

因为中国的社会，在邓小平的英明领导下，已经实行改革开放了，知识分子明显地吃香起来了，社会地位明显提升了。她已经在大学的校园里读书了，而我还在农村贫困的小山村里挖地球呢。她以后还能看得起我吗？她还能够接受我吗？她还能够爱我吗？我不知道，我心里乱七八糟的，也不愿意多想了，我觉得她是不应该忘记我的。因为不论从哪些方面讲，我们两人之间的感情不是一天两天了，也不是一年两年了，如果细算起来的话，已经有七八年的时间了。两个人之间七八年的感情能说忘就忘吗？不会的，我想是不会的。

但奇怪的是，她走了之后，我给她写过五封信，她只给我回过两封信，后来我又给她写过几封信，她就杳无音信了。难道真像宋丹心所说的，她成了知识分子，就看不起我啦？她成了白天鹅，就不想要我啦？怎么回事儿呢？我也琢磨不透，想不清楚了。

我们之间的爱情就是这样的昙花一现，以后就莫名其妙地中断了，莫名其妙地流失了。这件事像谜一样地纠结着我的心，难道生活也像谜一样，爱情也像谜一样吗？我从舒香那里得不到答案，我慢慢对她的爱也产生怀疑了，我对她爱的热度慢慢也就凉下来了。因为人与人之间的感情是最脆弱的，是经不起磨难和考验的，是会变化的。她也许真的是看不上我了。我想可能是因为我没有听她的话，努力学习考大学，没有跟她在大学的校园里相见。是这样吗？我不知道。后来我和宋丹心结婚以后，过了好多年，谜底才揭晓了。

有关我和舒香之间的故事后面再说吧，因为生活中有关人与人之间的爱情故事，不是几句话就能说得清、说得明白的。我和舒香之间的故事，要说的话太多太多。

第 7 章 告别宴会

还是先来重点说一下我们留下来的八个知青的故事吧，因为我们八个人的故事是连续不断的。我们八个知青又在凤凰山继续待了一年多。

改革开放以后，中国的企业开始了大发展时期，这为我们上山下乡的知识青年带来了回城的希望和大好时机。

大家听到了知识青年要分期分批回城的消息有多高兴啊！每一个人都期盼着好运能轮到自己头上。可是知识青年回城并不是一批走的，而是分期分批走的，这就造成了人与人之间不可调解的矛盾：先走的高兴，后走的当然要伤心了。

我们的家庭成员第一批抽走回城的时间是邓小平在中国的南海边画了一个圈，决定成立中国第一个经济特区：深圳。我一说大家就明白了，那是一九七九年的春天。对的，就是一九七九年的春天，我们知青点的第一批知青抽调回城了。

我们八个人，第一批走的只有两个人，一个是郭小红，一个是陆春芳。我们知青回城的指标是百分之二十的定员，八个人走两个人。我原本以为我也应该是第一批回城的人，可是很遗憾，第一批没有我的事儿。我有点想不通，因为不论从哪方面讲，无论从什么地方说，我都应该是第一批回城的人。可是，因为我的父母就是普普通通的工人，又不是官儿，也没有什么背景，所以好事也就轮不到我头上。而郭小红的父亲大小也是个科长，陆春芳的父亲官至大处长，这里面的猫腻我就不必多说了。郭小红的父母和陆春芳的父母为他们的女儿搞定了第一批回城的指标，所以其他人也就没有什么事儿啦。我虽然心里有气，但是我这个人心胸还是比较大度、比较宽广的，她们是女孩子嘛，先走就先走吧，我也不大在意，男人就应该心大量宽，胸怀宽广，才能是当之无愧的男人。

她们走的时候，我还是例行过去的仪式，为她们举行欢送宴会，就是在她们临走的前一天晚上，我为她们亲自动手炒菜、做饭。那天本来不是我做饭的，应该是宋丹心做饭的。但是她走不了，别人走了，她不高兴，心里有气，所以赌气不做饭。那就只有我来做了。我请郭小红和陆春芳给我打下手，她们也很高兴，其他人走不成，所以大家心里都不舒服，叫其他人也是不会乐意帮忙的。

一个组建了四年多的大家庭要解体了，人心也快要散了。原来我们知青点的人，大家过去相处的关系还是非常不错的，也可以说是非常好的，可是家庭要解散了，矛盾也就出来了。

要走的人高高兴兴，快快乐乐，脸上笑得像花一样。走不了的人，一个个愁眉苦脸，脸色看起来像紫茄子一样。

我呢，尽可能地为要走的人主持好最后临别的欢送宴会。为此，我做了几个菜，还买了两瓶白酒，把大家叫到一起，晚上共同坐在堂屋里，为要走的人举行送别晚宴。大家开始不说话，低头闷着，气氛有点严肃，不像是欢送告别的宴会，因为这样的宴会大家的想法不一样，要走的人心里高兴，嘴上有话不敢说，怕话多了惹麻烦，不走的人心里又难过，怕说话不好听，伤了大家的面子。所以宴会开始冷冷清清的。但是我不能叫宴会冷场啊，我要装面子，我叫大家把酒碗端起来，为要走的人送行，大家还算给我面子，所有的人都把酒碗端起来了。只有宋丹心一个人不端酒碗，一脸的苦相。

"这是喝的什么酒哇？要喝你们喝吧，我没有情绪喝！"宋丹心首先冲我发火了。

"宋丹心，你不要这样好不好，把酒端起来，听我的。"我对她说，"不管怎么说，大家在一起生活了四年多的时间，郭小红和陆春芳她们先走了，我们也应该为她们高兴才是。来，兄弟姐妹们，端碗，喝酒！"

"喝，兄弟姐妹们，今朝有酒今朝醉！"李国成支持我。

"对，喝，没说的，"王中英也叫起来，"今天酒要喝光的！"

"喝就喝，谁怕谁呀？"武力也想开了，"要喝就喝它个一醉方休！"

"大家不要喝醉了，酒还是要慢慢喝的。"郭小红慢声细语地劝大家说。

"是呀，酒喝多了要伤身体的。"陆春芳也接着郭小红的话说。

宋丹心还是没有动，既没有端酒碗，也不说话，就是流眼泪。

我耐心地劝她端起酒碗来："丹心，喝吧，人生难得几回醉呀。"

"好，喝！"宋丹心突然站起来，端起自己面前的酒碗，一口气儿就把碗里的酒喝个底朝上，全喝光啦。

"倒酒！"她说。

大家望着宋丹心，一个个都惊呆了。

"丹心，你不能这样喝酒的，"郭小红好心好意地劝她，"你这样喝酒要喝醉的。"

"醉就醉吧，曾光不是说了吗？人生难得几回醉，今天什么也不多想啦！"

"人生难得几回醉可不是我说的，是曹操说的。"

"管他是谁说的，喝酒就是啦！"

"对，丹心，你今天表现得像个爷们。"李国成向她竖起了大拇指。

"对呀，能喝酒才是英雄豪杰！"王中英开始胡说八道了。

"能喝酒的是豪杰，我也当一回英雄好汉！"武力也来劲了。

"对，喝吧，大家都要想开了，走的人高兴，不走的人也不要悲伤。"我对大家说，"但是大家今天不要喝醉啦。"

我看大家的情绪都不大好，我真怕他们喝多了，所以我不想劝他们多喝酒，又怕他们喝醉了。

但是宋丹心一碗酒下肚，喝得眼睛发红，两只眼睛红得好像两团火一样。

"倒酒！"她又对我说，并且用手指着我，好像是命令我一样。

"丹心，你就少喝一点吧，你又不能喝酒……"

"倒酒，我不要你管！"她对我火上了，我不知道她是怎么了。

"我可以给你倒酒，但是你要坐下来，不要激动，"我劝她，"情绪太激动了不好。"

她坐下来，我给她倒酒，她就开始冲我开火了：

"曾光，我们知青回城的事儿是谁敲定的？"

"是上面敲定的。"

"我知道是上面敲定的，上面是谁敲定的？是大队、公社还是带队的领导敲定的？"

"具体情况我也不是很清楚。"

"你是干什么吃的？你不会去问吗？"

"我去问过了，上面就是这样定的。"

"上面为什么这样定，根据是什么？"

"上面的根据是生产队和老乡们对我们知青的评议和表现，最后得出

结论，决定人员的去留问题。"我向她解释说。

"那我为什么走不了？"她质问我。

"那你就去问上面吧。我也不知道。"

"现在我问的是你？我表现差吗？"

宋丹心不了解情况，冲着我来了，我心里也不舒服，我心里也有火：

"这你不要问我，这也不是我决定的事情。不谈这个问题啦。大家喝酒。"

"为什么不谈？我就没有资格回城吗？"

宋丹心忍不住哭闹起来，把大家的心都哭毛了。万福丽也跟着伤心地哭起来。两个留下来的小姐妹大概感叹同命相连吧，她们的心情都不好。

我给宋丹心少倒了一点酒，她不高兴了，顺手就从我的手里抢过酒瓶子，向自己的碗里疯狂地倒酒。

"丹心，你要喝多少酒哇？"我问她。

"我想喝多少喝多少！"

"丹心，你这样喝酒要喝醉的。"万福丽见她喝酒太凶了，好心地劝她。

"喝死拉倒！"宋丹心又端起碗疯狂地喝酒。

"你胡说些什么呢？"我想抢了她的酒碗，她打开了我的手，不让我碰她。

"丹心，"郭小红胆小怕事地说，"你这样喝酒要出问题的。"

"没有事儿。"宋丹心逞强地说，"大家在一起的时间不多了，你们回城了，回家了，我看来没有希望啦……"

"丹心，你不要伤心难过，"陆春芳看着她的脸色说，"还是有人留下来陪你的。"

"留下来的人，都是在老乡眼里表现不好的人！"

"宋丹心，话不要这样说。"我怕她的话伤了太多人的心。

"丹心说的话是有尺寸的，"李国成看来也有同感，"走不了的人，在老乡眼里肯定不是什么好人。"

"不干啦，他妈的，"王中英也牢骚满腹地说，"干也是走不了，不如不干啦！"

"我肯定是前几批走不了的，"武力非常有自知之明地说，"只有等着最后收尾了。"

"凭什么？"宋丹心非常不服气地说，"为什么别人能走，我们就走不了？为什么？"

宋丹心把自己的酒碗摔在桌子上，结果酒碗被她摔破了。

"宋丹心，你这是干什么？"我觉得她的表现有点过火了，"我们第一批走不了，后面还有第二批、第三批，怕什么？不管大家谁走谁留，我们总是有盼头了。"

我想劝大家冷静下来。可是宋丹心大哭起来啦，哭得一把鼻涕一把泪的，说："我们还有什么盼头啊？有后门的人都走了，我们留下来的人怎么办呢？在这样的鬼地方，我是一天也待不下去啦！"

宋丹心站起来，又到伙房去拿碗回来要喝酒。我觉得她的神态已经失常了。

"丹心，你还要喝酒？"郭小红有点怕她了。

"喝，喝死拉倒！"她继续拿起酒瓶，往自己碗里倒酒。

我出手把她手里的酒碗抢下来了：

"丹心，你不要喝啦。"

"你不要管我，"她又抢回自己的酒碗，说，"你算老几呀，你管我？"

"丹心，今天欢送郭小红和陆春芳走，大家本来是应该高兴的事儿，你这样胡闹下去，就有点太扫大家的兴啦，你知道不知道？"

"我没有扫大家的兴，喝酒本来就是随心所欲的事情，我愿意怎么喝就怎么喝！"

她把一瓶六十度的白酒，全部倒进自己的碗里。她喝下去有半斤酒了，已经喝过量了，她还要乱喝，我真怕她喝出事儿，我就不让她喝了。

我非常严肃地对她说："丹心，剩下来的酒你不要再喝了好不好？"

"我要喝，你管我干什么？你算我什么人呢？"

"我应该算你的老朋友、老同学，也算一个哥哥吧？我求你不要喝啦。"

"我不认你这个哥哥，"她突然莫名其妙地说，"你爱舒香又不爱我，你少管我！"

听了她的话，我不知道该怎样劝阻她了。

万福丽看着喝得两眼血红、两眼发直的宋丹心，接着说：

"丹心，你不要喝了，心里不舒服，喝酒容易醉的。"

"醉了好，"李国成说，"一醉解千愁。"

"她要喝就喝吧，"王中英说，"喝醉了，她也就不闹啦。"

"就像我一样，喝醉就睡啦。"武力说。

"要劝劝她，喝醉了不好。"郭小红说。

"喝醉了，受苦受罪的还是她自己。"陆春芳实话实说。

我想拿掉宋丹心面前的酒碗，她打开我的手，不让我动。

"丹心，我说话你听不听？你能不能听我的话？"我问她。

"我不听，我凭什么听你的？"

"你不听我的，是吧？今天这个酒就不让你喝啦！"

我生气了，要抢她的酒碗，她用双手捂着：

"曾光，你凭什么不让我喝酒？你算什么？我喝酒还没有自由啦？"

"你喝酒就不要命啦？"我气愤地说。

"对，我喝死了就可以回家啦！"她有点发狂地说。

她端起酒碗，扬起脖子就喝酒，好像喝水一样。她好像酒精中毒了，有点麻木了。我恨得立刻动手抢下她的碗，摔到了地上，酒碗破碎了。

"我叫你喝，我叫你喝个屁！哪有姑娘成酒鬼的？"我对她发火了。

"你混蛋！你凭什么不让我喝酒？"她也不甘示弱，"你凭什么不让我喝酒？！"

我们两个人也不知道为什么就这样吵起来了。为喝酒？其实我和宋丹心事后都说不明白，我也是真心为了她好，可是她又不领情，我们两个人就为此吵闹起来。她还闹着要喝酒。

这时大家就有点坐不住了。所有的人都看得出来，宋丹心是酒喝多了，精神处于一种疯狂痛苦的状态。大家开始苦口婆心地劝她。

"丹心，这酒你不能喝啦。"万福丽说。

"是的，丹心，你要想哭你就哭出来，"李国成说，"不要喝酒啦。"

"是的，丹心，"郭小红也出于好心，说，"你不要用酒精麻醉自己啦，明天酒醒啦，还是要面对现实的。"

"你们走啦，我怎么办？"宋丹心说，"这样的苦日子什么时候能到头啊？"

"丹心，要想开一些，"王中英说，"我们知青回城，就是早一天晚一天的事儿。"

"是呀，丹心，"武力说，"何必自己跟自己过不去呢？回城有第一批，肯定就有第二批，还会有第三批……"

"可是轮到我们不知要猴年马月啦……"

"丹心，这酒是醉人的，还是少喝为妙。"陆春芳说。

"醉就醉吧，我就想醉一回，找一回醉生梦死的感觉！"

我冷静下来，心平气和对她说：

"丹心，你坐下来，再听我说好不好？"

"我最不想听的……就是你说话……"

她瞪着血红的眼睛，望着我。突然她控制不了自己了，酒从她的嘴里喷出来，喷得到处都是，主要是喷到了小桌子上的菜盆里。大家马上站起来，全部离开了桌子，谁也不想吃了，谁也不想喝了。只要万福丽还站在她身边，用手掌轻轻地为她拍背心。她闹得大家都吃不成、喝不成了。宴会开始不久，她就给搅局了。其他人默默无言地退场，转身回房间去了。只有我还站在她对面，万福丽还站在她身边。

"你说你干得这叫什么事儿呀？"我气愤地说，"不叫你喝，不叫你喝，你非要逞能！"

"对不起……对不起……明天我出钱请大家……"

其实她的头脑还是清醒的，也就是人们常说的：酒醉心明。

"这不是你出钱请的事儿！你自己慢慢吃，慢慢喝吧！"我气得挥舞拳头恨不得想敲她。

"你来呀，曾光，你还想打我呀？你来打吧……"她也看出我气愤的动作了。

万福丽马上挥手叫我回屋。我气得转身走了。宋丹心痛心地坐下来，号啕大哭，所有的人都不想出去劝她。只有万福丽还在她身边哄着她：

"丹心，不要哭啦，不要太伤心难过啦，我们在农村的苦日子不会太久啦。既然知青回城第一批开始了，接下来我们回城的日期也就不会太远啦。"

"福丽，你就不要安慰我了，我的心里实在太苦啦……"

宋丹心又拿起一瓶可能还有剩酒的酒瓶要倒酒。

万福丽惊讶地说："丹心，你还要喝酒呀？"

我在屋里听到万福丽说的话，马上又从屋里出来回到堂屋。

"宋丹心,你还要喝酒是吧?你这样喝酒有意思吗?"我问她。

"什么叫有意思……什么叫没意思……"她说话舌头都直了,"今天的酒、菜,我包啦……"

"什么你包啦?看你那个德性我就生气,我叫你吃,叫你喝!"

我看她的样子是越看越生气,我气得把小桌子掀翻了,不叫她吃了,不叫她喝了,小桌上的东西全滑落到地面上去了。宋丹心和万福丽看着我生气的面孔也吓傻啦。

"曾光,你这是干什么呀?"过了一会儿,万福丽不满地对我说,"你怎么能这样?你怎么变得如此野蛮呢?有话不能好好说呀?"

"我有话对她好好说管用吗?她听吗?你看她的样子,你看她做的事情,你看她的所作所为,回城的事儿刚开始,她就闹上啦,以后大家的日子就不过啦?"

"那你也不能对一个姑娘这样发火吧?"

"她闹了半天,还是我错啦?"

"不是你错了,你也不能对一个姑娘这样发火。有话就该好好说。"万福丽也敢教育我了,谁都敢教训我了。

"好好好,我什么话也不说啦,你把桌子和地下的东西都帮忙收拾啦,叫她不要吃啦,不要喝啦,不要闹啦,好不好?"

我真的跟两个姑娘没有办法讲道理了,我只有撤退,我想跟她们说不明白了,还是转身回屋吧。可是宋丹心好像怒火万丈,她又把我叫住啦:

"你回来!曾光,你脾气越来越大啦,学会欺负我宋丹心啦,你真了不起呀,敢欺负到我头上啦?你凭什么这样对待我?"

"我这样对你还算客气的。你有什么话快说,有屁快放。"我说话也不好听了。

"闭上你的臭嘴!"她气得用手指着我的鼻子说,"曾光,我怎么得罪

你啦？你为什么总要跟我过不去，总是如此欺负我？"

"我欺负你了吗？大家都看到了，我欺负你了吗？"

"你就是欺负我啦！你不关心我，不爱护我，总是对我横眉冷对的！"

"我对你横眉冷对，是因为你做事太过分啦！"

"我做事儿太过分啦，这是我的事儿，还轮不到你来教训我！我对不起大家，明天我出钱为大家补上！"

"这是你花钱补过的事儿吗？今天本来是大家应该高兴的事儿，叫你给搅局啦！"

"这是值得高兴的事儿吗？这是值得高兴的事儿吗？我高兴不起来！你看我是一个女孩子，打不过你，骂不过你，你就这样欺负我呀？"

"我欺负你？随你怎么说吧，我就是看不惯你的癞皮狗德性！"

"好哇，混蛋，你骂我是癞皮狗？你有什么权力骂我是癞皮狗？我今天不活啦，我今天不活啦！"

宋丹心连哭带叫地在我面前发威，举起手来还要打我，我把她的双手抓住。

"你想干什么？宋丹心？"我问她，"你到底想干什么？你还想打我？"

"我就是想打你！我就是想打你！你以为我们女孩子就好欺负吗？"

她跟我挣扎，抗争，我不能放她的双手，我想吓唬吓唬她：

"宋丹心，你最好不要胡搅蛮缠，死不讲理，不然我对你不客气啦！"

"你不客气又敢把我怎样？"她酒喝多了，根本就不怕我，"你还敢打我呀？你来打吧，曾光，你来打吧，你来打我呀……"

她把头示威地伸到我眼前。我真是拿她一点办法也没有了。万福丽过来把我们两人分开，对我们两人说：

"好啦，好啦，丹心，你冷静冷静，冷静冷静。曾光，好男不跟女斗，你回屋去吧，我来照顾她。"

我放开她的双手，转身回屋了，不想管她的事儿了，她想怎么闹就怎么闹吧。宋丹心气得在堂屋里大哭大闹，还继续大喊大叫：

　　"曾光，你个王八蛋！你欺负人居然敢欺负到我头上来啦？我不怕你……"

　　我听着她在堂屋里发酒疯，骂人，心里实在烦，我就不理她了。

　　我上床躺下来看书。眼不见心不烦。她闹腾到半夜，后来就没有声音了。我出屋准备到外面上厕所的时候，看到万福丽一个人在收拾满地乱七八糟的东西。宋丹心已经坐在小木椅子上闭上了眼睛，什么话也不说了，什么事儿也不做了，也不哭了，也不闹了，安安静静的，好像睡着了。我看着她的样子，真是觉得她又可气，又可恨，又可笑，同时还觉得她非常可怜，她脸色苍白，脸上挂着泪珠。

　　万福丽对我说："她闹够了，该睡觉了。曾光，你把她抱进我们屋里去吧，我来把堂屋收拾干净了。"

　　她们谁都有权力命令我，谁都有权力指挥我。怎么办呢？我就是她们的臣仆。我只能听命于万福丽的指示，我实在是惹不起她们了。我看着宋丹心坐在小椅子上，睡的样子也怪难受的，我就把她抱起来，万福丽给我开了门，我就把宋丹心送进女同胞们的房间里，放到她睡的床上去了。我出来和万福丽一起把堂屋里所有的东西、垃圾都收拾干净了，我们才去休息，那时已经是后半夜了。

　　由于头天晚上宋丹心耍酒疯，闹得大家夜里没有休息好，所以第二天早上，郭小红和陆春芳走的时候，大家都没有起来送她们。其一，走不了的人心里不舒服，对走的人离开农村返回城市心存嫉妒，所以其他人也不想送她们；其二，她们两个人是通过不正当的手段提前离开凤凰山，返回城市，提前回家的，所以其他人对她们心里还是耿耿于怀的。

　　但是，在农村生活了几年，两个人还是有不少东西要拿回家的，需要有人帮助她们，这就给我找了麻烦，因为她们求助于我，我不能不帮忙，毕竟大家在一起生活了那么长的时间，面子上总要过得去。于是，我就成了她们眼中最好的劳力。我把她们两个人的东西用担子挑出了山，送到公共汽车站上，送她们走了。

我们知青的大家庭就这样开始慢慢地解体了。大家之间的感情也不像原来那么亲切了。因为日子越过越穷了，越过越不好过了，所以大家变得也越来越自私了，越来越自我了。

第一批抽调回城的人走了之后，我们留下来的人日子也越来越枯燥了，因为人少了，大家也没有快乐的精神了，也没有快乐的心情了，一天到晚闷闷不乐，大家的日常生活也变得越来越难过了。我也无心再负责任地操心这个家庭的事情了。大家一天到晚闭着眼睛混日子，过一天少两个半天。就是这样，人心也快散了。大家心中盼望的是什么时候能回城，什么时候能回家？好运什么时候能轮到自己头上？

我盼望的是舒香给我的来信，可是她后来就没有信来了，我也不知道是什么原因。我给她写信，她也不给我回信。我们之间的联系就彻底中断了，这成了我心中十分难解的谜。我和宋丹心之间的关系好像也变得疏远了，变得不冷不热的。我后来跟她讲话，她也不大爱理我了。是因为她喝酒闹事，我跟她吵架造成的结果吗？我不知道是为什么，我想她可能对我有误解，有成见吧，这也不应该呀。我想找她好好谈一谈。人生有些事情是需要沟通、需要交流，才能慢慢化解迷雾的。

一天晚上，我约她出去到河边去散步，她开始不理我，后来同意了。我们来到汉江边，夏天我们经常洗澡游泳的地方，在清石板上坐下来。我问她是不是还对我有意见，或者有想法？

"没有。"她对我说，"你多牛啊，还敢骂我，还想打我，我敢对你有意见、有想法吗？有意见、有想法，你还不吃了我？"

"你还在为郭小红、陆春芳走的时候吃饭那件事儿记恨我？"

"哎呀，不敢，你是我的领导，又是顶天立地的男子汉，我敢记恨你吗？"

"那你最近为什么不理我呢？"

"我就是想不明白，郭小红、陆春芳能走，我为什么不能走？"

"这件事情已经过去了，没必要再提了吧？"

"有必要提。我听说她们走的时候，是你在大队、公社领导面前，为她们说了好话，向带队和领导们推荐的，所以她们才离开凤凰山回家的，可是真的？"

"这话是谁对你说的？"

"是郭小红、陆春芳亲口对我说的。"

听她这样说，我才明白，那天晚上她喝酒发疯、对我开火的原因。原来是那两个要走的人在背后说我的坏话造成的结果。她们做人有点太不地道了。

我对宋丹心说："丹心，我请你用脑子想一想这可能吗？我为她们在大队领导面前说话，在公社领导面前说话，她们就能走？这可信吗？我在大队领导面前和公社领导面前说话有那么管用吗？有那么灵验吗？如果大队领导和公社的领导都听我的话，我不知道为自己美言？我不知道为自己争取第一批走？我傻呀我？你说是不是的？"

"哦，"她这才恍然大悟，"妈的，原来她们两个是对我讲故事的，我上当啦！"

"宋丹心，你的头脑太简单啦。"

我告诉她，她们真正走的原因，既不是大队领导和公社领导说了算，也不是我帮的忙，而是知青带队的领导定下来的。我们知青回城的去与留问题，都是由带队的领导说了算，都是由他们拍板定案的。至于大队的领导和公社的领导，他们一般不愿意参与意见，这与当地老百姓没有什么关

203

系，人家也不愿意过问，也不愿意得罪人。所以决策的权力主要在知青带队的手里，他说让谁先走，谁就可以先走。带队的属于特殊人物，他的话就是尚方宝剑。

当然，我也不能否认，他们到农村来，当知青带队的领导，也能解决一些实际问题。不过我在前面已经说过了，由于我们知青点在凤凰山，在深山老林里面，又没有公路通汽车，从外面走路进山里来，要走两个多小时，所以一般带队的干部不到我们山里来，我们下乡四年多，就见过两个带队的干部，还有一个是女的。由于郭小红和陆春芳的父亲，大小也是企业的领导，所以知青带队的领导，为了巴结比他官更大的领导，或者说是为了照顾领导干部的孩子吧，第一批的干部子女都先期招工回城了，不是领导干部的子女一般都留下来了。这也就是我们知青其他人第一批走不了的原因。因为我们留下来的人，都是普通的知识分子家庭或者是普通工人的家庭子女，所以只能排在后面。无论你在农村干得有多好，干得有多出色，也无论老乡对你的评价有多高，都没有用。

按理说，我应该是我们知青点最有资格第一批回城的人，因为在农村锻炼的这几年，我们的家庭九个成员，我出工是最多的，挣钱也是最多的，我分到的粮食也是最多的，老乡对我的评价也是最高的，大队和生产队甚至把我树立为知青的样板。可是有什么用呢？我还是走不了，只能在农村继续锻炼，等候下一次机会。

我向宋丹心说明了事实真相，她才明白第一批回城的知青背后不为人知的故事。当然啦，其中的故事内容，大家都明白其中的道理和内情。只有宋丹心糊涂。我向宋丹心解释清楚了之后，我们之间的误解也就自然消除了，我们两人之间的关系又和好了。

第 8 章　山村之夜

自从舒香走了之后，在知青点，就属我和宋丹心之间的关系最为密切啦。我关照她，她内心也依靠我，所以我们之间的感情更加深厚了。

有一天下午，宋丹心叫我陪她一起到河边洗衣服。我就带上了一本书，到河边去消磨时光。她洗衣服，我看书。她在河边的青石板上洗头发，后来洗衣服。我呢，就坐在她身后的青石板上看巴金的小说。

"曾光，你过来一下，"宋丹心回头叫我，"你过来帮我一个忙。"

"你需要我帮什么忙？"我问她。

"我的头发刚洗过，披头散发的洗衣服不方便，你来帮我把头发扎起来。"

"怎么扎？我不会呀。"

"笨蛋，过来我教你。"

"好的，遵命。"

我起身走到了宋丹心的背后，她告诉我：

"听好了，把我的头发在后面拢到一起，用头绳扎起来。"

"好的，我明白了。"我用她递给我的头绳，把她的秀发拢到脑后扎起来，说，"陪你到河边来洗衣服真麻烦，这么点小事儿还需要我帮忙？"

"德性，我叫你帮我扎头发是看得起你。"她说。

"你最好还是不要这样看得起我。"

"你没有看见我手上满是肥皂沫吗？"

"看见了。"我又坐回到原来的青石板上，"你快一点洗吧，太阳要落山了。"

"你急什么呀？天黑还早着呢。"

"你是不急呀，"我对她说，"我还急着要看电影去呢。"

"哪儿有电影啊？"她问我。

"公社大院，听说公社大院今天晚上放映新电影。"

"什么新电影？"

"听说是根据作家路遥长篇小说改编的《人生》。"

她问我："电影好看吗？"

"谁知道？应该好看吧，"我回答说，"小说我看过，写得很好。"

她洗衣服，我看书，我们边说边聊。

"到公社大院去看电影太远了，来回要走两个小时。"

"要不了，我一个人去，来回一个小时足够了。"我夸张地说。

"曾光，你为什么不叫上李国成、王中英、武力陪你一起去看电影呢？"

"那三个坏蛋晚上要到大队水库钓鱼去。"

"他们是好了伤疤忘了疼啦？四年前毒死大队鱼的事儿还没有记性？"

"不管他们了，他们是破罐子破摔也不怕事儿啦。"

"是的，我们下乡快五年了，人干得也没有精气神了，大家都不想干了。"

"我们的家庭成员越来越少了，人心也散了。"

"曾光，我们知青第二批回城怎么还没有消息、还没有动静啊?"

"不知道，没有动静就快了。"

"德性，你是不是对我保密呀?"

"不是的，我确实没有听到消息，这有什么可保密的?"

"曾光，你怎么不到水库去钓鱼呀?"

"我不喜欢钓鱼，大热的天，到水库去坐一晚上，蚊虫叮咬的，还不如看书呢。"

"你过来，不要看书了。"

"你叫我干什么?"

"我洗过的衣服，你帮我到河里去漂洗干净啦。"

"凭什么呀?"

"我见你看书，就知道你又想舒香啦。"

"瞎说。"

"你为什么不敢承认呢? 我看你一天到晚就是看舒香送给你的书。"

"这是因为在大山里面文化生活太少了，太寂寞了。"

"曾光，舒香最近给你来信了吗?"

"没有，她已经有半年多的时间没有给我来信了，也不知道为什么?"

她笑着对我说:"我知道原因。"

"真的，你知道什么原因?"

"因为你不听她的话，没有考上大学，人家不要你了。"

"是这样吗?"我问她。

"你想啊，现在是什么时代啦?"她问我。

"什么时代?"我不知道她说的话是什么意思。

"现在是知识万岁的时代!"宋丹心说，"我说话你可能不愿意听，但是我要跟你说实话，你跟舒香谈情说爱的事儿不可能成立了。"

"为什么？我们之间的感情已经不一般了。"

"你以为你是谁呀？你以为你对她还有吸引力呀？"

"说出道理来。"

"你想啊，曾光，舒香已经是大学生了，你还在干什么？你还在农村挖地球，她还会继续爱你吗？"宋丹心好像很真诚地对我说，"我劝你不要傻了，曾光，还是不要想她啦。舒香已经是国家师范大学的高材生了，人家毕业之后还能看上你吗？她肯定不会要你了，我劝你还是忘记她吧。"

"丹心，你怎么知道她不会要我啦？"

"你想我说的话有没有道理吧？她要是爱你，她早就该给你来信了吧？半年多的时间了，她毫无音信，她还会继续爱你吗？"

我觉得她说的有一定道理："难道她移情别恋啦？"

"可能吧，"宋丹心说，"她爱上别人也是有可能的，比如说同学啦，师哥啦，老师啦，等等吧。大千世界，什么事情都有可能发生的，你说有什么事情不可能发生的？对不对？太有可能啦。男女之间的爱情，就是冬天灶台里的一把火，烧起来热火朝天的，冷起来也像夏天的冰棍一样，说化就化了。"

宋丹心的话，说得我心里好像突然遭了雷击一样。我手里看的书也不知不觉地掉在地下了。

"你怎么啦，曾光？"宋丹心问我，"书掉啦。"

我真的失态了，她的话好像冬天里的冷风一样吹进了我的心坎里，我觉得难受极了。

宋丹心又虚虚实实地对我说："我是说着玩的，你不要当真，不过我说的话还是有一定道理的，你自己琢磨琢磨吧。"

我承认："是呀，我和舒香之间的人生之路，以后肯定是不一样了。"

"这就是差距。"

"难道她爱上别人啦？因此就不理我啦？"

"你自己想吧。"

"这些事儿想起来头疼，不想啦。"我把掉在脚下的书从青石板上捡起来，"你快洗衣服吧，我要去看电影啦。"

"你不要急呀，我的衣服马上就洗完了，"宋丹心说，"你等我一下，我陪你一起到公社去看电影。"

"真的？"

"当然是真的，陪你看一场电影，散散心，分散分散精力，你就不会想头疼的问题啦。"

"那你就快一点洗衣服吧。"

"我洗完了。曾光，我挺奇怪的，你不想看书了，想着看电影啦？"

"人生这部电影我是必须要看的。"

"你想从电影中体味什么？"

"我现在的心里苦涩苦涩的。"

"看一下人生的电影，你就明白了，人就是喜新厌旧的动物。"宋丹心端起洗衣盆，站起身来说，"走吧，你陪我洗衣服，我陪你去看电影。"

我马上也站起身来，与宋丹心一起离开了小河边。她一手端着洗衣盆，一手挽着我的左手臂，又甜美地对我说：

"咱们一起看电影，我还有奖品发给你呢。"

我问她："什么奖品？"

"现在不告诉你，等到看电影的时候我再发给你奖品。"

"那好吧，咱们赶快走。"

宋丹心快乐地说："有人陪我洗衣服，有人陪你看电影，这才叫神仙过的日子。"

我们两个人马上离开了青山绿水的小河边，回到知青点，我帮助宋丹心一起把她洗干净的衣服晾起来，我们两个人就结伴同行一起到公社大院去看电影。

宋丹心一路上挽着我的胳膊，嘴巴唧啵唧啵地说个不停，宋丹心像北方说相声的演员一样，嘴巴也会说，同时也能说，一路上我光听她给我讲故事了，讲她小时候的故事，讲她家庭的故事。

我们两人走到公社大院电影场，电影已经开演好长时间了，电影场里的人已经爆满了。在偏僻的小山村，对于农民和我们下乡的知识青年来说，看电影也非常难得，因为山区的农民文化生活太匮乏，所以大家都喜欢看电影。

宋丹心陪着我到公社大院看电影的那天晚上，就是我们两个人单独去的。我们两个人到的时间有点晚了。电影场上看电影的人特别多，都是十里八乡的农民，大人孩子都有，还有像我们一样的其他知青点的知青。

我和宋丹心找不到看电影的好地方，因为人太多了，人山人海的，电影场上的人挤满了。我站在电影场的人群后面看电影，还马马虎虎，还能看得到，因为我个子高，可是宋丹心看电影就困难了，她个子没有我高大，所以站在电影场的人群后面，她只能看到前面的人头，观众的人头把她的视线完全挡住了。怎么办呢？为了叫她能看到电影，我为她想了一个办法。我看到有几个孩子爬上了两棵小树，他们坐在树上面看电影，既没有人挤，也没有人挡。我觉得挺好的，我从中受到了启发，也叫她爬到树上面去看电影。

"我又不是猴子，我怎么能爬到树上去呀？"

"我有办法，你跟我来。"

我拉着她，来到一棵小树下，虽然位置不大好，看电影稍微有一点偏，不过坐在上面看电影还是可以的。我叫她爬到树上去，可是宋丹心不会爬树。我有办法。我蹲在树下，双手扶着树干，叫她双脚踩在我的双肩上，她双手抓着上面的树干，我人站起来，她就上树了。她找了一个可以坐下来的树杈，高兴地坐在树上看起电影来。我呢，就站在树下看电影，一方面可以保护她，一方面也不敢离开她，我怕她看电影高兴了，不小心从树上掉下来。

她乐得坐在树上看电影，高兴地对我说：

"不错，坐在树上看电影还是很美的，没有人挡我了。"

"电影演到哪儿啦？"

"演到高加林和刘巧珍亲嘴了。"

"丹心，你说看电影发给我奖品的，奖品呢？"

"好，我发给你奖品，伸手。"

我把手举起来接她发给我的奖品，她就往我手里放了一个奖品。

"这是什么东西呀？"我问她。

"大白兔奶糖。"

她就爱吃大白兔奶糖：

"给你一块慢慢吃，不许一口进肚子了。"

"吃糖还要受限制呀？"

"那当然了，大白兔奶糖我还舍不得吃呢，山里没有卖的，我这也就是对你，换了别人我还不给呢。"

"抠门，一次就给一块呀？"

"你还想要几块呀？一次一块慢慢吃。"

"那好吧，女孩子都是抠门，不过看电影，吃大白兔奶糖，也不错，挺美的。"

"那当然了，这叫享受。"

我安静下来，吃糖，看电影，可是宋丹心喜欢说话：

"曾光，你还生我的气吗？"

"我生你什么气呀?"

"我经常跟你吵架,你不记恨我吧?"

"那算什么事儿呀?女人就是小心眼儿,吵架的事儿我根本就不放在心上,我想那些破事儿干什么?"

"你真是个好爷们。"

"谢谢夸奖,再来一块。"

"你要什么?"

"大白兔奶糖。"

"你这么快就吃完啦?"

"一不小心,就咽下去了。"

"我嘴里的糖还没有化呢,你就吃下去啦,你也吃得太快了吧?"

"再来一块吧。"我把手又向上面举起来,找她要糖。

"好,再给你一块,不许再一口吃进去啦,再吃进去就不给啦。"

"好,听你的,吃个糖也要算计。"

"这糖多贵呀,我一天才计划吃三块。"

"吃糖还要计划呀?"

"当然要计划啦,不计划着吃,过两天我就没有啦。"

"过两天吃完了我给你买。"

"你到哪儿给我买呀?凤凰山又没有卖大白兔奶糖的。"

"那我就下次回家给你多买一点回来。"

"谢谢,你说话可算数?"

"当然算数,买大白兔奶糖又花不了几个钱,买两斤够你吃一个月的。"

"瞎说,两斤大白兔奶糖还不够我吃半个月的。"

"不够吃,我就给你买三斤。"

"三斤还差不多。"

"丹心，你的性格有时候像孩子一样。"

"没有办法，这是天生的，爹妈给的。"

我故意气她，说："你的个性有些时候又有点像黄大叔家的大黄狗一样。"

"你说我什么?"她听出我的话不对味了。

"我说你的个性实在难以琢磨，有时候像狗一样，说翻脸就翻脸啦。"

"你混蛋，你敢骂我?"

她伸出手来，拧着我的一只耳朵。

"哎呀妈呀，手下留情，手下留情。"

"我叫你再敢瞎说，我叫你再敢瞎说。"她真用力拧我的耳朵。

"哎呀我的妈呀，饶命了，饶命了，我不瞎说了，我不敢瞎说了!"

"你以后再敢瞎说，我把你的耳朵拧下来!"

"不敢啦，我保证，以后再也不敢瞎说啦!"

"我不要你的保证。"

她的手松开了我的耳朵，她真的把我的耳朵拧疼了。

"我的耳朵快叫你拧掉了，再奖励我一块糖吧?"

"你又吃完啦?"

"啊，你拧我的耳朵，我一疼，又咽下去啦。"

"不给啦，你吃糖比猴子还精。"

"再给一块吧，丹心。"我求她了。

"好，再给你一块，你要再吃下去就不给啦。"

"好，这一块我慢慢吃，这糖是越吃越甜，越吃越想吃。"我说实话。

"那是呀，吃我的糖，又不花你的钱，你当然越吃越甜，越吃越美啦。"

　　我和宋丹心光想着吃糖，斗嘴皮子，电影不知不觉演完了。电影散场了，观众们也很快走光了，我叫她从树上面下来。

　　"我怎么下去呀？"她问我。

　　"你从树上跳下来，树也不算高嘛，还不到两米。"

　　"我不敢，我怕。"

　　"你怕什么？我接着你。"

　　"你可要接好啦。"

　　"你放心吧，我保证接着你。"

　　我向树上面伸出双手，接着她的双手，接着她从树上跳下来。可是她在跳下来落地的时候，突然叫了一声，随后就坐到地上了。

　　"哎哟我的妈呀，"她叫起来，"你坏死啦！"

　　我吓得赶紧问她："你怎么啦，丹心，你怎么啦？"

　　宋丹心还是叫："你坏，你叫我跳下来，我的脚崴啦。哎哟，妈呀……"

　　"是真崴了，还是假崴啦？"

　　"当然是真崴啦，哎哟，我的妈呀，疼死我啦！"

　　观众已经几乎走光了，也找不到人帮忙了。

　　我问她："要不要上医院？"

　　"不要。"

　　"那怎么办？"

　　"你是不是故意的？"

　　"不是的，我不是故意的。我还是背你去医院吧？"

　　"不要，你快帮我揉一揉。"

　　"好。哪一只脚？"

　　"右脚腕子。"

　　我马上坐在地上，坐在她面前，拿起她的右脚，脱掉她的鞋，放到我的大腿上，我就用手帮她揉起来。

她用眼睛亲切地看着我，说：

"你轻一点儿。"

"好，我轻一点儿。"

"就怪你，让我从树上面跳下来。"

"怪我、怪我，是怪我。你还疼吗？"

"能不疼吗？你慢慢地揉。"

"好，我慢慢地揉。"

我一切都听她的口令。

"坏蛋，你是不是故意的？"

"我敢故意害你吗？"

"这可说不上，你对我向来都是横眉冷对的。"

"不是的，我对你向来都是温柔爱护的。"

"我可没有感觉到你对我的温柔爱护。"

"我现在不是给你揉脚吗？"

"你现在给我揉脚，是因为你给我造成了痛苦。"

"你好一点了吗？"

"还是疼。"

"坏蛋，我们什么时候能回城，什么时候能回家呀？"

"不知道，这个我也说不上。"

"曾光，回城的事儿，你肯定是走在我前面了。如果有一天，轮到你回城了，你愿意为我留下来吗？"

"我愿意，为了你，我愿意留下来。"

"真的？你愿意为我留下来？"

"我愿意。"

"你愿意留下来陪伴我？"

"我愿意。你还疼吗？"

"好像舒服一点儿了。"

"你能起来走路吗？"

"不知道，我试试看吧。"

"我扶你站起来，你试着走两步？"

"好。"

我给她穿上鞋，扶她站起来，让她试着走两步。

她还是叫："不行，还是疼，走不了路。"

"那怎么办？时间已经不早了，该回去了。"

她亲切地笑着，对我说："你背着我走吧？"

"我背着走？路太远了。"

"你不是能挑三百多斤东西吗？我还不到一百斤呢。"

"挑东西跟背人是两回事儿。"

"你慢慢背着我走回去吧？就当锻炼身体了。"她特别温柔地请求我。

"好吧，"我只有答应她的请求，"我背着你走回去。"

"谢谢，咱们慢慢走吧。"

"是的，算我倒霉了。"

"什么话？背着我走你还不高兴啊？你看猪八戒背媳妇多高兴啊！"

"那就背上走吧。"

我把后背转给她，她就趴到了我的后背上，我只能背着她慢慢往回走。我们离开了公社电影场，走上了弯弯曲曲的山间小路，踏上了艰难的回家之旅。宋丹心好像一点儿痛苦也没有了，她居然高兴起来了，自言自语说：

"哎呀，我这是因祸得福啦，看了一场电影，还有人背着我回家，这样的感觉真好，真幸福，我已经有好多年没有享受过这样的幸福啦。"

她在我背上又说又晃，好像非常得意似的。

我说："看把你美的，我把你扔到山沟里去！"

"你敢？你舍得把我扔进山沟里吗？"

她顽皮淘气地用手指刮我的鼻子。

"哎呀，我背着你已经够受累的了，你就可怜可怜我吧。"我对她说。

"我是想可怜你，可是坏事儿都是你干的。"

"坏事儿是我干的，我因此受到惩罚啦。"

"曾光，你背着我感觉沉吗？"

"够沉的，"我实话实说，"背着你感觉背了一头小猪一样。"

"坏蛋，我叫你瞎说。"

她不用手刮我的鼻子啦，她又改用手拧我的耳朵了。

"哎呀，你就别欺负我了，姑奶奶！"我苦苦地求她。

"我看你还敢不敢瞎说啦？"

"不敢了，不敢了，饶命吧，我的姑奶奶。"

"谁是你的姑奶奶？我有那么老吗？"她问我。

"你不老，你还是年轻漂亮的大姑娘。"

"说对了，我还是迷人的大姑娘。背着我，你觉得美吗？"

"还美呢，要累死我了。"我累得身体都出汗了。

她继续快乐地说："我记得小时候，还是我爸爸背过我，我哥哥背过我，那已经是二十年前的事儿了。"

"小时候，你爸爸背着你，你哥哥背着你，那是应该的。可我现在背你算什么呀？"

她回答说："你也算我的哥哥呀。"

我问她："丹心，你还生我的气吗？"

"我生你什么气呀?"

"我让你的脚崴啦。"

"这算什么事儿呀? 过一会就好啦。"

我不客气地说:"你呀,也是太娇气啦。"

她突然说:"曾光,你听?"

"什么?"

"青蛙叫。"

"叫得真好听。"

"还有夜莺也在叫。"

"它在唱歌吧?"

她富有诗情画意地说:"天上有多美呀,有星星,还有月亮……"

我奇怪她为什么会有如此的浪漫情怀呀? 山里的夜晚静悄悄的,所以夏天的夜晚,青蛙、夜莺等小动物,叫得特别欢畅。我奇怪她在我的背上为什么会有如此的闲情逸致呢?

她又接着问我:"曾光,你喜欢我吗?"

"喜欢。" 我老实回答。

"你爱我吗?"

"这是天意。"

她高兴地说:"好啦,曾光,你放我下来吧。"

我听到她的命令,立刻把她放到了地面上。她双脚站在地面上,居然活泼地跳动了两下,好像跳舞一样,什么问题也没有了。

我问她:"你没事儿啦?"

"啊,我没有事儿啦。" 她回答。

"你的脚不疼啦?"

"不疼了。"

她开心地说，并且哈哈大笑，我这时才突然明白、滞后地反应过来，原来她是故意折腾我、调戏我的。

"好哇，原来你是骗我的?"

"我不骗你，你能说实话?"

她马上起步，抬腿就跑，好像活泼的小山羊一样。

"好哇，坏家伙，你累死我了，你累得我满头大汗……"

我马上追她，抓住她，激动地拥抱她，与她接吻。

山里的夜晚太美了，太妙了，太容易叫人触景生情了。青春阳光的年轻人，根本就控制不了燃烧的感情。在山间曲曲弯弯的小路上，除了夜色，还有青蛙欢快地叫声，还有树林里夜莺的歌唱，还有天上的云朵和星星撒下的微光，还有山沟里涓涓细语的流水声。这样的情景，怎能不让美妙的青春年少的公子哥和纯情女子感情失常啊?

我们回到知青点，已经是后半夜了。知青点的男女房屋就是我和宋丹心两个人。李国成、王中英、武力到大队水库钓鱼去了，还没有回来。女知青万福丽跑回家了，人不在。我和宋丹心就在知青点度过了一个美妙的晚上，那是我们终生难忘的青春之夜。

我的眼前只有她，我的耳边只有她甜蜜温柔的声音。我的眼前只有她可爱的小嘴，迷人的眼睛，美丽的脸蛋，她是多么美呀……

那天晚上的青春之夜决定了我们两个人的一生，决定了我们两个人相爱的命运，这就是天意吧? 这就是爱情的天使为我们安排的良缘吧? 后来我们知青点的人都知道我和宋丹心谈情说爱的事啦。

此后过了三个月，第二批知青回城的指标又下来了，还是百分之二十。因为我们知青点，上一次八个人，走了两个人，指标超了，所以留下来的六个人，第二批只能走一个人，我就主动把指标让给了万福丽。说实话，本来第二批回城我是可以走的，而且是百分之百可以走，但是我为什么没有走，却把指标让给了万福丽呢？因为我亲口答应过宋丹心，我要陪伴她，她走不了，我就要留下来陪伴她。我们成了彼此相爱的人，我不能说话不算数。所以我把指标让给了万福丽，宋丹心对我表示非常感激，万福丽也对我表示感谢。我不是自吹我的表现如何高尚，我是没有办法，只能照顾万福丽先走，我要留下来陪伴宋丹心，也可以说照顾万福丽的家庭困难。下乡五年来，我们的宋丹心同志确实表现不如万福丽同志好，最坏的影响是她没有参加过一次夏季的"双抢"工作，就是第一年参加了几天的时间，此后再也没有参加过农村"双抢"最苦最累的工作，所以老乡们心里有数，对她有意见，所以我想把指标让给她，带队的知青领导征求大队和生产队的意见，老乡们没有人为她说好话，我也就没有办法了，只有把指标转让给万福丽，不可能转让给李国成、王中英和武力。转让给他们也不成，他们因为偷鱼的事，一直在老乡的记忆中，影响太坏了，所以他们肯定也是走不了的。这样，我们知青点第二批回城的人员就确定了万福丽。大家都不反对，而且没有什么意见。万福丽可以回家了，这个姑娘当面向我表示感谢，并且向我鞠了三个躬，她知道了是我把指标让给她的，她特别感动。我要留下来陪伴宋丹心，我要坚持陪伴她到最后，这是我对她发过誓的。我把指标照顾给万福丽，李国成、王中英、武力三个人也能理解，因为在我们知青点的知青当中，万福丽的家庭是最困难的，所以我把回城的指标照顾她，大家都没有什么可说的。

最后我们剩下来的五个人，坚持到年底，也就是时间又过了三个月，我们最后一批知识青年全部回家了。因为国家企业改革的步伐加快了，国有大中型企业急剧扩张，需要招收大批的工人，所以我们最后一批知青就全部撤退回城、全部回家了。

我们知识青年点及组建了五年多的特殊家庭，就这样解散了。

我们最后走的五个人，特别跟黄大叔和黄大妈吃了告别饭。大家还凑钱，你五块，他十块，凑了三十多块钱，买了两瓶茅台酒，还买了一件衣服，送给了黄大叔和黄大妈，感谢二位老人家五年来对我们知青的关照与帮助。当时的茅台酒我记得好像是十二块钱一瓶吧，那是我一生中第一次给人家送礼，所以印象特别深刻。黄大叔和黄大妈为此也非常感动。黄大叔看着两瓶茅台酒，高兴地说：

"我活了大半辈子，还没有喝过茅台酒呢。"

"那就请您老人家以后慢慢喝吧。"

我们深怀敬意地与农民老前辈话别。

此后，我们就告别了凤凰山，告别了生活了五年多的小山村。我们走的时候，凤凰山依旧还是贫困落后的小山村，但是国家改革开放的春风已经吹进了深山老林，吹进了青山绿水的凤凰山。那里的农民生活虽然还是穷，还是苦，还是落后，但是农民的心态已经发生了非常明显的变化，改革开放的春风已经吹进了他们的心窝，促使他们穷则思变。

中国的知识青年上山下乡运动，起始于一九六六年，终结于一九八零年，历时十五年的时间。也就是说，十五年的时间里，有一代人参加过知识青年上山下乡运动。但是知识青年对于中国的社会发展到底有什么贡献？至少有一点可以说得明白，那就是我们的青春没有荒废，多少还是为国家为社会做了一些力所能及的事情吧。

正如美国的主流媒体《华尔街日报》报道的一样：中国勤奋的一代人老了，他们是20世纪中国的"40"后、"50"后、"60"后，他们是经历了知识青年上山下乡运动，经历了改革开放四十年的一代人，他们为中国社会的经济发展做出了巨大的贡献！把一个贫穷、落后的国家和民族，经济总量从20世纪六七十年代的世界较落后位置，提升到当今世界经济总量排名第二，仅次于美国，成为当今世界上强大的国家之一，这不得不说是世界经济发展史上的奇迹！

我们这一代人，正好参与了知识青年上山下乡运动，经历了改革开放四十年的历史过程，同时也亲眼见证了国家从富起来到强起来的历史进程。

我们吃了不少苦，也确实受了不少罪，付出了青春，付出了汗水，付出了劳动，付出了才华，付出了智慧，付出了心血，同时我们也得到了幸福如意的生活和美满的爱。

根据我本人的感受，我觉得，当年的知识青年上山下乡运动，把城市的青年推向广阔的农村，推向广阔的土地，推进深山老林，至少带去了城市人的生活习惯和生活理念，也可以说，深深地刺激了，或者可以说，深深地影响了当地人的生活习惯。这为国家后来的改革开放，为农民们走出土地，走出农村，走出家园，进入城市打工，起到了至关重要的作用，或者说是开启了他们心中致富的梦想，这应该说算是我们知识青年的一大功劳吧？当然啦，我们这一代人也为此付出了最美好的青春和年华！

我们的青年时代都是在农村艰苦的生活环境中度过的。那么，我们知识青年上山下乡，又从农民身上得到了什么呢？我觉得最重要的一点是得到了吃苦耐劳的精神，这应该是我们知识青年上山下乡的最大收获吧？

我们知青点的九位成员，后来回忆往事的时候，其他人都感慨万千，认为一无所获，我认为他们的感受太偏激了。

他们说，下乡五年，只有我最有收获，他们既羡慕又眼红：因为我收获了妻子，收获了爱情，我和宋丹心是唯一成双结对的伴侣！所以，我对自己的青年时代，对知识青年上山下乡的生活，对那段难以忘怀的岁月，一辈子也铭记在心。

我们知识青年上山下乡的生活是历史上少有的，也是世界其他国家前所未有的；我们九个上山下乡的知识青年，在同一个屋檐下生活了四五年，在同一个屋檐下吃饭、睡觉、劳动，而且男女两性住在一起，居然关系不乱，这也是古今中外历史上少有的吧？

第三部　友爱亲朋

第 *1* 章　小家婚宴

　　我们回城了，回家了，参加工作了，可是我们的命运说起来真是不济，什么事儿都赶上了。出生的时候经历了三年自然灾害，接受教育的时候赶上了"文化大革命"，风华正茂的时候赶上了知识青年上山下乡运动，什么事儿都赶到点子上了。

　　离开农村以后，我们回城在父母的国有企业里当了一名最基层的普通工人。工人阶级的光荣称号改变了我们的命运。进工厂参加工作成为光荣的工人阶级一分子，我们开始感到很兴奋、很自豪，期盼已久的回城梦终于实现啦，回家当工人挣钱了，挣工资啦。

　　我和宋丹心也有条件结婚了。参加工作之后，我们可以成家立业了。三年之后，我和宋丹心就到民政局婚姻登记处办理了结婚手续。随后，我们就到工厂申请要了结婚的住房。我们结婚的住房还是由工厂分配的职工福利住房，不是花钱买的商品房，那时候全国还没有买商品房之事呢。我们要结婚的房子虽然面积不大，只有十六平方米，而且只有一间房，加上一间小厨房，两家共用一个卫生间，不过这样的条件，对于 20 世纪 80 年代初期准备结婚的青年人来说已经算是条件不错了。我和宋丹心终于有了属于我们自己的家了，有了属于我们夫妻一起生活的小天地、小家庭。

我们要结婚，一切准备工作就绪了，我们就想邀请亲朋好友到我们的家里来吃喜糖、喝喜酒。我们知青时代的好朋友，要求我和宋丹心要单独请他们到家里来吃饭，我们新婚燕尔自然要满足客人们的要求。但是要不要请舒香到家里来吃喜酒呢？我首先要征求宋丹心的意见，因为她基本上知道我和舒香之间过去的一切事情，所以我要听取她的意见。

"当然要请，"她说，"你们之间的事情已经成为过去了。"

"那就由你出面邀请她来吧。"

"好，由我出面请她来，但是我警告你，你们可不能旧情复燃。"

"怎么会呢！"

"这可说不上。我还是小心为妙，我知道她还是爱你的。"

"什么！你知道她还爱我？你怎么知道的？"

"我当然知道。她到现在还没有结婚呢。"

宋丹心的话让我觉得这里面好像有什么秘密似的。

舒香大学毕业以后，留在了她所就读的大学当老师。我听宋丹心说过，她给学生们主讲中国文学课。至于宋丹心能不能把她请来，我不知道，她们是有电话联系的。

舒香大学毕业之后，我每年可以见她两次面，就是每年的寒、暑假期间，她回家来看望父母。可是我们见了面，只是相互打个招呼，多看对方两眼，彼此之间已经觉得好像没有什么话好说了，关系变得远了。

她远隔千里，宋丹心能不能把她请来还是个未知数，她愿不愿意回来参加我们的婚礼，也是没有谱儿的事情。如果她愿意来参加我们的婚礼，也方便，就是坐一夜的火车，一晚上就跑回来啦；她要是不愿意来，也可以找到理由，找到各种借口推掉。

不过这只是我个人的想法和猜测。我的心里一直有一个解不开的结，我总想当面问舒香一个问题，那就是她为什么突然不理我了，我们之间的感情纽带为什么突然就中断。她每一次见我的面，总是要多看我几眼，又不愿意多说话，然后就转过身去，看其他地方，或者想方设法逃避我的目光。可是我并没有什么地方得罪她呀？我也没有什么对不起她的呀？她为什么突然就不理我了呢？这里面有什么原因呢？我想这个问题可能与宋丹心有关吧？但是我的妻子又一直对我守口如瓶。

请客吃饭的时候，我们知青时代的老朋友都如约前来了：李国成、王中英、武力、郭小红、万福丽、陆春芳，还有舒香，一个都不少。不过舒香是最后一个到来的，大家都感到十分意外和惊喜。

请老朋友到家里来吃饭喝喜酒那天，我亲自上灶炒菜，在厨房里忙碌的时候，听到客人们的敲门声，我妻子宋丹心去开了门。

"请进，欢迎各位大驾光临！"宋丹心说。

来的客人们异口同声地说："恭喜，恭喜，新婚大喜！"

随后客人们就进入了我和丹心的新房，宋丹心马上就叫我：

"曾光，客人来啦！"

我的菜也正好炒好了，基本上忙碌完了，我就离开厨房，回到了我和妻子的新婚小屋，与老朋友们高兴地见面致意。

我对老朋友们说："感谢各位朋友的光临，欢迎各位好友来喝喜酒，感谢各位老朋友来参加我和宋丹心的新婚大宴，请大家随便坐吧。"

宋丹心端着喜糖盘子，对大家说："来来来，各位，请吃糖，请吃糖，大家请吃糖！"

我马上向客人们敬烟："来来来，朋友们，请抽烟，请抽烟，各位请抽烟！"

郭小红说："我们姑娘们吃糖，不抽烟。"

宋丹心说："对对对，姑娘们不抽烟，请吃糖。"

李国成说："我们傻爷们抽烟，也吃糖。"

陆春芳好像不满地对我说："曾光，你不对呀，你这个新郎官当的有问题呀。"

我问她："有什么问题呀？"

陆春芳说："你请男同胞又吃糖又抽烟的，他们占便宜了，我们女的吃亏了。"

"你们女同胞要吃糖、要抽烟，也随意，我和丹心不反对。"

大家站着欣赏我和宋丹心的新房。其实我和宋丹心当时的新房很小，一间蜗居，厨房和厕所还是在外面，两家人合用的，不过那时的条件，已经算相当不错了。我们的新房虽小，但是布置得还是很漂亮的，看起来还是很温馨的。

王中英羡慕地说："哎呀，这小两口的新房整得太美啦。"

我得意地说："一般般吧。"

武力说："知足吧，曾光，漂亮媳妇娶到手了，新家也有了，你还有什么不满足的？"

我说："知足者常乐，我知足。"

李国成说："废话少说，先上礼。"

他把一对红双喜花瓶放到了我和宋丹心的婚床上。

我和宋丹心连忙对大家说："谢谢，谢谢。"

王中英说："这是我的，一对红双喜暖瓶，祝你们新婚大喜，和和美美！"王中英也把礼物放到了我们的婚床上。

武力上前说："我也不知道送什么礼，他们送花瓶、送暖水瓶，我就送两个红双喜脸盆吧。祝你们新婚大福，早得贵子，生个大胖小子！"

我说："最好生双胞胎，生一对龙凤胎。"

我的话说得爱妻不好意思了，宋丹心用拳头击了我一下："你养得起吗?"大家笑了。武力把礼物放到婚床上,大家随后也把送来的礼物放到了我们的婚床上。郭小红送的是一对红双喜被面,万福丽送的是一对花蝴蝶刺绣的枕套,陆春芳送的是一床红双喜床罩。

我请大家坐下来,随意吃糖、抽烟。因为大家都是老朋友了,情意深厚,用不着客气。该来的客人都来了,唯独缺少舒香一个人。

李国成问我:"曾光,宋丹心,你们没有请其他人吧?"

我说:"没有请外人,就是我们原来知青户的一个大家庭成员。"

万福丽问:"你们请舒香了吗?"

宋丹心回答:"请了,我请的。"

郭小红问:"舒香怎么没有来?"

我开口说:"谁知道她来不来呢?"

宋丹心说:"她说来的。"

陆春芳说:"她应该来。"

我感叹说:"大家难得一聚呀。"

宋丹心也说:"是的,自从大家从农村回来工作以后,就难得一聚了。"

李国成说:"可不是咋的?要不是今天曾光和宋丹心结婚,请大家来喝喜酒,我们还是碰不到一起。"

王中英也说:"难得呀,我们回家参加工作已经三年了,好不容易才欢聚一堂。"

武力感慨万千地说:"说起来惭愧呀,曾光和宋丹心已经结婚,成家立业了,我们混到现在连对象也没有一个。"

宋丹心鼓励武力:"你马上加油,赶紧找一个呀!"

武力喜欢开玩笑:"我可没有曾光的本事,漂亮姑娘左一个,右一个,都围着他转。"

宋丹心生气地说:"瞎说。"

武力是哪壶不开提哪壶:"我怎么是瞎说呀?曾光开始是舒香,后来又是你……"

"闭嘴!"宋丹心不让他继续说,"你要再胡说八道,今天就不给你喜酒喝了!"

武力继续说:"这不是秘密,这是大家都知道的。"

"还不闭嘴?"宋丹心气得拍了他胳膊一下。

"好好好,闭嘴,闭嘴,我不说啦。说来说去也就是我和国成、中英混得惨,混到现在连个对象也没有找到。"

"活该!"宋丹心趁机报复说,"谁让你满嘴胡说八道的?"

李国成也感叹地说:"哎,人与人不能比呀,想一想气死人哪,你说我们是怎么混的?大家同样是上山下乡,同样是接受贫下中农的再教育,同样是在凤凰山待了五年,我们是吃苦、受罪,什么也没得着,什么好处也没有捞到,曾光不急不慢的,捞了一个漂亮媳妇回家了,这命运对我们太不公平了。"

"也是的呀,"王中英又开口说,"我们九个知青一起下乡,四男五女,最后成双结对的,就是曾光和宋丹心两个人,我和国成,还有武力,全是白板。"

郭小红说:"你们找不到对象怨谁呢?只能怨你们自己,谁让你们找对象的条件和要求太高了?"

武力说:"你这话说得也不对,其实我们找对象的条件和要求也不高,就想找一个漂亮一点的,温柔一点的,善良一点的,可爱一点的……"

"我的妈呀,"郭小红说,"你们找对象的标准还不高哇?既想找一个漂亮姑娘,还想找一个温柔善良的姑娘,你们也不拿着镜子照一照自己的模样?"

"我的模样怎么了？我的模样怎么了？"武力怪模怪样地说，"我的模样长得不丑吧？还算对得起观众吧？就是没有好姑娘看上我，怪了。"

　　万福丽接着说："得了，你们男人找对象都是眼高手低，自己长得像猪八戒一样，还要求对方漂亮、温柔，一心一意想找美女。"

　　李国成说："美女谁不想啊？谁想找丑八怪呀？"

　　陆春芳说："那就活该你们找不到对象了，谁让你们太挑剔了？"

　　王中英说话了："这不是我们太挑剔，找对象谁不想找漂亮、温柔、可爱的？你也不想找一个武大郎做你的丈夫吧？"

　　"去，坏蛋！"陆春芳气得用手指点击王中英的脑门子，"就凭你这张臭嘴，你一辈子也找不到好对象！"

　　武力问女同胞们："我说亲爱的姑娘们，你们找了对象没有啊？"

　　郭小红说："我们就不告诉你，就不告诉你，急死你。"

　　万福丽问："我们找不找对象，跟你有什么关系呀？"

　　武力一本正经地说："怎么没有关系呀？我还等着呢。"

　　郭小红拿他开心："武力，我给你介绍一个对象吧？"

　　"快说，谁家漂亮姑娘？"武力马上问。

　　郭小红翻着眼睛卖关子："那姑娘长得可漂亮啦。"

　　"说一说看，是不是我的菜？"

　　"梳着一条大辫儿……"

　　"你就说人长得怎么样吧？"

　　"喜欢穿一身黑衣服。"

　　"还有呢？"

　　"胸前有两排漂亮的胸扣……"

　　郭小红边说边笑，武力就知道她下文要说什么了。

　　"得，你给我打住，"武力阻挡她说下去，"你说的漂亮姑娘还是介绍给你哥哥吧。"

万福丽故意问:"小红,你说的漂亮姑娘是谁呀?"

陆春芳马上接着说:"北方人都知道,老猪家姑娘。"

郭小红又接着说:"猪八戒的小姨……"

众人哈哈大笑,老朋友长时间没有欢聚了,大家在一起穷开心。

武力气得手指点着郭小红,说:"我就知道你狗嘴里吐不出象牙。"

宋丹心还笑着说:"武力,我给你介绍一个对象吧?"

"又是猪八戒的小姨?"武力成为大家开心取乐的对象。

"不是的,我给你介绍的对象,比猪八戒的小姨可漂亮多了。"

"你介绍的漂亮姑娘我认识吗?"武力问。

"你肯定认识,"宋丹心说,"那姑娘长得太有特点了,走路威风十足的,身材不胖也不瘦,下巴长得尖尖的,也喜欢穿黑衣服……"

武力听到宋丹心的描述,就知道下面没有好话了,立马出手阻止:"得,丹心姐,你给我打住,今天是你的结婚大喜之日,你要不老实,我们可是要闹洞房的。"

万福丽又故意问:"丹心姐,你给他介绍的对象是谁呀?"

宋丹心笑着说:"狗熊,前两天,我看见动物园进了一头狗熊,是母的。"

众人又哄堂大笑。

武力气得用手指点着宋丹心,说:"好哇,宋丹心,你看今天晚上闹洞房,我是怎么闹你的。"

宋丹心不在乎地扬着头说:"我不怕,我结婚了,我什么生活都体验过了。"

"我的妈呀,"武力手捂着脸说,"我这童子哥还斗不过小媳妇啦。"

李国成问他:"傻了吧,童子哥?我跟你说,武力,不要跟结了婚的小媳妇开玩笑，结过婚的女人什么动物没有见过？"

宋丹心气得抬手拍了李国成的后背一巴掌。

王中英说："姐妹们，我还是说正经的吧，你们都找到对象了没有？宋丹心除外，没有对象的说一声，我们可是等急了。"

武力说："是的，姑娘们，没有对象的请举手，我也想找媳妇。"

李国成看了一下姑娘们的神情，说话了：

"看来姑娘们都有对象啦，没有一个举手的。"

王中英故作伤心的样子说："我的妈呀，我们找对象怎么这样难呢？到现在一个也划拉不上。"

武力又说话了："姑娘们，你们倒是说句话呀，一个个到底有没有对象啊？"

郭小红开腔了："我们都在听你们说话，嘴像机关枪一样嗒嗒嗒地说个不停，还轮不到我们说话。"

李国成说："我还是一个一个地问吧，郭小红，你有没有对象？"

郭小红白了他一眼："你管呢？"

宋丹心说话了："郭小红已经有对象了，你就不要想了。"

李国成又问："郭小红，你找了谁家公子？"

郭小红笑着对他说："我不告诉你。"

我告诉李国成："郭小红找的是宋科长的儿子。"

"什么？"李国成故意大惊小怪地说，"找了宋科长的儿子？郭小红，你可以呀，找对象都要门当户对呀？你老爸是科长，你找的老公公也是科长，这是按级别来的，还是按照过去封建社会的标准找的？"

郭小红听到李国成故意讽刺、挖苦她，有点不舒服了："去，滚蛋，我按照什么标准找对象，这不是你操心的事儿，反正我找的对象他老爸是科长。"

"哎呀我的妈呀，好大的官呀！"李国成听了郭小红的话，故意晕了。

王中英又问："陆春芳，你找了对象没有？"

陆春芳客客气气地回答说："谢谢你关心我。"

王中英又说："我关心的是你有没有对象？"

陆春芳笑着回答说："那我就坦率地告诉你，我也有对象了。"

王中英故作失望地说："你也有了，我白想了？"

陆春芳故意气他："你想什么呢？我找的对象他老爸是处长。"

"哎呀我的妈呀，"王中英听了吓得用手拍心口窝，"这对象找的，一个比一个官大呀？看来我们老工人的儿女是找不到对象了？山里人找对象的标准怎么如出一辙呀？"

"这就是山里人的择偶标准，知道吗？这叫古风遗传。"我说。

"不对吧？曾光，我们山沟小城是属于移民城市，不应该遗传这样的古风吧？"

"不应该的事情多了，"我开导他，"山里人就是山里人，山里人就是跟外面大城市的人不一样。要是在北京，你要当个处长，你都不好意思对外人说。但是在我们山沟里就不一样，在山沟里当一个处长，那就不得了了，以为自己是联合国秘书长呢，走路都像螃蟹一样横着爬的。这就是小地方的特别之处，知道吗？过去的人为什么管县官不叫县官，叫县太爷呀？这就是封建社会遗传下来的东西。"

王中英说："我们现在不是封建社会，是社会主义社会，不应该遗传过去封建社会的东西吧？"

"不应该的事情多了。山里人在日常生活中比的是什么呀？比的就是钱，比的就是家庭背景，比的就是社会地位。"

"小处长算什么官呀，算什么社会地位呀，不就是七品芝麻官吗？"

"七品芝麻官在山沟里也算大官了。"

武力不愿意听我们说话了："你们说那些屁话没有用，我还是说有用的吧。我问一下老工人的女儿万福丽姑娘，你有对象了吗？这有用。"

"听你的话，你对我有兴趣啦？"万福丽笑眯眯地问他。

武力笑着回答说："是有一点儿想法。"

万福丽问他："你早干什么去了？现在才想起来讨好我？"

武力顽皮地说："早不是不明白事理吗？一晃时间过去啦，我们也老大不小啦，该成家立业啦，该找媳妇结婚了。"

万福丽故意气他："你现在想晚了，下乡的时候你老是欺负我，现在我就是没有对象也不会要你，听明白了？"

"听明白了。万福丽，你不会也向郭小红和陆春芳学习，找什么大科长、大处长的儿子吧？"

万福丽说："我没有那么高的眼界，我找的对象就是老工人的儿子，我们马上也要结婚了，对不起了。"

"妈呀，完了，白想了？"武力双手抱着头怪叫，"我的天呀，我的神灵啊，姑娘们一个个都有对象了，就剩下我们这些光棍傻小子了！"

众人再一次哄堂大笑，大家在一起觉得特别开心，特别快乐。这时外面有人敲门了。宋丹心走过去把门打开，舒香来了，她出现在门前。

宋丹心热情地拉着舒香的手："快进来呀，舒香。"

"丹心，恭喜你。"舒香进门说。

宋丹心把门关上，热情友好地与舒香拥抱："大家就等你了。"

我走到舒香面前说："舒香，欢迎你。"

"我来的还不晚吧？"她说。

"不晚，不晚，来了就好。"我主动与舒香握手，她只是把我的手轻微地碰了一下。

宋丹心说："快请坐吧，舒香。"

郭小红说:"舒香,你怎么才来呀?大家就盼着你来呢。"

舒香说:"对不起各位,让你们久等了。"

舒香与郭小红握手、拥抱。

李国成说:"你好,大学生,咱们可是好久不见了。

"你好,李国成。"

舒香与李国成握手。

陆春芳说:"什么大学生啊,舒香,大学早就毕业了吧?"

"已经毕业三年了。"

舒香与陆春芳握手。

陆春芳又问她:"你在干什么工作呀?这几年也不跟我们联系?"

"我在大学里当老师,当助教。"

"在大学里当老师?了不起呀,你是我们这一批人中最牛的!"

舒香与陆春芳又拥抱了一下。

王中英主动向舒香伸出热情的手:"舒香,你现在是知识分子了,见到你很荣幸啊!"

"你好,王中英。"

舒香也与王中英热情握手。

万福丽说:"舒香,几年不见,我好想你呀。"

"谢谢你,福丽。"

舒香与万福丽握手拥抱。

武力说:"舒香,你现在是知识分子,是社会精英了。"

"我算什么精英啊?"

舒香与武力握手。武力又十分严肃地说:"舒香,问你一个重要的问题可以吗?"

舒香问:"什么重要的问题呀?"

"你有对象了吗?"

"武力，你还是一个坏小子。"

"不，我已经长大了。"武力故意要拿舒香寻开心，"舒香，让我抱一抱吧? 我还是个童子哥呀，从来没有抱过美丽漂亮的大姑娘啊!"

"去，坏小子，你什么时候能长大呀?"

舒香不让武力拥抱占便宜，大家都笑起来。

李国成挥手说话了:"诸位好友，人到齐啦，酒席是不是可以开始了?"

我说:"可以开始了，没有其他人了。"

王中英说:"那就开始吧，都是老朋友，都是自己人，早点开始早点快乐!"

武力站上一把椅子说:"现在我宣布，曾光先生和宋丹心小姐的婚宴开始!"

宋丹心说:"别急呀，还要去厨房端菜呢。"

我对妻子说:"上菜吧，菜我都做好了。"

宋丹心对女同胞们说:"姐妹们，过来帮帮忙。"

宋丹心和舒香、郭小红、万福丽、陆春芳，一起到厨房端菜去了。

李国成对我说:"曾光，你结婚真是盖了帽了!"

我没有听懂:"什么盖了帽了?"

李国成明说:"你和宋丹心结婚，老情人舒香也来了，你多有福呀?"

我向门口看了一眼，说:"去去去，别胡说八道的，注意点影响好不好?"

李国成说:"对不起，我说的是实话，现在不是没有女人嘛。"

武力说:"我有点想不通，为什么桃花运就轮不到我头上?"

王中英问他:"癞蛤蟆想吃天鹅肉，你还不死心呢?"

武力说："想一想也不行啊？"

这时候，宋丹心带着女同胞们端着菜盘来了。她们五个人手里每人都端着两盘菜，一边走，一边闻，一边欣赏。

宋丹心通报："美味佳肴来喽！"

郭小红赞美厨师的手艺："这新郎官做菜的水平还真不错。"

万福丽说："色香味俱佳。"

陆春芳表扬我："新郎官的做饭水平提高了，原来可是没有发现。"

宋丹心吹牛说："这是我把他培养出来的。"

只有舒香没有发表任何评论。

我请客人们入席："来，大家请坐吧，又没有外人，大家不要客气，请随意就座吧。"

李国成说："诸位，今天的婚宴，我有一个提议！"

我问他："你有什么提议？"

李国成不怀好意地说："今天既然是曾光和宋丹心请我们大家来吃喜宴，喝喜酒，新娘子和新郎官只能站着吃，不能坐着吃，大家说对不对？"

众人乱起哄："对！"

我问："那你们客人呢？"

李国成说："我们客人可以坐着吃。"

"凭什么呀？"我问他。

李国成的提议明显对我这个新郎官和新娘子不公平，我表示抗议。

李国成振振有词地说："因为我们大家要看新娘子和新郎官表演节目！"

王中英立刻表态："对对对，我们要看新娘子和新郎官表演精彩的节目！"

武力表示赞同："好主意！"

宋丹心问男同胞："你们想什么坏点子呢？还想不想求大姐为你们找对象了？"

李国成说："我们要看新娘子和新郎官喝交杯酒。"

王中英说："我们要看新娘子和新郎官甜蜜地接吻！"

武力说："我们要看新娘子和新郎官入洞房！"

李国成说："什么呀，武力？你连婚宴的程序都搞不清楚，饭还没有吃，酒还没有喝，就请新娘子和新郎官入洞房啦？洞房花烛夜那是最后的事情！"

武力说："我不明白，你明白，今天的婚礼你当主持好啦！"

"对，我就是这个意思。"李国成一点也不谦让。

"坏蛋，"新娘子说，"你们这帮坏小子，难怪找不到对象。"

李国成拍着巴掌对大家说："今天我说了算，也当一回大官人。大家都听我的，客人们坐下来，新娘子新郎官站着，面对面，站好喽！"

王中英心急地说："国成，你就不要啰唆啦，马上开始吧！"

"好，现在我宣布，"李国成说，"新娘子宋丹心和新郎官曾光的结婚喜宴正式开始！"

众人拍手、鼓掌、呐喊、助威："好！"

武力对主持人说："国成，你也站起来，你坐着主持也不对劲儿！"

"好，我也站起来。"李国成站起来说。

"主持人，你快点吧，"王中英说，"接下来是什么节目？"

"接下来，曾光和宋丹心喜结良缘，应该是夫妻对拜吧？"主持人问大家，他自己稀里糊涂的也不称职。

"对，程序是这样。"王中英肯定地说。

"那就鞠一躬吧。"主持人对我和新娘子说。

我和宋丹心相互致敬一鞠躬。

武力不满意地说："这是什么节目呀？"

"夫妻敬爱二鞠躬！"主持又说话了。

我和宋丹心相互致敬二鞠躬。

武力放冷腔："不好看！"

主持人又说话了："白头到老三鞠躬！"

"这都是老掉牙的节目了，"武力马上叫起来，"下一个，下一个，下一个！"

主持人接着问大家："接下来应该是夫妻双方喝交杯酒吧？"

大家同声高叫："对！"

武力气得扭转身子背对大家，说："没劲，还不如我当主持人呢。"

我和宋丹心喝了交杯酒，还不算完，李国成还要叫我和宋丹心双双吃喜糖。

"夫妻双双吃喜糖怎么吃呀？"宋丹心问。

其实我也不懂，宋丹心也不懂，这是个新节目。我和宋丹心过去参加别人的婚礼也没有见识过。我和宋丹心以为，就是我把一块喜糖亲自用手塞到她嘴里，她把一块喜糖亲手喂到我嘴里，就算完了。

可是李国成居然叫起来："不对不对，新娘子、新郎官，听我的，新娘子先把一块喜糖放进自己嘴里，然后新郎官用嘴，不许用手，把新娘子嘴里的喜糖用舌头舔出来，大家鼓掌欢迎！"

众人拍手鼓掌、起哄、叫好。

武力又转过身来，非常感兴趣地说："这样的节目还有一点意思。"

宋丹心不好意思地说："李国成，你就坏吧，你调戏我，你一辈子也找不到媳妇。"

王中英叫道："新娘子，新郎官，快一点表演节目吧！"

我对主持人说："李国成，你这个主持人当的真麻烦，你就直接说，我和宋丹心亲一个嘴，不就完了吗？"

李国成还振振有词地说："亲嘴跟吃糖，意义不一样，亲嘴是爱的表达，吃糖是爱的甜蜜，表示两口子以后甜甜蜜蜜地过一辈子！"

我和宋丹心为大家表演了用嘴吃喜糖的节目，大家又叫起来、哄起来。我看见只有舒香站在我对面没有表情。

节目表演完了，宋丹心对起哄的人说：

"坏蛋，你们自己找个媳妇，随便亲，随便吻，非要看我们的表演，你们不眼馋哪？"

李国成还觉得我和宋丹心的表演不够精彩，不够满意，他还要求我们重新表演一遍。

我说："行啦，节目表演到此结束吧，大家快吃饭吧，菜要凉啦。"

武力羡慕地说："哎呀，什么时候我要是能找到对象，表演这样的节目就好啦。"

大家马上入席，在酒桌前面坐下来，准备吃饭。我和宋丹心分别拿着酒瓶为客人们倒酒，我发现舒香的眼睛红了。

我和宋丹心为客人们斟上了酒，回到座位上坐下来，李国成端着酒杯来到我们面前，向我和宋丹心敬酒："来吧，新娘子、新郎官，我衷心地祝贺你们喜结良缘，我敬你们一杯！"

我和宋丹心向李国成表示感谢，与他碰了杯，喝了酒。我们再倒上酒，还没有坐下来，王中英又端着酒杯来到我们面前敬酒了："我祝贺新娘子和新郎官幸福美满！"

我和妻子宋丹心与王中英碰了杯、喝了酒，表示感谢！

武力又端着酒杯来到我们面前敬酒："来吧，轮到我敬酒祝福了，我祝愿新娘子和新郎官早得贵子！"

宋丹心故意逗他："你又没有媳妇，你怎么知道结婚就得贵子呀？"

"这是大自然的规律嘛，"武力说，"女人结了婚，不就该生孩子了吗？人人皆知呀！"

大家笑起来。男同胞们向我和宋丹心敬过酒了，女同胞们又接着来向我们两口子敬酒。最后一个来向我和宋丹心敬酒表示祝福的是舒香，她的眼圈是红的。

宋丹心问她："舒香，你怎么啦？身体不舒服？"

"不……不是的……"她说，"我是为你和曾光结婚高兴的……"

她说话时眼睛没有看着我和宋丹心，好像要哭了。

宋丹心说："谢谢你，舒香，谢谢你能从千里之外跑过来参加我们的婚礼。"

舒香平静了一下自己的情绪，然后对我和宋丹心说：

"丹心，曾光，祝福你们。我这里有两个红包，一个是我的，一个是黄春花的，请你们收下我们的祝贺吧！"

"黄春花？"我以为自己听错了。

"对，黄春花委托我，代表她表示对你们的新婚祝福。"

我问："她怎么知道我和宋丹心结婚的？"

"是我告诉她的，为此请我代转红包，祝你们结婚幸福！"

"她怎么人不来呢？"

"因为她人在深圳。"

"她到深圳去了？"

"是的，她大学毕业以后，就跟着丈夫结婚到深圳去工作了，她丈夫的家是深圳的。"

"噢，深圳是个好地方。"

"当然啦，深圳是经济特区嘛。她让我代表她，向你和丹心表示衷心的祝福！"

"谢谢，谢谢。"我和宋丹心表示感谢。

舒香把两个红包交给了宋丹心，我和宋丹心与舒香一起碰了杯，喝了酒，她就回到座位上去了。我们请大家一起动筷子吃菜。席间，我们与客人们一起谈笑风生，推杯换盏，回忆过去我们当知青那些难忘的往事。大家都很快乐，很高兴，叽叽喳喳地不断，满屋子都是欢乐的笑声和闹声。唯独舒香一个沉默无语，什么声音也没有，什么话也不多说，一个人静悄悄的，好像局外人一样，吃得少，喝得更少。

宋丹心问她："舒香，你有对象了没有？"

舒香摇了摇头，也没有说话。

我突然觉得舒香的性格好像变了，她变得不如从前那样开朗了，不如从前那样爱说话了，也不像从前那样爱笑了。这是什么原因造成的呢？是感情受到了什么挫折，还是心灵受到了什么打击或者伤害？她心里边到底有什么难言之隐呢？我看着她沉静的脸色，心里觉得挺难受的。为什么会有这样的感觉呢？我自己也说不清楚。我发现舒香的脸上一直没有笑过，而且她的眼睛总是在逃避我的目光，脸色也像白纸一样苍白，没有欢喜的血色，也没有欢乐的笑容。

这到底是怎么回事儿呢？她有什么伤心事呢？我觉得过去我好像没有给她造成过什么伤害呀？固然我们之间原来相爱过，彼此之间情投意合，相互拥抱过、接吻过，可是我也没有对她做过什么伤天害理的事情啊，没有对她做过伤风败俗的事情啊？最后的结局还是她不理我的。难道她会因此恨我吗？难道她心里会怪我吗？难道她还爱我吗？人生有些事情实在是难以想得清楚，而且也想不明白，所以干脆不想为好。

天下没有不散的宴席。大家在我和宋丹心的新婚喜宴上，吃呀，喝呀，玩呀，乐呀，吃糖啊，嗑瓜子呀，喝茶水呀，吹牛呀，闹到半夜，最后散场了。

客人们走的时候，我和宋丹心自然要出门送客人走的。舒香是一个人先出来的，我就送她出门。其他客人还在后面，由宋丹心陪着他们。

我发现新婚妻子不在身边，我就小声问她："舒香，你怎么啦？看起来好像不高兴，有什么事能告诉我吗？"

"没有什么，我就是看到你和宋丹心结了婚，想到了一些事情。"

"舒香，你能告诉我，你上大学的时候为什么突然不理我了？"

"你不要问我，你还是回家问丹心吧。我要回家了。"她说完立刻就走了。她怕宋丹心看见了我们两人单独在一起产生误会。

客人们都送走了，我和宋丹心入洞房了。宋丹心从衣服口袋里拿出了舒香和黄春花送给我们的结婚红包，我们两个人打开红包一看惊到了：两个红包里一个红包里面装了一百块钱，两个红包就是两百块钱，这是多大的礼呀！

那时候我们结婚，朋友之间送的礼物也就是花瓶、花盆、花碗、暖水瓶之类的东西，一般的礼物也就是十几块钱，最多不会超过二十块钱，因为当时人们的收入少嘛。

我们结婚的时候，挣的钱非常少。我参加工作三年，开始第一年一个月是十八块钱，第二年一个月是二十七块钱，第三年我一个月才挣三十二块五毛钱，宋丹心同样参加工作三年，所挣的钱也跟我一样。所以，舒香和黄春花在我们结婚的时候一人送了我们一百块钱，等于送了我和宋丹心两个人三个月的工资呀！

宋丹心问我："舒香和黄春花为什么送我们这样大的礼呀？"

"我怎么知道？"

其实我心里明白，这是舒香和黄春花回报我当年在她们考大学的时候，曾经热情地帮助过她们，两个心有所系的女人知恩回报，这就是她们的可爱心细之处。

因为新婚之夜，对新婚夫妻来说是美妙的时刻，是最幸福的时光，夫妻之间恩爱还嫌夜短呢，甜言蜜语的情话还说不完呢，因此舒香叫我问宋丹心的话，我不敢开口。我怎么可能问到有关舒香的事情呢？那不是扫兴吗？我想还是等到以后有时间再说吧。

我和宋丹心是在我们知青朋友圈里第一对结婚成家的人。后来郭小红也成家了，万福丽也成家了，陆春芳也成家了。接下来，李国成也成家了，王中英也成家了，武力也成家了。但是我们所有的人，就是没有听说舒香结婚，也可能是相隔千里的原因，彼此之间联系得太少了，所以我们没有得到有关她结婚的消息。时光就这样不知不觉地流逝，几年的时间就这样过去了。

我们的小家庭都有了自己的孩子。我和宋丹心有了一个可爱的女儿：荣荣。

后来，在家里没有事儿的时候，我跟宋丹心聊天，我就问她：

"太太，舒香上大学的时候突然跟我中断了联系，是什么原因造成的？

宋丹心反问我："你现在想起问这件事儿干什么？"

"我就是想知道，随便问一问，"我说，"舒香说你知道原因。"

"我是知道原因，你既然想知道，那我就告诉你吧。你和舒香谈情说爱的时候，我觉得你们两个人不合适，我就给她写去了一封信，告诉她我爱上你了，我需要你，她就跟你断了关系，就是这么简单的事情。你现在想起问这件事儿干什么？难道你还想着她？事情已经过去几年了，你已经是我的人了，以后不要再想这些事儿了，你已经是有老婆有孩子的人了。"

她解开了我心中的谜团，我觉得她当时可真够自私的。

她说："爱情本来就是自私的嘛。我在农村苦得实在是受不了了，所以我需要你，我爱上了你，很正常，只有请她让位。虽然她是我们的好朋友，我也只能劝她找一个比你更好的。异地恋是不可能长久的，她也觉得我说的有道理。更何况她的条件还是那么优越，在大学里面随便找一个男朋友是没有问题的。怎么？你到现在还想着她？忘不了她？"

"不是的，事情已经成为过去了，我也没有必要想她了。我只是觉得奇怪，她到现在也没有结婚，没有成家，也没有请我们喝喜酒，不知道她生活过得怎么样了？"

"我警告你呀，曾光，我已经是你的老婆了，我们已经有了可爱的宝贝女儿了，以后你不要再想她了，听见没有？"她拧着我的耳朵叮嘱我。

"听见啦，听见啦。"我的耳朵叫她拧疼了。

从此以后我再也不敢在宋丹心面前提起有关舒香的事儿了。我怕她小心眼，没有事儿生出事儿来。因为女人都是要保护家庭、捍卫自己的爱情的。

我们的家庭，因为多了一个可爱的孩子，生活里充满了快乐，充满了阳光，充满了幸福，这是我们家庭生活中最美好的一段光阴。

当你看到孩子出生来到人间，看到孩子连哭带闹，找母亲丰满的乳房要奶吃的时候，当你看到孩子睁开眼睛对你微笑的时候，当你看到孩子张开小嘴咿呀咿呀学说话的时候，当你看到孩子东倒西歪学走路的时候，你会感受到家庭的温暖，感受到家庭生活的幸福，感受到家庭生活的魅力，感受到家庭生活的乐趣。当然了，这样的家庭生活是平平淡淡的，风和日丽，风平浪静，需要用心去体验，需要用心去感受，需要用爱来保鲜，需要用感情来维护。家庭幸福美满的生活，其实真的是很简单、很随意的，只要夫妻双方担当责任，共同努力，共同经营，家庭生活的阳光就是灿烂的、美好的、光明的、幸福的。

这样平淡的生活过了几年，我们的孩子也慢慢长大了，学唱歌，学跳舞，背着书包去上学了。我们也在平凡的生活中慢慢变老了。我们的家庭生活就像一平如镜的湖水一样，既没有什么波澜，也没有什么惊涛骇浪，就是平平静静的。

因为生活在小城市里，所有普通市民的生活基本上就是一样的，知足常乐，一天到晚傻吃，傻喝，傻玩，傻乐，什么也不多思，什么也不多想。

但是对于我来说，这样的生活是痛苦的，也是非常沉闷的。因为，我的心里一直是有梦想的，有激情的，有想法的，想干一点儿对生活对社会有益的事情。可是生活在这样一个小城市里面，我的梦想是难以实现的，只能是空中楼阁，想得美，但实现不了。

所以我每天的日常生活就是像家庭妇女一样，洗衣服、做饭、逗孩子玩，我对这样的生活真是越来越没有兴趣，越来越没有热情了。

我没有事儿的时候，就经常看书，学习写作，宋丹心对我的业余爱好，既不支持，也不反对。但是，她非常反感我经常翻阅舒香送给我的书，也就是巴金先生的《家》，还有曹禺先生的剧本。她心虚地怀疑我对舒香一直没有忘情，其实不是的，只是因为好书是要经常看的。

有一次晚上睡觉之前，她见我又翻阅巴金的《家》和曹禺的剧本，她就不高兴地把两本书从我的手上拿掉了。

"以后你不许再看这两本书了，"她对我说，"你看了有几百遍了，还经常地看，反复地看，你烦不烦哪？"

"名著是要经常看的。"我对她说，"好书一生最少要看十遍。"

"我看你翻这两本书，已经不下百遍千遍了，好书都快叫你翻烂啦。你就不能换其他书看哪？你为什么就对这两本书情有独钟呢？"

"谁说我对这两本书情有独钟？其他书我也在看呢。"

"我说的，你在床上很少看其他书，这两本书是因为舒香送给你的，所以你就爱不释手。你是不是对她还没有忘情，还经常想着她呀？"

"你瞎说什么呀？那些事儿过去多少年啦，我还对她没有忘情？怎么可能呢?"

"我觉得你是的,你就是心里对她还放不下,没有忘情,有时候晚上睡觉做梦的时候说梦话,你还叫着她的名字呢。"

"瞎说,我怎么不知道呢?"

"我一点也没有瞎说,只是你自己做梦不知道罢了。"

她无缘无故地跟我生气,跟我吵架,没事儿找事儿,我觉得她有点儿无理取闹。

"你不要想了,亲爱的,我们已经是结婚多年的夫妻了,孩子都快长大了,你不要再想着她了,知道吗?你有一个可爱的女儿,还有一个爱你的妻子,你还不知足吗?"

我本来没有继续想舒香的事儿了,结果妻子的话又提醒了我,我们已经有好几年没有见过面了。她过得怎样,我不知道,其他人也不知道。宋丹心好像也跟她没有什么联系了。我们的朋友圈里也没有人知道她的消息,因为那个时候中国人的普通家庭还没有电话,联系很少,沟通不便,所以她在我们的生活中也就慢慢地消失了。

第 **2** 章　舒家伤事

　　我后来再见到舒香的时候，是她老父亲去世，她回家来为老父亲料理后事，为她的老父亲送行。

　　她的老父亲，也像我们的老父亲一样，是三线建设的第一批建设者，是汉水小城建设的第一批开创者，人还不到六十岁，就不幸得病去世了。

　　她伤心地回家来为老父亲奔丧，最后送一程可敬的老父亲。

　　我和宋丹心听说她的老父亲不幸去世了，就买了花圈送到她父母家里去，表示对她老父亲的深切悼念。我想她一定会回来的，因为老父亲走了，她一定要回来为老父亲送行的，这是人之常情嘛。

　　舒香的老父亲，作为汉水小城的第一批建设者和创业者，辛苦了一辈子，眼看着国家的改革开放取得了一定成就，人们的生活条件一天一天好起来，自己的生命也走到了尽头。这是大自然的规律，没有办法阻挡，没有死亡就没有再生。

　　她果然回来了。她是在她老父亲去世前两天赶回来的，她在医院里最后照顾了两天老父亲，眼看着敬爱的老父亲闭上了眼睛。

　　她回来没有提前跟我们打招呼，所以我们也不知道。等我们得知她老父亲不幸去世，赶到她家里去吊唁的时候，她看起来面容憔悴，好像几天几夜没有睡过觉的样子。我发现她人变得明显比过去瘦了许多，样子变老了。一个三十多岁的女人，按常理说还没有步入中年，还应该有美丽灿烂的容光，可是她看起来好像没有迷人的光彩了。她保养得实在不如我的妻子宋丹心。她看起来面色苍白，神容疲倦，是因为老父亲去世的缘故吧？

我和宋丹心看见她，上前表示慰问，她神情沮丧地说：

"谢谢你们，请坐吧，你们喝水吗？"

"不用客气。"宋丹心说，"你回来怎么也不告诉我们一声？"

"是的，你应该提前告诉我们一声的。"我说。

"对不起，我回来就跑到医院去照顾老父亲，跑前跑后的，直到老人家去世，我忙得晕头转向，实在想不起来。你们能来看我，我就表示感谢啦。"

我们知青朋友圈里的人都来了，郭小红、万福丽、陆春芳，还有李国成、王中英、武力，等等，一个也没有缺少，看来大家彼此之间还是有感情的。大家都主动跑到舒家来向舒香表示慰问，对她老父亲的过世表示哀悼，她非常感动，虽然大家有几年时间没有联系过了，但是过去的老感情还在。

我们坐在她父母家的小客厅里，这时有一个小男孩跑进来，长得虎头虎脑的，看起来有七八岁的样子，他跑到了舒香的面前，对她说："妈妈，妈妈，春花妈妈来啦！"

"春花妈妈来了？那你快去接春花妈妈进来呀。"舒香对儿子说。

"好吧，妈妈。"小孩子又跑出去接客人去了。

宋丹心问她："舒香，这是你的儿子？"

"是的。"

"你结婚啦？"

"结过婚。"她回答。

"你结婚为什么也不跟大家说一声呢?"我问她。

"对不起各位,以后有时间,我再跟大家慢慢细说吧。"

我们在场的所有朋友都感到非常的意外,原来她结过婚了,孩子都这么大啦,我们一点儿也不知道。她的孩子比我和宋丹心的孩子可能还要大一点儿。看到舒香有如此大的儿子,我们才知道,她是我们九个知青家庭成员当中最先结婚的人,也是第一个结婚的人,不然她的儿子不会比我的女儿大的。

我想了解一下她的家庭情况,我便问她:"舒香,你丈夫呢,小孩子的爸爸呢?"

"他死了。"舒香回答说。

"什么?死了?"我惊得目瞪口呆。

我们在座的人,都是老朋友,听了她的回答也感到非常惊讶,非常意外,大家也不好再多问什么了。

这时,她的儿子带着一个年轻时尚的女人从外面走进来了。这个女人穿得很漂亮,按照社会的流行语来说,就是穿得很时髦,很时尚。她穿着一条酒红色的大喇叭裤,穿着一件白色的短上衣,样子看起来又年轻又迷人,好像还是一位没有结过婚的大姑娘一样。她戴着一个淡黄色的太阳镜,手里拎着一个漂亮的小红皮包,特别引人注目地走进来。

她是谁呀?我们在场的老知青都没有认出来。她摘下了太阳镜,走到舒香面前,伸出了手,舒香马上站起来与客人握手。

"舒香姐,你怎么也不打电话提前跟我说一声呢?"

"你今天来也不迟呀,家父明天才火化呢。"

舒香马上请客人坐下来,客人非常礼貌地向我们在座的人点头示意。我们大家都觉得这个女人好眼熟,但是一下子又想不起来她是谁。

"舒香姐，伯父的后事安排得怎么样？安排好了吗？"她说，"还需要我帮什么忙？你说话，我有车，跑起来方便，跑起来也快。"

"春花，不用你跑了，家父的事情单位已经安排好了。"舒香对她说，"厂工会什么事情都办理好了，只等明天火化了。"

舒香提到春花的名字，大家立刻就想起来了，来者是凤凰山过去那个农家的小姑娘：黄春花。我的天哪，她的样子变化太大啦，变得比原来有光彩多啦，有气派多啦，形象太耀眼了。她的眼睛没有多大变化，她的鼻子也没有多大变化，她的嘴巴也没有多大变化，她的五官也没有多大变化，她虽然不属于那种漂亮的美人，可是人长得也不丑就是了。

她的额头有一点大，向前凸出，按照北方人的话说，就是天庭饱满，地阁方圆，额头有点亮。这是聪明人的特征。她的眉毛有点细，眼睛也不大，鼻子有点高，皮肤也不是很白，身材比原来小姑娘的时代丰满了。不过整体看起来，她还是一个有魅力的女性。不错，就是她，黄春花，原来那个家境贫穷、考上北京名牌大学的农村小姑娘！

真是女大十八变呢，我们大家已经有点儿认不出她了。过去有一句老话说得好：人不可貌相，海水不可斗量。谁能想到十多年前，一个梳着一条小辫子，穿着一身破衣服，穿着一双破草鞋，走进大学考场的那个农家小姑娘，十多年后出现在我们面前时，完全变了一个形象，她像换了一个人似的，仿佛变成了一位从海外归来的时髦女郎一样，太令人刮目相看，实在令人惊讶呀。太意外了！

我们大家望着她，心里真的感觉陌生了。她已经不再是那个从前穿着破衣烂衫的乡村少女，不再是过去穿着草鞋的农家小姑娘了。她的变化真是太大啦，完全是判若两人啦。

"姑娘，你还认识我吗？"我站起来，对来客彬彬有礼地说。

"呀，"她好像突然认出了我，"你是曾光大哥吧？"

"正是，看来你是健忘啦，连老朋友都不认识啦?"

"对不起，曾光大哥，对不起，不是我忘记了老朋友，"她马上过来与我握手，"我是没有注意看，光想着慰问舒香大姐了。"

我指着坐在周围的人问她："黄春花，你还认识这些人吗?"

她用眼睛扫了一圈在场所有的人，之后非常惊讶地说：

"哎呀呀，失敬失敬，请大家原谅春花妹有眼不识珍珠，这不都是下乡在我们凤凰山的各位大哥大姐吗?"

"正是的。"舒香回答说，"你看你还能认出他们来吗?"

"现在我全认出来啦! 对不起，各位大哥，对不起，各位大姐!"黄春花热情地对我们大家说，"请原谅小妹春花眼睛太近视了。"

黄春花主动过来与我们每一个人握手。

"你好，曾光大哥!"

"你好!"我看她的穿扮真是太抢眼了。

"春花，"宋丹心问她，"看你的派头，你现在当老板了吧?"

"什么老板呢，丹心大姐，"她与我的妻子丹心握手，"我不是老板，我是老板的太太。"

"老板太太?"郭小红说，"难怪看起来比老板还有派呢!"

"您过奖啦，小红大姐。"她跟郭小红握手，"真的不好意思，开始没有认出你们来。"

"哎呀，春花，"陆春芳说，"你看起来真是今非昔比了!"

"春芳大姐，不要这样看我嘛，我还是不会忘记老朋友的。你问舒香姐，我还是问过你们大家的。"

"你好，春花姑娘，"李国成说，"看来你真是发财啦?"

"发财谈不上。"她跟李国成握手，"是国成大哥对吧?"

"是的，恭喜你发财呀!"

"谢谢，谢谢。"她又跟王中英握手，"是中英大哥吧？"

"对，王中英。"

"这位不用说就是武力大哥啦！"她最后与武力握手。

武力非常感叹地说："哎呀，真是不敢相信呢，春花姑娘，士别三日当刮目相看啊！"

"什么意思，武力大哥？你们大家真以为我变啦，其实我还是我，我的本质没有改变，我还是凤凰山的农家姑娘黄春花，不过现在的经济条件比过去好一点了。"

"春花，你是发大财了吧？"宋丹心问她。

"没有，没有。丹心姐，我不过是一个农家姑娘，能有多大的能量啊？不过是我找对象的命好，找了一个好老公，改变了我的命运和生活条件。"

"也就是说，你找对象找到大老板啦？"郭小红问她。

"也不是什么大老板，可能比一般人有点钱吧。"

"春花，你看起来真像一位富太太啦！"陆春芳羡慕地说。

"这就是命，春芳大姐。我的命还算是不错的，从上大学到找对象，一路上遇到的都是好人，都是贵人。"

"所以你如今成为有钱人了？"李国成看来也羡慕她。

"怎么说呢，国成大哥？要说我是有钱人，还算不上，但是我的钱够吃、够花、够用，可能比一般人要富裕一点吧。"

"春花妹妹，"王中英说，"看你的派头可不是一般人呀。"

"你过奖啦，中英大哥，我觉得好像没有什么与众不同的地方吧。"

"春花，你太谦虚啦。"武力说，"跟你比起来，我们快成要饭的叫花子啦。"

"不要这样说，武力大哥，命运是要靠自己改变的。我看你们也不错呀。"

黄春花真的是大变样了，她跟过去凤凰山那个农家姑娘完全不一样了，她好像是一位见过世面的女强人。

这时她的手提包里有一种迷人的声音响起来，她马上打开红色的手提包，从里面拿出一部移动电话来。她向众人表示歉意地说：

"对不起，接个电话。"

她从手提包里拿出来的通信工具是"大哥大"。我们看着她接电话，大家看得都有点目瞪口呆，像是深山老林里的山村人，从来也没有见过电话一样。

诸位读者，请允许我特此说明一下：二十世纪九十年代初期，在中国改革开放只有十多年的时间段里，手拿"大哥大"的人，在中国还是不多见的，尤其是在一个人口不足三十万人的小城市里，像她一样的女人更是少见得出奇，所以我们大家都觉得她好像不是一般的有钱人物。当时的"大哥大"都是国外进口产品，一部"大哥大"的市场价格在三万块钱左右，相当于一个普通工人二三十年的工资呀。

她打过电话之后，把"大哥大"放进手提包里，随后又从包里拿出一个白信封来，信封里面明显装的是钱。她递给了舒香，同时对她说："对不起，舒香姐，我有一件急事马上要去办一下，如果你的家事今天不需要我帮忙了，那我就先走一步了，明天我再来。"

她把白信封放在舒香的手上，舒香不好意思要她的钱。

"春花，我们家不需要……"

"拿着吧，舒香姐，办事儿用，跟我就不要客气了，钱不够用，你再说话。"她把信封放在舒香的手上，随后又对我们在场的人说，"对不起了，各位大姐、各位大哥，我有一件重要的事情要办，所以我就先告辞了。"

她像一个神秘的女郎一样走了，消失了。

她留给了舒香多少钱，我们不知道，但是看起来肯定是不少的，我们大家估计最少可能也有一万块钱吧。

第二天，她又来了。

我们大家帮助舒香送走了她的老父亲，送到火葬场去火化了。我看到舒香父亲的遗体送进火化炉，我深切地感受到人的生命太短暂了，几十年的时间一晃就过去了。

舒香的老父亲后事处理结束之后，黄春花又请我们曾经在凤凰山下过乡的九位知青到一家高级的大酒店去吃晚餐，黄春花为我们花了不少钱，女老板出手就是大手笔，花钱大方得很哪，请我们九个知青吃一顿饭，就够我们工人阶层辛苦半年的。

舒香的父亲火化三天之后，黄春花又开着一辆桑塔纳小轿车来接舒香和她儿子一起到凤凰山去玩儿，去散散心；同时她也邀请我和宋丹心带着孩子一起到凤凰山去玩儿。因为是春暖花开的时节嘛，正好又赶上了全国五一劳动节放长假，她希望我们能到凤凰山去开开心，看一看我们原来下过乡的地方，她的家乡所发生的变化。当然，她的主要目的还是想帮助舒香调解悲伤心情和痛苦的精神状态。

她没有邀请其他人，就是邀请了舒香和她的儿子，还有我和宋丹心，加上我们的女儿荣荣，一车六个人，四个大人两个孩子，正好一车坐得下，人多了也承载不了。

黄春花之所以邀请我们少数几个人到凤凰山去春游，没有邀请其他人，主要原因是我们在下乡的时候对她比较照顾，我们家里大人或小孩穿过的旧衣物、旧鞋之类的东西，可以穿的，后来我们都从家里拿到凤凰山送给她了。那些旧东西对我们城里人来说算不了什么，但是对于生活在山里的穷苦农民来说，当时还是有用处的。所以这个姑娘特别知道感恩，她有钱了知道回报，这也就是她邀请我们到她家里去玩，到凤凰山的农家乐去看一看，转一转，故地重游的原因。

其实我们离开凤凰山已经有十个年头了，我们对那个小山村已经淡忘了。

凤凰山当年留给我们的印象就是穷，就是落后，就是苦，就是累。宋丹心后来是特别反感那个小山村，因为当地的老乡或者说农民，伤害过她的自尊心，压着她最后一批回城，所以她对那个地方没有好感。她本来是不打算接受黄春花的邀请去凤凰山春游的，但是我接受了黄春花的盛情邀请，因为黄春花亲自上门到家里来邀请我们前往，又亲自开车来接我们去凤凰山，我们不去太不好意思了，也太伤人家的面子和一片热心肠。我接受了黄春花的盛情邀请，这样宋丹心也就同意跟着我们随行了，因为她怕我和舒香在一起，在那个偏僻的小山村里生出事端来。过去一对初恋的情人，再来一个重温旧梦、重温旧情，她精神上怕受不了刺激，所以决定跟我们同行。尤其是听说舒香死了丈夫之后，女人的防范心理和自我保护意识就更强了。

黄春花开车带着我们驶进了凤凰山。我没有想到凤凰山里已经通了公路，原来步行要走两三个小时的路程，现在开车只需要二十多分钟就到了。

"我们这里早就通公路了。"黄春花对我们说，"如今的凤凰山已经今非昔比了，你们进来看一看就知道了。我请你们来玩的不是过去那个贫穷落后的小山村了，我们的凤凰山，如今已经是汉水城的世外桃源了。我在里面建起了农家乐，建起了钓鱼场，建起了水上乐园；而且满山遍野种起了樱桃树，还有草莓基地、水蜜桃园、橘子园，还有猕猴桃园，等等。我保证叫你们玩得高兴，吃得开心，不想回城了。"

她说的是真的吗？我们将信将疑。

我问她："春花，你是在凤凰山投资当老板啦？"

"是的，曾光大哥，我回凤凰山工作已经有八个年头了。我大学毕业之后在广东工作了不到两年的时间就跑回来啦。舒香姐知道的。"

"是吗，舒香?"宋丹心问她。

"是的，"舒香说，"春花大学毕业之后，就跑回来投资当老板了。"

"春花，你从哪儿来的钱呢?"宋丹心很感兴趣地问她。

"我不是找了一个好老公嘛。"黄春花笑着回答。

凤凰山到了，黄春花开车慢了下来。怎么回事呢?我下了车才发现公路上堵车了，在凤凰山的小路上，大小汽车已经排满了。在进山大约两公里的路段上，居然还有两名警察在疏导交通呢。我真的惊讶会有这么多大车小车跑进凤凰山来，这真是不可思议的现象。

"春花，"我问她，"有这么多人和车跑进来，他们来干什么?"

"老外吧，曾光大哥，他们是到我们这里来买樱桃，买草莓的。"春花对我们说，"今天的人和车还不算多的，过两天五一节，人和车还要多一些。五一劳动节是我们凤凰山最热闹的季节。来买樱桃的、买草莓的，来钓鱼的，来玩乐的人，络绎不绝，天天好像过节一样。你们先下车，到我家里去喝茶，舒香姐带队，看来这车还是要堵一会儿的。"

我们大人小孩下了车，步行，车主人留在了车上，我们要走路到黄春花的家里去。

舒香拉着儿子的手走在前面带路，看来她对这里的情况比我们熟悉，不用说，她之前肯定是来过的。我和宋丹心牵着女儿的手跟在后面。一路上，我们看到人和车都是满的，人跟着人走，车跟着车走，好像排队买东西一样。路上车是满的，山上人是满的，车在路边休息，人在山上采摘樱桃，地面平整处还有人摘草莓。看起来到处都是人，到处都是车。这样的情景让我们看了之后感到惊奇。凤凰山什么时候变成满山遍野的樱桃园了?什么时候变成草莓园了?什么时候变成花果山了?我们走的时候可是什么东西也没有的。

"这就是黄春花的功劳。"舒香对我们说,"她回来之后,就在小山村里种植了第一批樱桃树,以后又种植了草莓、猕猴桃等作物。她带动了凤凰山的老乡们也跟着种植樱桃树、草莓、猕猴桃等,所以现在这里的农民也都慢慢地富裕起来了。"

我更惊讶的是,凤凰山的老乡们房屋全变了,好像出现了奇迹一样,过去那些破旧的、不堪入目的、摇摇欲坠的小土屋、木板房,全然不见了,取而代之的是一家家新盖起来的砖瓦房。虽然他们盖起来的房子没有统一的规划,没有统一的标准,没有统一的风格,看起来有点乱,但是家家户户的房屋都是独立的小楼,都是新盖起来的,这是千真万确的。家庭有钱的,盖的房子都是表面上贴了瓷砖的小二楼。家庭不太富裕的,也盖起了小二楼,就是表面没有贴瓷砖,光面水泥的。最差的农民家庭,新盖起来的房屋也是红砖水泥的。我都找不到我们知识青年当年上山下乡住过的黄大叔的家了。

"黄大叔的家已经不在原址了,我们知青住过的房子已经不存在了,变成公路了。"舒香对我们说,"你们要不要到黄大叔黄大妈家里去看一看?"

"当然要去,老房东能不去看一看吗?"我说,"更何况,黄大叔和黄大妈原来还对我们知青那么好,一定要去看一看的,来了不去看望二位老人家太说不过去了。"

"我看还是不去了吧?"宋丹心说,"我们又没有给黄大叔和黄大妈二老买东西,带礼物,两手空空的去了怕不好吧?"

"不用带礼物,"舒香说,"如今凤凰山的人要比我们有钱。黄大叔的家前面就到了。"

我们走到了黄大叔的家门前,看见黄大叔和黄大妈二位老人家正在家门口的樱桃树上为游客摘樱桃呢。

二位老人家已经有六十多岁了，身体还挺健康的，一个攀着梯子在树上摘樱桃，一个在树下扶梯子，树下旁边还坐了几个等着买樱桃的游客，老两口好像忙不过来了，累得满头大汗。他们已经年过花甲了，为了挣钱还干劲十足。我们既没有叫他们，也没有打扰他们，而是静静地坐在他们家门前的小椅子上休息，喝水。

黄大叔家也盖起了新楼房，上下两层楼，整个房子的面积看起来可能有两百多平方米吧，表面上还贴了彩色瓷砖呢，看着真是令人羡慕、眼红。像我们这样所谓的城里人，住的房子可能还不如人家的厨房和厕所呢。说起来真的是丢人。改革开放十多年，凤凰山的农民发生了天大的变化，可我们国有特大型企业的工人呢，还不如山里的农民，人家住的房子比我们大多了，宽敞多了，房子的产权还是属于自己的。我们呢，一间破房子住了十多年，产权还不属于自己。我们真是跟人家没有办法比了。看着人家的住房条件和生活条件，我们所谓的城里人真是感到自卑呀。黄大叔家不仅有樱桃树，有草莓，有果园，还有开起来的农家乐饭庄。我看见黄家的门厅上方挂着一块牌子，上面写着"黄家乐"几个大字，字写得还挺漂亮的，看来是请人写的。

我们几个人不由自主地进屋看了一下，黄家欢迎客人的正厅，有一套长木椅子，两个单人座椅，有一个茶几，还有一台电视。正厅的两边屋子是两间包房，一个包房里面放有一张桌子，十二把木椅子，另一间包房也是同样放着一张桌子，十二把椅子。这显然是欢迎客人来吃饭的厅堂。他们家真的是富起来了，看房子，看家具，就一目了然了。

黄大叔和黄大妈打发走了买樱桃的客人，一边数着钞票，一边回到屋里，他们这才发现了我们这些不请自到的客人。

"黄大叔，黄大妈，你们好啊！"我向二位老人家鞠躬。

"黄大叔，黄大妈，你们还认识我们吧？"宋丹心说。

"哎呀呀，这不是小曾吗？这不是小宋吗？你们怎么跑来啦？舒香，你坐。这是你们的孩子吧？"黄大叔还像从前一样对我们非常热情。

我和黄大叔热情地握着手，说："黄大叔，我们来看望您和大妈来了。"

黄大叔马上给我们倒水、泡茶："欢迎欢迎，小曾，小宋，你们可是有好多年没有来过凤凰山了，快请坐，快请坐！"黄大叔还像原来那样淳朴、热情，"舒香，是你把他们带进来的？"

"是呀，我不带他们来，他们肯定找不到黄大叔黄大妈的家了。"

宋丹心跟黄大妈握手："黄大妈，您老人家的身体还好吧？"

"好，还好，谢谢你们还知道跑进山里来看我们。"

"小曾，小宋，你们离开凤凰山之后，就没有来过我们这个地方吧？"

"是呀，没有来过，想不到会有这样大的变化。"

"黄大叔，我可是常客了。"舒香说。

"我知道你年年来。快喝茶。老太婆，中午给客人做饭吃。"

"好。时间还早吧。"

"不不不，黄大叔，"我说，"中午我们不在这里吃，不用大妈辛苦。"

"那你们到哪儿去吃饭呀？"

"大叔，我们有地方吃饭。"我对老人家说。

"你们既然来看望我和你大妈，就在我家里吃饭，"黄大叔向我们炫耀地说，"我们家里有女儿做饭，她学过厨子，做的饭菜好吃。"

"黄大叔，不用了"，舒香对老人家说，"中午我们到春花家里去吃饭，说好的。"

"哦，你们到春花家里去吃饭，那好吧，中午你们到春花家去吃饭，晚上就过来到我家里来吃饭。"

"黄大叔，不用麻烦了。"我对老人家说。

黄大叔真的是对我们太热情了，虽然我们已有十年的时间没有见过面了，但是老人家的好客性格还是没有改变。

黄大妈不声不响地从后面的仓储房里拿出了一小盘樱桃、一小盘草莓，端到我们面前来，放到了茶几上，对我和丹心的女儿，还有舒香的儿子说："来吧，孩子们，吃樱桃，吃草莓。这是我和老伴今天早上摘的，本来想早上吃的，因为今天进山来的客人比较多，忙不过来，就忘记这码事儿了。"

"吃吧，孩子们，不要客气，"黄大叔对两个小孩子说，"我们这里樱桃、草莓满山遍野都是，随便吃。你们挑大的吃，挑好的吃。"

我的女儿荣荣，还有舒香的儿子舒童，两个孩子也不会客气，就挑着樱桃、草莓吃起来。黄大叔给我递了一支烟，比我抽的还高档，我为老人家点了火，我们两个人抽起来，其他人也就自然坐下来了。

我接着问老人家："黄大叔，您老人家这房子是什么时候盖起来的？"

黄大叔说："我们家的房子是去年盖起来的，盖了有一年多的时间吧。"

"你们盖了这么大的房子，还上下两层楼，花了不少钱吧？"

"可能花了有三万多块钱吧。"

"花了多少钱？三万多块钱？"

"是的，花了有三万多块钱。"

"我的妈呀，"宋丹心惊讶地说，"黄大叔，那你们一年现在能挣多少钱呢？"

"一年哪，"老人家一边动脑子想，一边说，"我和老太婆，一年卖樱桃，卖草莓，卖桃子，卖橘子，再加上卖猕猴桃，再卖一点鸡蛋，一些小鸡儿，再卖几头猪，开个农家乐小饭馆，一年可能要挣到六千多块钱吧。"

黄大叔说的话，真的是把我吓了一跳。人家老两口已经六十多岁了，在远离城镇的小山村里面，一年居然能挣到六千多块钱。我真是觉得太不可思议了！

我们知识青年离开凤凰山的时间也就十年，回城参加工作也是十年。我一个月的工资是一百多块钱。宋丹心的工资，十年的时间也是跟我一样的。我们两个人的工资加起来，一年还拿不到三千块钱，这就是我们在国企参加工作十年的收入。十年的时间，我们的工资也算是增长了五倍，国家的物价也同样是上涨了五倍。

同样是十年的时间，同样是国家改革开放的时间段，一个山村农民的收入，一年竟然能够挣到三千块钱。两个六十多岁的老农民，一年的收入能挣到六千多块钱。他们挣的工钱，照改革开放之前的工钱比起来增长了一百多倍，太不可思议了！他们一年所挣的钱，等于我们国有企业职工收入的两倍，这样的对比反差太大了，太让人吃惊了。而且人家农民一年四季吃的、用的，基本上不用花什么钱，他们吃的粮食不用花钱，吃的蔬菜和水果也不用花钱，吃的肉也不用花钱，吃的鸡也不用花钱，吃的鸡蛋也不用花钱，吃的水也不用花钱，就是电需要花点钱，其他都是自给自足，自己家种的，自己家养的。他们花钱的地方就是买点食用油，买点食盐，或者买一些生活的日用品。

"黄大叔，"我又问他老人家，"你们是怎样发达起来的？是怎样想到了种樱桃、种草莓、种猕猴桃、种水果的？"

"这呀，可要感谢我们凤凰山的女能人春花姑娘！"黄大叔说，"你们还记得她吧？就是我们凤凰山祖祖辈辈第一个考进北京上大学的姑娘。她大学毕业以后就回来了。是她第一个在我们凤凰山种樱桃，种草莓，种猕猴桃的。我们大队的人，后来都是跟着她学的。她家也是我们凤凰山第一个先富裕起来的人家。你到她家去看一看，人家的资产早就过百万啦，人家盖的那房子真叫漂亮，小车家里就有两台。我们是老了，跟人家是比不上了。但是我们凤凰山的人都非常感激她，我们山里人能有今天也是她给我们带来的好福气。有知识的文化人就是聪明，有知识有文化的人就是不一样，她的大学没有白念！"

黄大叔正在向我们赞美黄春花的时候，她从外面进来了。

"大伯，在客人面前您老人家又说我什么坏话呢？"

"快来，春花姑娘，我可是没有说你的坏话，"黄大叔说，"在座的客人可以见证。你最近忙什么呢，我的侄姑娘？"

"我今天没有什么可忙的，大伯，我叫弟妹他们忙活去了，我要休息。我是来带走我的客人的。大伯，您老人家不会生气吧？"

"那不会的，你的客人也是我的客人。你今天把他们带走，明天我把他们请过来。"

"那好吧。我们走吧？再见，大伯。"

黄春花招呼我们跟她走，我们只有跟黄大叔和黄大妈告别了。

"孩子们，你们在这里多玩两天，"黄大叔亲切友好地对我们说，"明天到我的家里来吃饭，我给你们准备好吃的，你们来一趟不容易，十年了，才想着回来看望我们，明天我一定请你们来家里吃饭！"

"不用啦，大叔，谢谢您老人家！"

"明天你们一定要来，你们在我家里住过五年，不管怎么说，咱们也是老朋友了，以后见一面少一面了，我一定要请你们知青孩子们来吃饭！"

"好吧，好吧，明天我们一定来！"

我答应了黄大叔的要求，因为老人家的话，说得有一点儿伤感的情绪了。见一面少一面，我们不能伤老年人的心，黄大叔和黄大妈还拿我们知青当老朋友看待。

我们与黄大叔和黄大妈分手之后，就到黄春花家里去了。

第 3 章　黄家山庄

　　黄春花带着我们一行人到她家里去。我在路上又看到了架在汉江上的那座桥，读者也许还记得过去凤凰山的人经常过河走的那座独木桥吧？现在已经变成了一座水泥桥了，不再是原来那座烂木板、朽木桩、人走上去摇摇晃晃、随时有可能掉进河里的破木桥了。

　　"春花，这座桥是谁修建的？"我问她，"过去的木桥变成水泥桥了？"

　　"这是政府与我合资兴建的。政府投入了百分之八十的资金，我投入了百分之二十的钱，修建起了这座桥。"

　　新建起来的水泥桥，要比过去的木板桥结实多了，安全多了，稳固多了，漂亮多了，人走在桥上起码不会摇摇晃晃了，不用担惊受怕了。

　　我们到了黄春花的家，一座漂亮的别墅呈现在我们的眼前。我和宋丹心看到黄春花家新建起来的房子感到惊讶不已，就好像土老乡进城第一次看到了辉煌的宫殿一样。

　　"春花，这是你的家吗？"

　　"是呀，请进去看一看吧。"

　　我真的不敢相信这样漂亮的住宅会是她的家。真是太漂亮了，像小花园一样，十多年前我到她家里抓猫时看到的那个破烂不堪的小土屋已荡然无存了。她家的住房建得明显与凤凰山所有的居民住宅都不同。她家的小院，房前屋后占地可能有两亩地左右，前面是花园，后面是山，山上种满了果树，可以说是果园，小院外围被花池围起来，好像漂亮的城市花园一样有低矮的护栏，花池里还有多种多样的花草，看起来非常漂亮。

一座白色的小楼像一座漂亮的白塔一样共分三层呈现在我们眼前，房顶和外观都是由彩色琉璃瓦和瓷砖包起来的。小白楼的院子里停了两辆小汽车，一辆是小皮卡，可能是拉货物用的，还有一辆就是她接我们来时自己开的那辆上海大众桑塔纳轿车。我看到她家漂亮的花园和住房真的是惊呆了。十年的时间，只有短短的十年时间，她的家庭就发生了如此巨大的变化，真是太惊人啦。

她请我们进屋坐。我们看到她家的门面，显然是一个农家乐的高档酒吧，或者说是高档餐厅，不过看起来比其他人家的农家乐酒店的餐厅要漂亮多了、豪华多了。进门一楼是一个大客厅，有高档木制的漂亮椅子，还有茶几，加上一台大彩电。正厅的左右两边是包房，共有四间包房，一间房里各有一张大桌子，加上十二把椅子，还有一张沙发、一个小卫生间，但是看起来就像大城市里的高档酒店的包房一样漂亮、一样美观。她把我们引上了二楼，也就是她家住人的地方。进门同样是一个大客厅，左右两边有四间卧室。我们只是在客厅里坐下来喝茶，没有进卧室去看。不过大家也能想得出来，她家的卧室条件也是不会差的，里面的家具肯定也是漂亮的，不会是普通的。

她把她的一个妹妹叫来给我们倒水泡茶，然后又叫她的妹妹下楼通知餐厅的厨师，中午给我们做饭吃，并且特别关照，要做厨师最拿手的、最有特色的美味佳肴。

大家坐下来喝茶时，我就问她：

"春花，你的家看起来太漂亮了。你现在无疑是一个大老板啦，你是怎样发财的？又是从什么时候开始发达起来的？"

黄春花陪着我们喝茶，坦率地微笑着，向我们讲述了她的故事。

"曾光大哥，我现在还不算是什么大老板，也谈不上发财了，只能说比一般人有钱了，过得好了。我的发达当然是国家改革开放政策的结果，当然也离不开个人的努力。我是在国家实施改革开放政策后，回家开始创业的。你们都知道原来我的家庭条件有多苦，家境有多穷。我上大学的时候，我家还是我们凤凰山最穷的。你们都曾经出于同情给过我衣物，给过我帮助，我到现在还记得你们给过我的恩典，给过我的点点滴滴，我一辈子也忘不了。"

"那是已经过往的小事儿了，不算什么。"我想听她讲回家来创业的故事。

"对你们来说，那是小事儿，对我来说，那是一辈子的恩情。"黄春花又接着说，"我考上大学的时候，人家高兴，我发愁。舒香姐是知道的，我上大学的学费都是县政府为我支付的，我可怜的父母连送我到北京上大学的路费也拿不出来，也是县政府为我支出的。因为我是那一年全县高考的状元，是全县考生排行榜中的第一名，所以县政府特别拿出了一笔资金来帮助我，使我有机会到北京去上大学。这是我一生中最重要的一步。如果没有县政府的资助，我只有放弃上大学了。"

"那你大学是怎样度过的呢，又是怎样生活的呢？"我又问她。

"说起我上大学，还有许多事情是令我非常难忘的，特别是舒香姐对我的支持与帮助，是最令我难以忘怀的。因为，我上大学父母本身是不支持我的。我的父母祖祖辈辈都是山里人，没有知识，也没有文化，又没有见过大世面。过去家里太穷，山里人又认识不到知识的重要性，所以他们从小到大就没有读过书。我中学毕业以后，父母就不想让我读书了。说来也巧，你们知青正好上山下乡到我们凤凰山来了，我就以你们为由，跟我的父母哭闹要读高中。你们上山下乡到我们凤凰山来，在我们深山老林的农民们眼里可是高人一等的。我的父母看到你们吃得好，穿得好，人看起来也聪明，他们好像悟到了一点什么，最后十分勉强地同意我读了高中。你们也知道我高中毕业之后，回乡在家里干了半年农活，正好舒香姐又来找我学习高中的课程。我父母的脑子好像是越来越开窍了。但是到我真正要考大学的时候，他们又极力反对了。因为我家里实在太穷，实在没有钱供我读书，但是我和舒香姐一起复习高中的课程，点燃了我要上大学的梦想，父母反对我也不听了。"

"你真是有主见的姑娘，太有主见啦。"宋丹心非常赞赏地说。

"你还记得吧，曾光大哥？"黄春花又接着说，"我考大学的时候，你还帮助过我呢，这么多年了，我一直没有忘记过，记得清清楚楚的。你陪伴着舒香，陪伴着我，到县城一中参加高考，你花钱请我们在县城小旅馆里住了两天，两个晚上，在县城里下饭馆，又吃又喝，花了你不少钱吧？是不是？那是我一辈子第一次到县城里住旅馆，也是我一辈子第一次在县城里面下饭馆吃饭，我真的是太感动了。我们山里人虽然穷，但是并不傻，也不糊涂，你们对我所做的任何好事，我都铭记在心里，念念不忘。"

"春花，那都是已经过去好多年的事儿了，你还记它干什么？"

"不，曾光大哥，古人说得好，滴水之恩当涌泉相报！"

"曾光，春花经常在我面前提起你帮助我们考大学的事情。"

"一件小事儿，略尽微劳，不足挂齿。"

"可是，曾光大哥，那对我来说可是一生中的一件大事呀，对舒香姐来说也是一件大事儿呀，我们的命运从此改变了！"

"春花，还是讲一讲你是怎样发财的吧。"

宋丹心不想听我陪着舒香和黄春花参加高考的故事，因为她没有去，她也怕听我和舒香过去激动人心、有情有义的故事。

"好吧。"黄春花又接着说，"其实我上大学的时候还是挺难的，因为我的家庭条件实在太困难了，不是一般的困难。那时我的父母在生产队出工干活儿，因为分值低，一个人干一天就挣两毛钱，你们下乡的时候也知道，我的父母在生产队干一天活，累死累活也挣不到四毛钱，我的父亲身体又不好，我的母亲工分报酬又低，他们两个人一年忙到头累死累活也挣不到一百块钱。而我的家庭，父母又有六个孩子要养活，我是家中的老大，我下面还有三个弟弟两个妹妹，全家人要吃饭，要穿衣，孩子们还要上学读书，难得我父母经常哭，常常以泪洗面。

"我上大学的时候，虽然每学期的学费是由县政府帮我解决的，可是生活费还是要我们家自己解决。可我的家庭哪儿有钱呢？为了坚持把大学读下来，我只有到学校找勤工俭学的工作岗位，争取挣钱自己养活自己，不找父母要钱。我的想法是不错，可是我在学校找了两份勤工俭学的工作，一份工作一个月才挣五块钱，两份工作加起来一个月也就挣十块钱。

我一边学习，一边勤工俭学，可是一个月挣十块钱的生活费，我省吃俭用，也只是够我花二十多天，还有余下来的时间我就不知道该怎么过了。我经常是一天只吃两顿饭，不敢吃三顿饭，为的就是省下一顿饭钱，后面能多吃几天饭。那时候，我的生活是真难哪，同学们不论男女谁也瞧不起我，因为家穷嘛。人穷嘛，只要是花钱组织的活动，我从不参与，这自然也就引起同学们对我的另眼相看。其实老师们还是挺喜欢我的，因为我的学习成绩一直不错，总是班里或者系里名列前茅的。我的目的就是好好学习，争取多拿一点奖学金。其实我们那个时候，大学的奖学金也是很少的。我上了四年大学，从来没有问父母要过钱，也从来没有买过学生医疗保险。

"我的生活费不够怎么办？在我最困难的时候，还是舒香姐向我伸出了援助之手，无私地帮助了我。舒香姐是我一辈子的大恩人！我们上大学的时候虽然不在同一个地方，更不在同一所大学，但是我们经常通过书信或者通过学校的公用电话联系。"

"舒香是怎么帮助你的?"我问她。

"舒香姐是在日常生活中帮助我的。好像是有一次通电话吧，舒香姐?"

"是的。"舒香说。

"我有两天没有吃过饱饭了，因为到月底了，十块钱的生活费花完了，身上没有钱了。舒香给我来电话，我们正在通话的时候，我突然昏倒了，后来被同学们送到学校的医院去抢救，舒香姐可能是在电话里听见了我周围的同学们说话了吧?"

"是的。我是在电话里听到你出事儿了。"

"后来，舒香姐就打电话来询问我是怎么回事儿? 我就随口说出了，由于没有饭吃饿昏了，其实我也是无意中脱口说出来的，我的生活实在太苦了，太难了，我无意中向舒香姐吐露了苦水，舒香姐就知道了我的困难。舒香姐是个有心人，后来舒香姐就每两个月给我寄来十块钱的生活费。平均一个月五块钱，我没有记错吧? 舒香姐?"

"你没有记错。不说啦，春花，过去的事儿不提了。"

春花继续说："一个月五块钱，在今天说起来不算什么，可是在我们上大学的那个年代，五块钱就差不多够我吃十天饭啦。我一个月也吃不了十五块钱的生活费。舒香姐，那个时候，你的父母一个月给你寄多少生活费? 你一直对我保密，从来也没有告诉过我。"

"当时我父母一个月给我寄二十五块钱的生活费。"

"当时你的父母给你寄二十五块钱，"我说，"你一个月还要给春花寄去五块钱?"

"是呀，好朋友，好姐妹嘛。"舒香说，"你想啊，没有她的帮助，我也考不上大学吧？"

我现在似乎明白了，舒香和黄春花之间的关系为什么如此密切、亲如姐妹了，在舒香为老父亲办理丧事的时候，黄春花会出手拿出那么多钱来送给她，她们之间的情分不是用钱来计算的。

"后来呢？"我又问。

"后来舒香姐一直给我寄生活费。大概寄了有两年的时间吧？"

"我也忘记了。"

"是有两年的时间，也就是我大学上了三年，还有最后一年要毕业了，我才不要舒香姐寄给我的生活费了。"

"你为什么不要她的生活费啦？"宋丹心好奇地问，她听得入迷了。

"因为我有对象了，有人愿意为我花钱，有人愿意给我生活费了。"

"你那么早就谈恋爱啦？"我笑着问她。

"我谈对象早吗？我当时已经二十一岁了，已经大学三年级了，百分之六十的大学女生都找对象了，丘比特之箭才射到了我心上，我找对象也不算早了。"

"你找了对象，人家就愿意给你生活费吗？"宋丹心又问她。

"是呀，他愿意呀。他追我。"黄春花得意地给我们的茶杯里加水。

"他现在就是你老公？"

"对呀，他后来就是我的老公，我一辈子就谈了一个对象，结果就成了。"

"春花，那你也太容易叫人家追到手了吧？"

"丹心姐，我当时的家庭条件不能跟其他人比呀，我十分清楚我是一个农家姑娘，自身条件有限，我知道自己虽然长得不丑，可是也长得不是光彩照人的姑娘，所以有人追我，我也就心满意足了。"

"你找的对象是你的同学吗?"我问她。

"是的,我找的对象是我的同班同学。他是广东人,是个又小又瘦的小广东,是我们班姑娘瞧不起、看不上的男生,就像我在男孩子眼里不迷人一样,他是因为矮小,我是因为穷。

"他长得太矮小了,像中学生一样,不过他长出灵气来了。他开始追求我的时候,我还有点看不上他,因为他长得没有我高,我的身高是一米六三,他的身高还不到一米六零。不过他挺聪明的,我说的不是他学习聪明,而是他追求我的时候聪明。他看到我经常一个人吃饭,躲着人群,随便买两个馒头,买一点咸菜,就是一顿饭,他就主动接近我,经常在我到食堂吃饭的时候,他就主动坐到我面前来,有意识地给我增加一点饭菜。后来时间长了,我就被他的真诚所打动了。人心都是肉长的,人家长时间地帮助你,哪能不领情呢? 后来我就接受了他的追求,就认命啦。因为我十分清楚,我的家庭条件不允许我找对象挑三拣四的,大学毕业之后我就想把自己嫁出去,帮助父母减轻家里的负担,帮助父母养活我的弟弟妹妹们。所以我们就开始恋爱了。不过我们的初恋不是感情,而是互补,他对我是追求,我对他是感激。他看到我每个月吃饭都非常节俭,人瘦得像树枝一样,他就主动为我补充伙食,吃饭的时候,他就有意多买一份饭菜送给我吃,我开始还觉得不好意思,后来时间长了,也就慢慢接受了。人与人之间的感情就是慢慢相处出来的,慢慢升温的。他后来坦白地向我表明爱上了我,我也就慢慢地喜欢上他了。

"舒香姐,我后来不让你给我寄钱了,就是我的对象帮助了我。我们班的同学们都叫他小广东,喜欢叫他这个绰号,其实他人挺好的,就是长得个子小,像潘长江一样,还不如潘长江长得结实、健壮。他的本名叫叶中青。大学毕业之后,我们两个人就结婚了。其实大学毕业的时候,我是可以继续考研究生的,可是我的家庭条件不允许,就只好放弃了。叶中青学习方面不如我。大学毕业之后他请求我跟他回广东，我同意了，也跟他一起分配到广东去工作了。

"他的家就是深圳的，当时的深圳刚刚被国家定为经济特区。我是怀着好奇心跟着他到深圳去的，我想去深圳看一看经济特区到底是个什么样子。我们结婚之后就把家安在了深圳，我是随丈夫跟他父母住在一起的。让我没有想到的是，当时的深圳还是个乱七八糟的小渔村，沙头角工业区刚刚挂牌不久，大规模的建设刚开始起步。不过由于占地的关系，深圳本地人已经明显比我们内地人有钱了，生活比我们好过多了。至于钱是怎么来的，我当时也不清楚。

"我和叶中青结婚之后是跟他的父母住在一起的。他们家的房子是新盖起来的，一座三层小楼，住得条件不错。他的父母住一楼一层，两个室一个厅，面积有八十多个平米。我和叶中青住二楼，也是两个室一个厅，面积八十多个平米。他的弟弟妹妹住三楼，也是两个室一个厅，同样是八十多个平米。这是深圳人第一批自己盖起来的住房，全家人住在一起也挺宽松的。不过让我感到羡慕的是，叶家人好像挺有钱的。全家人都有自己的工作。他们家不仅自己盖了房子，还有三辆摩托车，是他老父亲和他两个弟弟骑的。

"嫁到叶家之后，我和叶中青分配到蛇口工业区工作，当时拿的钱也不多，一个月也就一百来块钱，不过要比内地人的工资高出许多了。

"春暖花开的时候，我和叶中青从深圳跑回来，回到了生我养我的地方——凤凰山，回家来看望我的父母。女儿结婚了嘛，我自然要回家来告知我的父母和我的家里人一声。我的家庭依旧是贫穷的、落后的，叶中青对此表示同情。

"有一天晚饭后，我和叶中青下河里洗澡，因为五月的天气河水也不凉了。广东人有每天晚上冲凉的习惯，我家里又没有冲洗间，所以我们两

个人只有到河里洗澡。

"面对着美丽的凤凰山和清澈的汉江水，我就问他：中青，你说我们这个地方，青山绿水，干什么东西可以发财呀？

"他笑着回答说：这个地方可以养鱼。

"废话，大河奔流，我也知道可以养鱼。我问的是除了养鱼之外，还可以干点什么？

"他想了一下，对我说：我觉得你们这个地方可以种樱桃,种草莓,种水蜜桃，种橘子，种猕猴桃。种水果，几年之后肯定可以发财。

"种水果？

"对呀。我外婆家也是山区，不过没有你们这里的山高，也没有这里的山大。我外婆家的房前屋后种的都是水果，什么樱桃啦、草莓啦、桃子啦、橘子啦，等等，每年长得可好啦，也不少赚钱。我小时候经常到我外婆家去吃草莓，吃樱桃，我看你们这里的山没有什么东西，平地也没有种什么东西，不如山上种一些果树，平地种一些草莓，正好是五一前后结果。能不能卖出钱来先不说，至少家里人可以吃一点吧？还有，你们这里也可以养鱼，最好养网箱鱼，都是可以发财的。

"嗯，有道理。

"你想干什么？

"我想以后能为家里做一点事情。

"你是说，你想回家来发展？

"对呀。你支持我吗？

"你叫我想一想吧。

"他当时没有给我答复。他到处看了几天，转了几天，之后对我说，可以支持我回家来试试。先养鱼，种一些果树，等等。当时我们两个人也没有具体的规划，只是有这样一个想法。

"我想为家乡人做一点事情，因为我上大学的时候，如果没有当时县政府开明的领导人大力支持，我也上不成大学。人嘛，活一辈子就要懂得知恩回报，要懂得感恩。而且我也想为家里人做一点事情，要为我家里人脱贫致富，改善家里人的生活条件，为家里人谋一条出路。我是结婚出嫁了，可是我的父母还要养活我的弟弟妹妹们，我当大女儿的，自然要为家里人分忧解难了。

"有一天吃晚饭的时候，我父亲对我们说，大队的鱼塘和水库对生产队的社员承包，可是大家都没有钱，没有人愿意承包，因为大队要的价钱太高了，每年要向大队交一万块钱。现在说起来一万块钱是小钱，可是当时对我们凤凰山的穷苦农民来说，是一个天文数字。我和叶中青在家里没有什么事儿，我就带着他到大队的水库和鱼塘去转着看，看到我们大队的水库和鱼塘他来兴趣了。他说我们大队的鱼塘和水库一年要一万块钱不算贵。他家在深圳原来就是当地的渔民，所以他很早就学会了养鱼和打鱼，不过原来他在家打鱼、养鱼是在海上。他说在水库和鱼塘里养鱼打鱼更简单、更方便。

"我问他，如果我要让我爸爸把大队的鱼塘和水库承包下来，你愿意帮助我们家吗？他说可以考虑，回家跟他老父亲商量之后再做决定。

"深圳人改革开放得早，胆子还是大一些。我们两个人回到深圳之后，他就对他老父亲说了我们家水库和鱼塘的事儿，他跟他老父亲算了一笔账，水库有多大，鱼塘可以养多少鱼，需要投入多少钱，一年大概能收入多少钱，等等。人家都说小个子人聪明，光长心眼不长个，可能也有它一定的道理吧。他把他的老父亲心眼儿说活了。

"他父亲问他：青仔，那谁愿意去干这件事情呢？

"叶中青对他老父亲说：爸爸，我想和春花回去跟她的家里人一起承包水库和鱼塘，干两年试一试。

"叶中青也愿意跟我一起回家干，我听了特别高兴，心里也特别激动。他老父亲一听就明白了，这是他儿子和儿媳妇提前商量好的事情了，意思就是问他老人家愿不愿意拿钱？我老公公想了三天，最后给我们答复，愿意出资两万块钱，成不成也就是两万，成了收回本钱，败了就算了，劝我们再回到深圳来。当时深圳开发商占地，可能给了叶家一笔钱，我听叶中青对我说，可能给了他家有几万块钱吧。所以虽然从家里要拿出两万块钱来，他父亲有一点儿心疼，但是为了支持儿子投资做生意，他也就同意了。叶中青的父亲脑子还是比较灵活的，生意上的事儿他也想得开，因为他在深圳就是自己跑生意，自己当小老板的，所以才会支持我们。不过老公公丑话说在了前面，如果我和叶中青事业干成了，他要百分之二十的股份。这是我人生第一次看到儿子和老子在投资方面也要签合同。我觉得真是一件怪事儿，我当时还非常不理解。"

"还有这种事儿呀？"我难以置信，"老子和儿子还要算得这样清楚？"

"这正是生意人的精明之处，"黄春花又接着说，"改革开放之初，内地人跟香港人学会了做生意，也就学会了签合同，亲兄弟也要明算账，一点也不含糊。

"我和叶中青拿着他父亲给我们的两万块钱现金，马上从深圳返回来，回到了凤凰山。

"我毫不犹豫地就找到了大队严书记，与大队签了十年的合同，把头一年的一万元的合同费用交给了大队会计，双方合作都十分满意。

"接下来，我们就用还剩下来的一万块钱现金，买了一台小型抽水机、一台小潜水泵，还买了一万尾小鱼苗放进了水库和鱼塘里。我发动全家人跟着我们一起养鱼，跟着我们一起干。我父母还有我的弟弟妹妹们，积极性也很高。全家人也都听我的指挥，包括叶中青也一样听我的。我一辈子最满意的事情就是找到了一个好老公，叶中青什么事情都听我的，虽然他

276

长得不体面，长得没有男子汉的气派和风度，但是在做生意方面，他的脑子还是比较灵活的，比我好用。我们还用了一点钱，跑到叶中青的外婆家，买了一些樱桃树苗、草莓种子等回来，种到了我家房前屋后的山坡上面。我们还留下了一部分资金以备他用。我们全家人忙前忙后忙了几个月，天天跑到水库上，跑到鱼塘守夜棚里，观察鱼的成长和变化情况，最后的结果会怎样？大半年过去了，到了年底的时候，我们花钱请了一些村民当劳力，帮助我们把水库里的鱼和鱼塘里的鱼，全部打捞起来，运到汉水小城去卖，结果非常不错。我们家卖了有五万多斤鱼，赚了有三万块钱，除去成本费，我们全家人还赚了有两万块钱。全家人那个高兴啊！我们贫穷的家，成了凤凰山最有钱的人，成了万元户，老乡们那个羡慕呀，那个眼红啊！

"许多人都跑到大队去找严书记，要求跟我们一起联合承包水库和鱼塘，其实就是故意捣蛋，故意搅乱我家的承包事宜。但是大队严书记是一个非常坚持原则的人，说话算数，我们签定十年的合同不会改变，老乡们闹也是瞎胡闹。我们又把新一年的合同钱交给了大队会计。

"第二年我们全家人更有经验了，比第一年做得还要好，比第一年又多赚了两万块钱。我们家从此发达起来了，也更有信心了。我想，全家人光搞水库和鱼塘也不行，再加上一点其他生意吧，我们接着又在水库里放养了一批甲鱼种苗。我又想到了引种桃子、橘子和猕猴桃等水果。我们山里本来就有猕猴桃，但不是种的，是野生的，是在山上自然生长的，好吃，有营养，味道好，就是果品太小了。我又从广东引进了南方品种的猕猴桃，把我们家承包的房前屋后所有的地方都种植上了。结果桃子、橘子和猕猴桃也引种成功了。三年之后，我们家的果园也开始卖钱了。因为我们这个地方原来没有家育的好水果，汉水城里卖的东西都是从外面拉进来的，批量很少，每年三十多万人口的小城市，什么品种的水果吃两天就没有了，水果是紧俏的东西，不愁没有销路。第三年我又加大了果园的投入。

"结果凤凰山的乡亲们都学聪明了，他们也跟着我们全家人一起学种水果。大家都是贫苦的农民，人家有求于我，我也愿意帮忙，结果各家各户就跟着我们家人一起学种樱桃、草莓、桃子、橘子、猕猴桃，等等。当然啦，有的品种还是我们家卖给全大队社员的，大家都是乡里乡亲的，世世代代在穷山沟里面生活，彼此之间都是沾亲带故的，我也愿意帮助他们。我们家的人也不能白辛苦，不能白忙碌，也要赚一点钱，汗水不能白流吧。就这样，全大队的人都慢慢地跟着我们家的人学着种果树，精心培育果园，我们凤凰山的果园就这样慢慢发展起来了。

"如今的凤凰山已经成为远近闻名的花果山啦。乡亲们已经认定了，跟我学，会赚钱的。这是大队严书记对老乡们说的。他老人家的嘴到处为我宣传，逢人便说，我们家去年赚了多少多少钱，前年赚了多少多少钱，结果严书记的话越传越广，越传越神，传得十里八乡的人都说我是百万富翁、千万富翁。其实我家头三年也没有赚到多少钱，不过十万、八万还是有的。不过我们家八口人全上阵，再加一个叶中青，一家九口人，赚个十万、八万块钱也不算什么，平均下来也就是一个人一年赚了不到一万块钱，这就传神了，传开了，传得不得了了。当然，现在我家赚的钱是比过去多一点儿了，不过赚的也是辛苦钱。

"十年的时间过去了，我们凤凰山满山遍野都是花果啦。经过全大队一千多人的共同努力、共同开发，我们凤凰山已经形成气候啦，家家卖草莓，家家卖樱桃，家家卖桃子，家家卖橘子，家家卖猕猴桃。如今我们凤凰山的农民确实是比过去富有了，我们的名声也传播出去了。现在的凤凰山已经不叫凤凰山了，外面的人给我们改了名，叫花果山了。

"现在，每年的水果季节，到我们凤凰山来买东西的人络绎不绝。城里人到我们这里来，一方面是为了买水果，一方面是来游玩踏青的，也有人是来钓鱼休闲的。

"再过十年你们再来看，我们的凤凰山一定会比现在变得更美丽、更漂亮、更美好！"

"春花，你回家来创业到现在，工作一定很辛苦吧?"我问她。

"是的，曾光大哥，我们的工作是很辛苦的，但是也很快乐。我的家庭脱贫了，致富了，我的父母和弟弟妹妹们过上了幸福的生活，这是我最感欣慰的事情。"

这个能干的山村姑娘似乎讲完了她自己的创业故事，她说得有点口干舌燥，停下来喝茶。我们也跟着一起喝茶。

这时她的丈夫叶中青从外面回来了。

"哟，家里来客人啦?"他进门就欢快地说，并且向我们这些客人微笑致意。

"大家认识一下，这就是我丈夫，我的好老公叶中青，"黄春花指着丈夫向我们介绍说，"这是曾光大哥，丹心大姐，我以前对你说过的。"

我马上站起来走上前去握手："认识你很高兴！"

"中青，这是我以前最尊敬的好朋友！"

"欢迎，欢迎，欢迎你们到家里来作客！"男主人马上礼貌地从包里拿出一盒香烟来请我抽。

"对不起，曾光大哥，我不抽烟，我也想不起来请客人抽烟这件事儿。"黄春花说。

"不要紧，我抽烟也是很少的。"

我接过了叶中青给我的香烟，他为我点上了火。

叶中青看起来长得是不够体面，三角脑袋，大圆眼睛，前额比较突出，眼睛向内深陷，说话眼睛会转圈，一看就是个精明人。

我看着黄春花和叶中青这两口子，真的挺佩服他们的。人家敢想敢干，事业有成。而我们国有企业的工人呢？安于现状，一天到晚无所事事，就是上班工作，下班吃喝玩乐。

所以城市企业的工人发不了财。

"中青，今天拉出去的草莓和樱桃都卖出去了？"妻子问丈夫。

"都卖出去了，而且卖的价格还不错。"

"辛苦啦，辛苦啦，快坐下来休息休息。"

黄春花又像是表扬自己的丈夫，又像是拿他开心取乐。

宋丹心问黄春花："春花，你们有孩子吗？"

"还没有，从结婚到现在，光忙于创业和工作了，孩子也没有要。"黄春花说，"不过后面轻松下来了，我们也准备要孩子了。"

他们也挺不容易的，结婚十年了，为了发家致富，还没有要孩子，这可能是所有创业者的代价吧？中午吃饭的时间到了，黄春花和她丈夫陪着我们一起共进午餐。他们家来了不少进山游玩的客人，楼下的餐厅包房里都坐满了人，既有主人的老朋友，也有新客人。黄春花安排我们这几个最重要的客人在二楼的客厅里就餐。后来，黄春花又安排我们上三楼休息。原来三楼有六间客房，是为了招待远道而来的客人晚上住宿用的。客房里布置得很好，比大城市三星级宾馆的客房还要高级，还要漂亮。下午，我和宋丹心是准备带着孩子回家的，舒香和儿子也想走，但是黄春花不让我们走，一定要挽留我们多住两个晚上，多玩两天，我们只能接受主人家的热心安排。下午休息好了之后，黄春花就带着我们去参观她承包的水库和鱼塘。

原来大队的鱼塘只有一个，现在变成了八个。后来的七个鱼塘过去我们知青下乡的时候没有，可能是我们走了之后兴建起来的。鱼塘的上游还建了一个水库，水库的面积比下面的鱼塘要大得多，也就是说，凤凰山的老乡们不用吃井水了，他们可以吃到水库通到各家各户的自来水。十年的时间，凤凰山的变化真是太大了！

凤凰山的小学新建起来一座校舍，这里就是培养出黄春花的母校。她现在兼任小学校的名誉校长，学校的教室是她和县政府共同出资重新修建的。

她兴致勃勃地对我们说："过两年你们再来看，我们凤凰山一定还会有更大的变化！我已经在水库的一个岩石洞里培育了一批娃娃鱼，目前已经繁育成功了。这是我们深山老林里特有的品种，全国其他地方少有，如果养殖能够成功，我们以后还能赚大钱！还有我们目前已投资了野猪岭，在山上放养了一批家猪，我想跟山上的野猪配种，这是我从一张报纸上看到的消息，我也想学着试一试。我们的野猪岭多年来野猪成灾。如果野猪和家猪能够配种成功，我们又多了一条生财之道，一年之内就能看到结果啦。"

黄春花为我们安排了丰盛的晚宴，有野猪肉，有娃娃鱼，还有茅台酒。晚上大家吃喝玩乐，特别高兴。不过大家也玩累了，吃过晚饭后就想早点休息了。

我的太太宋丹心和女儿荣荣，洗过澡之后，在房间里看了一会儿电视，就先上床睡了。我呢，晚上十二点钟之前是从来不睡觉的。在老婆和孩子睡着之后，我就坐在写字台前，写我的日记和感受，还有到凤凰山来所看到的一切变化，以及心情和体会等，这是我学习文学创作养成的一种习惯。

第 *4* 章 知音交流

我写到晚上十点钟左右，感觉到有点累了，眼睛也有一点花了，腰也有一点酸了，我就想休息一下，站起来出去活动一下身体，到外面去抽一支烟。老婆和孩子在房间里睡觉，我是不敢抽烟的，宋丹心最反感我在房间里抽烟了，所以我只能到外面去抽烟。

我出了房间，到外面的阳台上去抽烟，我听到楼下的客厅里有女人的说话声，好像是舒香和黄春花的说话声，我就下楼到了客厅，想听一听她们在聊什么。

两个女人看见我来了，马上招呼我就座。她们在二楼的客厅里一边喝茶、吃草莓、吃樱桃，一边聊天。我在她们两人对面的椅子上坐下来，自动把烟灭了。

黄春花笑着对我说："你抽吧，曾光大哥，没有关系，我不怕香烟的味道。"

"我怕。"舒香坦率地说，"我不喜欢烟味，怕吸二手烟。"

"我还是尊敬女士吧。"我说，"你们在聊什么？"

"瞎聊，乱聊，想聊什么聊什么，聊生活上的事情，聊工作上的事情。"黄春花说，"我想请舒香姐到我们凤凰山来工作。"

"你请她到凤凰山来工作？她到这里来能干什么工作呀？"

"我想请她有时间的时候，到我们凤凰山的学校来当老师。我们凤凰山的学校太糟糕了，中小学没有一个好老师。舒香姐是大学的老师，我想请她到我们这里来为中小学的孩子们补习英语和数学，一定可以把孩子们的学习成绩提高起来。"

"舒香是大学的老师，到你们这里来当中小学生的老师，这岂不是大材小用了吗？"

"是大材小用了，不过我也愿意请她来当老师。我的两个弟妹的孩子正在学校里读书，孩子们的学习成绩是一塌糊涂，我也没有时间操心他们的学习，看到孩子们的学习成绩单，我就生气。为了山里的孩子们，我想还是请一些好老师来，我跟舒香姐正说这件事儿呢。"

"春花，那你也不能请一个大学的老师到一所中小学的学校来当老师吧？"

"为什么不能呢？你没有听明白，曾光大哥，我是想寒暑假，请舒香姐来为这里的孩子们补习功课。"

"寒暑假来为孩子们补习功课，这是好事儿呀，挣外快是吧？"

"对，我是有意要请舒香姐来挣外快的。"

"我认为挣外快可以来。"

"你看，舒香姐，曾光大哥都说可以来吧？"

"他是站着说话不腰疼，不关他的事儿，他可以不负责任乱说话。"

"舒香，寒暑假，你来挣外快有什么不好的？"

"你不明白。"舒香不让我乱打岔，她对好朋友说，"春花，不是我不给你面子，我自己的儿子学习成绩还不好呢，我都非常头疼，寒暑假我实在没有时间过来给孩子们补习。"

　　"舒香姐，你正好可以把儿子一起带过来，到我们这里来度假，叫他也一起参加补习班，这样你既当了你儿子的老师，也当了其他学生的老师，这不是一举两得的好事儿吗？"

　　"这怎么可能呢？我既当小学生的补习老师，又当中学生的补课老师，这好像是不可能吧？一个人的精力是有限的。"

　　"这有什么不可能的？你上午开小学生的补习班，下午开中学生的补习班，寒假十五天，暑假三十天，我保证不会亏待你的，你要多少钱，我给你多少钱。"

　　"春花，这不是钱的事儿，我真的是没有这样的精力。"

　　"舒香姐，你就过来帮帮我吧，好吗？"黄春花好像恳求地说，"孩子们的英语和数学成绩实在太差啦，我需要请好的老师。"

　　"不行，春花，我实在不敢答应你。"

　　"舒香姐，你为什么不敢答应我？你跟我还客气什么？"

　　"这不是客气，春花。"

　　"舒香姐，咱们就这样说定了。你寒暑假到我这里来，既可以为孩子们开补习班补课，又可以带着儿子来休闲、度假、散心，同时还可以挣钱，一举多得，这是多好的事儿呀？"

　　"春花，谢谢你的好意，可是我不能答应你。"

　　"舒香姐，你怎么这样不给我面子呀？你要是这样不给我面子，我可要生气啦。你寒假过来开补习班，十五天，我给你五千块钱；暑假过来为孩子们开补习班，三十天，我给你一万块钱，吃住免费，怎么样？"

　　"我不想挣你的钱。"

　　"我挣了钱总是要花的嘛。"

　　"不行，你就是说出花儿来，我也不能答应你。春花，我实在没有这样的精力。"

黄春花真心实意地请求舒香来当老师，可她就是不答应，我理解不了舒香心里到底是怎么想的。黄春花给她开出的报酬是天文数字：寒暑假四十五天，就答应给她一万五千块钱，这等于是天上掉馅饼的好事儿，她为什么不答应呢？我想不明白。一万五千块钱，相当于我工厂工作八年的工资。我一个月才挣一百多块钱，一年最多也就挣一千八百块钱。可是舒香只要答应来为凤凰山的孩子们补习四十五天课，黄春花就给她一万五千块钱，这是多美的好事儿呀？可是她为什么不答应呢？

　　"好啦，"黄春花站起来说，"舒香姐，你再好好想一想吧，我给你时间。我要洗澡去了，你们聊吧。一会儿见。"

　　黄春花向我和舒香摆摆手，就起身告辞，回屋洗澡去了。

　　这样，客厅里就只有我和舒香两个人了。我们两个人在一起还真是有一点别扭，不知该说什么话啦。是呀，我们有十多年的时间没有单独在一起了。我们两个人最后一次单独在一起，还是在凤凰山，在汉水河，在出山口的公共汽车站，我送她回家。时间一晃就过去了十多年。我们该说点什么呢？她不敢看我，我也不敢看她，我们两人的眼睛只有盯着静音的电视画面看电视，喝茶。

　　最后还是我找到了话题，对她说："舒香，你为什么不能答应黄春花的条件呢？寒暑假四十五天的时间，就能挣一万五千块钱，这是天下也难找的好事儿呀。"

　　"你不明白，曾光，"她说，"你不知道原因，你根本就不知道是怎么回事儿。"

　　"难道这里面还有什么秘密吗？你们之间还有什么神秘的交易？"

　　"秘密倒没有。不过我不能接受她的条件，是由于我不能接受她的施舍。"

　　"施舍？我觉得这也不是什么施舍呀？你来给孩子们开办补习班，为学生们讲课，她给你报酬，这也是十分正常的事呀。"

"曾光，你不觉得她给我的报酬太高了吗？"

"是呀，她给你的报酬是够高的。可是她愿意给，你也可以心安理得地接受，这没有什么不可以的呀？"

"你知道春花为什么给我这样高的报酬吗？"

"不知道。可能是她有钱吧。"

"她就是有钱，她也不愿意随便给人吧？"舒香对我说，"我和春花刚才聊天的时候，聊到了买房子问题。她问我有没有属于自己的房子？我告诉她我没有买房子，我还是一个人带着孩子，住在学校的单身公寓里。买房子最少要五万块钱，我一个月就挣三百来块钱，我买不起房子，要买房子就要贷款，每个月还贷款我觉得有压力，所以暂时不想买房子。她说我傻，叫我回去买房子。我说我实在没有钱买房子。她说：没有钱我给你拿五万。我说，你就是借给我五万块钱，我也不敢要，我怕十年八年还不起。她说不要我还钱，她要给我五万块钱，你说我能要吗？我不要她的钱，她就想出了寒暑假要请我到凤凰山来给孩子们开办补习班的点子，实际上是要变相给我钱，我心里明白，你说我好意思要吗？我不能靠她的施舍过日子吧？我的儿子现在还小，不买房子也不要紧。我跟儿子两个人住在学院的教师单身公寓里，一间房子，也挺大的，还有一个可以做饭的小阳台，条件还算不错的，过得去，暂时还不需要买房子。"

她说明白了，我也听明白了。

我问她："舒香，你现在过得怎么样，还好吗？"

她看了我一眼，低下了头，叹气道："一个可怜的女人，带着一个孩子，你说我能过得好吗？"

她的眼里出现了泪花，那是眼泪在眼圈里打转。我看着她的脸，发现她有一点变老了，眼角出现了鱼尾纹。不过她看起来还是挺漂亮的。

我又问她："舒香，你的丈夫真的死了吗?"

"死了，"她说，"他在我的心里早就死了。"

"什么时候死的?"我问她。

"孩子还没有出世……"

她的眼泪流了出来。我不敢继续追问，吃了一个草莓。

她开始问我："曾光，你和丹心过得好吗?"

"还可以，过得还算比较安逸吧。"

"你们过得幸福吗?"

"怎么说呢? 有幸福，也有不如意的时候。"

"你们两个人吵架吗?"

"有时候为了生活上的小事儿也争吵。"

"你们是幸福的。我连一个吵架的人也没有。"

"你和你丈夫之间到底发生了什么事儿?"

"他死了。"

"不，他没有死，你说，他在你的心里早就死了，也就是说他人还活着。对吗?"

"你还是如此聪明。"

"你能告诉我，你和你丈夫之间到底发生了什么事儿吗?"

"我不愿意回忆过去，我不想回忆过去，回忆过去太痛苦了，太难受了……"

她实在忍不住伤心和痛苦，她哭了起来，泪如雨下。我给她拿起茶几上的纸巾，叫她擦眼泪。她一边擦着伤心的泪水，一边说："谢谢你还关心我。我和丈夫已经离婚了。"

"是什么时候离婚的? 难道结婚不久就离婚了?"

"是呀，结婚不到六年就离婚了。"

"为什么?"

"男人嘛,不就是花心嘛。"

"你碰到陈世美了?"

"是的。"她伤心的眼泪止不住。

看到她伤心难过的样子,我的眼泪也在眼圈里打转儿,我觉得自己也快要哭了。

"你怎么会是这样的命呢?"

"谁知道呢?一个女人带着孩子过得可真难哪!"她不停地用纸巾擦泪水。

我叫她喝一点茶,平静一下自己的情绪,她照我说的话做了。我又问她:"你大学毕业就结婚了?"

"是的。"她回答。

"然后呢?"

"然后就稀里糊涂地受骗了。"

"怎么会稀里糊涂受骗呢?"

"女人哪,都是可怜的动物。"她一边喝水,一边对我讲述,"我一生最美好的时光还是跟你在一起的时候,可是命里注定了,我们这辈子没有缘分。"

"我当时还是非常爱你的……"

"是呀,我知道。我们之间的感情太深了。从我们的父母带我们进山,来到没有人烟的荒山野岭的汉水小城,从我们两家人一起住老乡房,到我们一起上学,一起下乡,多少年的感情啊!我现在回想起来,那还是我一生中最美好的光阴呢!"

"往事如烟。"

"是的。我经常想起我们小时候一起上学的情景,经常想起我们一起下乡的生活，经常想起我们相亲相爱的那段日子。可是人生有些时候命运就是阴差阳错的。我们没有成为夫妻，这也是我一生最痛苦的事情！我知道你爱我，我也爱你，我如果跟你结婚，你绝对不会抛弃我的，是吧？可是有谁知道呢，中途突然杀出了一个宋丹心，她也莫名其妙地爱上了你。我和她是多么相好的姐妹呀！我爱上你的时候，她痛苦，她难过。我上大学之后，她就坦率地对我说，她也爱上了你。她写信请求我跟你断绝恋爱关系，我怎么办呢？我思来想去，还是成全你们吧。因为你们天天在一起，朝夕相处，而我呢，远隔千里，跟你只能鸿雁传书，这种牛郎织女的爱情生活虽然很美，充满了诗情画意，但是难得见上一面，这样的男女之爱早晚也是要出问题的。两地相思，异地相恋，虽然有相思之美，但是最后的结局都是以伤心痛苦的悲剧收场。我冷静地想了想，还是算了吧，我主动让位吧。从此以后我就不理你了，你给我的来信，我只有收起来，当作美好的回忆。其实跟你中断关系，我心里还是非常痛苦的，我知道你的一切，我了解你的一切，因为我们两个人是属于同一类型的人。跟宋丹心是不一样的。她是个一天到晚什么也不想的人，只求快乐。我们是雄心勃勃有梦想的人，她跟你在一起不合适。可是她在凤凰山太苦了，她需要有一个爱护她的人，需要有一个保护她的人，我也只能选择退出了。因为这样下去对我们三个人都是不好的。她跟你在一起，时间长了，她肯定会征服你的心。我离得你太远，时间长了，我肯定会失去你的心，这样情场上的竞争，对我来说是明显不利的。我有自知之明，所以我也就不想挡在你们两个人的中间了，我只有接受现实。我跟你断绝关系也是极不情愿的、极其痛苦的，但是我必须做出明智的选择，我就这样中止了与你的联系。我不知道当时你是什么心情，你是如何想的？反正我的心情是非常痛苦的，伤心了好长一段时间。你可能会恨我吧？”

“恨你？我为什么要恨你呢？”

"因为我伤了你的心，伤害了我们之间的感情。不过我想你是一个大男人，身边有一个漂亮姑娘爱着你，也不会伤心太久的。我们女人就不一样，我可是伤心了好长时间呢，至少有两年的时间忘不了你。可是这又能怨谁呢？只能怨我们的命没有夫妻的缘分。我只能转移我的感情，不再想你，不再爱你，切断与你的一切联系。

"我上大学三年级的时候，有一位大师哥看上了我，他就不择一切手段地追求我，给我借书啦，帮我到食堂买饭啦，帮我到图书馆占座位啦，等等。我看他的外表长得还行，一表人才，人模狗样的，学习也还算勤奋。就是有一点我不太满意：油嘴滑舌。他嘴巴可会说啦，见人说人话，见鬼说鬼话。很会搞外交，很会巴结有用的人。他比我大五岁，属于回乡的知识青年，家庭还是农村的，我们两个人是同一批次考上大学的。大学毕业以后，由于我们的学习成绩都非常优秀，所以我们两个人就同时留在学校当老师了，只不过他是教学生工科类的老师，我是教学生文科类的老师。

"因为我们从学生到同事，所以我们也就顺理成章地相亲、相爱、拿证结婚了，成为了国家法律承认的合法夫妻，就是没有举办世俗的民间婚礼。我们两个人找学校要了一间房子，准备举行婚礼的时候，他出国留学了。因为他很会来事儿，他在学校毕业工作了不到一年，靠请客送礼等手段得到了学校公派出国进修的机会。

"其实中国人经历了两千多年的封建社会，不论哪朝、哪代，也没有丢掉过去封建社会传统的习俗。聪明的人、会请客送礼的人、会来事儿的人、会巴结领导的、会拍马屁的人，不论处在什么社会，都是吃香的、受人喜欢的。有哪个当领导的不喜欢下面的人拍马屁呢？又有哪个领导不喜欢下面的人请客送礼呢？所以他毕业工作只有一年，就得到了去美国继续深造的机会，时间也是一年。不过他不是留学，也不是去读研，他跟到国外去留学读研的学生还是不一样的。

　　"他走了之后，可把我害苦了，他不负责任地叫我怀上了他的孩子。他出国的时候就没有打算回来，因为那个时候中国高校的青年教师到国外看到了外面的繁华世界，看到了外面的荣华富贵、灯红酒绿，他们的心思早已经开始演变了，跑出国门就不想回来了。这样一来我在学校就倒霉了，因为我们已经领取了结婚证，属于名正言顺的夫妻，学校的人也都知道我怀上了他的孩子。他到外面去学习工作一年的时间到了，本来应该按照学校的规定回来的，可是他不回来，学校就拿我问罪。

　　"当时的社会环境还不像现在这样宽松，对出国跑出去的人已经司空见惯，人们觉得无所谓了。那个时候可不行，那个时候中国的社会环境还没有从"文化大革命"的运动中走出来。他花了国家的钱，花了学校的钱，跑出去不回来，这是十分严重的问题，学校就把我当坏分子一样对待，想方设法地整治我。因为我是他的老婆，他人在国外，学校拿他没有办法；可是我在学校，学校领导就找我的麻烦，拿我开刀，叫我写信劝他回来，学校是想利用我逼他回来。可是那个王八蛋在国外心花了，学野了，学坏了，又找了女人，我写了许多封信劝他回来，他也不听我的，我告诉他我们有儿子了，也打动不了他的心。他还反过来劝我想办法出国，可是我怎么可能跑出去呢？那时候出国又不像现在这样来去自由。

　　"他人不回来，学校就开始采取措施整治我们。一方面是从他的工资里扣除他出国一年学校为他所花的一切费用，把他的工资全部扣掉了；另一个方面，学校还把我调离了教师工作岗位，分配到学校清扫队去，跟学校的临时工一起扫大街、扫厕所。

　　"我一个人带着一个孩子，没有人同情我，也没有人可怜我，我就像学校的劳改分子一样，抬不起头来。你说我招谁惹谁了？我谁也没有招，我谁也没有惹，可是命运却落到了这样的结果。学校里有什么好事儿也轮不到我头上，学校教职工长级、涨工资，没有我的份儿，学校的教职工分房子，也没有我的份儿，我就是学校一个不挂牌、不挨批斗的五类分子。我成天以泪洗面，面对可爱的儿子，有苦说不出来。我还不敢回家对父母说，不敢对家里的亲朋好友说，因为这不是什么光彩的事儿，亲朋好友又帮不了我的忙，我只能自己扛着，自己默默地忍受一切苦难。

"后来我们学校还有出国工作的教师，他们到美国见到了我丈夫，他们回来之后对我说，那个混蛋又在美国找了一个姑娘同居了，并且有了孩子。我的心破碎了，我写信要求他马上回来离婚，可是他又不敢跑回来，他怕跑回来学校找他的麻烦。我们的事情就这样拖着，说是夫妻，我什么光也没有沾上，什么好事儿也没有得到。他在国外又是娶小老婆，又是生儿育女的。我在国内拖着一个孩子，又受苦，又受罪，学校的领导还把仇恨转嫁到了我头上。你说我是什么命吧？我为什么当年要考大学呢？我当年带着美好的理想走进了大学的校门，最后得到的结果却是如此的倒霉。

"有人说，改革开放的社会，知识分子都是幸运儿，其实对我来说不是的。我当年如果不考大学，我也不会过得这样惨，不会活得这样累。

"为了改变自己的命运，我只能一边带着孩子，一边学习考研。可是，我又不敢像大学毕业生一样，考全脱产学习三年的研究生，我只能考学校在职的研究生，因为我还有儿子要养活。三年在职研究生读下来，我又去找学校的领导要求回教师岗位工作。学校的领导也并不全是没有同情心的人，还是有一些心地善良的领导，还是有一些同情我的人，他们也觉得整我整得太过分了。这本身不是我的错。后来学校的领导就同意我重新回到教师的工作岗位，可是我已经落在了其他同人的后面，工资是最低的，房子也没有，我还是带着儿子住在教职工单身公寓里面。

"后来社会的政策环境宽松了，我那个混蛋丈夫也从国外跑回来跟我闹离婚。他已经从美国跑回来，在北京定居了。他是美国一家商务公司的代表，可以说有钱了，还在北京买了房子，安了家。

"他出国前我们拿结婚证的时候，我们的家庭什么东西也没有。他回来我已经把儿子养到六岁了。他既然同意回来跟我办理离婚手续，我就想找他要一点孩子将来的生活费、抚养费，好离好散，我的要求和条件不算过分吧？他答应的倒是挺好的，答应给孩子生活费、抚养费和后面的教育费，等等，我也就同意跟他离婚了。

"我愚蠢的地方是，我和孩子还没有拿到他的钱，也没有拿到他应该给孩子的生活费、抚养费和教育费，就跟他办理了离婚手续。我这个人还是太善良了。像我们这样在高校工作的老师，也没有什么花花肠子。我以为他有口头保证就会兑现承诺的。可是他把我骗了。事后他拒绝承认孩子是他的儿子，他也同样拒绝支付儿子的一切费用。这就是他出国、进修、在国外学到的知识，他的知识都学到狗肚子里去了。你说他还像个男人吗？"

"这哪是男人！这是乌龟王八蛋！"我表示气愤，"你可以到法院去告他！"

"是的。我一气之下就把他告上了法院，要求他支付儿子的生活费、抚养费和教育费。可是这场官司一打就是两年。"

"一场离婚的官司，怎么会打两年的时间呢？"

"我开始起诉他到法院的时候，接待我的法官对我还是非常客气的，信誓旦旦地向我表示，一定要为我做主，一定要用法律的武器为我主持公道，主持正义，我当时还满怀信心打赢这场官司，我还非常感激那位姓袁的法官一身正气。"

"你认识法官吗？"

"以前不认识。"

"打官司是需要有人的。"

"是呀，我原来没有经历过，也不知道国家的法律程序是怎么回事儿，只有一边看书，一边学习。法官先生长得胖胖的、肥肥的，看起来心宽体胖，挺有法官尊严的。可是我后来几次去找他，他说话的口气就变了，不像第一次接待我的时候那样客气了，他完全站在了男方的立场上胡言乱语，说事情已经过去了，就不必扯皮了。而且他说话的口气也对我冷淡下来，慢慢变成了一种训斥的口气，说我事后算账，纯粹是无理取闹。"

我问："这是怎么回事儿呢？"

她说："这里面当然有问题了。我虽然没有见过大世面，但是我还不傻，我知道袁法官一定是在背后叫那个混蛋收买了，因为他就会搞请客送礼的名堂，我太了解他了。可是我一个软弱无能的女人，在没有亲人的城市里，我找不到社会关系，而且也不会请客送礼，我实在感到很无助。我斗不过一个无情无义的小人，斗不过一个无耻的混蛋，我心里有气，结果还把自己气病了。"

"你怎么这样傻呀？气病了还是自己倒霉。"

"是呀，我越想越气。我不相信在中国的地盘上，我一个中国公民还斗不过一个假洋鬼子？他到美国去了六年，拿到了一张美国的绿卡，摇身一变成了美籍华人，法官就向着他说话了，我一个中国公民还没有讲理的地方了？我后来又继续上告，法院也怕我把事情闹大，就换了一个法官办理我们的离婚案，事情总算有了结果。最后法院的判决结果下来了：他支付小孩十年的生活费、抚养费和教育费。"

"国家的法律明文规定，他应该支付小孩十八年的生活费、抚养费和教育费。"

"可是法官说，孩子是他的，也是我的，他有责任抚养孩子，我也同样有责任抚养孩子。法官就这样各打五十大板，官司就这样了结了。"

"你那个混蛋丈夫总计赔付了你和孩子多少钱？"

"小孩的生活费加上抚养费和教育费，总计不到一万块钱。"

"总计还不到一万块钱？算法不对吧？"

"法官就是这样判的，小孩的生活费、抚养费和教育费，都是按照城市的最低标准计算的。"

"那你应该继续告他，继续上告呀！"

"我还告谁去呀？继续上告还有用吗？如今的社会是金钱万能的社会，谁有钱，谁会请客送礼，谁就有道理。我只有认栽了，认倒霉了。我一个女人，孤立无援，又不会请客送礼，又没有关系，一场离婚官司打了两年，我已经累得身心疲惫。我认输了，认倒霉了，我也没有时间和精力继续扯皮了。我婚后的生活就是这样的痛苦，就是这样的不幸。我真的是活得很累很累，经常感到身心俱疲，这种苦，这种累，不是生活上的苦，也不是生活上的累，而是精神上的苦，精神上的累。夫妻生活本来是人间最幸福的生活，夫妻之间的感情也应该是人世间最美好的感情，可是我婚后就没有得到过夫妻之间的恩爱，也没有得到过夫妻之间的幸福，得到的是精神上的痛苦和折磨。我的生活经历就是这样，既没有值得回忆的快乐，也没有值得回忆的幸福和美满，我的心灵变得麻木了。"

舒香讲完了她生活中伤心的故事，人已经哭得泣不成声了。我觉得我也快要哭了，也控制不住泪水，为她的不幸流泪了。

正当我们两个人用纸巾擦眼泪的时候，宋丹心从楼上下来了。她已经睡了一觉醒来了，她看到我不在床上，不在她身边，她就出来找我。她看到我和舒香坐在二楼的客厅木椅子上，彼此之间还流着她理解不了的眼泪，她不高兴了。不过她头脑还是比较冷静，表现得很有修养。

她心平气和地对我说："曾光，还不回房间睡觉呀？"

"现在几点了？"我问她。

"已经过了半夜十二点了。"她说，"舒香，你也不困呢？"

舒香看到宋丹心来了，马上就站起来，说："对不起，曾光，时间太晚了，是该回房间休息了。"

"舒香，"宋丹心问她，"你和曾光说什么伤心事呢？"

"没有说什么。"舒香回答说，"丹心，你不要介意，我和曾光在说我婚姻方面的伤心事。不说啦，曾光，还是回房间睡觉吧，时间太晚了。明天见，丹心。"

她与我和丹心道别之后走了，先上楼回房间去了。

宋丹心看她不见了，就小声问我："你们两人在说什么？"

"回房间睡觉吧。"

我拉着妻子的手，挽着她的胳膊上楼回房间休息。

上了床之后，妻子继续追问我，与舒香之间到底说了什么？为什么要和舒香一起流泪？我就对她诉说了舒香不幸的婚姻和离婚的事情，她也非常同情舒香可怜的命运。

她又继续追问我："曾光，你和舒香之间是不是又旧情复燃了？"

"你说什么呢？"

"我已经在楼上听了半天了，她向你哭天抹泪的，你们之间好像有说不完的话，我要是不下去打扰你们，你们两个人可能要说到天亮吧？"

"不是的，你不要想多了。"

"曾光，我希望你能对我说实话，你深更半夜的不睡觉，跑到楼下听她讲述生活中的故事，你到底是什么意思？"

"什么意思也没有，就是聊天嘛。你不要疑神疑鬼的好不好？我的太太，深更半夜的，你怎么莫名其妙地吃起醋来了？"

"我知道你心里还是喜欢她，心里还有她。我本来是不想到凤凰山来的，我对这个地方没有兴趣，我们下乡的时候，当地老乡没有说我好的，害得我最后一批回城，我对这个地方一点好感也没有。可是春花邀请你和舒香一起来玩儿，我就不放心了，我怕你们闹出一点可笑的事情来，所以我才跟来了。"

"你想什么呢？丹心，我和舒香之间的事早已经成为历史了，你还想那些事情干什么？"

"不是我要想，我知道你原来爱过她，心里还是放不下她，你要跟我说实话，你和舒香之间到底是不是旧情复燃啦？"

"没有的事儿，不是你想的那样。"

"这可说不上，你们两个人在一起，大晚上不睡觉，说起话来没完没了，难道没有什么温情吗？"

"亲爱的，你的脑子想问题不要想得太复杂了。"

"是我想问题想得复杂吗？"

"你不要神经过敏了，我亲爱的老婆。"

"你还知道我是你的老婆呀？"

宋丹心追问起来没完没了，精神十足，不让人睡觉，我只有不理她，关灯休息了。

下一天中午，黄大叔和黄大妈来请我们到他家里吃了一顿丰美的午餐。

之后，黄春花就开车送我们一家三口人先离开凤凰山回家了。黄春花本意还想请我们多玩两天时间的，可是宋丹心坚决不干了，说什么也要回家，我只能服从太太的命令了。女人就是小心眼儿，她怕我继续与舒香接触，重新磨出火花来。女人最怕这种事情，所以她逼着我回家，马上离开凤凰山，我也只有从命了。

舒香继续留在凤凰山多玩了两天时间。她需要在那样美丽的小山村里，调解一下精神上的苦闷和身心上的劳累。

第 *5* 章　家庭风波

凤凰山之行对我的触动很大，对我的精神刺激更大。

回到家里之后，我就决定辞掉工厂的工作不干了。因为我所在的企业，对于工人来说没有什么实惠，没有什么实利，看不到美好的希望和发展的前景。

国家的改革开放已经十多年了，凤凰山的农民生活上已经发生了翻天覆地的变化，人家凤凰山的农民的家庭收入已经由过去一年不足一百元，提升到人均家庭收入一年三千元以上，上翻了多少倍呀？而我们的国有企业改革，同样也是十多年，职工的家庭收入仅仅增加了四五倍，这样的企业还有什么干头？所以我决定辞职离开，重新选择自己的工作。

我想辞职还有一个原因，就是我从凤凰山回来，接到了一家出版社的来信，我以前寄给他们的两个诗集，出版社同意出版，但是条件是要我出一万块钱的成本费，诗集出版之后，要我自己推销。这对我来说是一件重要的大事，也可以说是一个难题。因为出版社要一万块钱的出版费，对我的家庭来说，也不是个小数目。我和宋丹心结婚以后，辛辛苦苦攒下来的钱，可能也不到一万块钱，找她要钱出版我的书是根本不可能的事情，因为她把钱看得太重。人活着到底是为了什么？我跟她也说不明白。

经过十余年的学习、创作，我的诗集有了出版与读者见面的机会，我当然要完成这件梦想已久的大事！我还要靠自己的努力，挣钱，才能完成这样的大事。我想人不能白活一辈子吧？但想要钱出书的想法会遭到宋丹心的反对，她不懂得千古留名的道理，也不懂得文化对于人类的重要意义！我坦率地说，她只能算是家庭妇女、贤妻良母，是个无所追求的女人，只想平平安安地生活一辈子。而我的思想与观念与她不同，我不想碌碌无为地过一辈子。正是由于工作上的不如意，再加上出书需要钱，所以我决定辞职，出去找一份我喜欢的工作，找一家能挣钱的企业，争取实现我的梦想。

但是山沟里的人，在山沟里生活久了，就像山沟里的小世界一样，平平淡淡的。山沟里的人就知道吃、喝、玩、乐，一天到晚的生活就是吹牛、喝酒、打麻将、斗地主，知足者常乐。他们没有见过山外的大世界，他们不知道外面的世界有多精彩！

我过不了这样无聊的生活，我想应该做我想要做的事情。可是我老婆宋丹心并不理解我。当我向她说明我要辞职，要到外面去闯世界的时候，她马上就说我疯了。

她问我："你为什么要辞职？你是不是疯了？"

"我没有疯，我的脑子很清醒。"我对她说，"我想到外面去闯一闯，不想在山沟里干了，与其在山沟里混一辈子，还不如到外面去闯一闯，见一见世面。"

"我看你不是疯了，就是脑子出问题了。"宋丹心说，"我们结婚这么多年了，在山沟里过得不是挺好吗？不愁吃，不愁穿，日子过得平平淡淡，家庭也过得和和睦睦，你有孩子，有老婆，有幸福美满的家庭，你还不满足吗？"

"你知道我不喜欢这样的生活。"我对她说。

"你喜欢的生活是什么？你想到外面去闯什么？你是不是不想要我和孩子啦？"

"不是的，你不要这样想。"

"那是什么？你告诉我是什么？"

"我想在山沟里工作一辈子也混不出名堂来，不如到外面去找一份我喜欢的工作。"

"你以为外面的工作那么好找吗？你前几年想到深圳去工作，我反对过，那时候去深圳工作还是机会，当时是我没有眼光，阻碍了你的行动。可是事情已经过去几年了，你还不死心哪？你说我们现在的家庭生活有什么不好？我们有一个可爱的女儿已经上学了，我们两个人上班工作，养一个孩子也没有什么负担，你说有什么不好？"

"我不想过这种平平庸庸无所事事的生活。"

"那你想过什么样的生活？你是不是想过一个人在外面漂泊流浪的生活？"

"可能是吧。"

"神经病吧？你突然想到了辞职的事儿？这到底是为了什么？"

"我想是为了我们的家庭以后能生活得更好吧？"

"如果你是为了我，为了孩子，为了家庭，我不同意你辞职。我们一家三口人，在山沟里生活得舒舒服服、和和美美的，我认为过得挺好的。"

"可是我觉得这样的生活不好，我想到外面去闯一闯，看一看，拼一拼，搏一搏，见识见识，我不想在山沟里混一辈子，过这样平平淡淡的无聊生活。"

"人活一辈子，能够平平淡淡地生活不是也很好吗？你到底想要什么样的生活？"

"我想要的生活是能多挣一点钱，能有时间从事我喜爱的文学创作。"

"你在家里不是也同样可以从事你喜爱的文学创作吗？"

"可是我需要钱，我需要钱出书，你有钱给我出书吗？"

"你需要多少钱出书？"

"一万块钱。"

"那没有。家里的钱，我还要留着换彩电、买房子的。"

"所以我要出去，我要挣更多的钱，实现我的梦想。我们两个人在工厂里挣的这点钱，只够我们一家三口人吃饭用的，难以实现我的梦想。"

"你的梦想也要从实际出发吧？为了实现你的梦想，难道家庭你就不要了，老婆孩子你就不要了？"

"我没有说不要老婆孩子，我也没有说不要家庭，我并不是永远离开你们，而是为了以后家庭能有更加美好的生活。"

"我看你的梦想，就是不想要我们的家庭，就是不想要老婆孩子了！"宋丹心难以接受我的想法，也难以理解我的想法。

我跟她说不清，也讲不明道理。她就是一个头脑简单的女人，难以理解一个像我这样爱好广泛、心有梦想的男人。她什么想法也没有，她什么也不爱好，她对任何文化知识也不感兴趣。她的想法很简单，就是做一个贤妻良母，相夫教子。当然，我也承认她是一个贤妻良母，会洗衣服，会做饭，会钩花，会织毛衣，会操持家务。可是她对生活的艺术、艺术的生活，一无所知。她既不看书，也不看报，也不学习，也不关心国家大事，她就是关心家庭的小事儿，关心丈夫和孩子鸡毛蒜皮的小事情。

可是我需要钱出书，她又反对我从事文学创作了。我跟她真的是生活爱好大不相同，人生的价值观也不一样。我热爱生活，热爱艺术，我不想白活一辈子。我也会做饭，我也会洗衣服，我也会操持家务，但我更想要艺术的生活，充实的生活。

我经常看书、写诗，学习文学创作，她开始表现出反感了。我们之间的思想、感情、文化、素质差异太大。说白了，也就是夫妻二人之间不属于同一种类型的人，所以我们之间的冲突也就升级了，没有办法调和了。

我想辞职与她说不通，她极力反对，我只有我行我素。我要辞职的打算把她激怒了。

她说："你要辞职，我们就离婚！"

"什么，离婚？辞职我还可以找工作，至于离婚吗？"

"你到外面去能找到什么好工作？一个工人，又没有文凭，你能找到好工作吗？"

"天无绝人之路！尤其是如今改革开放的社会，开放搞活的社会，我相信以我的才能，出去能找到好工作。"

"你的想法太不切实际了，也太不靠谱儿了。一个初中毕业生，一个普通工人，你到外面的企业去也不会找到好工作的。"她说，"改革开放的社会，是文凭决定一切的社会。你不要看一个刚毕业的大学生容易找工作，你到外面去就不好找工作。"

"也不见得，我到外面的民营私企去，还是可以找到好工作的。"

"私人企业能去吗？私人老板用你就给两个钱，不用你就叫你滚蛋，将来没有安全可靠的生活保障，以后老了怎么办？"

她说的确实也有一定的道理。那时候国家新的劳动法规还没有出台呢。但是我决定的事情，就要付诸行动，我不会听她的劝告与阻拦。宋丹心气得跟我又吵又闹，我们之间发生了激烈的争吵，谁也说服不了谁。结婚八年来，我们的婚姻开始出现了裂痕。

她为此找到了我的父母游说，想通过我的父母，还有我的家里人，对我施加压力，反对我辞职出去工作，阻止我出去闯世界。但是我已经人到中年了，不会听任何人的劝阻了，我要命运自主了。八年前，我就想到深圳去工作，结果遭到了全家人的反对，我因寡不敌众，最后只有屈服了。但是八年之后就不同了，我既然不听妻子的劝阻，自然也就不会听从我父母和家里人的劝阻，因为我已经人到中年了，不会再像小孩一样地听大人的话了，如果再继续听他们的话，就要影响我的大事儿了，我一辈子可能就白活了，一事无成了。所以我必须要自己决定命运，我不可能再听任何人善意的劝解了。

我跟生活在身边的所有人都不同，都不一样，所以我在他们眼中属于另类。我每天所思所想的事情，外人是理解不了的。因为人各有志，你有你的生活方式，我有我的生活想法。我的梦想是坚定不移的，你不能强迫我的意志，我需要的是我热爱的生活。父母的劝告和老丈人及丈母娘的劝告，对我来说也不能发挥作用啦。

宋丹心气得没有办法，一天到晚哭哭啼啼地劝我放弃我的想法。她开始是想压制我，阻挠我，后来是低声下气地求我了。

"曾光，你不要太固执了好不好？"她对我说，"我亲爱的丈夫，你连我的话都不听啦？难道我不是你爱的妻子吗？"

"你是我爱的妻子，但是在我个人的命运上，我也不会一切都听你的，我有我的梦想，我有我的追求，我有我的自由。"

"你的自由就是不想过啦？不想要家啦？不想要老婆孩子啦？"

"丹心，我并不想离婚。"我对她说。

"可是你为什么不听我的？不听我的只有离婚！"

我以为她说的大话是威胁我的，我也不当回事儿，开始也没有往心里去。我认为我的要求应该是合情合理的，即便是夫妻之间恩爱如山，彼此之间也要有自己的自由空间，也要有自己的生活方式，不可能一切都听对方的。我和宋丹心从相爱到结婚有十年了，过去的家庭小事我可以听她的。但是在我个人决定命运的大事上，我就不会再听她的了。她吵也好，闹也罢，哭也好，流泪也罢，我都不能听她的了。

我已经决定了出去闯天下，不想在有裙带关系的国有企业里窝一辈子。这样的企业没有我的事业，也没有我个人的发展前景，更无法实现我个人的梦想。当然啦，我也不是盲目就要辞职的，我还是有一条清晰的思路，所以才下定决心的。

过了一个月之后，我又前往凤凰山，去找黄春花，请求她帮我的忙。因为我听她说，她的公公婆婆家是深圳的，我相信她一定可以在深圳找到工作的机会，我相信她有办法，也一定会帮助我的。于是，在气候炎热的时候，我又跑进了景色优美、清凉迷人的凤凰山。六月的夏天，南方的气候虽然骄阳似火，可是在深山老林里面确是避暑的好地方。

因为，樱桃和草莓期过了，橘子、桃子、猕猴桃还没有成熟，所以到山里来玩的游客少了，要等到秋天的水果成熟了，凤凰山才会有秋游的游客出现了。

这时候我心有所望地跑进了凤凰山，突然出现在黄春花的面前，到她家里去拜访她，她感到非常地意外。

"曾光大哥，你怎么又突然跑来啦？"

"怎么，你不欢迎我来吗？"

"欢迎，当然欢迎，不过你一个人跑来，一定是有事儿的吧？"

"是的，春花，我是有事儿求你的，看你能不能帮我的忙？"

"什么事儿？曾光大哥，你说吧，只要我能办到的。"

"春花，你在深圳有朋友吗？"

"朋友当然有啦，我在深圳还有一个家呢，我的公公、婆婆，还有小叔子、小姑子，还有一大家子人呢。你有什么事儿吧？"

"我想到深圳去找一份工作，你愿意帮我的忙吗？"

"你想到深圳去工作？这是真的假的，曾光大哥？"

"你说我冒着酷暑，跑进山里来找你，能是假的吗？"

"曾光大哥，你什么时候想开啦？"

"其实我早就想到深圳去工作，过去由于家里人的反对，我没有去成，现在我想离开山沟，到深圳去工作，山里实在太苦闷啦。"

"你想到深圳工作不是问题。丹心姐同意你去吗？"

"她不同意，我说服不了她，但是我决心已定，一定要到外面去看一看山外的世界！"

"曾光大哥，丹心姐不同意，你来求我到深圳去找工作，这样我就不好办了。"

"你有什么不好办的？你不是说给我到深圳找工作不是问题吗？"

"曾光大哥，为你到深圳找工作肯定不是问题，我可以向你打保票，可是丹心姐要跑来找我算账，我怎么办？"

"她不会找你算账的，我不会让她知道的。"

"曾光大哥，这怎么可能不会让她知道呢？世界上没有不透风的墙。丹心姐要是不同意你去深圳工作，我这件事儿还真是不好办。我要不帮助你吧，实在对不起曾光大哥；我要是帮助你吧，又对不起丹心大姐。我真是不好办。"

"春花，你就说一句痛快话，你到底能不能帮我吧？"

"我肯定能帮你，但是你要与丹心姐沟通好，取得她的同意，我一定帮助你。我公公在深圳开有一家电器公司，是制造电器元件类的私人企业，生产接触器、时间继电器之类的东西，生意还不错，公司已经有五百多人啦，属于中小民营企业，你去了一定不会亏待你的。问题是，你要把丹心姐的工作做好，我才能够帮助你，你不做通丹心姐的工作，我帮助了你，不是找事儿吗？丹心姐要找我的麻烦的，是不是这么个理儿，曾光大哥？"

黄春花说得自然有她的道理，她怕宋丹心来找她的麻烦也不足为奇。

我回家继续做宋丹心的工作。可是我跟她就是讲不通道理，她死活不同意我离开家去深圳工作。女人有的时候脑子就是不转圈，她只看眼前，不看以后。

"如果你还想要这个家，还爱我和孩子，"她说，"你就老老实实地在家里待着，不要胡思乱想！去什么深圳工作呀？你一个人去深圳工作，生活能过得好吗？老板一个月能给你多少钱？并且你要去的还是一家私营企业，将来老了能有退休保障吗？你要不听我的，一定要离开家到深圳去工作，我们只有离婚！"

这是她再一次跟我提到离婚的事情了。

我问她："难道我要去深圳工作，就一定要离婚吗？"

"是的，我可不想一个人在家里带着孩子，又当爹，又当娘，还要为你担惊受怕的。有丈夫，远在天边，家里有什么事儿也指望不上，一切事情由我一个女人来承担家庭的重担，这样对我不公平。如果你一定要坚持到外面去工作，我们就坚决离婚！"

她说得是气话呢，还是发自内心的声音？她气得脸色铁青，泪如雨下，又跟我吵闹，我实在是拿她一点办法也没有了。但是我要坚持自己的想法，我们之间谁也说服不了谁，吵闹也没有意义，我只有同意她提出的离婚要求：

"如果你要离婚，那就离吧。"

"什么？"她听说我同意离婚，马上就惊呆了，"离婚？你居然同意跟我离婚？"

"不是你自己说的吗？我要去深圳工作，你就要离婚。"

"你混蛋！"她气得浑身发抖，"曾光，你是不是外面有人啦？"

"你想什么呢？我是花心的人吗？"

"那你为什么要跟我离婚?"

"这怎么是我要离婚呢? 是你说的要离婚的。"

宋丹心听了我的话, 气得打了我两巴掌:

"没良心的, 你真的不爱我和孩子啦! 我们为什么要离婚呢?"

"这是你要逼我离婚……"

她气得呜呜咽咽, 泪流满面, 哭得喘不过气来, 我吓得也不知所措了。她突然扑进我的怀里, 万分悲伤地说:

"不, 曾光, 我们不要离婚, 我要你听我的! 我听说广东深圳那边的人特别开放, 很多男人跑过去就学坏了。我不能放你走, 我不放你去深圳工作!"

"我不会学坏的, 你要相信我。"

"谁知道呢? 如今的社会, 异性之间太开放, 男人没有女人陪伴, 丈夫没有妻子在身边, 还有不学坏的?"

"你要是不相信我, 对我不放心, 你也可以跟我去深圳。"

"我去深圳能干什么呀? 我到深圳能找到工作吗? 我们都是落伍之人, 人到中年, 又没有文凭, 哪个老板会要我这样的女人? 如今的社会, 是文凭决定命运的社会, 所以, 我劝你不要去深圳闯荡, 你没有文凭, 你到深圳去也不会有什么发展空间的。你听我的, 曾光, 我们老老实实地在山沟里待着混日子吧, 我们两个人一起把我们的孩子养大成人, 也就算完成我们一辈子的任务了。"

妻子说的不能说没有道理, 她说的观点符合当下社会的实际情况, 也符合中国人和社会的实际特点, 但是我不甘心在山沟里平平庸庸地过一辈子, 混一辈子。人生只有一次, 我还是要出去闯一闯, 见识见识, 为了自己的生命活得精彩, 而努力拼搏进取, 不管是成功还是失败, 我都要出去看一看外面精彩的大世界, 哪怕是经历风雨, 也改变不了我的决心和意志，老婆和孩子的眼泪，也同样改变不了我顽固的决心和意志。

我后来向单位递交了辞呈报告。宋丹心真的提出了与我离婚。

"我们分手吧。"她没有脾气了，同时也没有火力了，"既然你不听我的，我们就友好地分手吧。你说得对，人各有志，你有你的梦想，你有你的追求。你走吧，我也不想管你的破事儿了。我只想带着我们的女儿，在家里安安静静地生活，平平静静地过日子。"

我们争吵了有三个月的时间，最后双方还是平静下来，友好地分手了。她不哭了，也不闹了，也不流泪了，也不生气了，也不打我了，也不骂我了。她已经叫我气得没有脾气了，什么话也说不出来了，什么话也不想多说了。

离婚，对于每一个家庭来说都是不幸的，对于夫妻双方来说都是痛苦的，对于孩子来说更是极大的伤害。这是谁的过错呢？当然不能说是她的过错，也不能说是我的过错。

改革开放确实改变了中国社会贫穷落后的面貌，时间就是金钱的观念也确实改变了人们社会生活的理念。

当我们的女儿问我和宋丹心：

"爸爸，妈妈，你们为什么要离婚呢？"

宋丹心对女儿说："是你爸爸不想要我们了！"

女儿哭起来，问我："爸爸，你为什么不想要我们了？"

我无言以对。因为孩子还小，她还没有成年，她确实理解不了爸爸妈妈为什么要离婚。如何跟她解释呢？跟一个刚上学的孩子，我也说不明白。我只能对孩子说，爸爸妈妈离婚的原因如下：一是我的工作不如意；二是我要出去挣钱；三是我要挣钱出书。孩子还是小学一年级的学生，她还是听不懂父亲心里的声音。

这就是我和宋丹心离婚的内幕，可是怪谁呢？宋丹心怪我不切实际的梦想毁了我们的家庭，我不能同意。但是我要告别家庭，要告别妻子和孩子，我的心情还是非常沉重、非常痛苦的。人非草木，岂能无情？我们结婚八年，经营的小家庭也不容易，我和宋丹心也为此付出了青春热血和爱心。我们的家庭虽然不大，只有一间房子，但是看起来还是蛮漂亮、蛮温馨的，家里的东西都置办齐了：什么彩电啦，冰箱啦，家具啦，吃饭的桌椅啦，等等。这些东西虽然平时看起来没有什么感受，但是我要走了，看起来还是感到非常亲切的，难以割舍的。特别是看到相爱了多年的妻子宋丹心，看到已经慢慢懂事了的孩子荣荣哭得泪水不止，我心里也确实有一种非常痛苦的感受。

我们全家人最后在一起吃饭的时候，我把女儿荣荣抱在怀里，亲自喂她饭吃，希望她能原谅爸爸。女儿眼泪汪汪地看着我，说：

"爸爸，你能不走吗？为什么要离开家呀？"

我不知该如何回答女儿的话题。

宋丹心泪水横流地说："曾光，你要走就走吧，我也不拦你了。夫妻一场，我们最后吃一次夫妻家庭饭，以后你就不是我丈夫，我也不是你的妻子了。"

"但我们还是亲人，还有骨肉相连，请你不要恨我。"

"恨你有什么用呢？咱们夫妻一场，好聚好散。你说吧，你想要家里什么东西？"

"我什么东西也不要，家里所有的东西都归你，留给你和孩子。我希望你们以后多保重，希望你们以后过得比我好。"

我净身出户，告别了家庭，告别了妻子，告别了孩子，我也忍不住泪水流出来了。但是男儿有泪不轻弹，我还是要擦干我的眼泪，走我自己的人生路。

第 6 章　重返山村

我随身携带了一个旅行包，除了拿走我的几身换洗衣服，还有一千块钱，我就这样子返回凤凰山，见到了好朋友黄春花。

她见了我的面，就热情地问我：

"曾光大哥，丹心姐同意你去深圳啦？"

"不，她没有同意，我们离婚了。"

"什么？离婚了？"她听了我的话，惊得目瞪口呆，"你们为什么要离婚？你们怎么会离婚的？"

我简单扼要地向她说明了一下离婚的原因，她感到不能理解，同时摇头叹息地说：

"你们就这样离婚了？现在人的婚姻也太不值钱了，就为了这样一件小事，两口子八年的婚姻就到此结束了？莫名其妙，不可思议。"

我请她尽快帮助我联系到深圳工作的事宜，我希望她能亲自打电话推荐我到她公公的家族企业去工作。

她说："曾光大哥，你先不着急去深圳，你先在凤凰山帮我干几天活吧，我的鱼塘里有一台抽水机坏了，请你帮忙把抽水机修起来，可以吗？"

"没有问题，我就是修理设备出身的。"

我忙了两天的时间，把一台坏的抽水机修好了，黄春花对我的修理技术非常满意。

"曾光大哥，你真是有一手绝活，手到病除。"

"好啦，老朋友，你就不要赞美我啦。"我跟她谈正题，"春花，说实话，你什么时候介绍我到深圳去工作？"

"曾光大哥，你和丹心姐离婚的事，我想了两天，心里真的感觉不舒服，不是味儿，我有点后悔答应帮你到深圳去工作了。"

"什么？春花，你什么意思呀？你答应我的话不算数啦？"

"不是的，曾光大哥，工作是不成问题的。我觉得你和丹心姐离婚的事情办得不漂亮，太草率了，就为一个出来工作的事情闹离婚，我怎么想心里都不舒服。如果我不答应你到深圳去工作的事情，也许就不会发生你跟丹心姐闹离婚的事情吧？"

"春花，你不要想太多啦，这跟你没有关系。"

"你们离婚的事儿，跟我是没有多大的关系。可是我想啊，你能不能不去深圳工作，就在凤凰山，在我的公司里工作？我一样给你开工资，保证不会亏待你。你有时间常回家去看一看，争取跟丹心姐和解、复婚，不要玩这样的游戏，太伤感情。请你考虑考虑。"

"春花，我在你的公司里能干什么呢？"

"你能干的工作多啦，我们这里有一个变电所，有抽水机、电动机、打谷机、搅拌机，潜水泵，等等等等。电器设备也不少，就是缺少像你这样高水平的师傅。以前每次设备坏了，我都要打电话请人家来修理。你看你愿不愿意留下来工作？我一个月给开八百块钱的工资，吃住免费。如果你同意，你就留下来；如果你不愿意，明天你可以去深圳。我公公那方面，我已经打电话过去为你联系好了，不过他们给你开的工资是一个月六百块钱。你自己琢磨琢磨这件事儿，是去深圳，还是留在我这里工作？"

我想了两天，觉得留在凤凰山工作也可以。黄春花全权委托我负责修理凤凰山的电器设备，一个月给我八百块钱，吃住还免费，这已经不算少了，相当于比我过去在企业里工作增加了三倍的工资。我还有什么不满意的？我同意留下来工作两年。

我在凤凰山又开始了一生中最难忘的生活。黄春花给我配备了两名工作上的助手，也就是说，她叫我帮忙带两个年轻的徒弟出来，一个是他的弟弟，高中毕业，没有考上大学，名叫黄春光；还有一个是她的堂弟，名叫黄春风，初中毕业没有考上高中，不想好好学习，就求着本家的堂姐跟着我一起学习电器设备修理技术。我带着两个年轻人，负责修理凤凰山所有的电器机械设备。干了一段时间，我对新的工作感到非常满意。因为我们一天工作也是八小时，工作由我安排，黄春花从不过问，也就说明她对我非常信任。她给我安排的两个小徒弟人也不错，干活也可以，虽然是新手，可是干活勤奋，对一切要检修的设备充满了好奇心，同时也虚心好学，精力旺盛，充满了活力。

我们的工作地点和值班室，就设在凤凰山的变电所内。同时我一个人也生活居住在变电所里。黄春花开始本来是想安排我吃住到她家里去的，但是我谢绝了她的好意。她的家虽然房子大，但人口也多，我一个外人去了也不方便。我还是喜欢一个人住在小变电所里，生活自由自在，同时我也有足够的时间看书学习，从事我喜爱的文学创作，闲来写诗、写散文，也无人打扰。小变电所虽然不大，是新建起来的，变电所的值班室房间也是干干净净的。我一个人生活，居住，条件说得过去，虽然不像家，面积小了一点儿，但是我一个人生活，自由方便，随心所欲。黄春花给我配备了一张桌子、一把椅子、一个小电炉、一台小电视，我觉得一个人过这样的日子也算挺美的。

我开始在凤凰山工作，黄春花请我在她家里吃饭。吃了几天，我觉得挺麻烦人家的，怪不好意思的，我就自己在小变电所的家开了火，自己做饭吃。黄春花为此又给我增加了两百块钱的生活补贴。粮油是由她供给的，蔬菜我可以到她家的菜地里随便摘取，也不要花钱，想吃什么就吃什么，用电我也不要花钱，就是吃肉也不用花钱。想吃鱼，也可以不用花钱，我可以到黄家的鱼塘里去抓鱼。有时间，有雅兴了，我还可以到水库里去钓鱼。

　　这是我一生中最美妙的时期。虽然我一个人在小山村里面生活，感觉难免有一点儿孤独，难免有一点儿寂寞，但这可以说是我一生中创作的黄金时期。因为我看书的时间多了，学习的时间多了，写作的时间也多了。

　　小山村的设备维修工作不是很累，因为东西不是很多，一天工作八小时不算辛苦，应该说比较轻松。不过没有星期天，也没有节假日，有工作了就忙，没有事儿了，一个星期也可以休息两三天，做一些自己喜欢做的事情，譬如说钓个鱼啦，打个猎啦，也是可以的。

　　黄春花对我们的工作也没有什么要求，她就是要求我不影响工作，当然啦，这也是一个老板对手下人最起码的要求。我努力做到了。

　　因为我这个人本身也是闲不住的人，谁家有个事儿啦，需要装个灯啦，走个线路啦，我也愿意帮忙，为了迎得大众的口碑和人心，为了迎得当地民众的支持。我也很快就适应了凤凰山平静而又安逸的生活，离开凤凰山十年后，我又回来了。小山村里虽然没有城市的喧闹，也没有城里人的浮躁，没有酒店，没有舞厅，也没有 KTV 歌厅，也没有泡脚城，没有咖啡厅，但是我很喜爱这样清静的地方，喜欢这个安宁的生活世界。

　　有一天，天气有一点热，正是骄阳似火的时候，我和黄春光正在忙着修理一台鱼食搅拌机，黄春花来了，她叫我晚上到她家里去吃饭。

　　我问她："有什么好事儿？老板，你又叫我去吃饭？"

她说:"去了你就知道了,请你去见一位老朋友。"

她不告诉我老朋友是谁,就走了。我已经有半个月没有到黄春花家里去吃饭了,因为她家人口太多了,父母、弟妹,加上丈夫,还有她弟妹的孩子,一家十几口人,天天都是在一起吃饭的,我一个外人常在那里吃饭也不好意思,自从我在变电所独自安家开火之后,我就很少去她家里吃饭了。除非她请了山外来的特别重要的客人,譬如说生意上的老板,她会请我去作陪。因为,她知道我这个人挺能喝酒的,她丈夫不会喝酒,我能陪好她的客人,对她的生意有所帮助,所以她愿意请我陪着客人一起喝酒、吃饭。

不过将要到来的客人会是谁呢?我以为是她把宋丹心请来了,因为她希望我和宋丹心能复婚,她有过这样的想法,也劝过我。我坦白地告诉她,不是我要离婚,是宋丹心坚决要离婚,我是没有办法才离开家的。

我在凤凰山安定下来之后,工作之余,回过一次家,回去看望过父母,看望过前妻和女儿。我告诉他们我在凤凰山工作,先不去深圳工作了。

宋丹心听了后,讥笑我:"你又不去深圳打工啦?你是不是脑子被猪撞啦?在十万人的大企业里,有安稳的工作你不干了,神经病一样地跑到凤凰山去为一个小老板打工?将来老了能有可靠的保证吗?你以后老了,干不动了,没有用了,她会发给你退休金吗?"

"你还是操心你和孩子的事情吧,不要操心我的事情啦。"我对她说,"我不想跟你吵架,既然已经分开了,我就不希望你继续干涉我的事情。也不愿意想将来老了以后的事情,我还年轻,我为什么要想那么遥远的事情呢?至于以后老了有没有退休金,我相信到时我也不会饿死的。我不是还有一个可爱的女儿吗?"

"女儿你不要指望,女儿是我的。你赶快走吧,以后不要回来了。"

她怕我以后跟她争夺女儿，她不希望我跑回来见女儿吗？不是的。

我跑回家来一趟，给女儿买了不少礼物，当然都是小孩子喜爱吃的小食品，还有玩具之类的，女儿当然很高兴。父女之间的血缘关系是永远断不了的。血浓于水，到什么时候父女之间的亲情也是如此。孩子是她的，也是我的。我和前妻之间还有血缘关系牵扯着，即便不是夫妻，也是亲人，不应该是仇人。

再说她也不应该恨我，她恨我什么呢？家里什么东西我也没有要，所有的家产，我都留给了她和孩子。虽然东西不多，钱也不多，但是作为男人，我做得还像个男子汉大丈夫，她为什么要恨我呢？其实女人的心里有时候就是口是心非的，她内心里还是忘不了我的。她只是恨我不听她的话，同时又可怜我一个人在外面孤独寂寞地生活。

我返回凤凰山的时候，她让我把所有留在家里的衣服都带走，我觉得她还是十分关爱我的。虽然言语之间听起来有一点冷冰冰的，但是听得出来，话里还是有关爱与呵护的。

"山里面过了夏天马上就要凉了，多带一点衣服去，不要来回折腾了。到了冬天那儿还是很冷的，记着多穿一点衣服，自己照顾好自己，不要得病了。你出去挣钱我不反对，但是不要把命送了。"

我走的时候，与她和孩子告别，她和孩子又哭了。

黄春花请来的客人到底会是谁呢？是宋丹心吗？还是她生意场面上的朋友？说实在的，黄春花每一次请我去陪客人吃饭、喝酒，我心里是不愿意去的，虽然我这个人能喝酒，但是我不大爱喝酒，也对酒没有兴趣。因为我喝了酒之后上火，不是牙疼就是胃疼。除此之外，喝了酒之后，我还热血沸腾，睡不着觉，所以平时一个人我是从来不喝酒的。

晚上吃饭的时间到了，我就赶到黄春花家里去。我在黄家的一楼客厅里意外地看见了舒香和她的儿子。黄春花接来的重要客人就是她们母子二人。

"舒香，你怎么跑来了?"我高兴地问她。

"怎么，你能来，我就不能来吗?"

"能来，能来，太好啦，欢迎啊!"

"你欢迎我来吗?"

"欢迎，当然欢迎，热烈欢迎!"

我热情地与她握手。

"听说你在这儿工作啦?"

"是的，是春花对你说的?"

"对，春花路上对我说的。"她突然问我，"听说你和宋丹心离婚了?可是真的?"

"是真的，离婚了。"

"你们为什么要离婚呢?"

"夫妻之间的事情说不清楚。"

"你不会是变花心了吧?"

"我要是花心了，我会跑到大山沟里面来工作吗?这样偏僻的地方，可是一个漂亮迷人的姑娘也没有，一个美女也看不到的。"

"谁说的，我不是漂亮迷人的姑娘啊?"黄春花开玩笑地反驳我。

"你是有夫之妇，不能算漂亮姑娘啦，只能算漂亮的贵妇啦。"

我和两个女朋友高兴地谈笑风生。我们坐下来喝茶、聊天。

黄春花的丈夫叶中青工作回来之后，黄春花马上就安排为我们开饭啦。

由于是夏天的季节，外面来的客人也不多，黄春花就安排我们几个人在她二楼的小客厅里吃饭，饭桌上也就是五个人：女主人黄春花，她丈夫叶中青，加上新来的客人舒香，还有她的儿子小舒童，再加上我；两位主人，三位客人，就没有其他人了。

我问舒香："你还没有告诉我，你为什么带着儿子跑来了？"

"我和儿子是春花请来的。"

"这太意外啦，春花请你来干什么？"

"还不是当老师嘛。"

"我是请她来为学校的孩子们补习功课的。"女主人说。

"这真是太好啦！"我说。

"春花，你这样逼我来，是赶鸭子上架呀。"

"舒香姐，你就帮帮我吧。放暑假四十多天，你在家里干什么呢？"

"我在家里可以多陪伴我的老母亲哪！"

"你的老母亲也不用女儿天天在家里陪吧？再说了，你还有弟弟妹妹呢。你到我这里来挣一点外快不好吗？"

"你这不是叫我来挣外快的，你是施舍我的。"

"谁说的？我叫你来为孩子们补习功课还是蛮重要的，压力还是蛮大的，你要对我们山里的孩子们负责任的，不能稀里糊涂地对付他们。你要认真地为孩子们讲课，我的钱也不是白给你的。"

"春花，我要为多少学生补习功课呀？"

"八十多个孩子，小学一个班，中学一个班，上午半天为小学生补课，下午半天为中学生补课。"

"小学和中学的两个班，学生是同班同年级吗？"

"不是的。小学的一个班，有四年级的，有五年级的学生；中学的一个班，有初二的，有初三的学生。"

"学生们的层次还不一样？这样的课程你叫我怎样为学生们补吧？"

"这我不管，你自己想办法。"

"春花，你这不是强人所难吗？"

　　"就算是吧。不过我要跟你说一下重点补习的学生，就是中学班，你要对学生们多负责任的。"

　　"春花，为不同层次的学生补课可是不好补的。"

　　"舒香姐，废话我们就不说啦，我相信你还是有办法的。补习一个月的时间，学生们的学习成绩有所提高就 OK 啦!"

　　"那学生们的成绩要是没有提高呢? 你不是白请我来啦?"

　　"不会的，我相信你是个负责任的好老师。"

　　"你呀，春花，你这是给我出难题呀。"

　　"谁说的? 来，吃饭，喝酒! 既然来了，你就听我的安排吧。"

　　女主人为我们外来的客人倒的是红葡萄酒，就连舒香的儿子舒童也倒上了红酒。

　　"妈妈，我可以喝酒吗?"孩子问母亲。

　　"小孩子不要喝酒。"

　　"孩子，喝，听春花妈妈的。小孩子喝葡萄酒，可以变得更聪明。"

　　"瞎说。"舒香看着嘻嘻哈哈拿孩子开玩笑的黄春花，说，"你将来要是有了孩子，一定当不了好妈妈。"

　　"可能是吧。我太喜欢孩子了，我怕把他们宠坏了。"

　　"你现在有孩子了吗?"

　　"有了，肚子里面装着呢，怀孕快两个月了。"

　　"那你还敢喝酒? 酒精对孩子大脑发育不好。"

　　"我喝的是老黄酒，是我父母做的老黄酒，对孩子的发育是有好处的。"黄春花振振有词地说，"我之所以是全家六个孩子当中最聪明的一个，就是因为我是头生，父母那个时候生活条件还不错，天天喝黄酒，所以我的大脑发育非常好，考上了北京的大学。后来家里的孩子越生越多，生活的条件也越来越差，父母就喝不上老黄酒了，所以我后来的弟妹们，就没有一个考上大学的。"

"春花，你说的是什么逻辑呀？"我问她，"你这有科学道理吗？"

"我说的当然有科学道理啦。"黄春花笑着说。

"你就瞎说吧。"叶中青也认为妻子的话是奇谈怪论。

"哎，你们还别不相信，我说的话还真是有些道理的。"

"春花，你说的有什么科学依据呀？"舒香问。

"我是逗孩子玩的。"黄春花端起酒杯对舒香说，"来吧，舒香老师，我敬你一个，欢迎你到我们凤凰山学校来当孩子们的辅导老师，孩子们的学习成绩能不能提高，他们将来能不能考上大学，就看你这位辅导老师的啦。"

"照你这么说，我还责任重大呀？"

"那当然了，你以为我是花钱白请你来当老师的？来，喝酒！"

舒香与黄春花碰了一下杯，说：

"春花，我真的是不知道应该怎样为层次不同的小学生和中学生补习功课，你确实有一点儿为难我了。"

"舒香姐，你就不要客气啦，这有什么为难的？为小学生和中学生讲课你不会呀？亏你还是大学的老师呢？教孩子的英语和数学课应该是不成问题的。"

"大学的老师，转回来为小学生、中学生讲课，也是有难度的，因为时间太长了，中小学生学习的东西，有好多我已经忘记了。"

"忘记了，不要紧，你就辛苦一下，多花几天时间捡起来，这有什么难的？小学、中学，你没有听老师给我们讲过课呀？你就照着学生们的课本给他们讲就是了，他们不懂的地方，你再给他们多讲两遍，实在不行你就把作业题给他们写出来、做出来，叫学生抄写两遍，这有什么呀？一个大学的老师，为小学生和中学生讲课，还会有问题吗？"

"春花，我真的是怕讲不好。"

"讲不好就给学生多讲两遍，我又不考核你，又不处罚你，你怕什么呀？他们学习的课本资料我已经为你准备好了，你随意讲就是了。他们要是不听话，你就告诉我，我来帮助你一起教育他们。"黄春花又说，"舒香姐，你就帮我一个忙吧，不要客气啦。我们山里的孩子真是太缺少好教师了，他们学习的愿望还是积极的，就是缺少好老师为他们讲课，所以孩子们的学习成绩普遍差，我为孩子们着急呀。特别是中学班，毕业就要参加中考了，多数学生的英语和数学成绩还是一塌糊涂，我不为他们请好老师看来是不行了。舒香姐，你就利用寒暑假过来帮帮我吧，这样我就可以不用为他们操心了。"

黄春花说的话很真诚，舒香也就没有什么话好说了。人已经来了，不答应也不行了。

我祝贺舒香能有这样的好运气，能有这样的好事儿，黄春花的美意也就是对她而言的。我举起酒杯来对舒香说：

"舒香，我敬一个，这是好事儿。你带着儿子到山里来避暑，同时又能挣钱，又能教育学生，还能教育自己的儿子，这不是一箭三雕的好事儿吗？"

"说得对。"黄春花认同我说的道理。

"这是春花对我的恩赐。"舒香说。

"这怎么是恩赐呢？知识就是力量，不是花钱可以买来的。"

"好啦，春花，我答应你。"

"谢谢，这就对了。那咱们就谈好了，为学生们补课三十天，辛苦费一万元。"

"我不要一万元，我们大学老师在外面讲课，一个学时是二十块钱。"

"在这里我说了算，我说一万就是一万。谈判成功！"

"你呀，春花，你真是当老板钱多了，发烧了。"

"什么也不说了，舒香姐，喝酒。"

我与舒香、黄春花共同碰了杯，喝酒，祝贺她们谈判成功。

随后黄春花又为我们倒上酒，她举起杯来又对我说：

"曾光大哥，我也敬你一个，祝你工作顺利，有什么不满意的地方，你就说话。"

"我非常满意，非常感谢!"

我与黄春花碰了杯，喝了酒，感谢她一个月能给我开八百块钱的工资，外加两百块钱的生活补贴费。

同时我也不会忘记敬黄春花的丈夫叶中青一杯：

"叶先生，来一个?"

"谢谢，谢谢，"叶中青说，"我是滴酒不能沾，酒精过敏，喝酒就要醉。"

大家喝酒、聊天，心情很愉快。

舒香想起问我和宋丹心之间的事情来了：

"曾光，该说一说你和丹心之间的事情了吧? 说一说你们到底为什么离了婚?"

"为了什么呢? 我也是说不明白。"

"有什么事儿说不明白的?"她问。

"怎么说呢? 我不想在国有企业干了，她反对我的意见，就这么简单。"

"就为这样一件小事儿，你们两个人就闹离婚啦?"

"是的，她不同意我的想法与决策，只有离婚啦。"

"曾光，你有一份稳定的工作，为什么不想干呀?"

"因为像我这样的人，在国有企业里干不出名堂来，所以我要辞职出来。"

"你辞了职，丹心就跟你离婚了？"

"对，是这样的。舒香，你说现在辞个职算什么大事儿吧？"

"丹心在小地方待久了，她的思想已经跟不上时代的发展步伐了。我能理解她，一个女人，就是希望丈夫有稳稳当当的工作，老老实实地在家里过日子。"

"可是我过不了那样苦闷的日子。"

"曾光，你头脑里的意识对她而言是有一点儿太超前了。不过你辞职不跟她说好，也是不把宋丹心放在眼里，最起码是不尊重人家，她是你的太太呀。"

"我跟她提前说过了，可是怎么说也说不通，她接受不了。"

"你的胆子也是够大的，一个大企业，你不干了，要出来闯一片天下。可是你想过没有，曾光，出来闯天下也是要本钱的。你没有文凭，在社会上就寸步难行。因为当今的社会，是文凭行天下的社会，有一纸大学毕业的文凭，可以随便找工作。可你是一个初中毕业生，你就是有天大的本事，有天大的才华，也难以找到好工作。因为外人不认知你，没有人了解你的才能，没人认同你的本事，所以你也就不容易找到满意的好工作。"

"你说得对，我是没有文凭，年龄也不占优势，所以我才通过春花妹的中转找工作。"

"看来你还有自知之明。"

"当然啦，我又不傻。我觉得到凤凰山来工作，我不后悔，因为现在的工作，比我原来在工厂的工作强多了，至少钱比原来挣多了，我要特别感谢叶中青先生和春花妹子呢。"

"应该的，应该的。"黄春花的丈夫对我说，"我们也正需要你。"

"曾光大哥，"黄春花对我说，"你要想到深圳去工作，随时都可以去，我会尊重你的选择。不过我们这里更需要你。你知道我为什么要把你留下来工作吗?"

"不知道。不过我在此工作也挺好的,我十分满意。"

"曾光大哥,实话告诉你吧,我想把你留下来工作的目的,就是想请你把修理设备的技术传给我弟弟,传给我的堂弟,争取用两年的时间把他们带出来,培养出来。我们凤凰山就缺少你这样的人才和你的技术。以前设备坏了,我都是花大价钱从外面请人过来修理,豆腐要花肉价钱。过去,外面的人到我这里来修东西,又要车接车送,又要请人家喝酒、吃饭,还要给人家修理费。现在你来了,我什么也不用操心了,所以我也要谢谢你。你只要把我弟弟带出来,把我的堂弟培养出来,你就可以到深圳去,我不会长期扣押你的。我知道我们这个小地方留下你这样的人,太屈才了。有可能过两年,我和我丈夫也要回深圳去。我家里的事业就移交给我弟弟,移交给我妹妹他们管理。到时候,我给你在深圳我老公公的家族企业里,找一个合适的位置,保证你比现在挣钱还要多。"

黄春花向我碰了一下酒杯,表示向我敬酒,我马上把酒喝下去,表示感谢。

舒香问我:"曾光,你抛家舍业到深圳去,到底是为了什么呀?"

"挣钱,出书。"

"挣钱,出书?"

"对啦,挣钱,出书。"我对她说,"从你们上大学起到现在,十余年的时间,我一直在学习文学创作,而且也写出了一本书。"

"曾光,"舒香对我说,"你当作家的梦想一直没有中断过,还在坚持呀?"

"对,为什么要中断呢?我永远不会放弃自己的梦想!我学习创作的阶段,已经写出了不少小作品。"

"什么小作品?"

"诗,我写了有一百多首诗?"

"你写了一百多首诗?你真了不起!"

舒香向我举杯表示敬酒,我跟她的酒杯碰了一下表示感谢。

"曾光大哥,原来你还有这样伟大的梦想啊?"黄春花惊奇地说,"你什么时候能叫我们欣赏欣赏你的大作呀?"

"当然可以,如果你们想看,我可以请你们欣赏,我也希望你们能提出宝贵的意见。"

"你的书出版过吗?"

"还没有,不过有一家出版社已经答应给我出版了,可是我没有钱。"

"出书还要钱?出书不是有稿费吗?"黄春花说。

"现在出书是要钱的,出版社要我拿出一万元的成本费,要求作者承担费用。"

"为什么要让作者承担费用?"叶中青也感到不能理解。

"因为我在中国是个默默无闻的人,谁也不认识我,当今中国,诗歌又不受读者的欢迎,所以出版社怕亏本,要求作者自己承担一切成本费用。"

"这就奇怪了,如今中国的大学毕业生越来越多了,有知识、有文化的人已经越来越多了……"

"错了,如今中国的大学毕业生虽然越来越多了,可是看书的人越来越少了。出版社要求作者承担成本费用,这也是出版界的流行趋势。"

"曾光,你出书需要多少钱呢?"舒香又问我。

"成本费用需要一万块钱吧。"

"你要出几本书,需要一万块钱?"

"一本书,一部诗歌集,有一百多首诗。"

"难道你和丹心结婚成家八年，家里的存款还拿不出来一万块钱来吗？"

"不瞒你们说，我家里的存款可能拿出一万块钱来，但是宋丹心不懂艺术，她也不热爱艺术，所以她不同意我拿钱出书，因为我们家里的存款最多可能也就一万块钱左右。我们单位的房改马上就要开始了，宋丹心想用家里的存款买一套大一点的房子，因为我们一家三口人还居住在一间十六平方米的小房子里面，孩子也越来越大了，我们的家是显得太小了。所以我要拿钱出书，宋丹心坚决反对，我们之间的矛盾和冲突也就不可避免地产生了，而且彼此之间也没有商量的余地。我的书只能依靠我自己想办法挣钱，才能出版了。我是在实在没有办法的情况下，决定辞职，寻找挣钱的工作，实现我的梦想。"

"噢，原来你和宋丹心离婚的原因是由于出书引起来的矛盾，再加上辞职她也接受不了，这样才分开的？"

"可以说是吧。"

"曾光大哥，你要出书，需要一万块钱，你为什么不来找我呀？"黄春花说。

"春花妹，我好意思来找你借钱吗？"

"有什么不好意思的？离婚就能解决问题啦？"

"我也是想过来找你借钱，可是借了钱，我怎么还呀？我还不起呀！春花，我原来在工厂一个月的工资也就挣一百多块钱，不到两百块钱，我一年的工资也才挣两千块钱，我借你一万块钱，我要十年八年才能还得清。我敢借吗？与其找人借钱，我还不如找一份好工作，自己挣钱出书，圆我的梦想。我也是迫于无奈，所以才下决心辞职离婚的。"

舒香沉甸甸地说："你为了梦想付出的代价也是太沉重了。"

"不说这些事儿啦。来，干杯！"我最后敬舒香的儿子舒童一杯，"小朋友，祝你好好学习，天天向上。"

"谢谢叔叔！"

我跟孩子碰了一下酒杯，跟小朋友一起喝酒，小舒童高兴地笑起来了。儿子长得跟舒香一模一样，长得非常秀气，看起来就像一个清秀的小女孩。

大家吃呀、喝呀、玩呀、乐呀，酒足饭饱之后，也到晚上八点多钟了。因为是夏天嘛，大家还要洗澡，所以我就和大家告辞了。

我回到我的小屋里，继续看书、学习，创作我的东西。

黄春花就安排舒香和儿子在她家里居住，因为黄家楼上有空房子，是专门用来招待外来贵宾的。

第 7 章　旧爱情怀

我在寂寞的小山村里有伴儿了，舒香和她儿子的到来，使我的生活变得不再寂寞。我在小山村里少有知心的朋友，过去就是黄春花还有她的丈夫叶中青是我的好朋友，现在舒香来了，我自然又多了一个知心的好朋友，而且还多了一个可爱的小伙伴，她的儿子舒童。我与舒香可以经常见面，而且可以经常接触，这是我最大的快乐，同时也是我精神上最好的兴奋剂。我觉得我的生活里又充满了温暖的阳光，又有了幸福的兴奋剂，这种幸福的感受是人生的第二春吗？

舒香有事儿来找我。

"我为孩子们补习功课的教室来找你，教室的光线太暗了。"她说，"你有时间去为教室里的孩子们安装两盏日光灯吧？如何？"

"当然可以。你还有什么要求？"

"我没有什么要求，我是来求你帮忙的。"

"你不用求我，这是我应该做的事儿。"

我很高兴地接受她给我安排的任务，也很高兴到学校去看到她为那些孩子补习功课，看到她认真教学的情景。

她讲的情况属实，学校的教室里光线是太暗了，一个教室里只有两盏白炽灯，吊在教室的中央顶部，有一个灯泡还是坏的，碰到阴天或者下雨天，光线暗得老师们在黑板上写字，学生们也很难看得清楚。

为了保护孩子们的眼睛，我找黄春花建议为孩子们更换日光灯。黄春花马上就同意了。她叫她的堂弟去买日光灯回来，我和两个徒弟马上就把舒香为学生们补习上课的教室，由昏暗的白炽灯换成了明亮的日光灯。

学生们高兴，老师也高兴。我愿意为孩子们工作，也愿意为舒香的教学服务。对她提出的改善学生们的教学条件和要求，我是有求必应，舒香对于我的大力支持表示感谢。

我最高兴的是与舒香的儿子小舒童成了好朋友。这个孩子从小没有见过父亲，缺少父爱，他对我好像特别有兴趣，表现得特别友好。

我养了一条狗，是全身黑色无杂毛的小黑狗，看起来挺漂亮的。这只小黑狗是我从黄大叔家里要来的，因为我到凤凰山来工作，一个人住在小变电所的屋子里，还是感到生活有一点孤独的。黄大叔家里的黑母狗，正好生了一窝小黑狗，有四只，刚满月不久，我就挑选了一只最漂亮的小黑狗抱回来饲养。我的小黑狗成了我孤独寂寞中的朋友。

我的小黑狗也同样得到了舒香儿子的喜欢，小舒童经常跑到我的变电所小屋里来找小狗玩儿，他自然也就成了我喜欢的小朋友，他也跟我的小黑狗成了好朋友。男孩子爱狗，喜欢狗，这可能是男孩子们的天性吧。

小舒童第一次跑到我住的变电所小屋里来玩，就跟我的小黑狗一起玩得很高兴。小黑狗也同样喜欢小孩子。这个小男孩可能是一个人跟着母亲生活得太孤单了，所以能跟一只漂亮的小黑狗一起玩得忘乎所以，连饭也不想吃了，家也不想回了，妈妈也不想要了。我留他在我这里吃饭，我给小客人做了好吃的，做了红烧肉，做了木耳炒鸡蛋，还有小青菜，可是我和他没有开始吃饭呢，他先把红烧肉喂给小狗吃起来了。

天黑了，她的母亲找上门来。我听到敲门声，就知道是舒香来了。我开了门，果然是舒香站在门前。

"曾光，我儿子在你这里吗?"

"在，请进来吧。"

我把客人让进了屋。舒香看到了儿子，甜美地笑起来:

"童童，你不想回去啦?"

"妈妈，我想再跟小狗玩一会儿，这个小狗可好玩了。"

"我的儿子，你不想妈妈呀?"

"想。"

"想妈妈，你为什么不回去跟我吃饭呢?"

"叔叔给我做好吃的了。"

"叔叔给你做什么好吃的了?"

"你看，红烧肉，木耳炒鸡蛋。"

"请坐吧。"我对她说。

我为舒香让出椅子来，请她坐一会儿。我住的小屋并不大，有一张单人木板床，有一张写字台，有一把椅子，还有一个小电视，看起来一间斗室，东西堆得也不少了。

"你住的地方有点太小了，条件有一点差。"

"这就不错了，我挺满意的，一个人无所谓。"

"曾光，我说一句实在的话，你这是自找苦吃。"

"苦一点无所谓，高尔基不是说过吗，苦难是人生最好的导师。"

"你一个人过得还挺乐观的?"

"你没有听过前人有这样的说法吗:吃得苦中苦，方为人上人。"

"你真是书看多了，有点范进的精神了。"

"我不希望自己成为范进，我希望自己成为新一代的诗人。"

"好样的，你真是一个乐观主义者、积极向上的人，居然坚持梦想这么多年，连家也不要了。"

"我不是不想要家，我也希望身边能有温柔的妻子、可爱的孩子，可是我和宋丹心是完全不一样的人。"

"这就是女人与男人想法不一样的地方。"

"可能是吧。我这个人是属于异想天开、不切实际、喜欢幻想的人。"

"像你这样的人，现实生活中太少太少了。"

"你说对了，所以我跟宋丹心生活不到一起去，最后的结果只能是离婚。"

"曾光，你对我说实话，你还喜欢她吗？"

"怎么说呢？要说我一点也不喜欢她，那就是口是心非了。"

"你还爱她吗？"她又问我。

"其实，从我内心来讲，我对她还是有感情的。我们毕竟在一起有二十多年了。你还记得吗？舒香，我们从东北跟着父母一起进山来的时候才有多大？我们还是青少年呢。可是现在，我们已经快人到中年了，二十多年的时间，二十多年的感情，你说转眼之间，能消失就消失了吗？不可能的。人都是有感情的动物。对吧？我爱过她，所以跟她结了婚……对不起，我是不是话多了？"

"不是的，你说得非常对。"

我看见舒香眼睛里有泪花了，我不敢继续往下说了。她想到了什么？我不知道。她为什么突然流泪？我也不知道。我的话是不是伤到她了？我也不知道。

我问她："舒香，你怎么啦？"

"啊，没有什么，"她一边用手擦着眼泪，一边说，"你的话，让我想起了我们过去一起上学、一起下乡的日子……"

"你喝水吧?"

"不喝。我已经喝过水了。"

她还没有坐下来,而是后背靠在我的写字台上。

她的儿子小舒童对母亲说:

"妈妈,你看小黑狗儿多好玩呀!"

"孩子,你喜欢狗,你就带着它出去玩吧。"

"好吧,妈妈,走的时候,你叫我。"

"忘不了。"

小舒童引着小狗跑出去玩了。

舒香抬起眼睛望着我,继续问我:

"曾光,结婚之后,你和宋丹心之间的感情还好吧?"

"还好。结婚八年,虽然我们之间也有过磕磕绊绊,也有过吵吵闹闹,但都是一些鸡毛蒜皮的小事儿,算不了什么,吵过了,闹过了,也就过去了。我们之间闹得最大的矛盾,就是在我出书的问题上,在我辞职的问题上,她不同意。女人嘛,我也可以理解。她不让步,我也就算了。我只有自己出来想办法追求我的梦想。"

"丹心是太女人了,她是属于居家过日子的小女人类型的。"

"你说对了,我们之间追求的生活梦想不一样:她所追求的是把家庭的日子过得好一点儿,有钱的话,要换一套大房子,再有钱的话,要换一台大彩电,她追求的是小康生活。而我追求的梦想是当作家,当诗人,写出好作品来,留名千古。所以我们之间追求的梦想大相径庭,只有分道扬镳啦。"

"其实,作为女人,她的想法是对的,她没有错。"

"她的想法是没有错,我的想法也没有错,只不过我们是属于两种不同类型的人,想法不一样,想不到一起去,所以也就过不到一起去,离婚是必然的。"

"那你们以后就不打算复婚了?"

"复婚可能是希望不大了。玻璃碎了,再用胶水粘起来?好像意义不大啦。"

"你的意思是说,将来要换一块新的?"

"将来的事儿谁也说不清,顺其自然吧。我现在只想挣钱、出书。"

"曾光,能把你写的作品拿给我看一看吗?"

"当然可以,不怕你笑话。"

我从写字台下面的小柜门里,拿出了一本写好的、整理好的,有一百多首诗歌的稿件,献给她,请她过目。

"曾光,我想拿回去看一看,好好欣赏欣赏,可以吗?"

"当然可以,没有什么不可以的,最好过目了之后,再提一提意见。"

"你就不怕我给你泼冷水?"

"泼冷水,说明你有水平,看懂了,才能说出有分量的见解来。"

"好吧,那我就拿回去看一看,半个月之后给你送回来。"

"不着急,你慢慢看吧。"

"我真是敬佩你有这种精神,十多年的坚持,始终坚守自己的梦想,像你这样为艺术创作坚持到底的人,如今的社会已经不多了。"

"谢谢你的夸奖。"

"那我就走了。舒童,咱们回去洗澡睡觉啦!"

"妈妈,来啦!"舒童带着我的小黑狗跑回来了。

"再见,"舒香甜美地对儿子说,"快跟叔叔说再见。"

"叔叔再见。"

"小舒童再见。"

舒香领着儿子拿着我的诗稿走了,到黄春花家洗澡睡觉去了。

我的诗歌她能看懂吗？她会欣赏吗？我不知道。我想她是大学文科方面的老师，应该算专家吧？但愿她能读懂我的诗，因为我热爱文学创作还是受了她的影响。读者也许还记得，她曾经送给我两本书吧？

　　她可以说是我文学方面的启蒙老师，或者说是我文学创作方面的引路人，我写的作品她会喜欢吗？

第 8 章 爱经风雨

过了几天时间的一个中午，黄春花又到变电所来找我，叫我到她家去见一个客人。

"客人？又是什么客人？"我以为是她生意场上的朋友。

"你去了就知道了。"她小声对我说，"丹心姐来了，提出要见你。"

"她怎么跑来了？她来干什么？"

"不知道。看来是找你有事儿的，看样子好像不高兴。"

"她有什么不高兴的？我又没有招惹她？"

"你去见见她吧。既然人家来了，肯定找你是有事儿的。"

"她来找我能有什么事儿呀？不会有好事儿的。"

"不知道，反正她看起来火药味十足，你要有精神准备。"

"莫名其妙吧？她来找我什么事儿呀？"

"你去了就知道了。"

我跟着黄春花到了她家里，果然在大客厅里见到了两位不速之客，宋丹心和我的女儿荣荣。孩子见到我很高兴地跑过来，抱着我的大腿叫起来：

"爸爸，爸爸!"

我问孩子："荣荣，你怎么跑来了?"

"是妈妈带我来的，我好想你呀，爸爸!"

我的女儿又长高了，也长胖了。我把女儿搂在怀里。我看见前妻在场，舒香也在场，我觉得这样的场面有点儿不妙，预示着要有一场暴风雨来临。

宋丹心问我："你想女儿吗?"

我说："哪有爸爸不想女儿的?"

"你还知道想女儿呀?"

舒香说："孩子真可爱。"

宋丹心说："舒香，你的儿子也这样可爱吧?"

黄春花说："大家坐吧，我来给你们泡茶。"

我问前妻："你跑来干什么? 谢谢你有兴趣跑来看我。"

"我来看一看你的日子过得怎么样?"

"我过得挺好的。"

"看起来是挺好的，在深山老林里，还有老朋友陪伴你。"

我听她的话好像有点儿不是味，舒香听着也感到不安，脸红了。黄春花为大家泡好了茶水，首先端给了宋丹心，并且笑着说：

"丹心姐，请喝茶。大家坐吧。"

在主人一杯一杯地为我们端茶送水，我和宋丹心、舒香自然也就坐下来。

宋丹心说："我不喝茶。"

黄春花说："天气热，多喝点茶水好，排毒下火。"

宋丹心说："我心里的火是茶水排不出来的。"

我问前妻："你怎么啦，丹心，阴个脸?"

"这应该问你呀。"

"问我？问我什么？"

宋丹心对孩子说："荣荣，你先出去玩儿，我们大人有话说。"

"好吧，妈妈，"女儿懂事地说，"您不要生气。"

荣荣随后就走出去了。舒香的儿子可能在楼上的房间里写作业，或者在外面玩儿，不在一楼，所以黄家大客厅里只有宋丹心、我和舒香，还有女主人黄春花了。

我问宋丹心："你跑来要谈什么，表情这样严肃？"

"问你呀。"

"问我？问我什么？莫名其妙。"

"曾光，你为什么要欺骗我？"

"我怎么欺骗你啦？我骗你什么了？"

"你不是闹着要去深圳工作吗？你怎么不去深圳了？"

"我是要去深圳工作的，这与你有关系吗？"

"当然有，你骗我要去深圳工作，为什么不去呀？"

"因为春花要把我留下来工作，所以我暂时不去深圳了。"

"是这样吗，春花？"宋丹心问家庭女主人。

"是的，"黄春花回答，"他本来要去深圳工作的，是我把他留下来的。"

"春花，"宋丹心不客气地问女主人，"你为什么要把他留下来工作呀？"

黄春花回答："因为我们凤凰山的工作特别需要他。"

"凤凰山的工作特别需要他？"宋丹心又问我，"曾光，这就是你的雄心大志？大企业的工作不干啦，跑到小山沟里面施展你的才华？"

"我愿意，在这里工作我开心，因为我的工资比原来在工厂里多，我为什么不能在小山沟里工作呢?"

"你想在这里工作不是这个原因吧?"

"那你说是什么原因?"

"你的目的不是跑来工作,而是跑来与老情人约会吧?"

"你胡说八道!"

"你激动什么呀?是我胡说八道吗?"宋丹心马上又问舒香,"老同学,好朋友,我请问一下,你怎么也跑到这里来工作了?"

舒香解释说:"丹心,我是春花请来为山里的孩子们补习功课的。"

"为山里的孩子补习功课?"

"不相信我,你可以问春花嘛。"

"事情怎么会这样巧呢?过去一对相亲相爱的情人,居然都返回凤凰山工作了?"

黄春花说:"丹心姐,你不要误会。"

"是我误会吗?"宋丹心又说,"他们是不是又旧情复发啦?"

"丹心,"我不满地对她说,"你说话的口气好像是来审问我们一样。"

"你怎么理解都可以。"她说,"曾光,我来问你,你是不是跟舒香事先约好了,一起到凤凰山来工作的?所以才打定主意要跟我离婚?"

我回答说:"丹心,你能不能不胡说呀?"

"我胡说什么了?事实已经摆在眼前了,是我胡说吗?一个男子汉、大丈夫,你应该对女人说实话!"

"你叫我说什么实话呀?"

"你是不是跟舒香好上了?一起到凤凰山来相会的?"

舒香不安地说:"不是的,丹心……"

"舒香,我不想听你说话,我要听曾光说话。"

"我不明白你说的是什么意思。"我听不懂前妻说的话。

"你不明白，我就坦率地问你，你跟我闹离婚，其目的是不是为了跑到凤凰山来找舒香会合的？"

"你胡说什么呀？你说话能不能不带刺儿呀？"

"怎么，离家时间长了，嫌我说话难听啦？"

"谁也不喜欢听难听的话。"

"那好吧，我就说一点好听的话，你是不是又爱上舒香了？"

舒香说："丹心，怎么会呢？"

宋丹心继续对我说："曾光，男子汉大丈夫做事要敢作敢当，你不要遮遮掩掩的，你要说实话。"

我生气地对她说："宋丹心，你不要跑来胡闹，无事生非好不好？"

"你不敢承认是吧？你是不是又看见舒香变成单身女人，你又爱上了她？"

"哪儿有这样的事儿呀？请你不要睁着眼睛说瞎话好不好，宋丹心同志？"

"是我瞎说吗？事实已经摆在这儿了，你前脚跑到凤凰山来工作，她后脚就跟着跑到凤凰山来教书，难道世界上还有这样的巧事吗？"

"这就是巧合，"我对她说，"宋丹心同志，你的想法不要太复杂了，我和舒香之间什么事儿也没有，你怎么能这样胡思乱想，胡乱猜疑呢？"

"我胡思乱想？我胡乱猜疑？你们两个人已经在凤凰山会合了，这是我胡思乱想、胡乱猜疑吗？这是我看到的事实吧？"

"你看到了什么事实呀？这纯粹是捕风捉影。"

"捕风捉影？你们两个人已经同时出现在我面前了，这不是事实吗？"

舒香实在有点儿坐不住了，插嘴说："丹心，事实不是你想象的……"

"舒香姐，我叫你一声舒香姐，"宋丹心对她说，"世界上没有不透风的墙，知道什么叫无风不起浪吗？有人看见你们跑进凤凰山来度蜜月啦。"

"度蜜月?"舒香越听越不自在了。

"不是,宋丹心,"我问她,"谁看见我和舒香到凤凰山来度蜜月啦?"

"要我告诉你吗?郭小红看见你到凤凰山来了,陆春芳看见春花开车接舒香和她儿子到凤凰山来了。她们告诉我,我还不相信呢,现在我亲眼所见了。"

我说:"你不要听她们无中生有,乱弹琴!"

"这是无中生有,是乱弹琴吗?你们已经在凤凰山相聚了,这还是无中生有乱弹琴吗?这是既成事实啦!"

"宋丹心,我不想听你说废话,我也不想听你说没有用的话,我只能坦诚地告诉你,你听到的一切都是瞎扯淡,胡编乱造的谣言!"

"这是谣言吗?"宋丹心激动地说,"你们已经在一起了,难道这还是谣言吗?"

宋丹心的嘴巴是真厉害,说得舒香忐忑不安,说得我也有点招架不住了:

"宋丹心同志,我请你不要听信那些烂舌头的女人嚼舌头的话,好不好?"

"可我看到眼前的事实,你又对我如何解释呢?"

"你看到了什么事实呀?"

"你跟舒香在一起,这样的事实,你又如何解释呢?"

"这不用解释,我们光明正大!"

"心虚了吧,曾光同志?你和舒香之间是不是又旧情复发、旧情复燃、重温旧梦啦?请你说老实话。"

"我说什么老实话呀?你简直是莫名其妙,我跟你说不明白。"

"你承认说不明白了?"

"什么我承认说不明白了?这是没有的事儿!你就喜欢听那些多嘴多

舌的长舌妇背后嚼舌头的话，你活得累不累呀？"

"我活得是累呀，一个女人，带着孩子，我是又当爹又当妈，我要累死啦！"

宋丹心哭得特别伤心，特别难过，哭得大家都坐立不安了。

我求她不要闹了："宋丹心，你不要哭了好不好，你到凤凰山来的目的就是没事儿找事儿的，是吧？"

"谁没事儿找事儿啦？是我没事儿找事儿吗？你放着安稳的日子不过，跑到凤凰山来跟老情人相会，你对得起我和孩子吗？"

宋丹心哭天抹泪的，黄春花有点儿看不过去了，她开口劝说：

"丹心姐，你说话有点太偏激了。我说实话，舒香姐是我请来暑假为山里的孩子们补习功课的。曾光大哥也是我留下来在凤凰山工作的，所有的一切事情都是我经办的，都是我决策的。"

宋丹心又向黄春花开刀问话了："黄春花，你对我说实话，曾光和舒香两个人是不是在此秘密同居了？"

我真是生气了："你说话怎么这样难听啊？"

"怕我说话难听，你们不要做见不得人的事情啊！"

"我们做什么见不得人的事情了？"

"你们做了什么事情，你们自己清楚！"

"我们什么也不知道，莫名其妙。"

"丹心姐，你说话有点过了，"黄春花又开口劝说，"曾光大哥和舒香姐来我这里工作，并不像你听到的传闻那样，你不要疑神疑鬼了，我向你保证，他们之间是清清白白的。"

"清清白白的？"宋丹心说破天也不相信，"孤男寡女在一起，还有清清白白的？你说的话有谁相信哪？我是不相信他们之间会清清白白的。"

"丹心姐，你不相信我，也不相信他们，你说怎么办呢？我只能劝你丹心姐，做女人不要太小心眼儿了。再说了，你跟曾光大哥已经离婚了，就不要继续胡闹了，双方闹下去，对你们有什么好处呢？又有什么意义呢？只能是越闹越伤感情。"

宋丹心一边伤心地用纸巾擦鼻涕、擦眼泪，一边说：

"我真傻呀，我跟丈夫离什么婚哪？我只是恨他不听我的话，其实我还是爱他的。舒香姐，我求求你啦！"

宋丹心突然在舒香面前跪下来，吓得舒香立刻站起身：

"宋丹心，你这是干什么呀？"

我劝前妻："你不要发神经啦。"

她情绪激动地说："我是要神经啦！舒香姐，我求求你啦，不要夺我所爱，我还是爱我的丈夫的，我还是爱曾光的！我就是恨他我行我素，不听我的，我求求你不要破坏我们的家庭！"

舒香也流着眼泪，要扶她起来，说："丹心，你不要这样，你起来，我怎么破坏你的家庭啦？我什么也没有做呀？你不要这样，你快起来！我不想破坏你的家庭，我也没有破坏你的家庭啊……"

宋丹心是故意在众人面前出洋相，故意闹得舒香下不了台，她又接着说：

"舒香姐，我求求你了，我和曾光之间还是爱如天堂的……"

黄春花看不过去了，她马上叫宋丹心起来：

"丹心姐，你快起来，你这是干什么？不要在大家面前出这样的洋相。"

黄春花把宋丹心从地上拉起来，扶她坐到了椅子上。

可是宋丹心还是鼻涕一把泪一把地对舒香说：

"舒香姐，我知道，我宋丹心比不上你，比不了一个大学的老师，你有知识，你有文化，我什么也不是，我就是一个普通工人。可是我和曾光有过婚姻，有过爱，我知道你们过去好过，相爱过，可那都是已经过去的事儿了。我和曾光已经有了孩子，我的女儿现在天天找我要爸爸，要父爱，我是没有办法向孩子交代，才跑到凤凰山来找他的。想不到你们居然又走到了一起，在这里偷偷摸摸地相会……"

"丹心，你误会了，"舒香说，"我们不是偷偷摸摸相会的……"

"你听我把话说完，舒香姐，我求你可怜可怜我好不好？我求你可怜可怜我的孩子，行吗？你的孩子没有爸，我的孩子不能没有爹呀！虽然我和曾光之间在人生观念上有矛盾，在思想感情上有分歧，可是我们之间还是有感情的，还是有爱的！你是一个有知识、有文化的人，你是一个大学的老师，你不能夺人所爱呀！你可以找一个比他更好的人，你可以找一个比他更优秀的男人做你的丈夫！"

舒香生气地说："丹心，你说什么呀？乱七八糟的，不可理喻！"

宋丹心又转头对我说："曾光，你不要在这里干啦，跟我回去，跟我回家！"

"我跟你回哪儿去呀？我跟你回家还有什么意义？"

"你跟我回去复婚，我在家养着你！"

"这不大可能吧？你在家里养着我，你养得起我吗？想复婚我也不反对，但是我的条件是要钱，要出书，你同意吗？"

"这不可能，我没有钱给你出书，你就不要做当文学家的梦啦，不切实际！"

"你不同意我的条件，我就不能跟你回去。我回去既没有工作，又没有钱出书，我回去干什么？你不要胡闹啦。"

"舒香，你说他是不是应该跟我回去？"宋丹心故意问她。

"我不知道，我不参与你们夫妻之间的事儿……"舒香说。

"可是你已经参与了，他为了你跑到凤凰山来，连家也不要了，连安稳的工作也不要了，连老婆、孩子也不要了！"

"丹心，不是这样的，我并没有参与你和曾光之间的事情，这跟我没有关系，我也不知道他辞职的事，我也不知道你们之间闹离婚的事。我确实是接受春花的邀请到凤凰山来为孩子们补习功课的。至于你和曾光之间的事，我也是听曾光对我说的。在此之前，我什么也不知道，一无所知，你不要把我拉扯到一起说事儿。"

"舒香，他怎么不对别人说呢？他怎么偏偏对你吐苦水呢？"

"人肚子里有苦水，总是要倒出来的。"

"这就证明他还喜欢你！"

"你要这样说，我也没有办法。"

黄春花又说话了："丹心姐，你说的话实在太过分了，曾光大哥和舒香姐之间本来没有什么事儿，你跑来这样胡闹，结果会把事情闹得越来越复杂，大家面子上都挂不住，以后还怎么见面，还怎么做朋友？你这样胡闹太过头啦。"

"我这样闹，就是要叫他们记住，不要干偷鸡摸狗的事情，可耻！"宋丹心失去理智地说，"教训他们以后不要再见面，不要再有来往！"

女主人问："丹心姐，你的心态是不是有问题呀？"

我说："她有点神经了。"

"我是叫你气神经啦！"宋丹心对我发怒。

我气得对宋丹心一点办法也没有了，我起身要走，我的女儿荣荣从门外跑进来。这个聪明的孩子出去也没有走多远，可能就在门口偷听。她跑到我面前来，抱着我的大腿，流着泪水对我说：

"爸爸，回家吧！爸爸，跟妈妈一起回家吧！"

孩子抬起头来，眼泪汪汪地看着我，看得我也心里难受。

我对孩子说："荣荣，爸爸不能回去，爸爸爱你，你跟妈妈回家吧。"

　　我也不想跟宋丹心理论了，不想听她胡说八道了，我马上走人，离开了黄家。宋丹心和孩子也马上随我身后一起出来了，之后黄春花也从后面跟出来了。

　　黄春花问道："丹心姐，你们要到哪儿去呀？你们不吃饭啦？"

　　宋丹心回答道："不吃啦，回家！"

　　黄春花说："你们要回家，等一等我，还是我开车送你们回去吧！"

　　宋丹心要拽着我回家，我是不可能跟着她一起回家的，宋丹心要强迫我跟她回家，我不听她的，她气得火冒三丈。

　　"你跟我回家，听见了没有？"她对我要怒火冲天了。

　　"我不跟你回家。"我坚持我的想法。

　　"你跟不跟我回家？"她又问我一遍。

　　"我不回家。"

　　"你到底跟不跟我回家？"她再一次问我。

　　"我肯定不回家。"我坚定地回答。

　　她挥手就打了我一耳光，打得我脸面发烧，一时间把我打傻了，我还从来没有受到过女人这样的惩罚。她拉着女儿荣荣就走了，不过她们不是走回家的，而是黄春花开车把她们送回家的。

　　宋丹心显然是故意跑来捣蛋的。她走了之后，晚上，我又跑到黄春花家里去看望舒香，当面向她赔礼道歉。宋丹心的胡闹让她的心灵受到了极大的伤害。

　　她在我和黄春花面前十分委屈地哭起来。

　　"丹心怎么会这样伤害我呀？"她痛哭流涕地说，"我也没有什么地方对不起她呀。"

　　"她是心态有问题了，"我对她说，"舒香，你不要往心里去。这显然是郭小红、陆春芳她们，在她面前故意搬弄是非嚼舌头造成的后果，你千万不要介意。"

"丹心姐跑来胡闹，实在太不像话啦。"黄春花也为此感到不满。

舒香哭得像泪人儿一样，我觉得挺对不起她的，她受到了无缘无故的伤害，而这一切都是由我而起的，我希望她能原谅丹心，同时也能原谅我。

第 9 章　爱如雪花

自从宋丹心来凤凰山闹过的风波之后，舒香就尽量减少与我的接近了，她尽量回避我、躲着我，我们之间原来的关系挺正常的，像老同学、老朋友一样，谁也没有想过孤男寡女方面的感情之事，可是宋丹心来凤凰山闹过之后，结果变得不正常了。她不愿意面对我了，也不愿意与我说话了。

这使我感到十分痛苦，因为我在凤凰山没有什么朋友，也就是黄春花和她的丈夫叶中青，还有舒香和她的儿子。她怕惹是生非，所以就尽量与我少来往。

但是她的儿子小舒童可不一样，我与小舒童之间的关系还是非常好的，而且是越来越好。他到我居住的变电所小屋来玩的时间也越来越多了，而且是越来越勤了。因为小孩子喜欢小动物，我的小黑狗成了他最要好的朋友，所以他有时间就跑来与我的小狗一起玩儿。小孩子不懂得大人之间的事情，他们幼小的心灵也不会介意大人之间发生的事情，所以他的到来是我生活中最大的快乐。为了与这个没有父亲的孩子成为好朋友，我想方设法陪他开心，陪他一起玩乐。

夏天嘛，就是带着小狗，带着他，一起到汉水河里去洗澡，去游泳，这是孩子们最喜欢的游戏活动。所以每天傍晚，吃过晚饭之后，我就会带着小舒童和小黑狗一起，到河边去玩上一个多小时。

舒香怕我带着她的儿子到大河里去洗澡、去游泳发生问题，所以她总是悄悄地在后面跟着，担心出事。其实上她的担心完全是多余的。我还当过她的游泳教练呢。不过因为儿子是她的命根子，所以她总是为了儿子担着心事。当母亲的嘛，没有丈夫，只有与儿子相依为命，所以她把儿子看得特别重要。作为独身的母亲，为了儿子操心，这也是正常的，谁都可以理解的事情。她的儿子不会游泳，就像当年下乡来到凤凰山不会游泳的舒香一样，所以我就在河里教他学习游泳。母亲在河边的小树林里观察，回避与我们的交流与互动。

一个夏天，三十多天的时间，我把她的儿子当作我喜欢的学生一样看待，结果小舒童在我的指导下学会了游泳。他的母亲也不来当面感谢我，还是有意躲避我，不敢与我多接触。女人到底是怎么想的？我实在难以琢磨。难道宋丹心得罪了她，她就不理我了吗？不应该吧？我又没有得罪呀！

一个夏天很快就过去了，舒香和她的儿子要走了，要离开凤凰山回去了。我还能跟她见面吗？我的愿望在她临走的前一天晚上，如期到来了。

她带着小舒童来到了我居住的变电所小屋，来跟我道别，同时把我给她看的诗稿也给我送回来了。

"我写的诗你都看过了？"我问她。

"看过了，你写的诗真好。"

"你不要说好听的，提提意见吧。"

"我说的是真话，你太有才了。你写的一百多首诗我都看过了。"

"感觉如何？"

"感觉太美了。你的诗让我看到了你的灵魂,看到了你的内心世界,看到了你的理想,看到了你的快乐,看到了你与众不同的性格,看到了你积极进取的精神。你是个有才华的诗人。"

"说了半天,你就是来为我唱赞歌的?说一点实实在在的好不好,老朋友?"

"我说的是实在的,并没有言过其实。我现在好像明白了,你为什么和宋丹心离婚,你们真的是不一样的人。你的追求,你的梦想,让我看到的是一个丰富多彩的世界。你的诗真的是打动了我的心,让我看到了当代中国诗坛的徐志摩。继续努力,你将来一定会成功的。我相信你会成为未来中国诗坛的一只雄鹰……"

"谢谢夸奖,"她的赞美让我觉得夸大其词啦,"你唱的赞歌让我无地自容了。"

"不,是真的,曾光,你现在隐藏在深山老林里,没有飞出去,当你扇起翅膀飞出深山老林的时候,中国诗坛一定会大吃一惊的。我真羡慕你的才华。我虽然上过大学,读过研究生,身为大学的教师,可是我还不如你这个初中毕业生。我写出来的诗还不如你的诗能感动我,能震撼人心。只不过你的人生之路走得太艰难了,太弯曲了。如果当年你要听我的话,考大学的话,再读了研究生,你不会奋斗得这样苦累,不会奋斗得这样艰难,也许你早就取得成功了。不过好事多磨,你要坚持。我想对你说的是,只要你继续努力,绝不放弃,你总有一天会取得成功的!"

"谢谢你的鼓励。"

"我也应该谢谢你。"

"你谢我什么呢?"

"你教我儿子学会了游泳啊,实在太费心了,你也辛苦了。"

"你明天就带着儿子走吗?"

"是的，我为孩子们补习功课的教学任务已经完成了。学校也要开学了，我要马上赶回去备课，准备给我的学生们上课了。"

"那我们什么时候再见面呢？"

"只有冬天寒假再见面了。"

"冬天你还来吗？"

"我一定会来的，我已经答应春花了，不会不来的。"

"那咱们就冬天再见？"

"好，冬天再见。"

舒香跟我握手，告别。

她儿子说话了："妈妈，我想把叔叔的小黑狗带走，可以吗？"

"可以带走，"我马上表态，"只要你喜欢就带走吧。"

"不行，舒童，"舒香非常严肃地对孩子说，"我们学校的单身公寓不让养狗，你明白吗，我的儿子？"

"那好吧，妈妈，我不要了。"

小舒童真是个听话的好孩子，妈妈说什么他都听，我说什么他也听。他有一点女孩子的性格，太柔软了，这是缺少父爱的结果，没有男子汉的阳刚之气。

舒香最后对我说："曾光，我还想对你说的是，如果你信得过我，把你的诗稿交给我吧，我带回学校去为你想办法，看能不能找到出版社给你出版了。"

"可是我现在没有钱……"

"我知道你现在没有钱，我说的是不花钱出版。"

"不花钱出版，这可能吗？"

"我带回去给你想办法试一试看吧，我有一些大学的同学，在文化单位工作，有的在出版社工作，看我能不能帮上你的忙。"

"那太感谢啦，我求之不得呀。"

"那我就把你的诗稿带走了？如果通过我的同学或者朋友，可以出版你的诗集，到时候你就请我吃饭好吗？如果不成，我冬天来凤凰山的时候，再把你的诗稿带回来奉还。"

"可以，可以。有这样的好事儿，我非常愿意，非常感谢！"

她带着儿子，带着我的诗稿，离开了凤凰山，是黄春花开车送他们走的。

夏去秋来，我一个人又变得孤独了。不过秋天的工作很忙，我也不觉得孤独和苦闷就是啦。转眼冬天到来了，我确实有点觉得孤独了。

没有事儿的时候，我静下心来，就经常想起舒香和她的宝贝儿子舒童。我是不是爱上他们啦？我老实承认，我是真的有点爱上他们了。自从舒香和小舒童走了之后，我总是觉得心里空落落的，好像缺少了一点什么。缺少了什么呢？其实缺少的就是亲朋好友之间的爱，就是人间的一点亲情。

舒香和她儿子走了之后，既不给我来信，也不给我来电话，出书的事情也是一点消息没有。黄春花倒是经常跟舒香通电话，因为她有"大哥大"。我没有。所以舒香和她儿子的情况我一点也不知道。但是我心里确实期盼着他们的到来，这是人与人之间感情的火花再度燃烧绽放，这也是理所当然之事，因为人类就是感情的动物。

冬天，雪花飘落，白雪茫茫，深山老林裹上了银色的衣装。我们的日常工作也就不是很多了，因为一年忙到头了，到年底也就没有什么工作可忙碌的了。

我本来可以回城、回家，看望我的父母，看望我的亲人。可是我又怕见到宋丹心，怕见面她跟我胡闹。我想见我的女儿，这倒是真的。但是我不可能回家单独见到女儿，她一定会跟她妈妈说的，所以我也就不想回家了。

我回去住在父母的家里也不好过，因为我的父母也不是思想开放的人。小城市的人，思维观念很保守，所以我辞职、离婚、离开家的时候，父母也对我有气，他们的意见也是反对的。所以我只要回家，父母就经常唠叨我，说我辞职、离婚，是做了一件非常愚蠢的事情，等等。他们天天唠叨，我在家里待着心里也烦。

所以不到春节，我也不想回家过年。

元旦过后不久，黄春花就把舒香母子接到凤凰山来了，因为舒香为山里的孩子们补习功课的时间又到了。

当舒香可爱的宝贝儿子小舒童的圆脑袋出现在我居住的房屋门口的时候，我好像见到了久别的亲人一样，立刻把他抱起来，举起来，这种感情真的是很奇怪呀。

"小朋友，你怎么来了？"

"是春花妈妈接我们来的。"

"你妈妈来了吗？"

"妈妈也来啦。"

"她人在哪儿呀？"

"在春花妈妈家里。"

"小朋友，你想我了吗？"

"想了。"

"你妈妈想了吗？"

"不知道。"

我把孩子放下来，马上给他找东西吃。可是，唉，我这里平时什么好吃的东西也没有，只有青萝卜和红薯。

"小舒童，你吃地瓜红薯吗？"

“我不吃。”

“你怎么一个人跑到我这里来了？”

“我想你的小黑狗了。”

“原来你是想我的小黑狗了？”

“是的，叔叔，黑狗在哪儿呀？屋子里怎么没有狗了？”

“小黑狗已经长大了，屋子太小了，容不下它了，我把它放在外面房子后面去了。”

“叔叔，我想看一看小黑狗。”

“好吧。我的小黑狗现在已经变成大黑狗了，可威风了。”

我把他领到房屋后面拴狗的地方，我为狗搭建起来的狗窝棚，小舒童看见原来漂亮的小黑狗长大了，他有一点儿怕狗了。

“叔叔，它会不会咬人呢？”

“它不会的。”

孩子叫着狗的名字：小黑子，小黑子。我的黑狗记性还真好，几个月不见，它还能认出小朋友，亲切地向他摇尾巴。

“小舒童，”我问他，“你跑到叔叔这里来还有事儿吗？”

“春花妈妈叫你过去吃饭，”孩子说，“我妈妈也叫你过去，说是有重要的事儿找我。”

“你妈妈说有什么重要的事儿找我？”

“不知道。妈妈没有对我说。”

“那咱们走吧，舒童。”

“好，叔叔，咱们走。再见，大黑狗。”

小舒童用手摸了摸大黑狗的头，大黑狗又亲切地摇了摇尾巴，双方均表示得非常友好。

随后，我就跟着孩子马上跑到了黄春花的家。

两个妇女正在客厅里等着我呢。黄春花挺着个大肚子，她快要当妈妈了，还居然敢下雪天开着车把舒香和舒童母子接来。我真是佩服她的勇气和胆量，对什么事都不讲究。这就是农村出身的女性。

我进了门，舒香就微笑着对我说：

"曾光，我们就等你来了。"

"我真的好想你呀！"我握着她的手，半真半假地开玩笑说。

"真的？为什么想我？"她眼神迷人地看着我。

"我想你应该来啦。我在这里太寂寞了。"

"看来人还是群居的动物，怕孤独。"

"是呀，谁说不是呢？"

"快坐吧，曾光大哥，"黄春花对我说，"舒香给你带了好消息。"

"舒香，有什么好消息带给我？"

"你猜。"舒香笑眯眯地看着我。

"是春花要生儿子啦？"

舒香哈哈地大笑起来。

"什么呀！"黄春花说，"舒香是给你带来了好消息，听明白了吗？跟我没有关系，她是给你带来了好消息！"

"好像明白了。舒香，你能给我带来什么好消息？我能有什么好消息？我想不出来。"

"曾光，你真的想不出来？"舒香亲切地看着我。

"我的脑子有点迷糊啦，想不出来。"我故意装糊涂。

"为什么想不出来？"舒香又问我。

"因为看见了你呀！"我实话实说。

舒香脸红了，她提示我：

"大哥，说正经事儿，你最大梦想的是什么？"

"当然是出书啦。"

"对啦，你的诗歌集出版啦。"

"真的，舒香?"我感到太意外了，"出版啦?"

"是真的，我经过朋友为你出版了，请你看一看满意不满意吧。"

舒香把一本诗集从身后拿出来，呈现在我的面前，我是又惊又喜呀。

"谢谢，太感谢了!"我马上向她鞠躬致敬。

我从她手里接过书，我还真有点不敢相信眼前的事实呀，我平生的第一本著作出版了。我看到《曾光诗歌集》，眼睛发酸了。我写的书终于出版了，问世了，与读者见面了，这是我一生最大的梦想啊!为了实现我的梦想，我拼得妻离子散，终于见到成果了。而且这样的结果太出人意料了。

"怎么样，你看你创作的书样本还行吧?"

"谢谢你，舒香，真是太感谢啦!"我满怀感恩地说。

我真的不知道该如何对她表示内心的感激之情，可以说用语言是难以表达的。

"你如果对样本书感到满意，我回去就让出版社向国内外公开出版发行了?"

"谢谢，太感谢了!"我问她，"你为我花了多少钱?"

"我没有花钱，就是请老同学吃了一顿饭。你的诗歌不仅打动了我，同时也打动了她，经过我的同学编辑，出版社同意为你的作品出版发行，合同我给你带来了，你签字，留一份，我带回去一份，转交给出版社，出版合同就算生效了。合同书你要保存好。以后有稿费了，可不要忘记请老朋友吃饭啊!"

舒香说得很轻松，可我内心的感激之情实在无法形容。

"舒香，我太感激你了，我一辈子感激你!请你吃饭太小意思了，你说到什么地方去吃，咱们马上就走！"

"真的，曾光，这话可是你说的?"

"是我说的，我身上有钱啦，春花年底给我发红包了！"

舒香看着我真心诚意的样子，一字一句地说：

"你既然身上有钱了，那我就不客气了，我要到城里最好的大酒店去吃饭，我要吃过去没有吃过的好东西，我要吃鱼翅、龙虾、猴头、燕窝……"

"行，没有问题，只要饭店有的。马上走！"

黄春花看着我的傻样子，笑起来了，说：

"曾光大哥，你还真要去呀?"

"那当然啦，这种事情能开玩笑吗? 我一辈子追求的梦想，好像做梦一样地实现了，花几个钱算什么? 春花，咱们马上开车走吧?"

"我看还是算了吧，"黄春花拍了拍自己的大肚子，说，"我一个大肚子女人，又吃不了多少东西，到城里最好的大酒店，开车起码要跑一个小时，还不如在我的农家乐吃得好，以后再说吧。"

舒香抿着嘴笑起来，说：

"曾光，你真傻，你还当真啦?"

"男子汉、大丈夫，说话就要算数嘛。"

"算了吧，老朋友，冰天雪地的，春花这么大的肚子，很快就要当母亲了，开车跑出去也不方便，先记下这笔账，以后再说吧。曾光，你记住，你欠了我们一顿美味佳肴，以后有机会补上就是了。"

"那要忘记了怎么办?"

"忘记了好办，加倍处罚，请两次，吃双份，对不对，春花?"

"对啦，有机会再请客，否则舒香以后就不帮你出书了。"黄春花添油加醋地说。

我看着舒香为我拿来的书，真的是太感动了，太高兴了。舒香又从她带来的背包里拿出来几本书，都是她从出版社拿来的我的新书的样本。

她说："曾光，我从出版社拿来了十本你的新书，多了我也背不动。书实在是太沉了，累得我背着包，两个肩膀都压疼了。我要留一本，留下来以后好好拜读，慢慢欣赏，多余的书就交给尊敬的作者主人啦。"

舒香把拿出来的新书放在了茶几上。

黄春花随手拿起一本书来，对我说：

"我也要留一本，以后好好拜读拜读你的大作。"

舒香随后又从包里拿出一支笔来，把书和笔同时递给我，说：

"大诗人，请签名吧。"

"签名？"我莫名其妙。

"对呀，你现在是我们的大诗人啦，请在书上签下你的尊姓大名吧。"

舒香用她美丽的大眼睛望着我，她的眼睛还像当姑娘的时代一样的美，一样的漂亮，一样的迷人，一样的光彩照人。我的心跳得快要飞起来了！我还从来没有感受过在我的书上为人家签名的紧张和快乐呢。我用她给我的自来水笔，在书上签下了我的不值钱的名字。

"还有我的。"黄春花也把书递给了我，同样也要求我签名。

我也同样满足了黄春花的要求。可是说实话，我的签名太对不起朋友了，因为我写的字太不美观啦。

"好啦，曾光，我为你圆了梦，我的使命也算完成了。"

"谢谢你，舒香，你太伟大了！"

"什么？伟大？"舒香说我用词不当。

"曾光大哥，"黄春花故意逗我，"变成大诗人了，连话也不会说啦？"

"什么大诗人呢？我就是业余爱好者。"

"不要谦虚嘛，曾光同志，我们为有你这样的朋友感到荣幸！"舒香说。

"是呀，曾光大哥，"黄春花说，"在我们的朋友当中，出了一位诗人，这是你的光荣，也是我们的荣幸啊！"

"可是现在的中国人已经没有多少人喜欢读诗、看诗了，喜欢诗的人已经越来越少了。"我实实在在地说。

"但我还是非常喜欢读诗的，"舒香对我说，"你的大作确实感动了我，叫我也有当诗人的冲动与梦想啦！"

"欢迎你也来创作诗歌呀。"

"可是很遗憾，我没有你的才华。"

"是呀，"黄春花感慨地说，"不是每一个人都能写出诗，写出东西来的，不是每一个人都能成为诗人的。我们的大学算是白读了，一天到晚就想着挣钱了，知识等于白学了。"

"其实中国人现在不缺钱，"我对她们说，"改革开放使中国人的生活确实富裕起来了，大家都比过去有钱了，如今中国人缺的是德，缺的是文化。"

"这是中国文化的悲哀呀！"黄春花感叹地说。

"好啦，国家大事，我们就不谈了，还是坐下来喝茶吧。"黄春花说，"我站得可是够累的，你们不坐我要坐啦。"

女主人坐下来请我们喝茶，我们客人也就跟着坐下来了。

"中国人缺德、缺文化、太可怕啦，"舒香又说，"曾光，我希望你有时间能写一下有关国家德育与文化教育方面的书。"

"这样的文章不受欢迎，我还是算了吧。"

"你不是想成为大诗人吗？连这点崇高的思想也没有？"

"写社会公德、文化的文章，可不是随便乱写的，要负责任的。"

"前辈文化人不是说过吗？铁肩担道义，妙手著文章。"

"可是我还没有达到那样崇高的思想境界，我就是一个普通老百姓。"

"普通老百姓是国家公民呢，我希望以后你能成为有理想有道德的大诗人。"

"谢谢你的鼓励，你太抬举我啦。"

"努力争取吧，朋友。"

"我的梦想怕难以实现呢。"

"要对自己有信心。古人梦想空中飞人，我们今天的人类不就飞上太空了吗？"

"是呀，曾光大哥，"黄春花说，"我也希望你以后能成为大诗人，多写一点有精神、有道德、有修养、有文化、有力度的诗歌作品来。"

"可是梦想伟大，并不一定能实现呢。"

"当然啦，实现梦想绝非是一件容易的事情，"舒香说，"一首歌中唱得好：不经历风雨，怎么见彩虹，没有人能够随随便便成功。"

"对的，"黄春花也对我说，"任何有梦想的人，都不是随随便便能够取得成功的，他们与众不同的地方在于坚持，唐僧取经还经过九九八十一难呢。"

舒香用励志歌曲来鼓励我，我觉得她真是一个特别了解我的女性，在我的眼中，她是我的知音。黄春花用唐僧取经来鼓励我，使我觉得心中特别地温暖。这是两个懂我的朋友，这是两个知我的女性。这样的朋友实在难得呀！

我和舒香、黄春花坐下来，一边喝茶一边聊天。舒香的儿子小舒童不愿意听我们大人说话，又一个人自己跑出去玩了。

黄春花对我说："曾光大哥，说一点实际的事情吧，我有大事儿要请你帮忙。"

"春花，有什么事儿你发话，谈什么帮忙啊？"

"曾光大哥，我还真有事需要你帮忙，需要你操心。"

"什么事儿？你说。"

"我的肚子越来越大了，走路都感到有些困难了，过了春节，春暖花开，我就要生孩子了，我家庭的事业以后就需要你多操心了，我要休息了。"

"你休息了，不是还有你丈夫操心吗？"

"他一个人精力有限，也操心不过来，他在市中心投资了一家大酒店，刚开张，业务还不熟练，一天到晚忙得不着家，你没有发现他有半个月的时间没有影儿了吗？"

"没有发现。你不是还有弟弟妹妹吗？你可以交给他们管理，我可以帮助他们的。"

"他们不行，他们不是材料，他们几个人脑袋加起来也不如你，所以我就全权委托你管理了，以后的工作也求你多操心了。"

"那好，只要你信得过我。"

"我相信你的聪明才智，代我管理半年时间，等我生了孩子，调养好了，平安无事了，我再操心。在你负责管理工作期间，我给你增加一倍的工资。"

"谢谢你对我的信任。"

"我生孩子期间，所有的管理工作都由你负责。"

"没有问题，你放心吧，"我开心地说，"祝你生一个大胖儿子！"

"谢谢。我可是喜欢女儿。"

"别人都喜欢儿子，你为什么喜欢女儿？"

"因为我们家姑娘比儿子强。"

舒香问："春花，是这样吗？"

"是的，"黄春花说，"我们家三个姑娘，都比男孩子要强，我三个弟弟，没有一个争气的。"

“不会吧？一般来说，男孩子长大之后都比女孩子强。”

“你说的定律，在我们家正好相反。”

这时外面有人敲门，打断了我们三个人的谈话。

舒香说："春花，外面有客人来了。"

“大雪纷飞，有谁会到我们家来呀？”

“也许是左右邻居吧？”我猜。

“不会的，”黄春花说，“左右邻居到我们家来是从来不敲门的，肯定是外来人，我去开门吧。”

黄春花要站起来去开门。

我说："春花，你别动，你不方便，还是我来吧。"

我正好坐在外面，三个人开门我最近、最方便，于是我站起来，走过去开门。出现在门前的来客是宋丹心，她身上还披着雪花，从外面走进来。她好像是尾随着黄春花和舒香从家里赶来的，因为我与宋丹心过去结婚的家，与舒香父母的家，都住在一个家属区大院里面，前后相距不过两栋楼，她可能是看见黄春花开车去接舒香和她儿子到凤凰山来，所以她坐着公共汽车从家里追过来的，因为公共汽车已经通到凤凰山的脚下了。我看见她，有点感到惊讶，她显然又是赶来闹事儿的。

“曾光。”她进门就眼睛看着我，然后又看了一下舒香和黄春花。

“是你？”我问她，“下着大雪，你怎么跑进山里来了？”

“我不能来吗？”

“你可以来。”

“我来看看你。”

“谢谢。”

“丹心姐，快来坐。”黄春花马上站起来，热情地对客人说。

“我不坐，”宋丹心开诚布公地说，“我想找曾光谈点事情。”

"好，那你们谈吧，我们让位。"

黄春花和舒香起立，一起离开一楼客厅，上楼去了。

我问宋丹心："你跑来找我谈什么？"

"我要请你回家。"

"请我回家？"

"是的，我请你回家。要过春节了，孩子想你。"

"我现在不想回去，我还有工作，过几天吧。"

"曾光，我们复婚吧。"

"复婚？"

"是的，复婚，过去离婚的事是我的过错，我希望你能跟我回家。"

"你怎么又想起复婚来了？这不是开玩笑吗？"

"这不是开玩笑，我冒着大雪跑进山里来也不是开玩笑的。我请你回家，我们重新过日子。我已经买了新房子，两室一厅，已经装修好了，我请你回家继续尽到为父的责任。"

"婚姻又不是儿戏，不是小孩子过家家，你说离就离，你说和好就和好？这怎么可能呢？我既然被你扫地出门了，我就不想回过去的家了。"

"你想怎样，曾光，想找一个新妻子？"

"这是我的事儿。"

"你是不是想娶舒香，你们走到一起了？"

"这是我的自由。"

"好你个没良心的，你喜新厌旧，我找舒香谈，我看她好意思抢走我的老公！"

"丹心，你不要胡闹了好不好？"

"我就是要胡闹，我不能让她抢走我的丈夫，不能让她抢走孩子的爹！"宋丹心对着楼上喊道，"舒香，你下来！舒香，你下来，我请你下来!"

"行啦,丹心,你不要跑来丢人啦。"

"我不怕丢人。舒香,你下来! 舒香,请你下来!"

"你不要喊啦,姑奶奶,你不要叫啦,我求你讲一点道理行不行?"

"婚姻与爱情是没有道理可讲的。"

舒香这时慢慢从楼上走下来,她看起来脸色也不好,一副十分生气的样子。她走到我和宋丹心面前,问我前妻:

"你叫我下来干什么?"

"我想找你谈一谈。"

"谈什么?"

"谈婚姻与爱情问题。"

"那你们谈吧,我走了。"我想脱身。

"曾光,你不要走,"舒香叫住了我,"我们又没有做过什么见不得人的事情,你走什么呀?"

宋丹心说:"让他走,我不想叫他听见我们女人之间的事情。"

"光明正大,怕什么呀?"舒香也不在乎宋丹心跑来胡闹了,"我们之间好像没有什么好谈的吧?"

"不,我要跟你谈一谈,我们都是女人,彼此容易沟通。"

"那你谈吧,我竖着耳朵听。"

"舒香,请你可怜可怜我吧,我们都是女人,都是不幸的女人,我请求你不要当我和曾光之间的第三者。"

"我是第三者?"

"难道你认为不是吗? 曾光原本是我丈夫,可是你现在经常跟他在一起,破坏了我的家庭,这是很不道德的。"

"我不道德? 我破坏了你的家庭?"

"是的，我请你不要当小三，舒香，我求你了!"

"我是小三吗?"

"是的，我要跟他复婚，请你不要挡在我们中间碍事儿。"

"丹心，你不该说出这样的话，他最早是属于我的!"舒香的情绪也有点激动了。

"可是我们已经结婚了，他就是属于我的!"宋丹心也不示弱。

"宋丹心，你太自私了。"

"爱情本身就是自私的。我也是没有办法，因为我在农村过得实在太苦了，我非常需要他……"

舒香问我:"曾光，我上大学的时候，你背叛了我，跟她相爱了，并且还发生过不光彩的事情，丹心怀孕了，有这样的事吗?"

两个女人说到后来我才明白，当年我和舒香分手的谜云。

"哪有这样的事儿呀?"我说，"从来没有过这样的事!"

"丹心，你当年是不是欺骗了我? 你明明知道我和曾光相爱了，你却从中插一杠子，在我上大学的时候，你写信欺骗我说，你和曾光之间产生了感情，并且发生了不正当的关系，导致怀孕了……"

"可我当时确实爱上了他。"

"那你也不该用欺骗的手段，把他从我手里骗走吧?"

"原来还有这样的插曲呀?"我恍然大悟，这才解开了多年的谜云。

"那已经是过去的老皇历了，"宋丹心说，"不必提了。"

"不，我要说，"舒香情绪激动起来，"你过去用巧妙的方法破坏了我和曾光之间的感情，你不知道害得我有多苦!"

"我不知道，过去的事情我只能说对不起了。"

"对不起，一句多么轻松的话呀? 可是我为此吃了十多年的苦，失去了一辈子的爱!"

梅开二度

　　"可是不管怎样，事情已经过去了，我们都成家了、立业了，有孩子了，你就不该来夺我所爱！"

　　宋丹心伤心地哭起来，舒香也难过得哭起来。

　　"丹心，你怎么能说出这样伤人的话呢？你们两个人离婚，是因为你不了解他，你不珍惜他，这跟我有什么关系呀？"

　　"可是我现在要跟他复婚，他不同意！"

　　"这跟我也没有关系。"

　　"因为他又爱上了你……"

　　"莫名其妙……"

　　"舒香，我求你了，不要搅和我和曾光之间的事了，好吗？"

　　"我不想听你说了，这种事顺其自然吧。"

　　"曾光，"宋丹心命令式地对我说，"你跟我回家！"

　　"跟你回家干什么？"

　　"跟我回家复婚！"

　　"我现在是自由战士了。"我理直气壮地说。

　　宋丹心用手指着我，说："曾光，我警告你，如果你要不同意跟我回家复婚，在这里跟舒香结了婚，我就自杀，死给你看！"

　　"什么？自杀？"舒香听了宋丹心的话，惊呆了。

　　"你不要吓唬我呀。"我也有点怕了。

　　"我不是吓唬你，如果春节你要不回家跟我复婚，咱们走着瞧！"

　　宋丹心流着泪水走了，离开了黄家。舒香好像吓傻了：

　　"自杀？太可怕了……"

　　我劝舒香："你不要理她。"

　　"你马上回家跟她复婚吧。"

　　"不，不可能的，我已经不爱她了。"

364

"难道你是真心爱上了我吗?" 她问。

"是的。" 我回答。

"噢,天哪!" 舒香要晕了。

我说:"既然离婚了,复婚还有什么意义呢?既然两个人不能长相知,不能长相守,不能同甘苦,复婚还有什么意义呢?"

"曾光,你不要说了。"

"舒香,你听我说,我爱你,以后我会给你幸福的!"

"我们可能在一起吗?"

"当然可以在一起,我们有什么不能在一起的?我是一个单身男人,你是一个带着孩子的女人,我们有什么不能结合的?"

"曾光,你是真心疼爱我吗?"

"是的,天地良心,我始终是爱你的!"

"你也同样喜欢我的儿子?"

"小舒童也十分可爱。"

"你说话不是儿戏?"

"我向你保证!"

"我一辈子从来也没有得到过男人的爱……" 舒香伤心地说。

"那就接受我对你的真爱吧!" 我胆大妄为地说。

"命运有时候是多么折磨人哪?年轻的时候我们相亲相爱,结果阴差阳错地把爱让给了宋丹心。如果年轻的时候我要嫁给了你,我也许不会活得这样苦,不会活得这样累……"

"是的,舒香,你嫁给我吧,我会爱你一辈子的,我们本来就应该是天生的一对,我会疼爱你一辈子的!"

舒香想起宋丹心要自杀的话,又吓得惊叫起来:

"不,曾光,我不能嫁给你,我嫁给了你,丹心以后怎么办呢?她要

自杀……多可怕呀?"

"她不会的,她只是嘴上说一说而已。"

"不,以丹心的性格,她也许会做得出来的,我不能嫁给你……"

我和舒香两个人好像神经病一样,神神叨叨的。这时黄春花从楼上下来了,叫我们一起到餐厅去吃饭。

第 *10* 章　回家过年

　　漫天飞舞的雪花又飘起来了，时间过得真快呀，转眼间春节就到了。舒香完成了为山里的孩子们补习功课的计划，黄春花就委派她的丈夫叶中青，开车送我和舒香、小舒童一起回家过春节。因为放假时间长，春节又是中国的传统节日，是万家团圆的节日，所以中国人有时间必须要赶回家过年，这是从古至今的传统。我和舒香赶回家的时候已经是腊月二十八了，也就是说，还有两天的时间就是大年三十了。

　　我先回家看望了父母，然后又把女儿荣荣叫回爷爷奶奶家里来，我给她买了过年的礼物，同时还给了女儿两百块钱的压岁钱。女儿高兴极了。

　　孩子跑回家，就对宋丹心说了：我在凤凰山挣到钱了，书也出版了。

　　大年初一，宋丹心就带着孩子来到我家，来给我的父母拜年，她跟我父母一直保持着良好的关系，虽然我们离了婚，但是我的父母还是非常喜欢她的，因为宋丹心嘴甜，会讨老人家的喜欢，这也是她的长处。她到我家来表面上是给我父母拜年的，实际上她还是来找我的。她听女儿说，舒香帮助我把书出版了，我挣的钱也比原来在工厂里挣的钱多了，她的心眼儿活了。

"我们复婚吧，"她又请求我说，"过去离婚是错了，一切都是我的错，现在我希望你能回家，我们重新过日子好不好？"

我无语了，我不知道该如何回复她。过去提出离婚的是她，现在提出复婚的也是她，我真是觉得不可思议，她大脑的思维就是自私，像孩子一样变化无常。

"你是真爱上舒香了？"她又逼问我，我无言以对。她又接着说，"我再去找她谈，我不相信还斗不过她了？"

宋丹心是敢作敢为的人，她说得到，也做得到，她离开我父母家之后，就跑到舒香的老母亲家里去给舒香的老母亲拜年。在有关家庭和自己的切身利益上，她是非常聪明的女人。她找到舒香面谈，至于两个女人之间到底是怎么谈的，我不知道。她们之间具体谈了什么内容，我也不知道。反正她肯定是找舒香谈了，这我知道，因为我是在后面跟着她的，看着她走进舒香的老母亲家里去拜年的。

我本来事先已经跟舒香约好了，大年初二，我请她和舒童一起到电影院去看电影的，她也答应了我的请求。可是大年初二，她没有按时赴约。而且奇怪的是整个春节期间，我想见她，也没有见到她的人，她好像吓得连面也不敢跟我见了。大年初五，年还没有过完呢，她就带着儿子走了，回学校去了。我真的觉得好奇怪，宋丹心到底找她谈了什么？我很想知道她们之间的谈话内容。

春节过后，我又回到凤凰山工作了。新的一年又开始了。快到春暖花开的时候，黄春花生下了一个可爱的大胖小子。她在城里最好的职工医院生孩子的时候，她丈夫跑前跑后，一直陪在她身边。

黄家在山里的工作基本上都是由我代为管理的。我这才知道黄春花这个聪明能干的女人，在凤凰山发展的产业已经不小了：她的家族产业有樱桃园、桃园、橘子园、苹果园、猕猴桃园，一个水库，八个鱼塘，一个野猪养殖场，一个娃娃鱼培育中心，一个甲鱼塘，而且她家所有的产业都见效益了。除此之外，黄春花的丈夫在城里还开有两家大酒店，所以他一天到晚忙忙碌碌的，总是不着家。

至于黄家一年的收入到底有多少钱？我不知道。她那个跟我当学徒的笨蛋弟弟黄春光也说不清楚。他说，家庭一年的总收入可能在八十万元到一百万元吧。这还不算叶中青在城里开的两家大酒店的收入。这就是一个聪明能干的女人为家庭所创造的财富！

我原来在工厂工作的时候，一年的收入还不到两千块钱，来到凤凰山工作之后，一年的收入有一万多块钱，年底还有奖励的红包，加起来有两万块钱，我已经很满足了。可是照老板黄春花为家庭创收的财富比起来，我这个打工的人还是相差太远了。我不得不佩服黄春花创造财富的能力和头脑。

她生儿子的时候，我到医院去看望她。我买了一大抱紫罗兰花献给她。我在她的产床前意外地见到了舒香。她也跑回来了，这是我没有想到的。她跑回来已经有好几天时间了，一直在医院里侍候着黄春花。可见两个姐妹之间的感情有多好了。

"你跑回来怎么也不跟我说一声呢？"我问她。

"我没有时间进山见你，就在医院忙着照顾春花呢。"

"怎么了，你有意见了？"黄春花笑着问我。

"我敢有意见吗？"我回答。

"有意见也没有用。"黄春花说。

"春花叫我回来陪她坐月子的。"舒香对我解释说。

"你会侍候月子吗？"我问她。

"你别忘记了，我也是生过孩子的女人。"

"我不相信别人，就相信舒香姐。"

"你的儿子也回来了?"我问舒香。

"没有，儿子还要上课呢。"

"你也没有放假呀，怎么跑回来的?"

"我是跟其他老师换了一个月的课程，抽时间跑回来的。"

"舒香姐真是为我生孩子辛苦啦，一天二十四小时在医院里陪伴我，人都明显累瘦了。"

"没有的事儿，只要你平平安安出院回家了，我人再瘦两斤也没有什么。"

"曾光大哥，家里的经营情况怎么样? 一切正常吗?"

"你放心吧，一切正常，有我在，你生孩子什么事也不用操心了。"

"谢谢。我过几天就出医院了。"

黄春花生孩子在医院里住了十天，母子平安，就出医院了。

她丈夫开车接她回家，黄家人那个高兴啊，全家人都围着她和孩子转，因为黄家又有新一代出世了，又有传承人了，这是可喜可贺的大事呀! 黄家人又是放鞭炮，又是请客的。舒香也跟着产妇一起来到了凤凰山。

黄家开喜宴，宴请亲朋好友和父老乡亲们到家里来喝喜酒的时候，我和舒香也应邀到场，参加了宴会。

吃饭的时候，我主动和舒香坐到了一起，坐到一张餐桌上。我看着她的脸色依然不是很好。她的脸上显得有点苍白，缺少美丽的色彩，不过她的皮肤还是白白的、光滑的、可爱的。

黄家在一楼客厅、餐厅开了八桌酒席，把黄家凤凰山几乎所有的亲朋好友都请来了。只有我和舒香是外来人，不过我们两个人却是黄春花最要好的朋友。大家在餐桌上吃饭、喝酒、兴高采烈的时候，我和舒香两个人没有说什么，因为她看到我特别不自然，我看她到确有一种特别亲切的感觉。

饭后，我看见她一个人上了三楼，躲开了人群，走进了一间客房。这间客房是她每次到凤凰山来教学，来为山里的孩子们补习功课的时候，黄春花安排她和她儿子居住的房间。看见她进去，我也随后跟进去了。客房里没有外人。她看见我尾随而来，精神好像有一点紧张了，她回头问我：

"你跟我进来干什么？"

"我想跟你一起喝茶、聊天。"我笑着说。

"请坐吧。我想清静一会儿，外面的客人太闹了，我有点累了，想清静一下。"

"我也是的。"

我随手就把客房的门关上了，我不想叫其他人进来打扰我们。我们两个人在茶几前的木椅子上坐下来，她给我倒水、泡茶，表示对我这个不速之客还是欢迎的。

"舒香，过春节的时候，你在家里为什么不见我？"我开诚布公地问她。

"我不想见你。"

"你为什么不想见我？"

"因为我怕见你。"

"为什么怕见我？"

"因为宋丹心。"

她沉默寡言了，眼泪不由自主地流出来。

我接着问她："宋丹心过节到你家里去拜年，她到底对你说了什么？"

"没有说什么。"

"她对你撒野了吗？"

"那倒也没有。她只是在我面前痛哭流涕，求我离开你，不要纠缠在一起。我的命运为什么这样苦呢？为什么会如此不幸呢？"她又哭起来，女人真是水做的。

"不要哭了，舒香，我爱你，以后我会给你幸福的。"

我悄悄地坐到她身边，轻轻地把她搂在怀里，她的身体开始抖动起来。

"我们可能在一起吗？"她痛苦地摇着头，泪如泉涌。

"我们为什么不能在一起？"

她说，宋丹心已经再次向她表明：

"舒香姐，如果你和曾光两个人敢在外面偷偷摸摸地结婚，我就吊死在你们家门前，让你们的良心一辈子不得安宁，让你们一辈子受到社会舆论的谴责，让你们两个人一辈子活在罪恶的名声里！"

问题严重了。我和舒香面对这样的问题，也感到事情难办了。

不过我爱她，她也爱我，我认为任何的威胁和恐吓也不应该阻挡我们之间的爱情。可惜我和舒香两个人的一辈子，就是没有花好月圆的命。

照顾黄春花满月之后，她就走了，回学校工作去了。

第 *11* 章　回归家园

　　三个月之后，她又回来了，又带着儿子来给凤凰山的孩子们补课了。我和舒香之间的感情升温了，有点情如夫妻了。我们每天在一起聊天，在汉水河边散步，商量结婚的事情。我很怕宋丹心得知我和舒香结婚的消息之后做出蠢事来，她也同样怕宋丹心得知消息后真的自杀，所以我们商定了到她的学校去结婚，到她的大学住所去安家。

　　"正好我也买了一套新房子，三室一厅，我们就把家安在我的新房里，远离汉水城，你到深圳去工作，宋丹心不知道，她也就不会找我们的麻烦了，过几年也就无所谓了。"

　　我和舒香想得非常好，计划得也非常美，我们两个人还把结婚的计划和想法如实地对黄春花说了，她也赞成我们的计划和想法，而且她也同意安排我去深圳工作。她原本是打算继续把我留在凤凰山工作一段时间的，因为她看到了我的工作能力和才华。

　　在她休产假期间，可能有四个多月的时间，我代她主抓她的家庭产业，她对我出色的工作表现和管理能力有了进一步的了解，给我增加了工资，同时打算安排我当副总，帮忙管理她的家族企业。可是，当我和舒香一起向她说明打算结婚，离开山沟，到外面去安居乐业的时候，她也并不反对。黄春花是个很开明的人。

她说："好哇，我衷心地祝福你们！老天有眼，你们两个人本来就是天设地造的一对，你们结婚的时候，我要送你们两个人大礼！"

她为我联系好了到深圳工作的事宜，同时我和舒香也安排好了打算结婚成家的时间和地点。看起来一切顺利，一切都非常圆满，一切都万事如意，就等她为山里的孩子们补习了功课，我们就成双结对，带着她的儿子远走高飞了。

可是美好的计划和幸福的梦想，往往都是在即将实现的时刻，突然节外生枝，计划成了泡影，美梦被击得粉碎。

有一天傍晚，我和舒香带着小舒童一起，在阳光夕照的汉水河里游泳、消夏、避暑。在晚霞辉映的余光中，我看见河岸上跑过来两个人，一个是大人，一个是孩子，大人是黄春花，孩子好像是我的女儿荣荣。

她们跑近来，我果然看清了小女孩是我的女儿荣荣。

孩子一边跑，一边叫喊：

"爸爸！爸爸！爸爸！"

我马上意识到家里可能发生了大事情。我迅速出水、上岸、穿衣服。孩子也跑到我面前来了。

我问女儿："荣荣，你怎么突然跑来了？"

孩子一边哭，一边流泪，一边喘着大气说：

"爸爸，家里出事儿啦！爸爸，家里出大事儿了！"

"荣荣，家里出什么大事儿了？"我不安地问女儿。

"妈妈，妈妈，出车祸了！"

孩子跑得满头大汗，哭得泪流满面，喘得上气不接下气。

"你妈妈出什么车祸了？"

"妈妈上午在马路上被大汽车撞了！"

"被什么汽车撞了？"

"被一辆大汽车撞了！"

"什么？被一辆大汽车撞了？"

"是的，爸爸，你快回家吧！妈妈还在医院里抢救呢！"

我来不及多问，就对舒香说：

"对不起，舒香，我要回去看一看！"

"你快走吧！"

我和女儿马上就急急忙忙地走了。黄春花也立刻转身与我们同行。她开车把我和孩子送进了城，送到了职工医院。

我想进去看一看宋丹心抢救的情况，我想知道她的生命有没有危险，可是一个小护士把我拦住了，不让我进抢救室。我没有办法，只能在抢救室的门前等待，心里十分不安。

黄春花对我说："曾光大哥，你冷静一下，不要着急。"

我们在抢救室门外等了两个多小时，参加抢救的医生从里面走出来了。我问一位年纪较大的医生：

"大夫，被汽车撞的人怎么样了？"

"人是抢救过来了，"医生回答说，"命是保住了，可能双腿保不住了。"

"什么？双腿保不住了？"我听了医生的话，有点傻了。

"过几天看吧，"医生又说，"她的双腿膝盖骨完全粉碎了，实在保不住只有锯掉了。"

"什么，腿要锯掉？"

"是的，实在保不住只有锯掉，保命要紧。"老医生说。

一个年轻的医生问我："你是她的什么人呢？"

"我是病人的家属。"我回答。

"病人的家属？你怎么才来呀？我们做手术找人签字的时候都找不到人。"

医生明显地对我这个病人家属的迟到表示不满。参加抢救的医生们基本上走光了，抢救室里只有小护士监护了，我推开门想进去看一看，守门的小护士同意了。我轻手轻脚地走进了抢救室的观察间，慢慢地看了一下消毒手术室里的宋丹心。

她还躺在手术台上，脸色惨白，人还没有醒过来，有一个重症监护室的护士还守在她身边。本来一个四肢健全的人，以后可能要终身残疾了。她后面的人生怎样生活呀？我从抢救观察室里出来流泪了。

黄春花问我："曾光大哥，丹心姐人怎么样？明白事儿了吗？"

"没有，还昏迷着呢。"

"曾光大哥，不要难过，有事儿你说话。"

"你先回去吧，春花，谢谢你，辛苦了。"

"曾光大哥，如果不需要我帮忙了，我就先回去了，孩子还等着我吃奶睡觉呢。"

"你快走吧，快回去吧。"

"有事儿你给我打电话，如果需要钱，你说话。"

黄春花走出了医院，开车回家了。我坐在抢救室门外的椅子上，人有点麻木了。女儿荣荣还在我身边呢。

"爸爸，妈妈怎么样了？你看见妈妈了吗？你跟妈妈说话了吗？"

"你妈妈不要紧了，"我对女儿说，"你也回家睡觉吧。"

"我不，爸爸，我要看妈妈。"孩子说。

"明天你还要上学呢，快听爸爸的话，回家吧。"

"我不，我要看妈妈，明天我不上学了。"孩子固执地说。

我不知道该怎样劝孩子。

"荣荣，你吃晚饭了吗？"

"还没有，我不饿。"

"爸爸带你吃饭去好不好？"

"好吧。"

我带着女儿离开了医院，已经是晚上八点多钟了。我带着她到街上，找了一家小吃店。我为女儿买了两盘饺子，看着她把两盘饺子吃光了，孩子饿坏了，好像一天也没有吃过东西一样。

我问她："荣荣，还要不要来一盘饺子？"

"不要了，爸爸，我吃饱了。"

"吃饱了，你就自己回家睡觉吧，好吗，孩子？"

"我不要回家，我要看妈妈。"孩子哭了。

我无论怎样劝她回家睡觉，她就是不听我的。我实在说服不了她，只有陪着女儿一起回家了。女儿带着我回到了她和宋丹心刚换的新房子，刚搬的新家。我看着感到有一点陌生的新家具，这才想起来我离开家已有两年多的时间了，家里变样儿了。

说实话，宋丹心居家过日子还真是一个好女人，她买了一套两室一厅的新房子，有六十多平方米，装修得也不错，看起来还挺漂亮的，家具还是原来我们结婚的时候请木工做的老家具，实木的，宋丹心舍不得处理，又重新刷过油漆，旧貌换新颜了。

我帮助孩子洗脸、洗脚、上床睡觉。为孩子打理好了之后，我又跑到医院去。

我要在医院里守护着她，因为宋家在山里已经没有其他亲人了。她的父母年前已经退休，跑回东北，到她哥哥家去安度晚年了，她哥哥一直在空军部队工作，没有到山里来过。宋丹心在山里唯一的亲人就是女儿荣

荣，还有我，还有我的父母，算是她的亲人吧。我的父母亲还不知道宋丹心出车祸了。

我真的不敢想象，一个三十多岁的女人，一个生产汽车的人，一辈子也没有开过车的人，双腿就此残疾了，以后带着一个九岁的孩子怎样生活呀？我实在不敢联想了。

我的父母第二天就跑到医院来了，他们听我的女儿回家说了，所以跑到医院来看望他们的儿媳妇。可是宋丹心还没有醒过来呢。

我在医院里整整守了她三天三夜，宋丹心总算醒过来了。可是她醒过来之后，知道自己的双腿残疾了，马上就伤心地大哭起来，哭得我心里也十分地难受。我虽然不是她的丈夫了，可是我也不希望她成为残疾人。她以后生活不能自理了，还怎么能照顾未成年的孩子呀？女儿以后就是由我来抚养，她以后一个人又怎样生活呢？我想着后面头疼的问题，脑子里有点迷迷糊糊的。

她呢，看到自己的双腿，心情也烦躁。除了痛哭流泪之外，就是乱摔东西。我每天守着她，照顾她，也减轻不了她的痛苦。她一天到晚烦躁不安，也不知为了什么？她痛哭，她流泪，她大喊大叫，好像疯了一样。她后来索性不吃饭，不喝水，不吃东西，拒绝打针吃药，有自杀倾向了。我吓得惊慌失措，生怕她出事，可是我又说服不了她。她的心情和精神状态好像有一点不正常了。

后来只有当我们的女儿荣荣来到她的病床前，安慰她，恳求她吃东西，她的情绪才能平静下来。孩子叫她吃饭，她也能吃一点饭，孩子叫她喝水，她也能喝一点水，她至少不会绝食饿死了。她只听孩子的，不听我的，其他人的话她也不听。但是她拒绝打针、吃药，拒绝医生的治疗，孩子这方面的话她也不听。

我后来急了，在医院找医生要了四根手术台上专用的绑带，每天早上，当医生护士来为她打针治疗的时候，我就把她的双手和身子绑起来，绑到床架上，不让她的手和身体乱动，她就气得破口大骂：

"你混蛋！你为什么不让我死？我双腿残疾了，以后还怎么生活？活着拖累女儿照顾我，我还不如死了好！"

不过后面还有更惨的呢。她的双腿被汽车轮子轧得没有用了，根本就不可能接活，虽然医生尽了最大的努力也没有办法。医生说，为了保住病人的生命，双腿只有全部锯掉了，以后想办法安装假肢。宋丹心听说要全部锯掉双腿，脾气更坏了，变得更暴躁、更发疯了。

我实在没有办法，只能打电话请她的父母从东北回来，陪我一起照顾她，开导她。她的小腿最后还是截肢了。宋丹心伤心得大哭了三天，但是也没有办法，她只有面对这一切了。我后来也累得实在有点受不了。她的父母从东北跑过来，我和她的父母轮流换班守护她，这样我才轻松一点儿了。她的情况有所好转了，父母对她的疼爱，加上我尽心尽力的照护，她的伤情慢慢好起来，情绪也慢慢稳定下来了，她的身体状况也慢慢好起来了，安全期平安度过了，生命不会有危险了。

一个月之后，她的情绪基本稳定下来了，头脑也恢复正常了，也不破口大骂我了，甚至对我表现出好感了。

有一天晚上，我看护着她，她突然对我说：

"谢谢你，曾光，谢谢你这么多天没日没夜地照顾我。看来我们之间还是有感情的。"

"什么话也不要说了，你只要听话，认真配合医院的治疗，我就谢天谢地了。"

"曾光，你怕我死吧？"

"什么话？人就活一辈子。"

"我的双腿没了，以后生活不能自理了，有时候我是真想死呀。"

"你可不要胡思乱想,你还有父母,还有女儿……"

"曾光,你还爱我吗?"

我无法答复她的话。

她说:"我知道,现在叫你说真话已经不可能了。"

我想转移她的思路,就问她:

"丹心,你的车祸是怎么发生的?怎么会把双腿都轧断了?"

"我是碰到二百五的司机了。"她说,"出事儿那天,司机不是新手,就是喝酒喝多了。我是急着过马路,为了抢时间上班。我过马路的时候,突然脚下绊到了一个东西,我就摔倒了。这时正好开过来一辆汽车,就从我腿上轧过去了。我听到有人惊叫:出事了,出事了,我人就昏迷过去了,什么也不知道了。"

"你为什么要急着过马路呢?"

"我要急着上班呢,我看时间快到了,要迟到了,我就为了抢三五秒钟的时间,结果就出事儿了。我也是倒霉呀。"

"为了抢几秒钟的时间,把双腿一下子搞没了。"

"是呀,我现在成为残疾人了,以后的生活需要人照顾了,你不会再爱我了,我们也不可能复婚了,对吗?"

"你好好配合医生的治疗,争取身体早日康复,不要想太多了。"

"不,你听我把话说完。曾光,我知道你有才华,有梦想,你与众不同,也正是因为你身上有闪光的东西吸引我,所以我当姑娘的时候才会爱上了你。可是结婚以后我发现跟你在一起生活实在太难了。你总有一些莫名其妙的想法,让人接受不了,现在看来是我错了,你是对的。我们的婚姻失败了,责任在我……"

"我们不谈婚姻的问题了,你好好休息,好吗?"我打断了她的话题,我怕她说到婚姻的问题。

"不，我要说，"她表情严肃地对我说，"现在我叫你回来已经是不可能了，我目前这个样子，你也不可能回来了，但是你要对我们的孩子负责。我们两个人不可能破镜重圆了，但是我们的孩子还是可爱的，你把荣荣带走吧，我不想拖累你们了。我康复以后要跟我的父母回东北去，到我哥哥那里去生活，以后也难得回来了。请你以后照顾好我们的孩子，你以后就是跟舒香结婚了，也不能亏待了我们的女儿。荣荣像你，以后也许会有出息的。"

她流起眼泪来。她的打算是跟她的父母商量好的吗？显然是的，她躺在病床上已经开始盘算着以后自己所要面对的生活难题了。我劝她不要胡思乱想，先把伤病和身体养好了再说。一个月的时间就这样过去了。宋丹心的身体也明显康复了。不过失去了双腿，她的生活缺少了自理能力，也确实是够悲惨的。她不能走路了，每天只能坐轮椅，而且正常人的活动她无能为力了，连上厕所都需要有人帮忙。我给她买了一辆轮椅车，希望她出院以后回家能够慢慢地学会生活。以后再想办法安装假肢。

有一天，黄春花陪着舒香一起到医院来了，她们两个人一人买了一大抱红玫瑰花，来到病床前看望宋丹心。

见面时，舒香和黄春花把花束放到了宋丹心的病床前，希望她能早日康复。

宋丹心说："谢谢你们来看我，请坐吧。"

黄春花满腔热情地问候宋丹心：

"你怎么样，丹心姐，身体康复得还好吧？"

"就这样了，这就是最好的结果了。"宋丹心痛心地说。

舒香望着过去的老同学已经没有小腿了，她也不知该说什么好。我这个笨蛋也不知道该如何为这样两个女人挑起话头。她们从头到尾的见面就说了几句客套话，然后就是沉默，流眼泪，过去两个情如姐妹的好朋友，

如同陌路人了。舒香看着失去双腿的宋丹心，只是关切地看了半天，最后
对病人说了一句道别的话：

"丹心，你太不幸了，以后多保重。"

她们最后与宋丹心握了一下手，之后就离开病房走了。我自然要走出
病房、走出医院送客。舒香最后对我说了一句叮嘱的话：

"曾光，以后好好照顾宋丹心的生活吧，她太可怜了。"

她说的话是什么意思呢？她和黄春花开车离开了医院，我还琢磨着舒
香对我说的话。

宋丹心身体没有什么大事儿了，只能出院回家调养了。我呢，却不知
该何去何从了。宋丹心回家调养还需要有人照顾，我又不是她丈夫了。她
父母岁数也大了，照顾女儿有一点力不从心了。我想回到凤凰山去工作，
女儿荣荣又不让我走，不让我离开家。我陷入了两难的境地，不知该怎
么办。

最后，还是黄春花到我家里来找我，转交了舒香留给我的一封信，信
是她亲笔写的。她书写的字体非常漂亮，信的内容是这样写的：

"曾光，你好：

我到医院去看了宋丹心失去双腿的情形之后，我的心里真的是非
常难过。我想，作为一个单身女人，失去了生活方面的自理能力，她
还要带着一个读书上学的孩子，以后的生活肯定是很难过的。请你回
到她身边去吧，我们之间一切的感情，一切的爱，也就随风而散吧。
古人云，一日夫妻百日恩，百日夫妻似海深。你们之间是多年的夫妻
了，听我的话，回去吧，回家去好好照顾她。以后丹心更需要家人的
温暖及关爱，更需要亲人的照顾。我们之间的一切也就到此结束吧。
看来我们一辈子的感情、一辈子的爱，也就是命里注定了：有情无

缘，有爱无奈。请原谅我做出这样艰难痛苦的抉择，再见吧。舒香。"

　　"舒香给你写这封信的时候，她哭了一个晚上。"黄春花对我说。

　　"春花，看来我到深圳去工作的事情也要黄了？"

　　"是的。以你的家庭情况还是不要想着到深圳去工作的事情了，还是在家门口工作吧。"黄春花接着对我说，"我已经为你安排好工作了，我丈夫在市中心开有两家大酒店，他一个人忙不过来，太累了，我想让他轻松一下。我决定把一家大酒店交给你管理，敢接手吗？"

　　"你是说，叫我去经营酒店？"

　　"对，我叫你去当酒店的总经理。可以吗？"

　　"当然可以。你说的酒店叫什么酒店？"

　　"四季香大酒店。就在市中心广场附近，知道地方吗？"

　　"我知道。没有问题。"

　　"那就这样定了。报酬呢，我一个月给你开五千块钱的基本工资，外加年底百分之十的效益奖提成，或者股份分红，怎么样？"

　　"谢谢。我什么时候可以上班工作呢？"

　　"你什么时候都可以上班工作，看你的方便。"

　　我非常感激黄春花对我的工作安排得如此细心周到，过了几天，我就到四季香大酒店去上班了。

　　我听从了舒香的劝告，回归家园和宋丹心复了婚。我和舒香之间结婚的计划自然也就流产了，只有等到下一辈子再说了。

　　　　　　　　　　　　　　　　　　2019 年 2 月·最后修订于车城·十堰